SV

LICHTJAHRE IM DUNKEL

Einsamkeit ist immer noch Zeit,
die man mit der Welt verbringt. Hier ist
das Zimmer mit allem darin.
Deinen toten Freunden, die dich
durchziehen wie Wind
ein Windspiel. Hier ist ein Tisch
mit dem Hinkebein & einem Ziegel
als Stütze. Ja, hier ist ein Zimmer,
so warm & blutnah,
dass du aufwachen
& diese Wände, ich schwöre,
für Haut halten wirst.

Ocean Vuong, »Eines Tages werde
ich Ocean Vuong lieben«

Nicht alle werden geboren,
welche doch sterben.

Friedrich Nietzsche
»Der Wanderer und sein Schatten«

PROLOG

Eines frühen Morgens im Juli wankte ich ins Bad, sah in den Spiegel und bemerkte, dass ich alt geworden war. Das erschien mir kurios. Noch gestern hatte ich mit meinem Schulfreund Martin die erste Zigarette geraucht, eine Camel, wir beide dieselbe. Unmengen alkoholischer Getränke hatten im Lauf der Jahrzehnte meinen Körper beansprucht, ebenso das Leid so vieler, denen ein Angehöriger gestorben oder anderweitig abhandengekommen war.

Tausende Fremde hatten meine Nähe durchquert, dachte ich (verstört von der Art und Ausweglosigkeit meiner ungebetenen Reflexionen). In ungezählten Nächten war ich durch die Stadt geirrt, ohne Ziel und Begleitung, Knecht meiner Schritte, auf vertrauten Wegen, die andere für Abwege gehalten hätten.

Ich hatte einen Beruf erlernt, ausgeübt und aufgegeben. Ich hatte mich in einem Job auf dem freien Markt ausprobiert und festgestellt, dass dieser sich in beinah nichts von dem unterschied, für den ich früher vom Staat bezahlt worden war – abgesehen von der Summe. Das Geld reichte trotzdem.

Ich lehnte die Stirn an den Spiegel. Sekunden später begann ich zu schnarchen, ohne wieder eingeschlafen zu sein. Das war mir bewusst, und es kümmerte mich nicht. Wann, dachte ich in einem Anfall schrägen Übermuts, hatte ich mich zuletzt selbst schnarchen hören? Ich lauschte. Dann vollzog ich ruckartig eine Drehung. Mir schwindelte. Ich streckte die Hand nach dem Türrahmen aus und griff daneben. Mein Oberkörper kippte nach vorn, doch ich fiel nicht.

Mit ungeahntem Schwung trippelten meine Füße aus dem Badezimmer zielsicher durch den Flur. Gekrümmt und mit schlenkernden Armen erreichte ich das Schlafzimmer, meine Unterschenkel schlugen hart gegen das hölzerne Bettgestell, ich landete, Gesicht voran, im weichen Bettzeug, augenblicklich erleichtert und absolut desinteressiert am jähen Schmerz, den meine Haxen durch den Körper schickten.

Meinen Entschluss, den kommenden Tag ausschließlich in der Gegenwart zu verbringen, nahm ich mit in einen Traum, der von einem rasenden Zug handelte, auf dessen Dach ich mich festklammerte. Was danach passierte, wusste ich am Morgen nicht mehr. Gegen sieben Uhr fünfundvierzig setzte ich mich an den quadratischen Holztisch im Wohnzimmer (Balkontür geschlossen) und kehrte in die Welt meiner Leute zurück und in die von einem, der so hieß wie ich.

ERSTER TEIL

Zu Urzeiten spielten sie Federball, und heute?

1

Der Gedanke an ihre Ehe war da gewesen, als sie aufwachte, und er war immer noch da, als sie in der Küche saß, Kaffee trank, aus dem Fenster sah und versuchte, ihren Mann zu verfluchen.

Nicht einmal das gelang ihr heute: Leo zum Teufel zu jagen und ihn anschließend für den Rest des Tages mehr oder weniger zu vergessen. Kam ein Kunde in den Laden und fragte nach ihm, erklärte sie in geschäftsmäßigem Ton, Leo sei nach wie vor zu Besuch in Dinslaken, bei einem ehemaligen Schulfreund, der todkrank sei. Wo genau der Ort lag, wusste sie nicht (irgendwo im Ruhrgebiet). Es war ihr egal, was die Leute von ihrem Mann dachten, oder von ihr. Vertraulichkeiten, privates Geplänkel, nettes Gedöns wie in der besseren Zeit – in alldem sah sie schon lange keinen Sinn mehr.

Pure Heuchelei, die keinen Kunden zu einem zusätzlichen Kauf verführte.

Guter Witz.

Megawitz.

Was denn kaufen, Frau Ahorn?

Selbstgespräche waren eine Art grimmiges Hobby von ihr geworden, seit Leo in Dinslaken weilte (Grinsen hinter vorgehaltenen Lippen) und in der Wohnung abends und nachts eine Stille herrschte, die sie um den Verstand brächte, wenn sie nichts dagegensetzte.

Heute wieder ein Umsatz zum Totlachen, Frau Ahorn.

Sie sagen es.

Er ist immer noch in Dinslaken, Herr Wagner, ja, immer noch.

Immer noch, Frau Schultheis, er kümmert sich sehr.

In Dinslaken! Das ist ein weiter Weg.

Um einem Freund beizustehen, darf kein Weg zu weit sein.

Das ist so wahr, Frau Ahorn.

Heuchelei in Reinkultur.

Noch einen Wunsch, Frau Schultheis, eine Zeitschrift?

Nein, danke, ich wollt bloß das Päckchen abholen.

Wir sind jetzt ein Postamt im Kleinformat, sagte Viola Ahorn nach Ladenschluss häufig zu ihrer Mitbewohnerin (unsichtbar).

Die Krise hat uns ruiniert.

Die Leute kaufen ihre Schreibwaren lieber im Supermarkt, das geht in einem Aufwasch mit den Lebensmitteln. Die Bequemlichkeit triumphiert. Und wer sogar zu träge ist, zum Discounter zu laufen, bestellt sein Zeug vom Sofa aus im Internet. Das ist die Zeit, in der wir leben.

Genauso ist's.

So ist's, so bleibt's.

Möchten Sie noch ein Glas Riesling, Frau Ahorn?

Hat noch niemandem geschadet. Seien Sie so nett und schenken mir noch ein Glaserl ein.

Sie siezte sich. Keinesfalls aus Höflichkeit, vielmehr aus Verachtung, die gelegentlich in Selbstmitleid umschlug, die schlimmste Form der Verzweiflung; selbstmitleidige Menschen altern pro Tag mindestens um einen Monat, davon war sie überzeugt.

Im vergangenen Jahr war sie um ungefähr dreißig Jahre gealtert.

Heute dachte sie an nichts anderes. Nicht einmal an Leo. Dabei wollte sie wegen ihm doch etwas unternehmen, offiziell, Dinslaken hin oder her … Die Sache war möglicherweise ernst, und bevor die Polizei vor der Tür stand …

Die Polizei.

Unter keinen Umständen.

Polizei!

Sie schob den Gedanken beiseite. Der andere Gedanke war ohnehin stärker. Alt, dachte sie, ich bin uralt und aus dem Rennen.

Welchem Rennen?

Sagt man halt so. Sie sind raus, reicht das nicht?

Ich bin steinalt.

Dann rufen Sie endlich an!

Das tat sie dann auch, Viertel nach sieben. Um fünf nach halb acht würde Herr Wagner in den Laden rauschen und sich nach Leos Befinden erkundigen. Antwort: Unverändert, er verbringe täglich mehrere Stunden in einem Hospiz, bei seinem kranken Freund in Dinslaken.

Zwischen ein und zwei Uhr mittags sperrte sie zu; den Protesten der Leute, die dringend und genau zu dieser Zeit ein an sie geschicktes Paket abholen wollten, begegnete sie mit archivierter Nettigkeit; klappte nicht bei allen.

»Und Sie sind sicher, Ihr Mann ist nicht verreist?«, fragte die Frau am Telefon.

»Er ist seit zwei Tagen weg, das ist mir unheimlich, ich mach mir Sorgen.«

»Sie waren nicht bei der Polizei.«

»Nein.«

»Ist Ihr Mann krank? Nimmt er Medikamente?«

»Nein.«

»Sie haben ihn am Mittwoch zum letzten Mal gesehen.«

»Mittwochnachmittag.«

»Da hat er Ihre gemeinsame Wohnung verlassen. Wo wollte er hin?«

»Wahrscheinlich ins Blaue Eck.«

»War er dort?«

»Ich hab nachgefragt, an dem Tag war er nicht da. Können Sie ihn suchen?«

»Wir verlangen fünfundsechzig Euro in der Stunde und einen Euro Kilometerpauschale.«

»Das ist happig.«

»Die meisten Detekteien sind teurer.«

Viola Ahorn sah auf die Uhr und dann zum Fenster. Ein sonniger Tag voller Amseln im strauchigen Konzertsaal. Ein Haufen Geld, dachte sie.

»Gut«, sagte Edith Liebergesell, die Chefin der Detektei. »In einer Stunde kommt mein Kollege zu Ihnen, ihm erzählen Sie alles haarklein, damit er sich ein Bild von Ihrem Mann machen kann.«

Natürlich, überlegte Viola Ahorn, würde sie ihm alles erzählen. Bis auf die Kleinigkeit, dass der Idiot von Leo nicht seit zwei Tagen, sondern bereits seit fünf weg war und keinen Laut mehr von sich gegeben hatte.

Die ganze Woche hatte sie abgewartet, anfangs wie gelähmt vor Sorge. Können Sie sich so was vorstellen, ich mach mir in die Hose wegen dem Versager?

Seit der Nacht zum Dienstag, nachdem Leo nicht aus dem Blauen Eck zurückgekehrt war, stellte Viola Ahorn sich so einiges vor.

Aber was genau, kriegte sie ums Verrecken nicht zu fassen.

2

Ihr kam es vor, als würde der Mann, der angeblich Süden hieß, die Stille verbreitern. Auf die Frage, ob er sich in der Küche auf den Stuhl nah beim Fenster setzen dürfe (den Stuhl hatte sie ihm zuvor als Leos Lieblingsplatz beschrieben), zuckte sie mit der Schulter – irritiert, dass er die Küche dem gut gelüfteten Wohnzimmer vorzog, auf dessen Tisch sie extra zwei Gläser, eine Wasserflasche und einen Teller mit Schokokeksen gestellt hatte.

Allerdings fehlte ihr jede Idee, wie ein Detektiv tickte.

Dennoch weckte der Mann ein gewisses Misstrauen in ihr. An der Tür hatte er ihr eine Karte vor die Nase gehalten, Name samt Foto – ihrer Meinung nach hätte er ein besseres verdient gehabt, derart ausgelaugt sah er in Wirklichkeit nicht aus – mit dem Zusatz »Ermittler«. Nachdem sie die Tür hinter ihm geschlossen hatte, wartete er wortlos im Flur; sie wusste nicht, was sie sagen sollte, und deutete auf die offene Wohnzimmertür. Er nickte, warf einen Blick hinein, wandte sich zu ihr um, wieder wortlos. Stehen da wie bestellt und nicht abgeholt, hatte sie gedacht und sich eigenartig bedrängt gefühlt.

Wohin jetzt?, hatte sie ihn gefragt, möglicherweise etwas zu schroff, schließlich war er ein Gast, der sich nicht auskannte. Andererseits tickte die Uhr, die ersten Euros waren vertändelt, wenn der Mann weiterhin nur rumstand und keine einzige Frage stellte. Aus purer Höflichkeit hatte sie ihn in die Küche dirigiert, was sie, als er endlich den Mund aufmachte, bereute: In der Spüle zwei ungewaschene Teller und Tassen, auf der Ablage ein angeschnittenes Brot und massenhaft Krümel, dazu die angebrochene Flasche Bier, aus der sie vorher zur Beruhigung getrunken hatte …

Eine gärende Unruhe hatte nämlich wieder von ihr Besitz ergriffen, fast Angst, die sie nicht haben wollte … Wovor denn? Um wen denn? Wieso denn?

Beim Anblick der Flasche, des Geschirrs und der Zigarettenschachtel neben dem Aschenbecher auf dem Tisch (das auch noch, was sollte der Mann von ihr denken, wie sie hier hauste?) empfand sie eine Scham wie ewig nicht mehr. Sie setzte zu einer Entschuldigung an. Er kam ihr zuvor.

»Hier verbringen Sie also Zeit miteinander, Ihr Mann und Sie.«

Und sie, wie aus einem Reflex heraus: »Er am liebsten dort.«

Und da hockte der Mann seitdem, vor sich einen kleinen karierten Block und einen blauen Kugelschreiber; leicht gekrümmt, die Hände im Schoß, mit einem Ausdruck von Gleichmut in den grünen Augen, irgendwie provozierend, fand sie, unerhört, wenn sie an sein Honorar dachte.

Die Art, wie er sich auf den Stuhl gefläzt hatte, grenzte an eine Mischung aus Phlegma und Erschöpfung: Als müsste er erst einmal Luft holen, bevor er eine Art von Arbeit in Erwägung zog. Fast sah es aus, als wäre er hier zu Hause und nicht einer, der dafür bezahlt wurde, denjenigen aufzuspüren, der in Wahrheit hierhergehörte.

Stimmte doch: Leo gehörte hierher, zu ihr, in diese Wohnung.

Der Gedanke entfachte eine vorübergehend erloschene Traurigkeit in ihr, begleitet von einer Wehmut, die aus ihrer Ehe längst verschwunden schien.

Und der, der sie lindern sollte, saß in ihrer Küche und beulte mit seinem Schweigen die blecherne Stille auch noch aus.

»Eine Vermissung.«

Die beiden Worte kamen so plötzlich, dass sie vor Schreck einen Schrei ausstieß. »Ent-ent-entschuldigung. O Gott. Was haben Sie gesagt?«

Er sah sie an, anders als vorher; in seinem grünen Blick, bildete sie sich ein, ein Anflug von Verständnis und Mitgefühl.

Wer war der Kerl?

Sie schätzte ihn auf um die sechzig, vielleicht ein verschlissener Fünfziger. Nicht der sportliche Typ, übergewichtig, ohne dick zu wirken. Schwarze Lederjacke (viel zu warm für den Juli), weißes Leinenhemd, schwarze Jeans, Haare, die ihm fast bis auf die Schultern fielen. Und diese Augen. Je länger sie ihn ansah, desto mulmiger wurde ihr.

So einer, dachte sie, schaut nicht bloß, der sieht was, im schlimmsten Fall das, was man auf jeden Fall verbergen möchte, aus guten oder sonstigen Gründen.

Im selben Moment fiel ihr das Mineralwasser im Wohnzimmer ein, die Gläser und Kekse, die sie bereitgestellt hatte, für ihn, den ersten Gast in diesen Räumen seit …

Seit sehr langer Zeit. Leo ging ins Gasthaus, sie blieb lieber allein daheim, nach zwölf Stunden im Laden. Früher ein lohnendes Geschäft, keine Abholstation, kein Durchgangslager für Pakete. Die Leute, fauler als Faultiere, bestellten ihren Alltagsschrott bei Robotern, weil sie glaubten, das wäre billiger, anstatt sich fachmännisch beraten zu lassen. Bequemlichkeit und sonst nichts; dann stürzten sie in den Laden, ungeduldig und frech; war ausnahmsweise geschlossen, drehten sie durch.

»Nehmen Sie Platz«, sagte er.

»Was?«

Sekundenlange Erstarrung, bevor sie ein Lächeln zustande brachte. »Möchten Sie was trinken? Entschuldigen Sie, dass ich so … Ich weiß auch nicht …«

Er schwieg, statt zu antworten.

Sie setzte sich ihm gegenüber an den Tisch mit dem Aschenbecher, in dem drei Kippen lagen. »Entschuldigung.« Sie stand wieder auf, leerte den Aschenbecher in den Mülleimer unter der Spüle und stellte ihn zum Geschirr im Ausguss. Kurz vorm erneuten Hinsetzen zögerte sie. »Wirklich nichts trinken, Herr … O Gott, Entschul…«

»Süden.«

»Richtig. Süden, wie Süden.«

»Unbedingt.«

»Bitte? Was?«

Er wartete, bis sie mit dem Zurechtrücken des Stuhls fertig war; das Geräusch wurde ihr erst durch sein Schweigen bewusst.

»Frau Ahorn«, begann er. Seine Stimme klang ein wenig heiser, brüchig, wie von jemandem, der zu lange und zu oft im Blauen Eck abhing und alle halbe Stunde zum Rauchen vor die Tür ging. Allerdings dünstete seine Kleidung nichts aus, im Gegenteil: Schon bei der Begrüßung hatte sie einen dezenten Geruch nach Rasierwasser wahrgenommen, der ihr gefiel.

»Erzählen Sie mir von Ihrem Mann, Frau Ahorn.«

»Was gibt's da groß zu erzählen?«

Peinlicher Einstieg, sie wusste es. Dennoch meinte sie es ernst.

»Ein gewöhnlicher Mann, führte einen Schreibwarenladen, unten im Haus. Fachmann für Schreibutensilien aller Art, kennt sich aus wie kein Zweiter. Die Schüler liebten ihn, die Eltern auch, er konnte gut mit Kunden, wir machten Profit. Kann man so sagen. Unsere Miete ist nicht sehr hoch, das ist natürlich von Vorteil in dieser Stadt, in diesen Zeiten.

Dann die erste Wirtschaftskrise, dann eine Pandemie, der Einzelhandel praktisch am Boden, die Familien mussten das Geld zusammenhalten, wir alle. Folge: Die Leute besorgten ihre Sachen im Kaufhaus. Oder bestellten im Internet, spaßig für die Kinder, vom Computer aus alles organisieren. Was soll man sagen? Ja, Herr Süden, von einem Tag auf den anderen stellte sich die Existenzfrage, bei vielen von uns Einzelhändlern. Darauf muss man angemessen reagieren. Na ja, angemessen …

Ersparen wir uns solche Gedanken.

Wir modelten den Laden um; jetzt Abholstation für Pakete aller Art, daneben noch Zeitungen und Zeitschriften und Tabak. Schreibwaren haben wir fast vollständig abgeschafft, rentiert sich hinten und vorn nicht mehr. So geht die Zeit. Jammern bringt uns nicht weiter. Na ja …

Meinen Mann hat die Krise fast noch mehr gebeutelt als mich. Ich war in psychologischer Behandlung, hab Tabletten genommen gegen die Panikattacken, Tranquilizer, Antidepressiva, so Zeug. Bin los davon. Aber die Angst kommt trotzdem immer wieder, besonders nachts, wenn's noch stiller ist als am Tag. Mein Mann, der geht in die Kneipe, zu den anderen Männern, die auch so tun, als wär das eine Lösung; was trinken, quatschen, noch mehr trinken, noch mehr quatschen.

Ich darf nicht ungerecht sein, er steht eisern im Laden, muss er auch, allein ist das für mich nicht zu schaffen; er ist anwesend, das geb ich zu; hängen lässt er mich nicht, obwohl er oft erst spätnachts nach Hause kommt, blöd vom Bier, dusselig von Erinnerungen.

Verstehen Sie, Herr Süden? Seit mehr als einem Jahr betreiben wir den veränderten Laden, und Leo ist immer noch nicht in der Gegenwart angekommen. Er hängt in alten Zeiten fest, wie gefesselt auf einem Sklavenschiff. Er will raus und schafft's nicht, schafft's ums Verrecken nicht. Manchmal tut er mir leid, auch wenn ich gleichzeitig wünschte, er würd was gegen seinen Zustand tun und nicht nur im Blauen Eck rumhängen mit den anderen ausrangierten Gesellen. Ja … Manchmal wünscht ich, er käm gar nicht mehr nach Hause. So schlimm ist das. Ich will so was nicht denken und denk's trotzdem.«

»Sie sehen Ihren Mann als ausrangierten Gesellen.«

»Ich seh ihn überhaupt nicht mehr«, sagte sie laut. »Nicht mehr seit … seit … seit …«

»Seit Mittwoch.«

»Genau. Seit Mittwoch. Seit genau Mittwoch.«

»Sie sind sicher, dass es Mittwoch war, als Ihr Mann nicht mehr heimkam.«

»Sicher bin ich sicher. Wieso fragen Sie mich das?«

»Manchmal täuscht man sich in der Zeit.«

»Ich nicht, mein Herr. Ich bestimmt nicht. Wollen Sie ein Foto von ihm sehen?«

»Unbedingt.«

Mit holprigem Schwung – um ein Haar wäre sie mit dem Ärmel ihres luftigen Kleides an der Lehne hängengeblieben und hätte den Stuhl umgeworfen – eilte sie aus der Küche. Süden betrachtete die weißen Quadrate seines DIN-A7-Blocks: Mit dem Notieren würde er beginnen, sowie die Frau der Wahrheit um die Vermissung ihres Mannes näher käme.

3

Ovales Gesicht, rundes Kinn, dünne Lippen, müde Augen, hohe Stirn, zurückgekämmte Haare, kariertes Hemd, zugeknöpft bis zum Hals, in einer Wiese auf einem grasbewachsenen Hügel stehend.

Auch nach dem dritten Hinsehen fiel Süden kein weiteres Detail auf; ein unscheinbarer Mann in leerer Landschaft. Aus Gewohnheit drehte er das Bild um – eine Nummer und ein Datum von vor fünf Jahren. Das Einzige, was Süden verwunderte, je länger er das Foto betrachtete, betraf dessen Druck: Es war schwarzweiß.

Südens andauerndes Schweigen veranlasste die Frau, mit dem Zeigefinger der rechten Hand an ihrem Daumen zu knibbeln. Für Süden nahm die Ermittlung allmählich Konturen an.

»Ja?« Viola Ahorn biss sich auf die Unterlippe, bemerkte es und hörte damit auf; ihr Finger machte weiter. Ihre erneute Unruhe, das ahnte sie, rührte nicht bloß vom Verhalten ihres Besuchers her, den sie sich ganz anders vorgestellt hatte. Sie fürchtete, sie habe sich auf etwas eingelassen, das ihrer Kontrolle entglitt – etwas, bei dem sie sich von einem unangemessenen Gefühl hatte überwältigen lassen, einer Duselei wegen einer Person, deren Existenz ihr kaum noch Respekt abverlangte. So ehrlich muss man sein, dachte sie, während der Detektiv weiter das lächerliche Foto der Person anglotzte, die sie meinte.

Von einem Moment zum anderen geriet sie innerlich außer sich. Plötzlich verspürte sie das dringende Bedürfnis, auf den Tisch zu hauen und die von ihr selbst initiierte Farce zu beenden, ohne Rücksicht auf Versprechungen oder sonstige Abmachungen (die hielt sie sowieso für überzogen). Fünfzig Euro, keinen Cent mehr, würde sie blechen, der Mann konnte das Geld nehmen oder nicht, sich bei seiner Chefin beschweren oder nicht, die Polizei alarmieren oder nicht – sie war raus aus der Sache, raus aus allem, raus aus dem sentimentalen Getue, das ihr seit Tagen die Nachtruhe verhagelte.

Raus.

Die Arbeit war schuld, überlegte sie, der Stress; keine Ahnung, was die Leute dazu trieb, mitten im Sommer, noch dazu kurz vor den Ferien, tonnenweise Zeug im Internet zu bestellen, das dann in ihrem Laden landete und ihr die Luft raubte und den Rest von Einzelhandel, den sie verbissen aufrechterhielt, in eine überfüllte Müllhalde verwandelte.

Jeden Tag mindestens fünf Mal angeschnauzt zu werden, weil irgendein Trumm nicht geliefert oder falsch geliefert worden war, oder weil die Leute mittags vor verschlossener Tür standen und deswegen ein zweites Mal wiederkommen mussten, ausgerechnet im Feierabendverkehr … Kein Mensch, dachte sie und erschrak über den Blutstropfen an ihrem Daumen, ertrug eine derart stumpfsinnige Tätigkeit unbeschadet an Leib und Seele.

Für Viola Ahorn bestand das Leben nur noch aus untertänigem Gewusel.

Und da war niemand, der ihr beistand, geschweige denn sie aus ihrer unverschuldeten Zwangslage befreien wollte. Niemand – schon gar nicht ihr Ehemann, der nicht einmal das mehr war, sondern bloß noch ein Feigling, der sich in Luft aufgelöst hatte.

Ab wie vielen Jahren galt einer als verschollen und damit

praktisch tot, und die Sache mit dem alten, gemeinsamen Leben als erledigt?

Antwort, Herr Detektiv!

Vielleicht brauchte sie einfach nur Geduld.

Zuerst jedoch musste sie die dämliche Vermisstensuche aus der Welt und den mundfaulen Kerl aus ihrer Wohnung schaffen. Vor ihr lag noch ein halber Tag Plackerei, dann war Wochenende, womöglich der Beginn einer neuen Zeitrechnung.

Woher ihre Euphorie so unvermutet rührte, begriff sie nicht, aber sie hätte am liebsten vor Freude gejuchzt.

Da war die Stille wieder. Viola Ahorn konnte sie hören.

Die Stille jagte ihr einen Schrecken ein wie noch nie. Hatte sie womöglich die ganze Zeit gesprochen, wie sonst allein mit ihrer Mitbewohnerin (ihr war schon klar, dass die nur in ihrem Kopf existierte)? Bildete sie sich ihre Gefühle etwa nur ein? Wie sollte so was funktionieren?

Verflucht, dachte sie. Was, wenn sie längst innerlich abgestorben war? Wenn ihre Vorstellungen von einer scheinbar immer noch erlaubten Zukunft aus reinen Hirngespinsten bestanden? Und sie?

Folgte sie womöglich einem irrsinnigen Trugschluss, nämlich der Hoffnung einer Toten auf Wiederauferstehung?

4

»Was?«, fragte sie. »Was schauen Sie? Und was soll ich mit dem Taschentuch?«

Sie folgte seinem Blick. An ihrem rechten Daumen prangte ein roter Fleck. Sie erinnerte sich, dass sie ihn vorhin gesehen und nichts unternommen hatte. Sie nahm das Papiertuch mit der linken Hand, ließ es gefaltet und drückte es auf die aufgeschabte Stelle. Dann riskierte sie einen Blick ins Gesicht ihres Gegenübers. Ihr fielen die Bartstoppeln, die Härchen an den Ohren auf. Für die Art, wie er sie ansah, schoss ihr sofort ein Ausdruck ins Hirn: lauern. Man merkt's nicht, dachte sie, er tut schläfrig, täuscht Abwesenheit, ja Desinteresse vor, gibt keinen Mucks von sich, rührt keinen Finger, ignoriert den Kugelschreiber, als wäre ihre Anwesenheit für eine Notiz zu belanglos … Das ist seine Masche, endlich hab ich sie durchschaut, auf Wiedersehen …

»Sie müssen jetzt gehen, Herr …«

»Sie haben gerade gelacht«, sagte er. Dann nichts weiter.

Den Mund noch halbgeöffnet vom abgebrochenen Sprechen, gab sie einen kehligen Laut von sich. In ihren Ohren hörte es sich wie ein Grunzen an. Sie wollte sich entschuldigen und fand ihre Stimme nicht. Wann, überlegte sie, hatte sie gelacht? Worüber? Sie war in ihre Welt abgetaucht, das stimmte, doch nichts brachte sie dort zum Lachen, schon ewig nicht mehr. Lachen? Wie ging das?

Der Detektiv log ihr schamlos ins Gesicht, das war die einzige Erklärung; sie wusste genau, wieso er das tat. Er wollte sie provozieren, zu einem Geständnis verleiten, damit sie zugab, wie brutal die Umstände sie ankotzten und dass es sie keinen Deut juckte, ob ihr Mann verschwunden war und ihm etwas zugestoßen sein könnte oder ob er jemals wieder auftauchte. Bedeutungslos von Grund auf. Schließlich gehörte sie selbst längst zu den Untoten, die durch einen verrotteten Alltag geisterten, im aberwitzigen Glauben, sie sicherten so ihr Überleben in einer Welt aus Geiz und Ungeduld, hinterhältiger Konkurrenz und Egoismus hoch tausend.

Grotesk, abgrundtief lachhaft.

Jetzt hatte sie es selbst gehört!

Ihr Mund hatte einen Laut ausgestoßen, der wie das Bruchstück eines Lachens klang.

Sie hob den Kopf (verstört hatte sie auf ihre gekreuzten Daumen mit dem Papiertaschentuch dazwischen gestarrt) und blickte in die verschwommenen Umrisse einer Gestalt. Dauernd passierte etwas mit ihr, womit sie nicht zurechtkam. Sie beugte sich über den Tisch, näher hin zu dem Unrasierten, der keine Reaktion zeigte. Oder doch? Er hielt ihr seine Hand hin, schon wieder. Und sie? Hatte keine Hand mehr frei, sie musste doch die Blutung stoppen! Dann hörte sie ein Schniefen. Jemand heulte, eindeutig.

»Nehmen Sie das zweite Taschentuch auch, Frau Ahorn«, sagte der Mann hinter dem Schleier ihrer Augen.

O Gott, dachte sie.

Hastig griff sie nach dem Tuch. Sie tupfte sich die Augen ab, rieb über ihre Nase, senkte die Hand und sah das andere, rotgefärbte Tuch. Aus ihrem Daumen quoll kein Blut mehr. Was hatte das zu bedeuten?

»Entschuldigung, Entschuldigung«, stieß sie hervor. »Ich komm gleich wieder.«

Ihre Hand klebte auf dem Tisch, mit der Hand des Mannes obenauf. »Sie bleiben«, sagte Süden. »Wir müssen uns jetzt über Ihre Vermissung unterhalten.«

»Meine Vermissung?« Sie blinzelte eine Weile, um besser sehen zu können.

»Ihr Mann ist verschwunden, und ich muss wissen, seit wann und welche Gründe es für seine Abwesenheit geben könnte. Wenn ich bis morgen früh nicht den kleinsten Hinweis auf seine veränderten Lebensumstände erhalten habe, brauchen Sie nichts zu bezahlen. Die ersten zwölf Stunden gehen auf mein Risiko. Sie müssen dann bei der Polizei eine Vermisstenanzeige erstatten, sonst haben Sie keine Chance, Ihren Mann zu finden.«

Noch einmal tupfte sie mit dem Papierdreieck ihre Nase ab; sie schniefte leise, spitzte die Lippen und zeigte ein Lächeln, ohne Heiterkeit.

»Polizei?«, sagte sie. »Ha! Polizei. Niemals Polizei!«

Sie erklärte ihm die Dinge.

»Hören Sie mir zu? Die Polizei … Die Polizei kümmert sich einen Dreck um unsereinen, das müsste Ihnen als wacher Mensch doch schon aufgefallen sein. Die Polizei schützt die Obrigkeit, nicht uns, das Volk. Die Polizei ist korrupt bis ins Mark, und die Regierung unterstützt so ein Verhalten, das hätt längst verhindert werden müssen. So, wie politische Parteien bestimmen, wer wo auf welchen Richterstuhl kommt oder zum Oberstaatsanwalt ernannt wird. Das muss aufhören.

Ich will Sie nicht belehren, Sie sind Detektiv und wahrscheinlich eng mit der Polizei verbandelt, das ist normal. Aber wenn ich bestimmen kann, wer mir helfen soll, zum Beispiel, jemand ist plötzlich verschwunden, dann entscheid ich mich mit Sicherheit nicht für ein Staatsorgan. Da hab ich meine Erfahrungen gemacht, das können Sie mir glauben, und daraus hab ich gelernt. Deswegen sind Sie hier und keiner dieser ferngesteuerten Beamten, denen geht ein Schicksal wie meines am Allerwertesten vorbei. Das ist die schlichte Wahrheit. Ja?«

Süden schwieg.

»Na ja, ich hoffe, Sie machen Ihre Arbeit gut und bringen etwas Licht ins Dunkel, das zurzeit mein Leben überschattet. Sagen Sie mir, was Sie brauchen, um meinen Mann aufzustöbern, ich unterstütze Sie so gut wie möglich. Entschuldigen Sie mein Benehmen vorhin, meine Nachlässigkeit und dass ich Sie so auf dem Trockenen sitzengelassen hab. Zurzeit bin ich nicht hundert Prozent standfest, wenn ich mich so ausdrücken darf, ich leide unter Schwächeanfällen, auch nervlich. Haben Sie Nachsicht, Herr Süden. Darf ich Ihnen ein Glas Wasser bringen, oder ein Bier? Ist doch schon nach zwanzig Uhr.«

»Kein Bier«, sagte Süden.

»Ein Glas Weißwein?«

»Dieses Foto von Ihrem Mann ist schwarzweiß, das ist ungewöhnlich.«

»Er war ein leidenschaftlicher Knipser, mein Leo.«

»Er lebt hoffentlich noch«, sagte Süden.

Er hatte eine Schwäche für verrutschende Gesichter, auch wenn er diesmal, wie er sich eingestand, besser nicht hingesehen hätte. Viola Ahorns Mimik nahm einen solch geisterhaft-verzerrten Ausdruck an, dass Süden unmöglich glauben mochte, ihre Reaktion beziehe sich ausschließlich auf seinen nicht belehrend gemeinten Hinweis.

Wie bei ihrer Kaskade gegen Polizei und politische Entscheidungsträger schien sie auch ohne Worte flugs dazu in der Lage zu sein, eine negative, aus einem privaten Anlass heraus entstandene Empfindung in fundamentale Abscheu gegen die Welt umschlagen zu lassen – vermutlich, weil sie es als ihr gutes Recht betrachtete, beleidigt zu sein.

Aus seiner Erinnerung tauchte ein gut abgehangener Spruch seiner Chefin auf: Viele unserer Auftraggeber, meinte Edith Liebergesell einmal, seien die größeren Arschgeigen (Männer wie Frauen), die Zielpersonen dagegen entpuppten sich häufig als äußerst liebenswürdig.

Aber er war nicht hier, um zu urteilen.

Immerhin brachte sie ein »Hoffentlich« heraus. Sie zuppelte an ihrem enggeschnittenen Kleid mit den schwarzweißen Querstreifen und der aufgenähten roten Rose auf Herzhöhe und ruckte wieder mit dem Stuhl. Süden mutmaßte, dass sie es war, die einen Drink nötig hätte.

»Ein leidenschaftlicher Knipser«, wiederholte er. »In Schwarzweiß.«

Sie hörte auf zu fummeln und nickte eine Zeitlang vor sich hin. Er beobachtete sie, ihre scheinbare Selbstvergessenheit, ihre Angewohnheit, sich das möglicherweise gefärbte schwarze Haar aus der Stirn zu streichen, ohne dass eine Strähne je ihre Brauen berührt hätte.

Knapp eine Stunde hielt er sich bereits in der Wohnung auf. Er hatte den Eindruck, er wusste schon zu viel von ihr, nach mehr verlangte es ihn nicht. Von ihrem Mann wusste er noch nahezu nichts, außer dass Leo Ahorn gern Fotos machte. Und – Süden fehlte der Beweis, eine Unterstellung genügte ihm – mit hoher Wahrscheinlichkeit schenkte Leo Ahorn seiner Frau zu keinem noch so geringen Anlass ein billiges Viskosekleid mit einer kitschigen Blume über der Brust. Vielleicht ein Präsent von ihr an sich selbst …

Mehr und mehr fand Süden Halt auf dem Lieblingsplatz des verschwundenen Schreibwarenhändlers, beim Anblick der in einer Wiese abgeknipsten Gestalt und in Anwesenheit einer mit gebunkerter Verachtung in eine neue gnadenlose Nacht strauchelnden Frau. Die langen Tage des Sommers, hatte Süden gelernt, demaskierten manche Menschen bis auf die Knochen und erlösten sie auch nachts nicht von der Scham.

5

Nach der Mittleren Reife begann Leo Ahorn eine Ausbildung zum Einzelhandelskaufmann, die er nach einem Jahr gegen seinen Willen abbrach. Sein Vater war an einem Prostatakarzinom erkrankt, das bereits Metastasen gebildet hatte. Seine Mutter bat Leo, im florierenden Geschäft mitzuhelfen. Eine Zeitlang glaubte er, sein Vater würde sich wieder erholen, zumal er die Operation, bei der sowohl das Organ als auch befallene Lymphknoten entfernt worden waren, und die anschließende Strahlentherapie gut verkraftet zu haben schien. Für zwei oder drei Stunden am Tag unterstützte Uwe Ahorn seine Frau sogar im Laden, führte launige Gespräche mit den Stammkunden und ermahnte seinen Sohn eindringlich, die Ausbildung fortzusetzen.

Leo wohnte nach wie vor in seinem ehemaligen Kinderzimmer; aus der elterlichen Genossenschaftswohnung auszuziehen hatte er nicht vor; bei einem Mietpreis von rund sieben Euro pro Quadratmeter würde er, das war ihm schon damals klar, in der gesamten Stadt kein günstigeres Angebot finden. Heute bezahlte er für die neunzig Quadratmeter am Zweierweg Ecke Koptenstraße etwas mehr als siebenhundert Euro im Monat – angesichts der in der gentrifizierten Gegend rund um den Ostfriedhof üblichen Preise eine »paradiesische Summe« (Viola Ahorn gegenüber Süden).

Viola war eingezogen, nachdem …

Sie druckste herum. Süden ließ sie gewähren. In der Zwischenzeit hatte sie auf seinen Wunsch hin eine Flasche Bier auf zwei Gläser verteilt; sie hatten beide einen kräftigen

Schluck genommen, mit der Folge, dass die Frau sofort aufstehen und eine neue Flasche aus dem Kühlschrank holen wollte; er bat sie, sitzen zu bleiben.

Offensichtlich löste die Familiengeschichte eine Regung bei ihr aus, die sie schwer zu kontrollieren wusste; sie verhedderte sich beim Sprechen, verlor den Faden, sah Süden fast flehentlich an, als könnte er ihr auf die Sprünge helfen.

Er hatte begonnen, sich Notizen zu machen.

Nachdem Uwe Ahorn mit einer schweren Gallenkolik erneut ins Krankenhaus gebracht worden war, erlitt er einen tödlichen Herzinfarkt; sämtliche Reanimationsversuche scheiterten. Ahorn war fünfundfünfzig Jahre alt und voller Zuversicht gewesen, genau wie sein Sohn.

Leo war achtzehn, und drei Jahre später …

Es geschah praktisch vor ihrer Haustür, keine hundert Meter vom Schreibwarenladen entfernt. Auf Einladung einer Bekannten, die in kleinem Kreis Geburtstag feiern wollte, hatte Christel Ahorn sich um fünf Uhr nachmittags von ihrem Sohn verabschiedet; er sollte bis Geschäftsschluss um achtzehn Uhr die Stellung halten. Die Feier dauerte länger als erwartet.

Gegen zweiundzwanzig Uhr stieg Christel Ahorn auf ihr Fahrrad und machte sich entlang der Grünwalder Straße auf den Heimweg. Ein feuchtkalter Abend im November. Sie kannte die Strecke, brauchte etwa zehn Minuten bis zur Abzweigung der Koptenstraße unmittelbar hinter der Eisenbahnbrücke. Gegenüber dem Areal einer Brauerei mit Gasthaus und Biergarten. Mehr als ein halbes Leben hatte die Sechsundvierzigjährige in diesem Viertel im Osten der Stadt verbracht, niemand, wie sie oft betonte, würde sie von hier vertreiben.

Aus der Entfernung sah sie in der grieseligen Dunkelheit das grüne Leuchten der Ampel; sie fuhr auf dem Bürgersteig, trat kräftig in die Pedale; den Lastwagen neben ihr auf der Straße könne sie locker überholen, dachte sie vielleicht. Der Lastwagen …

»Sie hätt einfach rechts abbiegen können«, sagte Viola Ahorn zu Süden. »Wieso hat sie's nicht getan? Wieso ist die … Die hätt doch sehen müssen … Und der andere hätt doch auch sehen müssen, dass da … Dass da … Gradeaus wollt sie, über die Kreuzung drüber, auf die andere Seite! Weil? Ja, weil? Weil das schneller geht bis zum Haus? Ja? Der Laster ist abgebogen, ohne …«

Ohne auf die Radfahrerin auf dem Gehweg zu achten. Ohne den Blinker zu setzen, wie hinterher ein Autofahrer behauptete, der in der Nähe eingeparkt hatte (der Lkw-Fahrer leugnete das entschieden), bog der Laster nach rechts ab. »Der muss doch erst schauen«, sagte Viola Ahorn. »Der schaut gar nicht … Der ist weitergefahren …«

Der zufällig anwesende Zeuge klingelte Sturm an einer der Türen des Wohnblocks, an dessen östlichem Ende die Wohnung der Ahorns lag. (Die Zeit der Mobiltelefone in der Stadt brach gerade erst an.)

Acht Minuten brauchte der erste Streifenwagen bis zum Unfallort, vierzehn die Sanitäter und der Notarzt. In seinem Zimmer hörte der einundzwanzigjährige Leo die Sirenen von Polizei und Rettungsdiensten, nichts Ungewöhnliches nachts in der Stadt. Er schob eine Kassette in den Videorekorder und freute sich auf die neue Krimiserie, von der er eine aktuelle Folge aufgenommen hatte; zwei Kommissarinnen spielten die Hauptrollen; gewöhnlich liefen die Folgen um Viertel nach acht, aber zu der Zeit saß er meist mit seiner Mutter noch beim Abendessen, sie besprachen geschäftliche Dinge oder spielten eine Runde Karten um Pfennigeinsätze – so, wie sie es schon in seiner Kindheit getan hatten.

Der Nachbar (ein Architekt namens Sigburg), der das abrupte Rumpeln der Ladung auf dem Anhänger und das Quietschen der Bremsen gehört, den genauen Ablauf jedoch nicht gesehen hatte, wartete in der Nähe; er beobachtete, wie die Sanitäter das Unfallopfer unter dem schweren Fahrzeug Zentimeter für Zentimeter bewegten, bis der Körper neben den Reifen im Scheinwerferlicht der Polizei auftauchte. Das grüne Cape erkannte Sigburg sofort.

Er teilte einem der Polizisten seine Vermutung mit, woraufhin zwei Beamte ihn zur Haustür begleiteten; Sigburg klingelte; nach dem vierten Mal meldete sich eine junge männliche Stimme. Einer der Polizisten stellte sich mit Namen vor und bat Leo, auf die Straße zu kommen. Einige Minuten später identifizierte Leo das Unfallopfer als seine Mutter. Eine Sanitäterin legte ihm eine Wolldecke um die Schultern; Leo schlotterte am ganzen Körper.

»Jetzt hatte er auch noch die Mutter verloren, und jetzt, und jetzt …«

Wie bei seinem Vater fand die Beisetzung seiner Mutter auf dem nahen Ostfriedhof statt. Niemand, dachte Süden mehrmals im Lauf der Nacht, hatte Christel Ahorn aus ihrem Viertel vertreiben können, nicht einmal der Tod.

Und nachdem …

»Und nachdem alles erledigt war, Herr … Nachdem die Dinge getan waren, die getan werden mussten, beschloss Leo, das Geschäft allein weiterzuführen. Mit grad mal einundzwanzig. Das Leben auf den Kopf gestellt. Ein Glück war, dass die Genossenschaft ihm erlaubte, vorerst in der großen Wohnung zu bleiben, man wolle sich aber nach einem Ersatz mit weniger Quadratmetern umschauen, hieß es. Vielleicht haben sie das getan. War aber nicht mehr nötig. Ich bin nämlich … So bin ich … Ich bin … Wir haben uns im Fasching auf dem Viktualienmarkt kennengelernt; da war er, am Faschingsdienstag, im Trubel bei der lauten Musik; nicht verkleidet, müssen Sie wissen, genau wie ich. Und nachdem …

Nachdem wir uns gemocht und wiedergetroffen haben, nahm er mich in seine Wohnung mit. Ich war … Möchten Sie wissen, wie alt ich damals war?«

»Ja«, sagte Süden.

»Neunzehn. O Gott. Wie lang ist das her? Das sag ich Ihnen besser nicht.«

Er schätzte die Frau auf Anfang vierzig, eventuell Ende dreißig; das schwindende Licht in der Küche schummelte mit den Fältchen in ihrem Gesicht.

»Er war fünfundzwanzig«, fuhr sie fort. Südens Blick irritierte sie, auch, dass er den Kugelschreiber wieder hingelegt hatte und nur noch zuhörte.

Sie sollte aufhören zu quatschen, dachte sie. »Das reicht jetzt, mehr müssen Sie nicht wissen. Natürlich bin ich bei ihm eingezogen, er wollt's so, ausdrücklich, hab mich nicht aufgedrängt, darauf können Sie wetten. Er meinte, nachdem die Zimmer alle leer seien … alle leer … Die Genossenschaft hat ihn nicht rausgeschmissen …

War das richtig, was ich getan hab? Gleich das volle Programm, zusammenziehen, heiraten … Wir haben uns in der Mandlstraße trauen lassen und sind anschließend im Seehaus essen gewesen. Das ist lauschig da. Und nicht gerade preiswert. Na ja. So geht die Zeit. Damals lief das Geschäft gut. Wahrscheinlich haben Sie sich schon gefragt, wieso ich keinen eigenen Beruf ergriffen hab, wieso ich in dem Laden hängengeblieben bin. Raten Sie mal.«

Süden schwieg.

»Hotelfachfrau wollt ich werden. Hab's mir anders überlegt. Bin ins Schreibwarenbusiness eingestiegen. Ist so was zu glauben? Es hätten auch noch Kinder kommen können. Sind keine gekommen. Er wollt's nicht. Wollt's einfach nicht, fand die Welt nicht gut genug für seine Kinder. Und ich? Ich wollt eine richtige Mutter sein, eine Mutter, wie es sich gehört. Na ja, hab's akzeptiert. Wieso? Frage abgelehnt. Die Zeit ist um. Kriegen könnt ich noch ein Kind, grad so noch, in meinem Alter. Mit welchem Mann? Von heut aus betrachtet, hat der liebe Gott das schon klug eingefädelt: In diese Ehe besser kein Nachwuchs ... Haben Sie nun genügend Anhaltspunkte, um den Mann zu finden?«

»Und dann?«, fragte Süden.

»Was? Bitte?«

»Sollte ich Ihren Mann finden, was passiert dann?«

»Was soll da passieren? Er wird mir erklären, wo er gesteckt hat, und wir werden eine Lösung suchen, wie das alles weitergehen soll, dieses blutleere Leben, das wir führen.«

»Ich muss Ihren Mann nicht zu Ihnen zurückbringen, wenn er das nicht wünscht.«

Sie äffte ihn in schriller Tonlage nach. »Wenn er das nicht wünscht? Wenn er das nicht wünscht? Er? Der? Was hat der zu wünschen, in seiner Position? Was? Der hat nichts zu wünschen, der Wunschzug ist abgefahren und kommt nicht wieder. Wenn er das nicht wünscht! Sie finden ihn, bringen ihn her, und den Rest machen wir unter uns aus, da haben Sie kein Sterbenswörtchen mitzureden, wer sind Sie denn?«

»Ich habe Sie noch nicht gefragt, wer das Foto von Ihrem Mann auf der Wiese gemacht hat.«

»Weiß ich nicht, er wahrscheinlich, mit Selbstauslöser.«

»Die Wiese liegt irgendwo in der Stadt.«

»Die liegt da bei der Autobahn nach Salzburg. In den Park

ging er zum Knipsen. War nie dabei, zumindest nicht in den letzten Jahren. Alles kaputt. Sonst noch Fragen?«

»Wo sind die vielen Fotos, die Ihr Mann gemacht hat?«

»Weg.«

»Weg.«

»Er macht Fotos, lässt sie entwickeln und schmeißt sie weg. Das ist das einzige, das übriggeblieben ist.«

»Sie haben es aufbewahrt«, sagte Süden. »Es bedeutet Ihnen etwas.«

Sie zuckte mit der Schulter; kein Bedürfnis nach Traurigkeit ...

»Und Sie erfinden Geschichten, wenn Ihre Kunden Sie fragen, wo Ihr Mann steckt.«

»Zu manchen sag ich, er ist bei einem kranken Freund in Dinslaken, zu anderen, er ist zu seiner kranken Mutter gefahren. Sie glauben's, so einfach ist das.«

Die Aussage würzte sein Schweigen mit Sprachlosigkeit.

»Was ist?«, sagte sie. »Sie schauen so ungläubig.«

»Seine Mutter liegt auf dem Ostfriedhof begraben. Das müssen die Leute doch wissen.«

»Die meisten sind zu jung, um sich an den Unfall zu erinnern, oder zu vergesslich, oder sie hören sowieso nie zu.«

»Und er ist seit Mittwoch verschwunden.«

»Wie oft muss ich das noch sagen?«

Süden brauchte Luft, Abstand, etwas zu trinken und eine andere Stimme in Hörweite. Er steckte Block und Kugelschreiber ein, wandte sich zum Fenster, vor dem die Dämmerung einsetzte, und stand auf.

»Bleibt's bei den ersten zwölf Stunden, die kostenlos sind?«, fragte Viola Ahorn im Flur.

»Selbstverständlich.«

»Ziemlich nett eigentlich.«

»Ich melde mich spätestens morgen früh bei Ihnen.«

Sie zog die Tür auf. »Sie wollt ich noch was fragen: Sie waren doch garantiert nicht Ihr ganzes Leben lang Detektiv, kann ich mir nicht vorstellen. Ich will Ihnen nicht zu nahe treten, aber das ist doch ein eher schlichter Beruf. Entschuldigen Sie, ich hoff, ich hab Sie nicht gekränkt.«

»Nein«, sagte Süden. »Ich war bei der Kripo, davon zwölf Jahre auf der Vermisstenstelle.«

»Ein Polizist!«

Sie gab ihm ihr Lächeln, das er schon kannte und beim zweiten Mal noch abschreckender fand, mit auf den Weg ins Dunkel einer Biografie.

6

Im Wesentlichen bestätigte die Bedienung im Blauen Eck die Lebensumstände des Verschwundenen, die Süden bereits aus den mit Furor aufgeladenen Aussagen der Ehefrau herausgelesen hatte. Trotz einiger Schulen im Umkreis (Maria-Theresia-Gymnasium, Don-Bosco-Kinderhort, in dem auch schulpflichtige Grundschüler betreut wurden) sowie unzähliger neu errichteter Wohnanlagen habe Leo Ahorn über ständig sinkenden Umsatz geklagt.

»Von Tradition können Sie nicht abbeißen«, sagte Britta Seidel, die Kellnerin. »Zu Zeiten von Leos Eltern gab's weit und breit keine Konkurrenz, keinen Supermarkt, der mehr Schreibsachen verkauft als Tütensuppen, so wie heut. Den alten Ahorn und seine Frau kannte im Viertel jeder, auf deren Seite vom Ostfriedhof genauso wie hier bei uns und bis rüber nach Haidhausen. Wer spezielle Schreib- oder Notenhefte für seine Kinder brauchte, ordentliche Füller oder Buntstifte oder hübsche Postkarten und wertvolles Briefpapier zum Verschenken, der ging zum alten Ahorn. Obwohl: Alt darf man eigentlich nicht sagen, so alt wurde er nicht. Kennen Sie die Geschichte?«

»Er starb an Krebs«, sagte Süden.

»Und ein paar Jahre darauf ist seine Frau verunglückt, mit dem Radl, nachts, ein Lastwagen hat sie totgefahren. Und der arme Leo war plötzlich Waise. Was hätte er machen sollen? Von dem Tag an war für ihn ein selbstbestimmtes Leben nicht mehr möglich. Schon tragisch in gewisser Weise. Wer weiß, kann sein, er hat sich nie ganz davon erholt, von dem Schock, von der Tragödie.«

Fast zärtlich strich sie mit dem Daumen über das Foto, das vor ihr auf dem Tresen lag. »Der liebe Leo. In letzter Zeit allerdings ging er nicht nur mir manchmal arg auf den Zeiger. Seine Jammerei war kaum mehr zu ertragen. Er fing sogar an zu betteln ...«

Unvermittelt hielt sie inne, schüttelte den Kopf, nahm das Foto in die Hand und runzelte die Stirn – als käme ihr das Schwarzweißgesicht auf einmal fremd vor. »Verschwunden ist er? Seit zwei Tagen? Wirklich?«

»Ja«, sagte Süden.

»Hier war er seit Montag nicht mehr. Oder?«

Sie meinte nicht Süden. Ihre Aufmerksamkeit galt einem etwa sechzigjährigen Mann an einem Stehtisch in der Mitte der Kneipe, dessen gebeugte Gestalt und starrer Blick Süden schon beim Hereinkommen aufgefallen waren. Der Mann fixierte den an die gegenüberliegende Wand montierten Fernseher, auf dem tonlos ein Fußballspiel lief, offensichtlich aus einem afrikanischen Land; auf dem Spielfeld wie auf den Rängen ausschließlich dunkelhäutige Menschen, teilweise vielfarbig gekleidet. Zufällig sah Süden hin, als ein Tor fiel; er las die Einblendung: *Africa Cup*. Kamerun führte gegen Gambia mit eins zu null. In regelmäßigen Abständen zog der Mann (graue Strickjacke über einem T-Shirt, braune Cordhose, schwarze Sandalen, unrasiert, die dunkelblonden Haare ungekämmt) die linke Schulter hoch und blinzelte heftig mit dem rechten Auge; entweder ein Tick, vermutete Süden, oder Ausdruck eines wiederkehrenden Schmerzes.

»Oder, Georg?«, wiederholte die Bedienung, und zu Süden: »Das ist Georg, auch ein Stammgast. Der könnte Ihnen Einiges zu unserem Leo erzählen. Oder, Georg?«

Der Mann drehte den Kopf zum Tresen. Sein Gesicht so grau wie sein Janker, der für die Jahreszeit und den warmen Juliabend an ihm ebenso kurios wirkte wie die schwere Lederjacke am Detektiv. »Montag. Stimmt.« Seine dünne Stimme schaffte es kaum vom Stehtisch zur Theke.

An einem der drei niedrigen Tische vor den Fenstern blätterte ein Mann um die fünfzig mit ergrauenden roten Haaren in einer Boulevardzeitung; als Georg der Bedienung antwortete, schaute er auf und wischte mit einem schnellen Blick auch über Süden, dann stützte er die Ellbogen auf, die Fäuste im hageren, von tiefen Furchen durchzogenen Gesicht, und setzte seine Lektüre eines offenbar maßlos spannenden Artikels fort. Süden war aufgefallen, dass, seitdem er hier war, der Mann noch kein einziges Mal umgeblättert hatte. Bei der niedrigen Lautstärke der Schlagermusik hätte Süden sogar mit dem Rücken zum Raum das Rascheln des Papiers wahrgenommen.

Vielleicht, dachte er, hatte das alles nichts zu bedeuten: Ob einer umblätterte oder nicht; ob einer wie gebannt ein tonloses afrikanisches Fußballspiel verfolgte; ob einer, wie der alte Herr mit der Baskenmütze am zweiten Stehtisch, unaufhörlich in einem Taschenkalender blätterte; ob einer, wie der weißbärtige Gast am anderen Ende des Tresens, in rasender Geschwindigkeit mit einem Bleistift Wörter in ein Kreuzworträtsel einfügte und ebenso hektisch wieder ausradierte …

Welchen Zusammenhang stellte das alles zu einer Vermissung in einer Welt ohne Nähe dar?

In einem Lokal wie dem Blauen Eck trafen tagein, nachtaus Männer und Frauen aufeinander, denen die Anwesenheit genügte, die eigene und die der übrigen Vornamenträger. Man nahm eine Rolle an; man hatte Text zu bieten; man hörte zu und entwickelte bei Bedarf einen Dialog oder unterwarf sich einer Suada aus unüberprüfbaren Erkenntnissen und einschüchternden Mutmaßungen, aus denen man schlau wurde oder auch nicht.

Je häufiger man zur immer gleichen Zeit erschien, desto selbstverständlicher gingen die handelnden, salbadernden, brummenden, Kreuzworträtsel lösenden oder vor sich hin fluchenden Personen miteinander um, ganz so, als wären sie Akteure auf einer von ihnen selbst gezimmerten Bühne. Doch waren sie Gleichgesinnte nur in einer Hinsicht: Jeder Mann, jede Frau, jedes Geschöpf in diesem Universum aus verbrauchter Luft und zerknüllten Träumen verbarg sein Alleinsein mit größtmöglicher Hingabe. Insgeheim schämten sie sich für ihre Einsamkeit mehr als für abgetretene Schuhe und ungeschnittene Fingernägel, Löcher im Pullover, das Zittern der Hand beim Heben des Glases.

Mindestens die Hälfte seines Lebens hatte Süden mit Menschen verbracht, die von einem bestimmten Moment ihrer Geschichte an um ein ihnen angemessenes Dasein betrogen worden waren. Danach fielen manche ins Elend, einige versuchten, sich mit Gewalt zu wehren, andere übten sich in Selbstbetrug – bis sie von ihrem Anblick im Spiegel die Schnauze voll hatten und sich ihren Rest Menschsein von einem Schnellzug in Stücke reißen ließen.

Der Weißbärtige am Tresen war immerhin noch da, auch der Stumme mit der Baskenmütze, der Fußballfan Georg. Und wer wusste schon, was an diesem Abend in der Zeitung stand, dass es sich nicht lohnte, umzublättern?

Nur ein gewisser Leo Ahorn, Schreibwarenhändler wie sein Vater, spielte seine Rolle nicht mehr, was – wenn Süden sich nicht täuschte – nicht gerade zu einem weltbewegenden Vermissen in den Gesichtern der Mitspieler geführt hatte.

»Der taucht schon wieder auf«, sagte die Bedienung. »Noch ein Helles?«

Süden hielt den kleinen karierten Block in der Hand und überflog seine Notizen. »Sie kennen Viola Ahorn ebenfalls«, sagte er.

»Ich bin die Britta.«

»Tabor.«

»Was?«

»Das ist mein Vorname. Tabor.«

»Du heißt Tabor Süden?«

Er nickte.

»Tabor Süden?«

Fünf Augenpaare waren unübersehbar auf ihn gerichtet. Er lehnte am Tresen und schwieg.

Nach der zweiten Strophe eines Songs von Howard Carpendale (der Sänger trieb Süden seit der Geburt in den Wahnsinn) meinte die Bedienung: »So heißt doch niemand.«

»Ich schon«, sagte Süden.

Damit war das Thema erledigt, die Sehorgane widmeten sich wieder den jeweiligen Bedürfnissen ihrer Besitzer.

Britta stellte ein frisches Bier vor ihn hin; er trank den Schaum ab, leckte sich die Lippen und nahm einen weiteren Schluck. »Leos Frau«, sagte Süden, »sie begleitet ihren Mann.«

»So kann man das nicht ausdrücken.« Aus einer Zweiliterflasche goss Britta Seidel Weißwein in ein Glas, füllte es mit Mineralwasser auf und brachte es dem radierenden Rätsellöser. Der Weißbärtige fügte ein neues Wort ein, grübelte, klopfte zufrieden mit dem Gummikopf des Bleistifts aufs Papier; eine Weile nickte er still vor sich hin, dann griff er nach dem frischen Glas mit der Schorle. »Dank dir, Britta«, murmelte er abwesend, schon wieder konzentriert auf die zu bewältigenden Aufgaben.

»Frau Ahorn kam also nicht gemeinsam mit ihrem Mann zu dir.«

»Nie«, sagte Britta. »Sie kam, um ihn abzuholen oder zu stänkern oder beides.«

»Sie mag die Kneipe nicht.«

»Was mag die denn überhaupt?« Sie trank Tee mit Rum aus einer roten bauchigen Tasse, die sie in beiden Händen hielt. »Was soll man machen? Die Frau fühlt sich halt bedroht, von geheimen Mächten. Ihrer Ansicht nach ist eine Verschwörung im Gange, und wir lassen uns alles gefallen, weil wir dumm und naiv sind. Sie glaubt allen Ernstes, wir sollen ausgetauscht werden, wir Leute, die Weltherrschaft übernehmen dann finstere Mächte, die Araber. Oder, Georg? Die Araber wandern bei uns ein und schaffen uns ab.«

Süden war sich nicht sicher; es konnte sein, dass Georg ein hauchdünnes Ja ausgestoßen hatte.

»Sie überwacht ihren Mann«, sagte Britta. »Das geht mich nichts an. Wenn du mich fragst, sind beide am Ende angelangt. Sie mussten ihren Laden total ummodeln, die alten Kunden bleiben weg, wie meine Gäste. Schau dich um: Heut ist Freitag und gähnende Leere. Meine Chefin hat noch Glück, sie zahlt relativ wenig Miete, so wie der Leo in seiner Genossenschaftswohnung, wir kommen grad so über die Runden.

Ist ein Kreuz. Man muss die Frau verstehen, sie ist nicht mehr die Jüngste, der Mann hängt fast jeden Abend hier am Tresen, was bleibt dir noch mit Anfang vierzig?

Sie spinnt, das ist die eine Seite, die andere ist die nackte Existenz. Und mit Leo kannst du nicht mehr reden, der labert dir ein Ohr ab, wie schlecht's ihm geht und dass niemand ihm Geld leiht. Stimmt's, Georg?«

Ohne auf eine Antwort zu warten, fügte sie hinzu: »Georg hat seine Firma verkauft, auch die dazugehörige Wohnung, alles abgestoßen, hat sich eine schmucke Zweizimmerwohnung in dem Neubau an der Koptenstraße geleistet. Er ist jetzt frei, sagt er, keine Arbeit mehr, keine Umzüge, nur noch leben, wie es ihm beliebt.«

»Und Fußballspiele aus Afrika verfolgen«, sagte Süden.

»Weiß der Teufel, was er daran findet. Wir kriegen einen Haufen Sender rein, auch zwei Sportkanäle, das wollt meine Chefin so, die hat früher selber Fußball gespielt. Jeder darf zappen, wie er will, bloß der Ton muss ausbleiben. Der Georg war Chef eines bekannten Umzugsunternehmens, Kramer-Umzüge, hat sein Vater aufgebaut, absolute Profis. Georg hat Geld auf der Bank, das ist klar, und Leo hat ihn unermüdlich angeschnorrt.«

»An der Koptenstraße liegt auch das Geschäft der Ahorns.« Süden leerte sein Glas, Britta drehte den Zapfhahn auf.

»Ja, sicher. Die kennen sich inzwischen gut. Georgs Firma war in Milbertshofen, vor einem Jahr ist er hergezogen, neue Umgebung, neue Freiheit. Und Leo ...« Sie stellte das gefüllte Glas auf den Tresen. »Wohlsein. Wo könnt er sein, der Leo? Was sagt seine Frau? Die muss doch was wissen.«

»Sie sagt, er sei seit Mittwoch nicht mehr nach Hause gekommen.«

»Aha.« Sie wandte sich an den weißbärtigen Rätselbezwinger. »Hör mal zu, Olaf. Du sollst zuhören.« Den gespitzten Bleistift zwischen Zeige- und Mittelfinger geklemmt, die Hand zur Faust geballt, biss er sich mit angespannter Miene auf die Unterlippe. »Mach mal kurz Pause, ist wichtig.« Er stieß einen Seufzer aus und hob den Arm, als wollte er zustechen.

Britta, zu Süden: »Er steigert sich immer recht rein, alles muss ganz genau stimmen, ehemaliger Lehrer halt.« Zu Olaf, lauter: »Wann war die Viola da? Am Mittwoch oder am Dienstag? Hörst du zu?«

»Ich denk nach.« Er dachte nach.

Süden überbrückte die Zeit mit zwei Schlucken.

»Dienstag. Dienstag.«

»Sicher, Olaf?«

»Dienstag, da habe ich das neue Heft gekauft, das hat sie hier gesehen und mich gefragt, warum ich das nicht bei ihr gekauft hätte. Ich sagte, sie habe keine Rätselbücher im Sortiment, sie behauptete, das würde nicht stimmen. Mit ihr kann man nicht diskutieren.«

»Dienstag also. Danke, Olaf.«

»Und sie hat nicht erwähnt, dass sie fürchtet, ihr Mann sei verschwunden«, sagte Süden.

»Wissen wollt sie, wo er steckt. Ich hab zu ihr gesagt, dass ich ihn gestern, also am Montag, zum letzten Mal gesehen hab. Dann hat sie noch den Rachid von oben bis unten gemustert, das ist einer meiner Stammgäste, ursprünglich aus Algerien, ein top Zahntechniker, sag ich dir, sie hat ihn angegafft, obwohl sie ihm schon ein paarmal begegnet ist, hier bei mir. Er ist ein entspannter Typ, hat nicht im Geringsten auf ihr Gehabe reagiert. Wie gesagt, sie ist paranoid, und solang sie nur schaut ... Dass Leo verschwunden ist, hat sie nicht gesagt. Oder, Georg?«

Kopfschüttelnd stieß Georg sich vom Stehtisch ab und trottete zu den Toiletten. Im Fernsehen lief Werbung.

»An dem Montagabend«, sagte die Bedienung, »hat Leo wie ein Bekloppter auf Georg eingeredet, ununterbrochen. Er brauche Geld, Georg hätte doch genug, er, Leo, möchte seinen Laden umbauen und in ein Café umwandeln, wo man Zeitungen lesen und verweilen kann ... Abstrusitäten ... Ich bitte dich. Die Leute glauben immer, dass Gastronomie ein Kinderspiel ist. Der Leo! Sie haben gestritten, die beiden Männer. Georg wollte seine Ruhe, der Stehtisch ist sein Stammplatz, er kann's nicht leiden, wenn da einer hinrumpelt und ihm den Kopf zuquatscht. Was soll ich sagen? Ich hab ihn rausgeschmissen, den Leo. Nicht zum ersten Mal. Er war betrunken, aggressiv, uneinsichtig. So einen Gast will ich nicht haben, auch wenn ich ihn kenn und Mitleid mit ihm hab, mit seiner Situation, mit seiner Not. Hab ich wirklich. Aber Gäste belästigen ist ein No-Go. Hab ihn vor die Tür bugsiert, und Ruhe war. Er ist auch nicht wieder aufgetaucht. Oder hast du ihn auf dem Heimweg noch mal getroffen?«

Georg steuerte gerade wieder seinen Platz an. »Da war kein Mensch … Ich geh ja … schneller kann ich ja nicht … Unterwegs kommt's nicht drauf an. War wieder spät, wie spät?«

»Kurz vor eins«, sagte Britta, und zu Süden: »Noch ein Helles?«

In der Schnelligkeit seiner Notate stand Süden dem Rätselrater in nichts nach. Er überlegte, Viola Ahorn anzurufen; dann erschien ihm sein Anliegen als zu dringend und wichtig, um es am Telefon abzuhandeln; zumal er auf diese Weise ihr Verhalten nicht beobachten konnte, ihre Mimik, das Geifern ihrer Blicke.

»Ich komme später wieder.« Er legte einen Geldschein auf den Tresen, steckte Block und Kugelschreiber ein und wandte sich im Gehen an den Mann in der Strickjacke. »Falls es Ihnen keine Umstände macht, warten Sie bitte hier auf mich, ich bezahle Ihre Rechnung.« Die Worte entlockten dem Mann keine Reaktion. Süden beließ es bei einem beiläufigen Nicken.

7

Von der Kneipe bis zur Koptenstraße brauchte er acht Minuten. An der Abzweigung hielt er inne, legte den Kopf in den Nacken und schloss die Augen. Er wusste nicht, wie Christel Ahorn ausgesehen hatte … Er stellte sich eine Frau in einem grünen Cape vor, ausgestreckt auf einem Bett voller Spielkarten, die alle einen tanzenden Joker zeigten, mit dem Gesicht ihres Sohnes Leo.

Dann überquerte er an der ausgeschalteten Ampel die Straße.

Auf dem Weg entlang der rotverputzten Fassade des vierstöckigen Wohnblocks (im Parterre waren sämtliche Rollläden geschlossen) erwog Süden, den Fall abzugeben, was bedeuten würde, die Sache wäre erledigt. Die Wahrscheinlichkeit, dass seine Chefin sich der Sache annahm, hielt er für gering. Und außer ihm arbeitete niemand mehr für Edith Liebergesell.

Die Detektei rentierte sich kaum noch. Nachdem die letzte fest angestellte Mitarbeiterin (eine Frau Anfang vierzig namens Patrizia Roos) sich für einen Fulltime-Job in einer Bar entschieden hatte, überlegte die Chefin zum wiederholten Mal, ihre bescheidene Eigentumswohnung nahe dem Englischen Garten zu verkaufen und zu einer Freundin nach Berlin zu ziehen – ein Plan, den sie hegte, seit Süden sie kannte. Doch wie durch ein Wunder trudelten innerhalb eines Monats eine Reihe nicht sehr aufwändiger, aber lukrativer Aufträge ein, und sie vertagte die Entscheidung. Außerdem sorgte sie sich um Südens Zukunft, mehr noch: um seine Gegenwart, wenn er keinerlei Verpflichtungen mehr zu erfüllen hätte und womöglich aus seiner Lieblingsrolle als Gasthausbewohner nicht mehr herausfände.

Er wusste, was sie über ihn dachte – in all den Jahren seiner Tätigkeit als Detektiv hatten sie eine Menge Zeit miteinander verbracht, nicht nur dienstlich. Ab und zu begleitete sie ihn trinkfest auf seinen Touren durch diverse Lokale (er nannte sie Katerschmieden), in denen er kaum ein Wort mit jemandem wechselte. Er trank Bier, sah, falls eines vorhanden war, aus dem Fenster in die Nacht und hing seinen Gedanken nach, von denen er einige – meist zwischen dem zweiten und dritten Glas – mit ihr teilte. Auf diese Weise kam sie seiner Vergangenheit näher, und er schien damit einverstanden. Wenn sie von sich erzählte, hörte er zu, wie einer, der »alle Zeit der Welt gepachtet hat, und zwar für mich allein« (Liebergesell). Bei derartigen Bemerkungen lächelte er, seltsam verschmitzt, und hob sein Glas und prostete ihr mit den Worten »Möge es nützen« zu; sein bester Freund, der ebenfalls Polizist gewesen war und nicht mehr lebte, habe behauptet, dies sei die Übersetzung von Prosit.

Möge es nützen.

Der Geschmack des Bieres im Gaumen, der vertraute Anblick gestrandeter Gestalten im Blauen Eck, das Bild des schwarzweißen Mannes auf einer grauen Wiese …

Süden hatte nicht bemerkt, dass er stehengeblieben und außer Atem war. Eine wohlige Sommernacht; in der Luft Schlieren von Gerüchen der Grillfeuer am Fluss; aus offenen Fenstern quirlige Stimmen; Rockmusik. Er stemmte die Hände in die Hüften und sog die Luft tief ein.

Erinnerungen störten ihn gerade, lösten ein mürrisches Empfinden in ihm aus – angesichts der gemeinten Personen unangemessen und vor dem Hintergrund seiner Funktion eine unwillkommene Ablenkung. Welchen Umgang er pflegte, welche Leute ihm in den Kopf quasseln durften, welche Lügen er ertragen musste und welches Rätsel er ungelöst lassen wollte, entschied er allein, ohne Rücksicht auf Ansehen und Honorare.

Wie viele Sommer noch?, fragte er sich am Zweierweg (eine Spur zu dramatisch, wie er zugab).

An die aktuelle Vermissung würde er keine Stunde mehr verschwenden, falls …

»Falls Sie mir nicht die Wahrheit sagen, und zwar jetzt, hier im Treppenhaus, ganz gleich, wer hinter den anderen Türen mithört.«

Fünf Mal hatte er unten auf die Klingel drücken müssen, bevor ihre Stimme zu hören war, schrill und aggressiv. Wahrscheinlich hatte sie nach seinem Abschied weitergetrunken, oder er hatte sie beim Schlaumeiern im Internet gestört. Widerwillig hatte sie ihn an der halb geöffneten Wohnungstür im dritten Stock empfangen (grüner Bademantel, in den Haaren eine rosafarbene Lesebrille). »Ihr Mann«, sagte Süden, »ist nicht seit Mittwoch verschwunden, sondern seit Montag. Sie lügen mir ins Gesicht, und ich möchte verstehen, wieso.«

»Gehen Sie weg.« Viola Ahorn machte einen Schritt zurück in den dunklen Flur, bevor das bleiche Treppenhauslicht ihrem erschöpften, ungeschminkten Gesicht erneut keine Gnade gönnte. »Der Mann hat mich verlassen, soll ich mich freuen? Der Mann ruiniert mein Leben, er kapiert nicht, was in der Welt vor sich geht. Er weigert sich, mir zuzuhören und sich wesentliche Dinge erklären zu lassen. Hören Sie auf! Wissen Sie was: Wenn Sie ihn nicht suchen wollen, lassen Sie's. Ich geb Ihnen zwanzig Euro für Ihre Bemühungen, fünfzig, wenn's sein muss, und wir vergessen, dass wir uns jemals begegnet sind.«

Sie zeigte mit dem Finger auf Süden. »Mitten in der Nacht tauchen Sie hier auf und machen sich wichtig, Sie Polizist. Hauen Sie ab, Sie haben hier nichts mehr verloren, weg mit Ihnen.«

Er roch ihren Atem, Wein und Nikotin. »Leo ist seit Montag nicht mehr hier gewesen«, sagte er.

»Sie haben Bier getrunken, das riech ich.«

»Im Blauen Eck. Ich suche nach Ihrem Mann.«

Ihre Handbewegung eine Geste aus Resignation und Müdigkeit. »Lassen Sie mich in Frieden, ich mag Sie nicht, tun Sie, was Sie … Ich muss ins Bett, ich war die ganze Zeit … und … und …« Wie von einem Stromschlag durchzuckt, streckte sie den gebogenen Arm in die Höhe, rempelte Süden an und war mit drei Schritten an der Nachbarstür. Ihre Hand knallte flach dagegen. »Alles mitgekriegt, Herr Wagner? Kommen Sie raus, ich stell Ihnen Herrn Süden vor, echter Polizist, der Mann, immer im Dienst. Haben Sie gehört? Leo ist spurlos verschwunden. Er ist gar nicht in Dinslaken, ich hab Sie angeschwindelt, wie finden Sie das? Ich find das gut so, das geht Sie nämlich nichts an, was wir privat machen, Leo und ich. Von Ihnen können wir auch nicht leben, Herr Wagner, Sie kaufen Ihre Schreibwaren schon lange im Supermarkt so wie alle anderen in der Nachbarschaft. Geben Sie's zu!« Sie trommelte ein zweites Mal gegen die Tür. »Ihr habt uns hängenlassen, ihr alle …«

Sie zuckte zusammen, etwas hatte sie berührt. Jemand nahm sie am Handgelenk und führte sie zu ihrer Wohnung. Auf der Fußmatte ließ der Mann sie los. »Was machen Sie da, Sie?«

»Gehen Sie schlafen, Frau Ahorn«, sagte Süden.

»Sie haben mir gar nichts …« Mit einer fahrigen Geste winkte sie ab.

»Ich melde mich morgen bei Ihnen, wie versprochen.«

»Ja, ja …« Sie schlurfte in die Wohnung, wandte noch einmal den Kopf, beide Hände an die Türkante geklammert. Mit verzerrter Miene heftete sie ihren Blick auf Süden; ihm schien, als wollte sie noch etwas sagen. Da ging das Licht aus, und die Frau schlug, vielleicht vor Schreck, die Tür zu.

Süden verharrte im Dunkeln. In der Wohnung krachte eine zweite Tür.

In unbeleuchteter Stille stieg Süden so geräuschlos wie möglich die Treppe hinunter.

8

Der ergrauende Rothaarige saß nicht mehr an seinem Platz vor dem Fenster. Am Tresen radierte der ehemalige Lehrer die Antworten in einem komplett ausgefüllten Kreuzworträtsel aus, von der Bedienung mit zur Seite geneigtem Kopf neugierig beobachtet. Der Gast im Rollkragenpullover, der vorher am zweiten Stehtisch einen Kalender studiert hatte, saß inzwischen an einem Tisch, vor sich ein Bier. Seine Baskenmütze hatte er abgenommen; stumm, mit einem von seinem Gesicht missachteten Lächeln (die Augen wässrig und träge, der kahle Kopf eine einzige Anklage gegen die Massaker des Alters) blickte er um sich: vom Tresen zum unverwüstlich stehenden Georg, zu seinem eigenen bevorzugten Stehtisch, zum erloschenen Fernseher, zur Tür, durch die niemand hereinkam.

Je länger Süden ihn betrachtete, desto greller überlagerte sich das Bild vor seinen Augen mit einem aus der Vergangenheit, die ihm in dieser Nacht offenbar an allen Ecken und Enden auflauerte.

Der dürre Gast am Fenstertisch (seine Kleidung, die Aura von Abwesenheit, das verrostete Lächeln) katapultierte Süden in die Nähe eines anderen, zu jeder Jahreszeit Rollkragenpullover tragenden Mannes.

Von inneren Dämonen durchs Dasein gescheucht, hatte sein bester Freund Martin Heuer keinen Schlaf mehr gefunden, keinen Ausweg aus dem dröhnenden Labyrinth, in das sich sein Alltag aus Stimmen, Geräuschen und Echos verwandelt hatte.

Bis zu jenem Moment, in dem das Vokabular der Verunglimpfung, mit dem Heuer sich jahrelang selbst beschmutzt und das ihm auf kuriose Weise Erleichterung verschafft hatte, keine Wirkung mehr zeigte. In jener Nacht hatte er sich in seinen Wagen gesetzt (einen verschlissenen, scheppernden Ford) und war in den Osten der Stadt gefahren – nicht allzu weit von der Gegend entfernt, in der Süden sich soeben befand; er parkte im Hinterhof eines Bordells, wo er gelegentlich für sich allein Biere an der Bar trank.

Den Zündschlüssel hatte er stecken lassen; anders als gewöhnlich begleitete er diesmal eine der Prostituierten ins Zimmer; er entkleidete sich, ließ sich nach Aussage der Frau »ein wenig massieren« und zog sich wieder an. Er hatte bezahlt, kein Wort geredet und auch sein Bier nur halb getrunken. Wieder im Freien – wie sarkastisch das Wort in dem Zusammenhang klang, dachte Süden –, ging er noch einmal zum Auto, griff ins Handschuhfach, warf die Tür zu und vertrödelte keine Zeit (Süden war nicht dabei gewesen, aber er stellte sich die Abläufe so vor).

Heuer kletterte in einen Müllcontainer an der Grundstücksmauer, klappte den Deckel zu und schoss sich mit seiner Neun-Millimeter-Dienstpistole in den Kopf. Süden war anwesend, als zwei Ärzte den Leichnam aus dem Container bargen (assistiert von drei im prasselnden Regen Schirme hochhaltenden Helfern) und in einem vorbereiteten Zelt auf eine Plane legten; im beißenden Licht des Halogenscheinwerfers schlugen die Tropfen wie silbrige Nägel auf den Asphalt. Süden und Heuer kannten sich seit ihrem zweiten Lebensjahr. Auf dem Waldfriedhof lag Heuer Seite an Seite mit einer, wie es einst hieß und in den Grabstein gemeißelt war, Kolonialwarenhändlerswitwe.

Beschämend, dachte Süden: ein Rollkragenpullover, ein versteinertes Gesicht, ein halbvolles Glas und …

Und er kippte beinah aus der Gegenwart. Eingeschüchtert von der Wucht der Erinnerung hob er sein Glas und prostete dem Mann von der Theke aus zu; der Glatzköpfige nahm ebenfalls sein Glas, nickte und trank einen nicht sehr üppigen Schluck. Süden fragte die Bedienung nach dem Namen des Gastes.

»Heiner«, sagte sie. »Heiner Gust. Besaß mal ein Tonstudio, spielte angeblich selber top Gitarre. Sagen die Leute. Heut, schätz ich, nicht mehr. Obwohl: Schau dir seine Fingernägel an, er behauptet, er braucht sie so lang fürs Zupfen auf seinem Instrument. Ich sag dir, er ist halt zu faul zum Schneiden. Muss man Nachsicht haben. Wie alt schätzt du ihn, achtzig? Gesund sieht er nicht aus, aber das Bier schmeckt ihm noch, einigermaßen wenigstens. Wolltest du dem Georg nicht eins ausgeben?«

Das leere Glas am Stehtisch hatte Süden schon bemerkt; ihm war ein anderes Leben dazwischengekommen.

»Unbedingt«, sagte er. »Für mich auch eins. Und für Heiner, wenn er mag, und eine Schorle für …« Ihm fiel der Name nicht mehr ein.

»Olaf«, sagte die Bedienung. Olaf hob die Faust mit dem eingeklemmten Bleistift, dessen Spitze auf Süden zeigte; mehr passierte nicht.

Süden stellte sich schräg vor Georg, ohne den Tisch zu berühren. »Ich würde gern Ihren Familiennamen erfahren.« Dass Britta den Namen bereits erwähnt hatte, wusste er nicht mehr.

»Ungern.«

»Süden.«

»Norden.«

»Süden.«

»Ist das ein Quiz?«

»Der Mann heißt so.« Britta Seidel platzierte zwei Biergläser

ser auf dem Stehtisch. »Sag ihm, wie du heißt, er ist dienstlich hier.«

»Bulle?«

»Detektiv.« Süden hob sein Glas. »Möge es nützen.«

»Was soll nützen?«

»Trink einfach, Georg«, sagte die Bedienung. »Bei einem geschenkten Glas fragt man nicht nach was.«

»Ist das ein Sprichwort?«

Britta schüttelte den Kopf, ging zurück zum Tresen. Süden stellte das Glas ab und zog seinen Schreibblock heraus. »Am Montag haben Sie hier mit Leo Ahorn gestritten, wieder einmal, wie ich gehört habe. Leo wollte Sie anpumpen.«

»Kramer.«

Richtig, dachte Süden, er hätte sich den Namen merken müssen. »Sie haben Leo kein Geld gegeben, Herr Kramer.«

Kramers rechtes Lid flackerte; gleichzeitig ruckte er mit der Schulter. Vielleicht, sinnierte Süden, die Folge einer überstandenen Verwundung. »Keinen einzigen Cent, ich bin doch nicht … Der labert mich zu, jeden Abend, wenn ich … Ich bin fast jeden Abend hier, manchmal, früher … vor Monaten … Die Britta kann Ihnen das bestätigen, ich komm und bleib was und … Ich geh dann wieder und komm später noch mal …«

»Danke vielmals«, rief Olaf vom Tresen. Kramer gab ein erschrockenes Röcheln von sich. Süden hob sein Glas und prostete Olaf wortlos zu. Ausnahmsweise, fiel Süden auf, trank der Ex-Lehrer mit der linken Hand, da er mit der rechten immer noch den Bleistift hielt.

Süden sah sein Gegenüber an. »Sie geben Leo kein Geld.«

»Der kriegt nie ein Geld von mir, der tut immer so, als wär ich ein … Mein Geld hab ich bitter verdient … Das weiß ja jeder, wie gut die Firma … Wieso fragen Sie mich so was, das ist … Ich werd nicht gern ausgequetscht, Herr … Süden … Tatsächlich? Wirklich?«

»Tabor Süden.«

»Georg Kramer.« Er trank und ließ sich Zeit. Süden spürte die Blicke des glatzköpfigen Pulloverträgers im Rücken.

»Sie kennen Leo gut.«

»Wir sind Nachbarn. Geworden. Früher nicht. Ich komm aus … Wir hatten die Firma draußen … Hier nicht, aber ich war öfter schon mal im Viertel, beruflich, privat nie, man fährt ja nicht extra her, das ist … Das sind so Vorurteile … Den Leo, ja, man lernt sich schnell kennen an so einem Ort, wie bei der Britta hier. Hab mir eine Wohnung gekauft, Koptenstraße, vorn, las ein Angebot in der Zeitung und dachte, klingt brauchbar, bin hin … Man tanzt da an, macht sich wichtig … Großes Geschäft … Am ersten Abend nach meinem Einzug … Konnte ja schlecht in der Wohnung bleiben … Das macht niemand, wenn man wo neu ist. Umgebung erkunden …« Er trank das Glas leer.

Von Trunkenheit, davon war Süden überzeugt, rührte seine Sprechweise nicht her; offensichtlich war es Kramers ureigene Art, sich so auszudrücken, von einem Gedankensprung zum nächsten, nicht verwirrt, sondern behütet von einem System wohl vertrauter Synapsen. Allerdings wurde Süden vom Zuhören ein wenig schummrig; gern hätte er eine Hand am Tisch abgestützt; er wollte den Abstand wahren.

»Sie haben sich im Blauen Eck kennengelernt.« Süden gab der Bedienung ein Zeichen für Nachschub. »Und Sie haben sich beide aus Ihrem Leben erzählt.«

»Wie kommen Sie auf so was … Aus unserem Leben … Was hätten wir denn da erzählen sollen?«

»Leo Ahorn weiß, dass Sie vermögend sind, Sie werden es ihm gesagt haben.«

»Stimmt, ja … Ja, schon …«

»Und er hat Ihnen seine schwierige Situation geschildert.«

»Fünfzig Mal, mindestens.«

»Am Montagabend auch wieder.«

»Äh … Montag? Am Montag …«

Britta stellte die frischen Gläser hin. »Hilf dem Detektiv«, sagte sie zu Kramer. »Ihr habt euch gezofft wie blöde, dann hab ich den Kerl rausgeschmissen. Du bist dageblieben, bis – wie lange – kurz vor eins? Dann Heimweg und Schluss.«

»Sie sind Leo auf dem Heimweg nicht mehr begegnet«, sagte Süden.

»Nein.« Kramer griff nach dem Glas und verharrte, starrte reglos den Inhalt an, ähnlich versunken wie vor Stunden beim Fußballspiel im Fernsehen.

»Wenn er's sagt, wird's stimmen«, meinte die Bedienung.

»Wann ungefähr hat Leo das Lokal verlassen?«, fragte Süden.

»Du stellst Fragen. Was meinst du, Georg? Elf? Halb zwölf?«

»Ich hab keine Uhr. Zwölf wär möglich.«

»Warum wäre das möglich?« Süden hielt das Glas an seine Wange, als bräuchte er etwas Abkühlung; in Wahrheit simulierte er entspanntes, unaufdringliches Zuhören; der Antwort auf die scheinbar beiläufig gestellte Frage maß er ziemliche Bedeutung bei; aus langjährigem, polizeibedingtem Misstrauen hielt er ein erneutes Zusammentreffen der beiden Streithähne in jener Nacht nicht für ausgeschlossen.

»Weil der um Mitternacht fast immer abhaut«, sagte Kramer zu seinem Glas. »Der hat sicher so eine innere Uhr … Wenn er noch bleiben wollt … Außerdem muss er früh raus, in den Laden … Den macht er ja auch noch, mit seiner Frau, mit der …« Jetzt trank er einen Schluck, und nach einem kurzen Blick zum Fernseher einen weiteren. »Haben Sie das gewusst?«, fragte er.

»Was habe ich gewusst?«

»Haben Sie gewusst, dass der Torwart von Gambia … Der ist in Bielefeld geboren … Schwarzer Mann aus Ostwestfalen. Zu Hause, in seiner Gegend, wo er halt herkommt … Er spielt da in der dritten Liga, glaub ich. Im Moment spielt er in Afrika wegen dem … Er ist der Nationaltorhüter von Gambia. Was für eine Leistung. Ist das nicht großartig?«

»Unbedingt.«

Kurzfristig nahm Süden an der spontanen Respektsbezeugung des in Stille erstarrten Fans teil. Dann wandte er sich zum Tresen. »Mitternacht. Sie waren am Montag um Mitternacht auch hier.« Er meinte den verrätselten Olaf.

»Ja, war ich.«

»Sie haben eine Uhr.«

»Habe ich. Aber meine Hand lege ich nicht ins Feuer für die genaue Zeit.«

Über eine möglicherweise tiefere Bedeutung des Satzes mochte Süden nicht weiter nachgrübeln; stattdessen konfrontierte er den Rollkragengitarristen mit einer ähnlichen Frage nach dessen Anwesenheit in der erwähnten Nacht.

»Kann mich nicht erinnern«, sagte Heiner. »Ist zu lang her.«

»Fünf Tage«, sagte Süden.

»Das mein ich.«

»Wenn man es genau nimmt, fast sechs Tage.« Olaf hatte sich halb aufgerichtet, den Bleistift zwischen Daumen und Zeigefinger, die restlichen Finger abgespreizt. »Es ist nämlich schon Samstag.«

Darauf fiel Süden nichts weiter ein, als bei Britta eine Runde für alle zu bestellen. Was die fragliche Zeit des Verschwindens von Leo Ahorn betraf, trieben ihn mehr Fragen und Ungewissheiten um als vor seiner zweiten Einkehr im Blauen Eck.

Fest stand, Ahorn hatte sich am Montag, eventuell bis Mitternacht, zum letzten Mal in der Kneipe aufgehalten, danach war er nicht nach Hause zurückgekehrt; an der revidierten Aussage der Ehefrau bestand kein Zweifel. Auf dem Weg von der Falknerstraße, wo sich das Lokal befand, bis zur Koptenstraße und der Abzweigung Zweierstraße war Ahorn verlorengegangen. Verschwunden, dachte Süden – unweigerlich sah er die Fußballbilder aus dem Fernsehen vor sich –, unsichtbar geworden, als hätte sich die Biene Maja hinter der gelben Wand des Westfalenstadions verkrochen.

Einen Selbstmord konnte Süden unter keinen Umständen ausschließen. Motive: Verzweiflung aufgrund seiner sich allem Anschein nach unaufhörlich verschlimmernden finanziellen Situation; eine offenbar für beide Partner ins Desaströse abdriftende Ehe; Lebensüberdruss; zwecklose Bemühungen, auf privatem Weg Geld aufzutreiben.

Auf die Frage, ob ihr Mann beschlossen haben könnte, freiwillig aus dem Leben zu scheiden – Süden hatte den Satz genau so formuliert –, hatte Viola Ahorn erwidert: »Leo und Selbstmord? Da müsst er Mumm haben, und den hat er nicht.«

Den Gästen und der Bedienung im Blauen Eck erschien der Gedanke weniger abwegig; entsprechende Andeutungen glaubten sie aus Ahorns Mund allerdings nicht vernommen zu haben, ihnen reichte seine Aufdringlichkeit.

»Mir ist's oft peinlich, diese Bettelei.« (Britta)

»Mehr Contenance wäre schon angebracht.« (Olaf)

»Erpressen … Ich mag nicht, wenn wer mich … So was macht man einfach nicht.« (Georg)

9

Kurz nach Mitternacht ging Süden zur Tür (Britta: »Wohin?« Er: »Zum Nichtrauchen.«) und dachte an der lauen Luft, in der stillen, schmalen Straße, über einen gewissen Widerspruch nach.

Einerseits verursachten die extreme Verkleinerung des Sortiments und die Umstellung auf eine Abholstation niedrigere Einnahmen, andererseits faszinierte Leo Ahorn nach Überzeugung der Kneipengäste die Vorstellung eines Umbaus zu einem Café. Also hatte er noch Pläne, eine Idee von der Zukunft, einen Antrieb, weiterzumachen. Dass er seine Frau daran teilhaben ließ, bezweifelte Süden; in ihren Aussagen hatte er keinen Funken Optimismus wahrgenommen.

Warum schloss Leo seine Frau dermaßen aus? Ohne ihre Zustimmung und Unterstützung, dachte Süden, wäre Leo aufgeschmissen, ein Traumtänzer, der mit Abstrusitäten (O-Ton Britta) hausieren ging. Oder benötigte er Violas Hilfe überhaupt nicht, möglicherweise aufgrund eines Ehevertrags, in dem die geschäftlichen Belange klar geregelt waren und er nach wie vor als alleiniger Inhaber fungierte?

Oder – Süden legte den Kopf in den Nacken und sah zu den Sternen – die Bemühungen Ahorns, Geld aufzutreiben, galten nicht seiner und Violas Zukunft, an die er womöglich keinen Gedanken mehr verschwendete. Spielte im Hintergrund eine andere Person eine Rolle, eine Frau, deren Existenz Leo auch im Blauen Eck für sich behielt? Beschwor er insgeheim einen neuen Anfang herauf, andernorts, weit entfernt vom Haus, in dem er aufgewachsen und das mit den

Jahren zu einem Mausoleum qualvoller Erinnerungen geworden war, zu einem Heim, in dem er ausharren musste, aus Respekt vor seinen Eltern, als Hüter ihres Erbes?

Wäre es denkbar, dass die Begegnung mit einem fremden Menschen einen ungeahnten Mut in Leo Ahorn ausgelöst hatte? Etwas, das ihn beflügelte, aus den Schatten der übermächtigen Wände zu treten und neue Schritte zu erfinden? Dass etwas in ihm wuchs, was seine Frau ihm grimmig absprach: Mumm.

Drinnen führte Südens Bemerkung – »Leo könnte eine andere Frau kennengelernt haben und mit ihr die Stadt verlassen wollen« – zunächst zu einem allgemeinen Verstummen.

Olaf brummte: »So ein Unfug.« Gleichzeitig stieß Britta ein hämisches Lachen aus, bevor Georg erklärte: »Das hätte er mir gesagt, weil er … Mal die Klappe halten kann der doch nicht, nein …«

Für Süden stellten die Antworten keinen Beweis dar.

Menschen verschwanden aus den unmöglichsten Gründen, von denen Angehörige und Freunde oft nicht den blassesten Schimmer hatten. Das war nicht schwer zu erklären: Wer sich vornahm, sang- und klanglos von der gewohnten Bildfläche zu verschwinden, entwickelte die Fähigkeit, Geheimnisse zu bewahren, besonders vor den nächsten Verwandten, auch vor den üblichen Vertrauten in der Freizeit, im Verein, Gasthaus, Abendkurs.

Manche verbargen – mit mühsam eingeübter Raffinesse – ihre Absichten nicht mit ungewohntem Schweigen; vielmehr quatschten sie ihrer Umgebung ein Ohr ab, strahlten fabelhaft Heiterkeit aus und antworteten auf persönliche Fragen mit ausführlichen Beschreibungen ihres Wohlbefindens. Sie wurden zu Meistern der Täuschung, besonders jene, deren

Innenwelt nach Jahren maßloser Enttäuschungen und Erniedrigungen auf Knopfgröße geschrumpft war.

Plötzlich blieb ein Platz leer. Staunen und Ratlosigkeit ringsum. Traf die schlimmstmögliche Nachricht ein, gesellten sich Ungläubigkeit und Unverständnis hinzu. Irgendwo in einem schlecht beleuchteten Zimmer trieben Gewissensbisse eine Hinterbliebene um; ein anderer badete in Selbstmitleid; ein Dritter begnügte sich mit Abscheu …

Aus Leo Ahorns Verhalten im Blauen Eck leitete Süden weder Zuversicht noch Resignation ab: Er würde wiederkommen, zuhören, ein Teil der Gemeinschaft werden, auf die der Vermisste, seinem Gerede nach zu urteilen und aller Ablehnung zum Trotz, gewisse Hoffnungen gesetzt hatte. Die Suche nach ihm hatte gerade erst begonnen.

»Ich würde Sie gern begleiten«, sagte Süden zu Georg Kramer.

»Ich kenne den Weg.«

»Ich auch.«

»Geh mit ihm, Süden«, sagte die Bedienung. »Nicht, dass der Georg auch noch die Biege macht.«

Nach etwa hundert Metern blieb Kramer abrupt stehen. Sie waren nebeneinandergegangen, wortlos, Süden an der Bordsteinkante, beide mit den Händen in den Jackentaschen. Ohne sich umzudrehen, setzte Süden den Weg Richtung Ostfriedhof fort. An der Kreuzung wartete er bei Grün; er horchte auf Schritte hinter ihm, die nicht kamen. Die Fußgängerampel schaltete auf Rot, er ging los. Kein Auto weit und breit, keine Nachtlinie der Straßenbahn. Drüben drehte er sich um. Kramer hatte sich ein paar Meter bewegt und stand wieder da, gebeugt, mit schiefer Schulter, in der Mitte des Bürgersteigs, wie einer, der entweder die Orientierung verloren hatte oder betrunken war oder den beides am nächsten Schritt hinderte.

Keiner von beiden bewegte sich. Zwei, drei Minuten vergingen. Dann ruckte Kramer, wie so oft, mit der rechten Schulter; anscheinend geriet so auch sein übriger Körper in Schwung. Mit torkelndem Gang näherte er sich der Kreuzung, drehte zwei Mal den Kopf nach rechts und links und ging, wie Süden, bei Rot auf die andere Seite. Keuchend hielt er vor Süden inne, Schweiß auf der Stirn, schniefend.

»Was soll das denn?« Kramers Augen tränten; er schwankte und versuchte, dem Blick des lästigen Mannes standzuhalten. »Wo wohnen Sie … Hier nicht, schätze ich mal … Verfolgen Sie mich?« Er war betrunkener, als Süden vermutet hatte.

»Ich gehe den Weg, den Ihr Nachbar Leo gegangen sein muss.«

»Wozu das?«

»Helfen Sie mir, ihn zu finden.«

»Ich? Wieso soll ich Ihnen helfen, der Leo ist … Ich hab ihn nicht mehr gesehen. Wir haben viel getrunken, und die Britta hat ihn … Das war unerträglich an dem Abend. War froh, dass er weg war.«

»Er hat Ihnen nichts anvertraut«, sagte Süden. »Etwas, das sonst niemand weiß.«

»Nichts.« Ein Röcheln drang aus Kramers schief geöffnetem Mund. »Lassen Sie mich vorbei, ich muss heim … Für Sie bin ich wertlos, helfen kann ich Ihnen nicht … Bitte …«

Worauf sollte er warten, dachte Süden. Den Weg war er heute schon einmal in umgekehrter Richtung gegangen: Nichts, was ihm aufgefallen wäre, ihm einen Hinweis gegeben hätte. Im Gemüseladen an der Ecke, in einer Reinigung, in einer Apotheke, in einem Schuhgeschäft hatte er Ahorns Schwarzweißfoto vorgezeigt; der eine oder die andere erkannte den Schreibwarenhändler wieder; Montagnacht war niemand von ihnen unterwegs gewesen; über Leos private Verhältnisse wusste kaum jemand Bescheid. Die Mitteilung, er sei seit einer Woche abgängig, löste bei den Befragten einhellig Erschrecken aus, eine Erklärung hatte niemand parat.

»Kommen Sie gut nach Hause«, sagte Süden.

»Mach ich. Sie auch. Wohin müssen Sie?«

»Luitpoldpark.«

»Das ist völlig woanders.«

»Ich finde schon hin.«

Kramer bunkerte die Hände wieder in den Taschen seiner Strickjacke. »Danke übrigens für die Einladung.«

»Sie haben sich schon bedankt.«

»Ah ja?«

»Ich begleite Sie gern«, sagte Süden.

»Finden Sie lieber Ihren Luitpoldpark.« Kramer ruckte ein paarmal mit der Schulter und steuerte die Brücke über der Bahnlinie an.

Süden wartete, bis der Betrunkene die nächste Abzweigung nach dem Schnellrestaurant erreicht hatte; von dort bog er zu einem vierstöckigen Wohnkomplex ab (im Erdgeschoss ein Supermarkt-Lieferdienst und eine Reparaturwerkstatt für Nähmaschinen), wo er sich eine Wohnung gekauft hatte; in weniger als fünf Minuten würde er zu Hause sein. Süden dagegen, das wurde ihm schlagartig bewusst, würde es in dieser Nacht zu Fuß nicht mehr bis in den Norden der Stadt schaffen. Er dachte daran, dass er gestern keine vier Stunden geschlafen und abgedrehte Selbstgespräche vor dem Spiegel geführt hatte, die anschließend seine abgehackten Träume nicht gerade aufhellten. Unvermittelt fiel ihm wieder sein Alter ein; das hatte noch gefehlt. Jetzt erst recht, dachte er: Zu Fuß nach Hause, auf geht's!

Zwanzig Minuten später stieg er am Luitpoldpark aus einem Taxi.

Um halb neun rief er sie an. Für eine erneute persönliche Begegnung fehlte ihm an diesem Morgen die Hingabe. Im Hintergrund Stimmen, vermutlich von Kunden.

»Na gut«, meinte sie. »Na gut. Was haben Sie bis jetzt rausgefunden?«

»Keine Person, die ich befragt habe, schließt einen möglichen Suizid aus.«

»Ich schon.«

»In seinem Büro oder an einem anderen Ort in der Wohnung haben Sie keine Nachricht Ihres Mannes gefunden.« Von seinem winzigen Balkon im ersten Stock blickte Süden auf die zugeparkte, schmale Jordanstraße, die von der vierspurigen Ausfallstraße zum Park führte, einem Tummelplatz für Freizeitsportler; selten erklomm auch Süden den fast vierzig Meter hohen, begrünten ehemaligen Trümmerberg und hielt schnaufend Ausschau; beim Hinuntersteigen fragte er sich jedes Mal, wonach er eigentlich Ausschau gehalten hatte.

»Hätt ich was suchen sollen?«

Er war abgelenkt gewesen. »Bitte schauen Sie nach.«

»Wann denn? Hier stehen die Leute an und haben's eilig.«

Immerhin, dachte er, stehen Leute an. »Ich melde mich abends wieder.«

»Wie viel war das? Sechzig die Stunde?«

»Fünfundsechzig.«

»Krieg ich einen Vertrag?«

»Selbstverständlich. Frau Liebergesell wird Sie anrufen.«

»Soll sie. Noch was?«

Süden verabschiedete sich. Vögel sangen zuhauf, in der Luft lag der Geruch nach frisch gemähtem Gras. Das Foto des Mannes auf der farblosen Wiese kam ihm in den Sinn. Vielleicht, dachte er, stand Leo noch immer dort, erlöst von Wut und Kummer.

Süden beschloss, nachzusehen.

10

Den Tipp hatte Kramer ihm gegeben. Nach längerem Betrachten des Fotos hatte er gemeint, es könnte sich um eine Ecke in Ramersdorf handeln, die ihm von früheren Aufträgen in der Gegend bekannt vorkäme.

Süden nahm die Tram bis zur Haltestelle Werinherstraße, folgte der Hauptstraße durch die Bahnunterführung hundert Meter in östlicher Richtung, bevor sein Handy ihn in die Pfälzer-Wald-Straße dirigierte. Dort schaltete er das Gerät aus. Plötzlich erinnerte ihn die Gegend mit den ruhigen Nebenstraßen an etwas, dieses vom Verkehrs- und Stadttrubel wie abgeschirmt wirkende Areal mit den gepflegten, jahrzehntealten Ein- und Zweifamilienhäusern samt Vorgärten, den teils eigenwillig geschnittenen, erst in jüngster Zeit errichteten Mehrfamilienhäusern, dem Park mit altem Baumbestand, der Realschule am Sportplatz, dem buddhistischen Tempel inmitten der bürgerlichen Beschaulichkeit …

Ein Mitglied der Ordensgemeinschaft, ein siebenundzwanzigjähriger Mann, hatte als vermisst gegolten; da die Gruppe kein Aufsehen erregen und nicht die Polizei einschalten wollte, wandte sie sich an die Detektei Liebergesell. Der Mann, hieß es, sei erst vor Kurzem in die Buddhistische Vereinigung der Stadt aufgenommen worden; ursprünglich stamme er aus Neumünster, dort sei er in falsche Kreise geraten und habe angefangen, Drogen zu konsumieren; dies bereue er mittlerweile zutiefst; über einen Bekannten, einen gläubigen Buddhisten, habe er den Kontakt zur hiesigen Gemeinschaft hergestellt und seine Heimatstadt schließlich verlassen. Seither arbeite »unser Claus« an seiner »körperlichen und spirituellen Reinigung«.

Ein Tag war vergangen. Süden hatte etliche Gespräche mit Vereinsmitgliedern geführt und streifte, einer Ahnung folgend, durchs Viertel. Keine Stunde später hatte er den jungen Mann entdeckt – hoch oben im Geäst einer Linde, eingehüllt in eine aus dem Tempel entwendete Wolljacke; so hatte er die Nacht verbracht. Aus den Gründen für sein Ausbüxen wurde Süden nicht schlau; es hatte etwas mit innerer Erneuerung zu tun, die Claus anstrebte, und einem Fingerzeig, der ihm angeblich den Weg gewiesen habe. Dem mehrfach geäußerten Hinweis auf die fällige Bezahlung des Suchauftrags kam der Verein mit entspannter Verzögerung nach, was Süden durchaus verständlich fand, seine Chefin eher nicht.

Nicht weit vom Tempel entfernt breitete sich eine leicht ansteigende Grünfläche mit zwei Grashügeln aus; fette Sträucher ringsum, in denen sich Wespen tummelten, vereinzelt Parkbänke in sengender Sonne. Als Süden den Kiesweg erreichte, der um den Platz herumführte, besprenkelten vor seinen Augen zwei Schmetterlinge die flirrende Luft mit gelben Tupfern. Auf die Frage, ob ihm der Name des Karrees eventuell einfalle, hatte Georg Kramer erwidert, er bezweifele, dass die Wiese speziell gekennzeichnet sei; dasselbe vermutete auch Süden. Verwundert betrachtete er daher das Hinweisschild: Grünstadter Platz. Den Namen hatte er noch nie gehört.

Auf einer Parkbank saß ein Mann mit Nickelbrille, barfuß, in einem grünen Sweatshirt und einer blassroten Jeans, auf dem Kopf einen graukarierten Pepitahut. Beim Näherkommen entdeckte Süden unter der Bank einen vor sich hin dösenden, womöglich von der Hitze erledigten Rauhaardackel mit grauem Fell und weißer Schnauze, der ihn mit einer Art Seufzer begrüßte. Der Mann hob die Hand und stutzte; etwas schien ihn grundsätzlich zu irritieren.

»Grüß Gott«, sagte Süden.

Nach einigen Sekunden zeigte der Mann mit dem Finger auf ihn. »In Lederjacke? Erwarten Sie einen Wetterumschwung?«

Süden schwieg.

In die Stille hinein gab der Hund einen nach solider Erschöpfung klingenden Schnauflaut von sich.

»Suchen Sie was?«, fragte der Mann.

Süden zog das Schwarzweißfoto aus der Innentasche seiner Jacke und zeigte es dem Mann. »Könnte es sein, dass dieses Bild hier am …« Den Namen des Platzes hatte er schon wieder vergessen; das beunruhigte ihn ein wenig. »Auf dem Grashügel aufgenommen wurde?«

Der Mann nahm ihm das Foto aus der Hand, betrachtete es, drehte es um, las das Datum, widmete sich weiter dem müden Gesicht. »Sie dürfen sich setzen«, sagte er, ohne aufzuschauen.

Auf die Stellung seiner Füße achtend – er wollte dem Dackel nicht zu nahe treten –, ließ Süden sich am Rand der Bank nieder; der Dackel schaffte ein Knurren.

»Still, Winni, der Herr kommt in friedlicher Absicht.« Er sah Süden an. »Oder?«

»Unbedingt.« Süden spürte den Schweiß im Nacken und überlegte, die Jacke auszuziehen; darunter trug er ein weißes, weit geschnittenes Baumwollhemd. Außer ihm und dem Hundebesitzer hielt sich kein Mensch im Freien auf, kein Hund, nur Winni. An den Häusern auf der gegenüberliegenden Seite waren die Rollos heruntergelassen; kein Windhauch zupfte an den Blättern der Bäume zur Straße hin. Samstagmittag, dreißig Grad.

Süden gab nach; er zog die schwere schwarze Jacke aus und legte sie sich über die Beine; das Hemd klebte ihm am Körper; er öffnete einen weiteren Knopf. Der Mann zeigte auf das Foto in seiner Hand, auf den Mann mit dem bis zum Hals zugeknöpften Hemd.

»Was genau wollen Sie von Leo?«

Der Zufall, dachte Süden, passte zum Übermut des Sommers. »Sie kennen Leo Ahorn.«

»Er kommt öfter vorbei, er mag den Platz irgendwie. Und ich bin praktisch täglich hier, wohn um die Ecke. Leo.« Er hielt Süden das Foto hin. »Also, was wollen Sie von ihm?«

»Ich suche nach ihm. Tabor Süden, Detektiv. Seine Frau hat mich beauftragt.«

»Was heißt suchen?«

»Er ist seit einer Woche verschwunden.«

Der Mann dachte nach. »Seit wann genau?«

»Aller Wahrscheinlichkeit nach seit Montagnacht.«

»Montagnacht.« Wieder Grübeln. »Montagmittag war er hier.« Er lüftete seine Kopfbedeckung – Süden bemerkte den schiefen Mittelscheitel –, fächelte sich Luft zu und setzte das Hütchen wieder auf.

»Das ist sicher«, sagte Süden.

»Sicher.«

»Darf ich Ihren Namen erfahren?«

»Wozu?«

»Ich spreche mich dann leichter.«

Der Mann zog die Stirn in Falten; etwas veranlasste ihn, sich nach vorn zu beugen und einen Blick auf seinen Hund zu werfen. »Er spricht sich dann leichter«, sagte er. Auf einen Kommentar Winnis warteten beide Zuhörer vergeblich. Eine Weile scharrte der Mann mit den nackten Zehen im Kies. Dann fragte er: »Haben Sie einen Ausweis?«

Umständlich kramte Süden eine Visitenkarte aus den Tiefen seiner Jacke. Der Mann warf einen flüchtigen Blick darauf. »Sie sind mein erster Detektiv. Grosse, Per Grosse, Per reicht.«

»Tabor. Am Montag hast du mit Leo gesprochen.«

»Wie immer. Nichts Bewegendes. Er verbringt gern seine Mittagspause hier.«

»Nicht gerade der nächste Weg von seiner Wohnung aus.«

»Hab ihn gefragt, wieso er extra so weit fährt, er meinte, er sei mal mit seiner Frau hier gewesen, lang her, da waren sie noch nicht verheiratet und noch jung, sie hätten Federball auf der Wiese gespielt.«

Süden nahm Block und Kugelschreiber zur Hand. »Er fährt? Womit?«

Grosse schüttelte den Kopf. »Womit wohl! Mit dem Rad. Er hat doch dieses klapprige Mountainbike, uralt, das Ding, mindestens achtziger Jahre.«

Ein Fahrrad hatte Viola Ahorn mit keinem Wort erwähnt. »Sie haben Federball gespielt«, wiederholte Süden. »Das war alles.«

»Mehr hat er nicht gesagt.«

»Das ist seine Verbindung zu diesem Ort, ein Federballspiel vor langer Zeit.«

»So hab ich's verstanden. Wieso ist er verschwunden?«

»Hast du eine Erklärung?«

»Ich hab keine, du bist der Detektiv.«

»Versuche, dich an das Gespräch vom Montag zu erinnern.«

»Er kam, hockte sich her, mampfte seine obligatorische Breze und fing wieder an, auf die Welt zu schimpfen. Kenn ich schon, da hören wir nicht mehr zu, der Winni und ich. Richtig, Winni?«

Dem Hund entfuhr ein Seufzer, den Grosse offenbar als Zustimmung dechiffrierte, denn er nickte mehrmals.

»Hat er dich um Geld angepumpt?«

»Sagen wir so: Er hat dezent angefragt, ich hab ihm deutlich gemacht, dass ich als Kellner keine Rücklagen vorweisen kann, und wenn, bräuchte ich sie selber. Da muss man gleich deutliche Worte finden, sonst wird die Schnorrerei unerträglich. Von da an hat er sich zurückgehalten. Aber soweit ich ihn verstehe, probiert er sein Glück bei anderen Leuten. Ist das so?«

»Seit wann kennst du Leo?«

»Zwei Jahre, drei …«

»Ihr trefft euch immer nur hier.«

»Keine Ahnung, wo genau er wohnt, er hat mir die Straße genannt, den Namen weiß ich nicht mehr, irgendwo hinterm Ostfriedhof. Seine Frau heißt Viola, das hab ich mir gemerkt.«

»Er spricht von seiner Frau.«

»Erwähnt sie gelegentlich. Kein Moment großer Glückseligkeit, wenn ich das so sagen darf. Seine Ehe scheint ihn ziemlich mitzunehmen. An seine Klagegesänge hab ich mich mittlerweile gewöhnt, aber wenn die Rede auf seine Frau kommt, fällt er in sich zusammen, das sieht man ihm direkt an. Er kriegt dann diesen wahnsinnig traurigen Hundeblick, zum Gotterbarmen. Das schlägt sogar dem Winni aufs Gemüt, das schwör ich dir.«

Wie aufs Stichwort steuerte der Dackel ein erschöpftes Brummen bei.

»Hat er am Montag von seiner Frau gesprochen?«

»Glaub nicht. Muss überlegen.« Grosse überlegte zum unermüdlichen Zirpen der Grillen (Laubheuschrecken?).

Süden fiel auf, dass er, seit er hier saß, nicht ein einziges Hupen, kein Bellen eines Hundes und keine wodurch auch immer aufgebrachte menschliche Stimme aus der Ferne vernommen hatte.

»Nö«, sagte Grosse. »Die Frau kam diesmal nicht vor. Nur ein Kumpel von ihm, den er in der Kneipe treffen und mit dem er über ein Projekt reden wollte. Schnorren halt, schätz ich, ohne ihm Unrecht tun zu wollen. Ich mag den Kerl, er kämpft, lässt sich nicht unterkriegen, bastelt an Plänen, er lehnt sich gegen die Widerstände des täglichen Lebens auf, das gefällt mir. Ich freu mich, wenn ich ihn auf seinem scheppernden Gefährt kommen seh, Winni hat ihn auch gern.«

Kein Kommentar von unten.

»Er hat nicht angedeutet, endgültig weggehen zu wollen«, sagte Süden.

»Was meinst du genau?«

»Er könnte sich etwas angetan haben.«

»Selbstmord? Der doch nicht.«

An seinem linken Knöchel glaubte Süden einen leichten Schlag zu verspüren, den mürrischen Schubser einer ergrauten Hundeschnauze; vielleicht täuschte er sich. »Erklär's mir, Per.«

»Hab ich doch schon alles gesagt, der Leo ist ein Kämpfer, der gibt nicht einfach auf, der hat Energie, auch wenn das auf den ersten Blick nicht so aussieht. Weglaufen gilt nicht, sagt er immer, und noch was sagt er, das wiederhol ich dir praktisch wörtlich: Bevor ich mich umbring aus lauter Frust, weil nichts weitergeht – sagt er –, pack ich lieber meine Sachen und fang noch mal woanders von vorn an, in einer besseren Stadt, mit besseren Leuten. O-Ton Leo. Schmink dir das ab mit dem Selbstmord. Kann sein, er ist längst über alle Berge, weißt du's? Im hohen Norden bei den Friesen, oder im Süden, verstehst du, Süden? Oder einfach nur in Berlin oder Hamburg und startet noch mal durch. Mein Eindruck ist schon lang, dass den Leo viele unterschätzen, vor allem seine Frau. Alles klar? Wir müssen langsam los, die Arbeit im Biergarten ruft.«

Er scheuerte mit dem Pepitahut über die Kopfhaut, zog ihn glatt und erhob sich. Gleichzeitig kroch der Dackel unter der Bank hervor und richtete sich ebenfalls auf; er schaffte es recht passabel, aus dem ungemähten Gras herauszuragen.

Süden steckte den Block ein und warf sich die Jacke über die Schulter. »Hast du eine Ahnung, wer das Foto gemacht haben könnte?«

Per Grosse nahm die Brille ab, wischte sich mit dem Ellenbogen übers Gesicht, schnaufte tief durch. »Was ist das wieder für eine Frage? Wer soll das Foto gemacht haben? Ich natürlich. Er hat mir seinen Apparat in die Hand gedrückt, der ist garantiert noch älter als sein Fahrrad, und hat gesagt, er stellt sich jetzt auf den Hügel oben hin, und ich soll ihn knipsen. Mach ich, ist doch logisch, er in seiner legendären Wiese, bloß ohne Federballschläger. Danach ist er wie ein Kind über die Wiese gesprungen, hat sich gefreut wie ein Schneekönig.«

»Worüber?«

»Weiß ich nicht, vielleicht war er kurzfristig glücklich wegen was.«

»Wegen was?«

»Frag ihn. Dass die Aufnahme schwarzweiß wird, wusste ich nicht. Schräger Vogel, der Leo.«

»Wann ist die Aufnahme entstanden?«

»Im Frühjahr«, sagte Grosse, »Ostersonntag, wenn du's genau wissen willst. Einen Tag später hat's geschneit.« Er sah zum wolkenlosen Himmel. »Schwer vorstellbar, dass es je wieder schneit. Oder, Winni?«

Über die Vorstellungskraft des Dackels machte Süden sich weiter keine Gedanken, mehr über seine eigene.

11

Gewöhnlich übernahm Ingrid Wolters die erste Schicht von elf bis siebzehn Uhr. Danach plauderte die Pächterin des Blauen Ecks noch eine Stunde mit Britta, ihrer Angestellten, bevor sie in ihre Wohnung, die ums Eck lag, zurückkehrte. »Ich mach mir was zu essen, les die Zeitung, schau fern, bin müde«, sagte sie. »Ich bin fast vierzig Jahre in der Gastro, glaubt kein Mensch. Meine Ärztin meint, dafür bin ich noch erstaunlich beieinander. Wollen Sie sich nicht doch setzen?«

»Ich stehe lieber.«

Nach seinem Aufenthalt in sengender Sonne hatte Süden sich an einem Kiosk eine Flasche Mineralwasser gekauft und in drei Zügen leergetrunken. Der Schweiß lief ihm übers Gesicht und in den Nacken; jeder Schritt bereitete ihm Mühe; er glaubte schon, die raren Schatten machten einen Bogen um ihn. Längst hätte er seine Chefin anrufen und ihr Bericht erstatten müssen, außerdem erwartete er Informationen von ihr. Stehenzubleiben und auf offener Straße zu telefonieren, erschien ihm abseitig.

Wieder war ihm der verirrte Claus (Buddhist in spe) in den Sinn gekommen; vielleicht sollte auch er, Süden, Zuflucht in einem schützenden Geäst suchen und auf göttliche Eingebung hoffen. Er verwarf den Gedanken und entschied sich fürs Gegenteil. Unten, auf dem Bahnsteig der U-Bahn-Station, ging er zehn Minuten auf und ab – angeweht vom einigermaßen kühlen Fahrtwind der Züge –, bevor er sich sitzend eine Verschnaufpause gönnte. Das Telefonat mit Liebergesell brachte ihn nicht weiter.

»Kein Hinweis«, sagte er zu Ingrid Wolters. »Keine Bemerkung am Rande, die Sie stutzig gemacht hätte?«

»Ich kannte noch seinen Vater, den Uwe, seine Mutter auch, die Christel. Wir haben in ihrem Geschäft eingekauft, Schulsachen für unsere Tochter, Briefpapier, alles. Tragisch, was dann passiert ist. Der Junge war schlagartig auf sich allein gestellt. Und er hat's hingekriegt, hat den Laden weitergeführt und führt ihn immer noch.«

»Unter erschwerten Bedingungen.«

»Die haben wir alle, die erschwerten Bedingungen.« Sie stand vom Sofa auf und ging zum offenen Fenster. Anders als am Grünstadter Platz hörte Süden Stimmen von Passanten, Erwachsenen und Kindern, und das Motorengeräusch fahrender und einparkender Autos. Auch diese Umgebung war ihm von früher vertraut; an der Ecke lag ein Lokal, in dem er zu Martins Zeiten nach Feierabend eingekehrt war und mit ihm polizeiliche Dinge erörtert oder in gut gefüllten Gläsern ertränkt hatte. Die Straße hieß ausgerechnet St-Martin-Straße. Sankt ...

Daran durfte er nicht denken.

»Woran denken Sie?«

Er schaute zuerst zum Sofa; niemand saß da mehr. »An Leos Laden«, log er.

»Näheres weiß ich nicht.« In ihrem zitronengelben Kleid bildete die achtundsechzigjährige Geschäftsfrau mit dem blondierten Bob und dem blauen Lidstrich einen deutlichen Kontrast zum dunklen Mobiliar, dem braunen Teppich, dem schwarz-weiß gekleideten Besucher. »Mir ist nur aufgefallen, dass er immer aufgedrehter wirkte, nicht nur, wenn er mit Leuten redete, was so was wie ein Hobby von ihm geworden ist; er kommt rein und legt los. Ich verbiete niemandem den Mund, aber alles hat seine Grenzen, vor allem bei der Lautstärke.

Nicht falsch verstehen: Der Leo ist keiner, der laut wird, wenn er zu viel getrunken hat; ich würde sein Verhalten nicht mal aggressiv nennen, er kann nur sehr aufdringlich sein. Und er ist uneinsichtig, das mögen wir gar nicht, Britta und ich.

In letzter Zeit hat sie ihn ein paarmal vor die Tür gesetzt. Das ist nie schön, und im Fall Leo – wie gesagt, ich kannte und schätzte seine Eltern – ein ausgesprochen unangenehmer Vorgang.«

Süden machte sich Notizen. »Sein Verhalten änderte sich«, sagte er. »Im Zusammenhang mit seiner Absicht, das Geschäft neu zu strukturieren.«

»Aus Ihrem Mund klingt das so, als lägen konkrete Pläne auf dem Tisch. Meiner Einschätzung nach sind das alles nur vage Ideen, ich würde nicht so weit gehen wie Britta und behaupten, das sind Abstrusitäten, denen Leo nachjagt. Er zeigt schon den Willen, etwas zu verändern. Aber reicht das? Abgesehen davon: Das ist letztlich seine Privatsache, sein Leben und das von Viola. Ich will nur nicht, dass er jeden Abend meine Gäste auf impertinente Weise um Geld anbettelt, da spielt der Alkohol dann doch eine Rolle. Mal fragen, kannst du mir was leihen, in Ordnung, ist erlaubt, kommt vor unter Stammgästen, die sich gut kennen. Doch diese Masche, die Leo sich angeeignet hat, hält niemand aus. Der Mann ist doch wer im Viertel, ganz gleich, wie die Umstände im Moment sein mögen, der darf sich doch nicht dermaßen gehenlassen, ich bitte Sie.«

Sie warf einen Blick aus dem Fenster; jemand rief ihren Namen, und sie winkte. »In den letzten Tagen war ich eher zufällig da, wenn er reinkam. Normalerweise hau ich gegen sechs, spätestens sieben ab. Der Olaf hat mich aufgehalten, der erklärt einem gern die Welt, kein Wunder, hat er früher in der Schule täglich getan …

Irgendwas war, und Leo schneite rein, nüchtern, bestellte ein Bier, einen Wodka, noch ein Bier, schaute, wer da war, und landete bei Georg, wie so oft. Von ihm erhoffte er sich wohl tatsächlich Unterstützung. Weiß nicht, wieso. Vielleicht hat Georg ihm etwas in Aussicht gestellt, eine finanzielle Überbrückung, da müssten Sie Britta fragen, ob die was aufgeschnappt hat. Jedenfalls hat Georg wieder komisch dahergeredet.«

»Was bedeutet komisch reden?«

»Sie haben ihn doch kennengelernt. Die Art, wie er sich ausdrückt, in diesen abgehackten Sätzen, das hat er früher nicht gemacht, zumindest nicht so krass. Man versteht kaum den Zusammenhang. Ist Ihnen das nicht aufgefallen?«

»Seit wann redet er so?«

»Habe ich Britta auch gefragt, sie meint, das ist noch nicht so lange her ... Von sich aus redet Georg ja nicht viel, hauptsächlich, wenn jemand ihn dazu zwingt, wie Leo.«

»Oder ich.«

»Dann wissen Sie, was ich meine.«

»Georg Kramer hat sich also verändert«, sagte Süden.

»Zumindest in seiner Redeweise. Aber, wie gesagt, eigentlich hat er sich schon immer etwas verschwurbelt ausgedrückt, ist halt sein Wesen. Und vielleicht hat Leo ihn im Lauf der Zeit einfach gaga gemacht. Jetzt brauche ich dringend was zu trinken, eigenproduziertes Mineralwasser mit Minze und Eis kann ich Ihnen anbieten. Sie sehen aus, als hätten Sie eine Erfrischung nötig. Wieso haben Sie Ihre Lederjacke nicht ausgezogen?«

»Vergessen«, sagte Süden.

Ingrid Wolters kam auf ihn zu und blieb vor ihm stehen. »Glauben Sie, dem Leo ist was passiert?«

Er zögerte die Antwort hinaus; dann machte er einen Schritt zur Seite, um sie durchzulassen.

»Ja«, sagte er.

Sie brachte die gefalteten Hände nicht mehr auseinander. Süden hatte den Eindruck, dass sie es krampfhaft versuchte. Kaum hatte sie sich an den Rand des Sofas gesetzt, die Knie zusammengepresst, krallte sie die Finger ineinander und zerrte gleichzeitig an ihnen.

In ihrer verwaschenen, blassblau karierten, kurzärmeligen Kleiderschürze, mit ihren nachlässig hochgesteckten Haaren (ständig fielen ihr Strähnen über die Augen) und ihren zu großen Baumwollpantoffeln, die sie beim Gehen zum Schlurfen zwangen, vermittelte Viola Ahorn nicht den Eindruck von jemandem, der einen Besucher erwartet hatte. Sein Kommen hatte Süden für halb neun Uhr abends angekündigt, und er tauchte keine Minute früher auf.

Schon an der Tür hatte er ihren veränderten Zustand bemerkt; ihr Gesicht kalkweiß, ihre Gesten fahrig, ihr Blick verschwommen. Die Tür hatte er selbst schließen müssen, sie hatschte bereits wortlos durch den Flur.

Auf dem Tisch im Wohnzimmer keine Gläser, nichts, was auf eine Einladung hindeutete. Viola Ahorn, mit verknoteten Händen, saß da und gab ein heiseres Keuchen von sich.

»Ich hole Ihnen etwas zu trinken«, sagte Süden.

»Hab schon genug.«

Ihm wurde klar, dass sie nicht bloß Alkohol getrunken, sondern auch Medikamente eingenommen haben musste. »Können Sie mit mir sprechen? Soll ich einen Arzt verständigen?«

Ruckartig hob sie den Kopf und schleuderte ihm einen hässlichen Blick entgegen. »Nein. Nein. Was wollen Sie noch? Wegen Ihnen hab ich wieder Doxepin nehmen müssen. Sie haben alles durcheinandergebracht. Du Polizist.«

Sie schnaufte mit offenem Mund, hämmerte mit den gefalteten Händen auf ihre Knie; dann schien ihr Körper zu erstarren. Kein Mucks.

Süden, reglos an der Tür, war auf alles Mögliche gefasst.

»Entschuldigung.« Sie sah ihn nicht an. »Sie denken, ich bin böse, Sie halten mich für eine verwerfliche Ehefrau, das weiß ich, viele tun das. Aber ich bin so allein, da ist niemand an meiner Seite. Sehen Sie wen? Heute, unten im Laden, musst ich mich vier Mal auf dem Klo einsperren, wissen Sie, wieso? Wieso ich so was tun muss? Hm?«

Aus den verschleierten Augen fand ihr Blick kaum heraus. »Weil ich nicht möcht … Ich möcht nicht … Ich will nicht, dass jemand mich heulen sieht. Das darf nicht sein, niemals darf das sein. Deswegen sperr ich mich auf dem Klo ein, und die Leute müssen warten.«

»*Ich* sehe Sie weinen«, sagte Süden.

Von einem unerwarteten Schrecken überrumpelt, stieß sie ein Lachen aus; sie schniefte, rieb sich mit den endlich wieder befreiten Händen übers Gesicht und hüpfte im Sitzen ein paarmal auf und ab. »Das ist so wahr.« Ihre Stimme klang überdreht, fast schrill. »Sie sind da, schon wieder, der Süden persönlich. So eine Überraschung. So ein …« Seufzend ließ sie sich gegen das Polster fallen. »So ein Wunder …«

Wieder ohne ihn anzusehen, hob sie den Arm und fuchtelte mit der Hand. »Kommen Sie. Trauen Sie sich. Setzen Sie sich zu mir. Hierher. Sprechen Sie mit mir. Sagen Sie mir die Wahrheit, Sie Detektiv. Ich warte.« Ihr Arm verharrte in der Luft.

Keine gute Idee, dachte Süden und meinte nicht nur die Vorstellung, sich setzen zu müssen; angesichts der Verfassung, in der Viola Ahorn sich befand, hätte er die Begegnung sofort abbrechen und auf morgen verschieben müssen; ob sie ärztliche Hilfe benötigte, konnte er nicht abschätzen.

Er zog die Lederjacke aus, hängte sie über die Lehne des Stuhls auf der anderen Seite des Tisches, setzte sich schräg aufs Sofa, der Frau zugewandt.

»Bier ist im Kühlschrank«, sagte sie.

Das Schweigen ging von ihr aus. Er ließ es zu. Sie sahen sich an. Ihr maßlos hilfloser Blick barmte ihn. Ereignisse, die nicht auszuschließen waren, gingen ihm durch den Kopf, Sätze, die dann gesagt werden müssten und ins Verstummen führten; der mögliche Abgrund der Sprachlosigkeit, der sich jedes Mal auftat, wenn aus Verwandten Hinterbliebene wurden; das Ende der gewohnten Welt. Und er?

Er fungierte als Kurier des Schicksals. Was immer das bedeuten mochte: Schicksal. Ein Riss im Himmel …

Und sie ahnte nichts. Oder doch?

Sie beendete das Schweigen. »Raus mit der Wahrheit«, sagte sie. »Ich halt alles aus, darauf können Sie wetten.«

Wozu zaudern, dachte er. »Meine Chefin, Frau Liebergesell …«

»Sie war hier, ich hab alles unterschrieben, patente Person, schicker Hosenanzug, und mir gefällt ihre grüne Lederhandtasche …«

»Ja.«

»Ja, ja. Sie spricht in den höchsten Tönen von Ihnen. Sind Sie ein Paar?«

»Nein.«

»Könnt passen.«

»Nein«, wiederholte Süden. Ausgelöst vom schiefen Sitzen, zuppelte Ungeduld an ihm – wie die Frau an ihrem Daumen (sie hatte erneut damit angefangen). »Sie kontaktierte elf Krankenhäuser …«

»Wieso? Wer?«

»Frau Liebergesell.« Der Reflex war stärker als sein Wille;

er legte seine Hand auf ihre. »Hören Sie damit auf. Ihr Daumen blutet sonst wieder.«

Sie zog die Hand weg, klemmte den Daumen unter die Finger und versteckte die Hand unter dem Oberschenkel.

»Ihr Mann«, begann Süden und schickte sich beim Sprechen, »könnte verletzt sein, das sind Routineanrufe in Vermisstenfällen. Leo wurde nirgendwo eingeliefert. In der Stadt gibt es noch mehr Krankenhäuser, aber wir begnügen uns vorerst mit den wichtigsten. An den Straßen, die von der Stammkneipe Ihres Mannes zu Ihrer Wohnung führen, befinden sich nur drei Überwachungskameras, zwei an Geschäften, eine am Wohnblock vorn an der Ecke. Die Aufnahmen bringen uns nichts. In der Nacht von Montag auf Dienstag ist Ihr Mann spurlos verschwunden, das ist eine oberflächliche Formulierung aus Gewohnheit. Niemand verschwindet spurlos, Spuren sind immer vorhanden, wir sehen sie nur nicht. Ich rate Ihnen dringend, die Polizei einzuschalten, Frau Ahorn.«

So angetrunken und sediert sie auch sein mochte, Reizwörter schreckten sie auf. »Die Polizei setzt keinen Fuß in meine Wohnung, kapieren Sie das endlich, Sie Ex-Polizist!«

»Sie haben schlechte Erfahrungen gemacht.«

»Nur schlechte.«

»Erzählen Sie mir davon.«

»Nein.« Wieder Schweigen. Zappeln mit dem Bein, die Hand mit dem wunden Daumen darunter.

»Sie haben früher mit Leo Federball gespielt«, sagte Süden.

»Wer sagt denn so was?«

»Leo hat es einem Bekannten erzählt.«

»In der Kneipe.«

»Auf der Wiese.«

»Welcher Wiese?«

»Auf der Sie mit Leo Federball gespielt haben. Auf der Wiese, auf der das Foto entstanden ist, das Sie mir von ihm gegeben haben.«

Sie schaute von Süden weg zur Tür. Dann zog sie die Hand unter dem Bein hervor und betrachtete eine Zeitlang die rissige Haut. »Das ist doch alles Ewigkeiten her, die Zeit ist vorbei, schon so lang. Wieso quälen Sie mich mit so alten Geschichten, das ist doch nicht nötig, o Gott. Wieso tun Sie das?«

»Ich habe den Mann getroffen, der das Foto gemacht hat. Ostersonntag vor einem Jahr. Leo drückte dem Mann seine Kamera in die Hand und forderte ihn auf, ihn zu knipsen. Sie waren nicht dabei. Wo waren Sie an dem Tag, Frau Ahorn? Es war Ostern.«

»Das erwähnten Sie schon, ich hab Ohren. Ich weiß nicht, wo ich war, das ist ein Jahr her, wie Sie sagen. Und?«

»Ihr Mann hält sich fast regelmäßig mittags bei der Wiese am Grünstadter Platz auf und isst dort seine Breze.«

»Was tut er?«

»Er isst eine Breze, sagt sein Bekannter.«

»Der Bekannte ist mir unbekannt, Mister South.« Sie sagte Saus; das gefiel dem müßigen Geher Süden insgeheim.

Für einen Moment der Entspannung drehte Süden sich von ihr weg; er richtete die Schultern auf, spürte ein leichtes Ziehen im unteren Rücken und lehnte sich behutsam zurück. Als hätte er ihr damit ein Zeichen gegeben, rutschte Viola Ahorn näher; ihre Arme berührten seine. Durch den heruntergekrempelten Ärmel seines Hemdes drang die Kühle ihrer nackten Haut.

Vor dem geöffneten Fenster versickerte das Abendlicht. Alle fünfzehn Minuten das schwere Brummen eines Linienbusses; die Verkehrsgeräusche ebbten ab, keine Kinderstimmen mehr. Im Zimmer schwiemelige Luft.

Aus dem gemeinsamen Schweigen schälte sich eine schwache Stimme. »Sie haben also meinen Mann nicht gefunden.«

Süden sagte nichts.

»Ich glaub, das Doxepin war schon abgelaufen, hab's lang nicht mehr genommen. Gut so.«

Zwangsläufig musste Süden an die kuriosen Gedankensprünge des Fußballfans Kramer denken.

»Federball. Na ja, wenn man jung ist … Wir haben gespielt, das ist wahr, der Mann hat die Wahrheit gesagt, Ihr Zeuge … Das zumindest haben Sie rausgefunden, ist doch was. Und dass Leo gern Brezen isst, auch wahr. Allerdings muss ich Ihnen sagen, er isst seine Brezen nicht, er mampft sie. Wahrscheinlich hat er das als kleiner Junge genauso gemacht. Immer rein damit, und mit vollem Mund sprechen, dass man keine Silbe versteht. Federball.«

Sie lehnte sich fester an ihn. Süden fragte sich, ob sie es bemerkte. »Hab fast eine Flasche Weißwein getrunken, zu dem Antidepressivum. Was meinen Sie? Bin ich depressiv? Wieder? Wie damals? Das will ich nicht. Ich will nicht dahin zurück, wo ich schon mal war. Schrecklich wär das, ein Todesurteil. Da vorn ist doch noch was. Oder nicht?

Oder ist da nichts mehr? Ich bin noch keine sechzig, noch nicht mal fünfzig. Nicht mal das. Und wenn ich in den Spiegel schau, seh ich eine Frau, die langsam zerbröselt. Ich will nicht zerbröseln wie eine vertrocknete Breze, so eine bin ich nicht. Bin ich nicht. Bin ich so eine? Ja? Sagen Sie nein. Bitte nein sagen.«

»Nein«, sagte Süden.

»Nein. Ja.« Sie zupfte an seinem Ärmel. »Baumwolle ist das, schön weich. Ist Ihnen nicht heiß? Mir eigentlich nicht. Ich hätt den Wein nicht trinken dürfen, ich war auf einmal so allein. Die Tablette hab ich nur genommen, weil ich sie zufällig gefunden hab. Hören Sie nicht auf mich, ich red bloß so vor mich hin, damit ich mich nicht wieder im Klo verstecken muss, Sie wissen schon. Ich hab zu Ihnen gesagt, dass ich manchmal wünschte, er käm nicht mehr zurück, mein Leo, in der Nacht, aus der Kneipe, er bliebe einfach weg, und ich würd dann auch weggehen, in eine neue Richtung, raus hier und los.«

Ein rostiges Lachen sprang aus ihrem Mund; vor Schreck hielt sie die Hand davor. »Entschuldigung«, flüsterte sie.

Nach einer Weile sagte Süden: »Wollen wir die Polizei einschalten?«

Sie rückte von ihm weg, ließ die Arme hängen, fiel nach hinten. Ihre Stimme leiser als je zuvor. »Keine Polizei. Nie die verreckte Polizei.«

12

»Schnee am Ostermontag. Weiß ich noch genau«, sagte Edith Liebergesell am Telefon. »Da war ich im Englischen Garten und hatte meine Winterstiefel an.«

Auch er erinnerte sich an den Schneefall Mitte April letzten Jahres; wo er sich an jenem Tag aufgehalten hatte, fiel ihm nicht mehr ein; vermutlich zu Hause, abends in Gavros' Kneipe, keine fünf Minuten von seiner Wohnung entfernt. Er zermarterte sich das Hirn und kam nicht drauf.

Sonntagnachmittag.

Durch die offenen Fenster drangen aus dem Park Stimmen von kickenden Erwachsenen und Kindern herein. In seinem Korbstuhl, den er vor die Balkontür gestellt hatte, rekapitulierte Süden den gestrigen Tag und das Gespräch mit seiner Chefin. Auf Verdacht hatte Liebergesell drei weitere Kliniken angerufen – ohne Erfolg. Leo Ahorn blieb verschwunden. Von einem ehemaligen Kripokollegen, mit dem Süden nach wie vor vage befreundet war, hatte er erfahren, dass im Stadtgebiet und den angrenzenden Landkreisen in der vergangenen Woche keine Person, auf die Ahorns Beschreibung gepasst hätte, tot aufgefunden worden war.

Über das Verhalten der Ehefrau wunderte sich der Kollege nicht: Manche Angehörige (das kannte auch Süden aus seiner Zeit im K 11) waren überzeugt, ein privater Ermittler würde sich mehr Mühe geben, einen vermissten Erwachsenen zu finden, bei dem keine Hinweise auf einen Suizid oder ein Verbrechen vorlagen, als die in Routine erstarrte Polizei. Jeder Bürger, jede Bürgerin über achtzehn Jahren besaß das Recht, seinen oder ihren Aufenthaltsort frei zu wählen – der

Hauptgrund, weshalb eine Vermisstenanzeige nicht automatisch zu einer Art Großfahndung führte. Wie seine Kollegen hatte Hauptkommissar Süden die Tätigkeit von Detektiven nie ganz ernst genommen. Dann …

Dann »ging die Zeit«, wie Viola Ahorn sich auszudrücken pflegte; aus hundert Gründen verlor Süden nicht wenige Wegbegleiter aus den Augen und sie ihn, und er wurde selbst ein Latschenhatscher …

Wie er sie genannt hatte, die privaten Sucher mit ihren Teleobjektiven, Mikrophonen an Krawattennadeln und den im Internet bestellten Spy-Spaß-Geräten. So einer …

Latschenhatscher.

»Keine Polizei«, hatte sie ihm zugeraunt, »nie die verreckte Polizei.«

Wo war Viola Ahorn am Ostersonntag vor einem Jahr gewesen, als ihr Mann sich auf der Wiese fotografieren ließ, wohin er regelmäßig radelte, weil er …

Wann?

Vor einer Ewigkeit, wie sie sagte …

Weil er mit ihr dort Federball gespielt hatte.

Als könnte man mit einer Feder Ball spielen, dachte Süden und hörte vom Park her Torjubel. Auch er hatte Federball gespielt, damals, vor einer Ewigkeit, in Taging …

Mit seinem Freund Martin Heuer hatte er gespielt; sie waren fünf Jahre alt; sie droschen auf den Korkkopf ein, um den Wind zu überlisten. Mehrmals in der Woche nahmen sie Aufstellung am Rand der Wiese, reckten siegessicher die Arme mit den Schlägern in die Höhe und legten los, beglotzt von Kühen, die vielleicht nicht nur wegen der Fliegen die massiven Köpfe schüttelten. Die Buben rannten kreuz und quer, stolperten und fielen hin (manchmal in einen Kuhfladen), rappelten sich auf und jagten oder sprangen dem nächsten flatternden Ball hinterher, schrien sich an; regelmäßig entglitt einem von ihnen der Schläger und landete in den Brennnesseln. Übel juckende Flecken breiteten sich auf der Haut aus, aber zum Jammern war keine Zeit …

Keine Zeit, dachte Süden in seinem Korbstuhl und kehrte in Gedanken auf das Sofa neben Viola Ahorn zurück. Er hatte ihr versprochen, noch einmal mit sämtlichen Stammgästen im Blauen Eck zu sprechen, auch mit den Bedienungen und Wirten der Kneipen, an denen Ahorn auf seinem üblichen Heimweg vorüberkam. Laut den Aussagen, die Süden bisher gesammelt hatte, war Ahorn dort in der Nacht zum Dienstag nicht aufgetaucht. Auch hatte er sich Leos Fotoapparat (Olympus, Made in China) zeigen lassen: Kein Film darin. Seine Frau meinte, er habe wohl »schon länger nicht mehr geknipst«. Seit Ostern vergangenen Jahres?, überlegte Süden und behielt die Frage für sich.

Schließlich hatte sie ihn allein zur Wohnungstür gehen lassen und medizinische Hilfe weiter abgelehnt. Ihr war nicht mehr eingefallen, wie sie Ostern vor einem Jahr verbracht hatte. Auf die Frage, ob Leo am Montagabend eventuell sein Mountainbike benutzt haben könnte, entfuhr ihr wieder ein schäbiges Lachen. »So blöd ist der nicht«, erklärte sie, »der weiß schon, dass man sturzbesoffen nicht fahren soll.«

Das Rad stand im Innenhof, nicht bei den anderen in der Stellanlage, sondern an ein Eisengeländer gelehnt, das zu einer Kellertür führte. Der schmutzige abblätternde Stahlrahmen gelb-rot bemalt, zirka sechzig Zentimeter hoch, rissiger blauer Sattel, teilweise angerostete Speichen, schiefe Pedale, abgefahrene Bereifung, achtzehn Gänge. Es sah aus, als wäre es lange nicht benutzt, geputzt oder geölt worden. Es sah aus, als wäre sein Besitzer weggezogen und hätte es einfach stehenlassen.

Wann Leo Ahorn mit dem Mountainbike zuletzt unterwegs gewesen sei, wollte Süden von Viola wissen. Als Antwort erhielt er ein Schulterzucken.

»Bald, fürchte ich«, hatte Edith Liebergesell am Ende des Telefongesprächs zu Süden gesagt, »wird Viola Besuch von der Polizei bekommen, ob es ihr passt oder nicht, und dann ist nichts mehr wie vorher.«

Süden hatte nicht widersprochen.

Er blieb sitzen, wo er war, und warf wieder einen Blick auf das Foto in seinen Händen, auf das ovale Gesicht mit den dünnen Lippen und den müden Augen, auf das Porträt eines Mannes in Schwarzweiß, der offensichtlich keine Farben mehr ertrug, weil ihm das bunte Leben abhandengekommen war.

Aufgeben wollte Leo nach allgemeiner Einschätzung allerdings noch nicht. Süden zelebrierte Zuversicht: Er weidete sich an der Vorstellung, der Kellner Per Grosse hätte verschwiegen, dass er seit gut einer Woche heimlich einen Gast beherbergte; dieser nämlich hatte eine Auszeit dringend nötig und durfte nicht gestört werden; er, Grosse, würde jeden Morgen ein Turnier Federball mit ihm spielen, auf der Wiese am Grünstadter Platz, und zwar nach der 21-Punkte-Regel über drei Sätze.

Sinnierend verbrachte Süden den Nachmittag im Korbstuhl. Zwischendurch las er in einem Gedichtband; ein ums andere Mal holte er ein Bier aus dem Kühlschrank, das er mit Hingabe trank. Er döste ein wenig und verlor sich später in unwegsamem Gedankengelände. Als er der einsetzenden Dämmerung den Rücken kehrte, um seine Notizen abzutippen, schwankte er ein wenig; er schob es aufs lange Sitzen.

13

An den hageren Rothaarigen, der an einem der Fenstertische Zeitung gelesen hatte, sowie an drei oder vier weitere Gäste an Ahorns letztem Abend erinnerte sich die Bedienung nur ungefähr; deren Namen wusste sie nicht. Bisweilen, erklärte Britta, verirrten sich Fremde herein, manche redeten, manche wollten ihre Ruhe, und wenn sie wiederkämen, freue sie sich, wenn nicht, habe sie sie eh schon wieder vergessen.

Montag, fünfundzwanzigster Juli, eine Woche nach Leo Ahorns Verschwinden.

Olaf hockte am Tresen, über ein Rätselheft gebeugt; Britta und Ingrid, ihre Chefin (sie war nach ihrem Dienst noch auf einen Aperol geblieben) plauderten vor der Tür im milden Abendlicht; keine Gäste außer Olaf und Süden. Anderswo Überfüllung: in den Biergärten, den Straßencafés, am Flussufer, an den Seen im Umland.

Das Bier schmeckte ihm nicht, wie schon der ganze Tag. Süden lehnte am Stehtisch, Kramers bevorzugtem Platz, und schaute zum abgeschalteten Fernseher an der Wand gegenüber, gemartert von Ratlosigkeit. Was er heute an Informationen gesammelt hatte, passte auf einen halben Bierdeckel. In einer Reinigung erfuhr er, dass Ahorn vor zehn Tagen zwei Hosen und eine Windjacke gebracht und bisher nicht wieder abgeholt hatte. Eine Apothekerin erzählte von Ahorns hohem Aspirin-Verbrauch, der ihr ebenso wie sein – ihrer Beobachtung nach – zunehmender Alkoholkonsum Sorge bereite. Ein Spezialist aus dem Optikerladen in der Nähe des Blauen Ecks teilte mit, Ahorn habe sich bereits nach einer passenden Brille erkundigt und versichert, er schaue demnächst zur Anpassung vorbei.

Demnächst …

Nach Südens Zeitrechnung war demnächst längst überfällig.

Was noch auf den halben Bierdeckel gehörte: Fünf Brezen, nie nur eine oder zwei. Nach Aussage der Verkäuferin in einer Bäckerei kaufte Ahorn bei ihr immer dieselbe Anzahl an Brezen, mittags zwischen halb eins und eins, betonte sie, drei Mal in der Woche. Aß er sie alle allein? Und wenn ja, wozu wäre das wichtig? Per Grosse, der Kellner, hatte von einer Breze gesprochen, die Leo zu seinen Besuchen an der magischen Wiese mitbrachte und verzehrte. Hatte Leo die übrigen vier auf dem Weg zum Grünstadter Platz verschenkt? An wen? Im Umkreis der Bäckerei, an den U-Bahn-Eingängen und vor dem Postamt, zogen Stadtstreicher und Bettler ihre Bahnen, vielleicht begegnete Leo dem einen oder anderen von ihnen mit einer kleinen Geste.

Und weiter?

Was, dachte Süden, den Blick auf sein trostloses Glas gerichtet, sollte das alles beweisen? Nicht das Geringste. Leo Ahorn, der erfolglose Bittsteller, bestand weiterhin aus nichts als Abwesenheit und einem Schattenriss, der je nach Beschreibung an den Seiten ausfranste.

Fünf Brezen. Zwei Hosen. Eine Windjacke. Schachtelweise Aspirin. Nicht zu vergessen das Mountainbike aus dem vorigen Jahrhundert. Und der filmlose Fotoapparat. Und das Foto in Schwarzweiß: ein dünnhaariger Mann um die fünfzig auf einem Grashügel am Ostersonntag. Er hatte das Bild entwickeln lassen und seiner Frau geschenkt. Das waren Viola Ahorns Worte: Er hat's mir geschenkt, zur Erinnerung. An was?, habe sie Leo gefragt, und er: An uns.

An uns.

An die Federballzeit?

Sie hatte das Foto nicht eingerahmt; wo sie es aufbewahrte, hatte Süden vergessen zu fragen. Zur Erinnerung … Wörtlich, hatte Viola Ahorn zwei Mal auf Nachfrage betont, zur Erinnerung an sie beide.

Sie existierten doch noch, überlegte Süden, sie wohnten noch immer in der preisgünstigen Mietwohnung seiner Eltern; sie betrieben gemeinsam das Geschäft, wenngleich in veränderter Form, sie schliefen im selben Bett – eine Vermutung, Süden hatte auch danach nicht gefragt. Sie führten eine Ehe, seit mehr als zwanzig Jahren. Und fast jeden Mittag radelte Leo zu einer Wiese, auf der er einmal übermütig gewesen war; und jung; und vorübergehend befreit vom Gewicht der Welt seiner toten Eltern. In Erinnerung …

Nein.

Süden weigerte sich zu glauben, dass Leo damals auf dem Hügel, in Anwesenheit seines Mittagszeitbegleiters Grosse beschlossen haben könnte, Abschied zu nehmen, Schritt für Schritt, unauffällig, unerschrocken, unbeirrbar?

Nein.

Leo behielt seine Gewohnheiten, nörgelte und lamentierte, nervte jeden, dem er ein paar Tausender aus den Rippen leiern wollte; keinen Zentimeter wich er von seiner Rolle als nächtlich grüßendem Murmeltiermonster ab; dessen unbelehrbarer Aufdringlichkeit beizukommen (besonders gegenüber dem Fußballfan Kramer) gelang der Bedienung häufig nur mit einem Platzverweis. Auch am letzten Montag – niemand widersprach – agierte Leo wie immer. Er trank, nölte, trank mehr, nölte lauter. Rausschmiss.

»Was ist mit deinem Bier?« Britta war hereingekommen, in der Hand ein leeres Glas mit Strohhalm.

»Ihr wisst so wenig über Leo«, sagte Süden.

»Was wir wissen, reicht völlig. Ein frisches?« Ohne lange zu fackeln, nahm Britta das halbvolle Glas und ging zum Tresen. Olaf, der Rätselknacker, hatte dagegen ordentlich ausgetrunken und wartete halbgeduldig auf Nachschub.

Und wenn es tatsächlich reichte? Wenn es nicht mehr über den achtundvierzigjährigen Schreibwarenhändler Leo Ahorn zu berichten gab? Wenn der Schattenriss ihm entsprach? Wenn seine Anwesenheit im Blauen Eck, im Geschäft, in der Wohnung, auf der hügeligen Wiese und anderswo während des vergangenen Jahres doch eine einzige Einübung in Abwesenheit war?

Wenn es so war?

Wenn es so war, könnte die Reinigung Leos Hemden und die Jacke an die Armen verschenken, und Viola Ahorn hätte einen Anlass, das Schwarzweißfoto ihres Mannes in einen Rahmen zu stellen.

Wenn es so war, würden seine Ex-Kollegen – Süden hielt beide Hände an das kalte, frisch gefüllte Glas – jenen pensionierten Kommissar zu Viola Ahorn schicken, der sich bereiterklärt hatte, auch nach seinem Ausscheiden aus dem aktiven Dienst schlimme Nachrichten zu überbringen.

Wenn es so war mit Leo …

Und wenn er nicht verantwortlich für das Schlimmstmögliche, sondern einem Verbrechen zum Opfer gefallen wäre?

Dann stünde vermutlich derselbe pensionierte Kollege vor Violas Tür, und sie hätte keine Wahl, als ihn hereinzubitten.

Was immer geschehen sein mochte: Er, Süden, kam ein Leben zu spät.

»Trinkst du einen Polen mit mir?«, fragte Britta.

Eine halbe Stunde später betrat eine Frau in Bluejeans und einer weißen Bluse, mit einer Umhängetasche aus schwarzem Kunstleder und goldfarbenem Metallverschluss die Kneipe.

Wortlos stellte sie sich neben Süden und wartete, bis Britta sie nach ihrem Wunsch fragte. Sie bestellte ein Bier für sich und ihn.

»Hab gehofft, Sie hier zu treffen«, sagte Viola Ahorn. »Sie hatten mich gebeten, in Leos Büro nach etwas zu suchen, das einen Hinweis geben könnt, wohin er sich verkrochen hat. Das hier hab ich gefunden.« Sie zog den Reißverschluss ihrer Tasche auf (er bemerkte das kleine braune Pflaster über ihrem rechten Daumen) und holte mehrere gefaltete Blätter heraus; der kettenartige Riemen mit der Quaste klirrte leise.

»Sie müssen wissen, er besitzt noch eine alte mechanische Reiseschreibmaschine, blitzblank geputzt, in Gelb, manchmal tippt er darauf herum, er sagt, er mag das Geräusch und den Geruch … Die Maschine steht zwischen Schreibtisch und Aktenschrank, normalerweise beachte ich sie nicht, und er hat sie auch lang nicht mehr benutzt. In den Geschäftsunterlagen war nichts zu finden, jeden Zettel hab ich umgedreht, zwanzig Aktenordner durchgeblättert, reine Zeitverschwendung. Da war nichts Persönliches, hab ich auch nicht erwartet. Nur wegen Ihnen hab ich das gemacht. Na ja … Dann sitz ich auf dem Bürostuhl, genervt, weil ja klar war, dass ich nichts find, und da fällt mein Blick auf das Ding neben dem Schrank. Ich heb's hoch, denk mir nichts dabei, ich kann Ihnen nicht erklären, was mich dazu gebracht hat …

Da springt der Deckel ab und zusammengefaltete Blätter fallen raus, acht Stück, eng mit der Maschine beschrieben, mit Datum und Anrede. Ein Brief an mich. Liebe Viola, steht da, sehen Sie? Und ich hab nachgesehen, was das für ein Tag war.«

»Ostersonntag vor einem Jahr«, sagte Süden.

»Sie haben den Kalender im Kopf?«

»Ich habe geraten.«

»Richtig geraten, Mister Saus. Der Tag, an dem er das Foto auf dem Hügel gemacht hat.«

»Nicht er, ein Bekannter von ihm.«

Ihre Hände an den hohen Tisch geklammert, heftete sie ihren Blick an die Wand gegenüber, unterhalb des Fernsehers; in ihren Mundwinkeln ein nervöses Zucken.

»Setzen Sie sich«, sagte Süden und schob den Hocker näher zu ihr.

Mit einer Hand hielt sie sich weiter an der Tischkante fest, mit der anderen positionierte sie den Stuhl so, dass sie sich beim Sitzen an die Wand lehnen konnte. Süden stand seitwärts neben ihr, mit dem Rücken zur Theke.

Nach einem tiefen Seufzer hob sie die Schultern; sie warf Süden einen undefinierbaren Blick zu, ihr Lächeln mutete ihn ungewohnt versöhnlich an. Dann holte sie aus der Tasche einen aufklappbaren silbernen Aluminiumhaken; sie zog den Reißverschluss zu, klemmte den Aufhänger ans Tischeck und hängte den Riemen ein (wieder das leise, blecherne Klirren); die Tasche baumelte über dem Boden.

»Lesen Sie«, sagte Viola Ahorn. »Ich sitz still da und werd nicht heulen, das versprech ich.«

Süden faltete die Blätter auseinander. Akkurates Schriftbild, keine übertippten Buchstaben, keine handschriftlichen Korrekturen. Zwischen bestimmten Sätzen und Formulierungen drei Auslassungspunkte. Auf den acht Seiten Unmengen von Punkten …

»Liebe Viola …«

14

Das war ein verstörender Tag. Ich hatte nicht vor, ihn so zu verbringen, wie es dann geschehen ist, ich hatte, ehrlich gesagt, gar nichts vor. Doch, schon … Etwas hatte ich mir vorgestellt: Dass wir beide gemeinsam etwas unternehmen … Österlich, wenn Du so willst … Schrulliger Gedanke. Du warst nicht da. Schon seit gestern. Kindliche Anwandlungen, die mich manchmal überkommen, Du kennst das und rügst mich dafür. Zu Recht. Oder nicht zu Recht? Siehst Du: Es ist fast Mitternacht, und ich bin immer noch verstört …

Bestimmt sitzt Du noch mit Deiner Freundin in der holzvertäfelten Bar des Hotels, wo Ihr Euch wieder eingemietet habt. Was trinkt Ihr? Ich Bier … Marille auch, aber nur ein, zwei Stamperl … Gegen die Kälte, wir hatten heute einen Temperatursturz, den Nachrichten zufolge, die ich gesehen habe, muss es bei Euch im Pongau ähnlich gewesen sein. Womöglich schneit es noch mal. An Ostern!

Dann soll es eben so sein. Sei vorsichtig, wenn Du nach draußen gehst und es hat gefroren. Jetzt musste ich fast lachen … Schreibe Dir einen Brief und spreche mit Dir wie am Telefon. Was wir nicht tun, wie vereinbart. Kein Handy, ausnahmsweise. Soll mir recht sein. Wahrscheinlich ist bei Euch hinter den Bergen sowieso ein lausiger Empfang …

Gerade fiel mir ein, dass im Keller noch Schachteln mit Farbbändern für Schreibmaschinen gelagert sind, die braucht kein Mensch mehr. Außer mir … Aber wann schreibe ich schon mal was auf der alten Monica. Sie funktioniert tadellos, ich reinige und öle die Maschine, das weißt Du … In der Stille klingen die Tasten sauber laut, wenn ich zu fest draufschlage.

Ich wollte Dir unbedingt schreiben, denn wenn Du Dienstagfrüh zurückkommst, habe ich womöglich alles vergessen, was ich Dir sagen wollte. Der Tag draußen begann hell und vielversprechend …

Obwohl ich einverstanden war, als Du mich fragtest, ob es in Ordnung sei, dass Du mit Alice für zwei Tage in das bekannte Hotel fährst … Ja, habe ich gesagt, warum denn nicht? Du musst mal raus, weg vom Geschäft, den Nöten, dem Ärger, der täglichen Fron. Wer bin ich, Dir etwas zu verbieten? Ich war einverstanden … und war es auch nicht …

In meiner Vorstellung wollte ich mit Dir an den Feiertagen durchs Viertel gehen, die Veränderungen in Ruhe betrachten, die aus dem Boden gestampften Wohnkomplexe, von denen die meisten plötzlich fertig sind … Gerade erst fingen sie an, Baugruben auszuheben, schon ziehen die ersten Mieter ein, und Kinder springen durch die Innenhöfe, junge Familien überall, Kindertagesstätten, Horte … Das war doch alles undenkbar bis vor ein paar Jahren in unserem Viertel. Du würdest sagen: So geht die Zeit. Aber … Gehen wir auch so? Oder ist das mehr ein Hinken? Verzeih …

Jedenfalls hätte ich Dir den Vorschlag gemacht. Du kamst mir zuvor mit Deiner Ausflugsidee und Deiner Freundin. Du hast gefragt, ich sagte ja, mehr war nicht zu reden. Überhaupt reden wir wenig miteinander. Oder erscheint nur mir das so? Wir rackern uns durch den Alltag, zwölf Stunden im Laden, der sich so verändert hat, wie der Stadtteil und die Stadtteile ringsum …

Haben wir uns auch verändert? Ja, wir auch. Nein? Ich fürchte … Hast Du manchmal Angst, alles könnte auseinanderbrechen, und die Zukunft wäre ein einziger Trümmerhaufen? Ich gebe es zu, Viola: Ich traue mich nicht zu fragen. Doch ich will ehrlich sein: Jeden Morgen beim Aufwachen packt mich ein entsetzliches Grauen, ich ringe nach Luft und bilde mir ein zu ersticken. Dann muss ich fürchterlich husten, Du fragst mich, ob ich erkältet bin, und ich renne ins Badezimmer und knie mich auf den Boden und halte mir die Hände vors Gesicht, wie ein Kind. Wie ein Kind vor lauter Angst im schwarzen Kohlenkeller … So bin ich, so bin ich geworden …

Das alles kann ich Dir nicht sagen, nur schreiben. Und das Schreiben schaffe ich jetzt auch nur, weil ich heute mit Dir Federball gespielt habe, in Gedanken, und zwei Stunden lang ein Glück empfunden habe, wie in uralter Zeit. Eine Unbefangenheit … So leicht kam mir der Tag vor, so ohne jede Bedrohung … Als springe mein Herz Trampolin … So etwas darf man niemals aussprechen, man macht sich lächerlich, vor allem der eigenen Frau gegenüber …

Einmal jedoch möchte ich es aufgeschrieben haben, weil Ostern ist und Du nicht da bist und ich nicht aufhören kann, an alles gleichzeitig zu denken … An uns, wie wir waren, an die Dinge, die sich verändern, an das gottverdammte Geschäft, an das wir festgekettet sind, du durch mich und ich schon immer …

Sorge Dich nicht … Das waren meine Worte, erinnerst Du Dich? Sorge Dich nicht … Ein Laden wie unserer wird uns ein Leben lang ernähren. So ein Laden wird von jeder Generation von neuem benötigt, Schulhefte, Bücher, Buntstifte, Radiergummis, Mappen und Kalender, unvergängliche Dinge des menschlichen Lebens und Strebens … Und so war es … Wir sperrten morgens auf und kamen den ganzen Tag kaum dazu, in Ruhe eine Breze zu essen, so viele Kunden, so viele Gespräche und Fragen, so viel Trubel, ein Kommen und Gehen, abends totale Erschöpfung. Und gefüllte Kassenbücher. Wie zu meiner Eltern Zeiten. Sorge Dich nicht …

Ich habe Wort gehalten, das musst Du zugeben. Ein wenig haben wir angespart, dann wieder investiert in bessere Regale, eine moderne Kasse, einen Top-Computer, in die Renovierung, was getan werden muss, damit die Kunden uns treu bleiben. Sind sie nicht geblieben …

Niemand ist uns treu geblieben. Niemand … Niemand …

Ich war so wütend auf Dich, heute Morgen nach dem Aufstehen. Wo warst Du? Nicht hier. Nicht treu geblieben … Selber schuld, dachte ich und hatte die Idee, allein durchs Viertel zu laufen und mir die neue Welt anzuschauen …

Nachdem ich Kaffee getrunken und eine Scheibe Brot mit Honig gegessen hatte, saß ich noch eine Weile am Tisch. Auf Deinem Stuhl lag die dicke Wochenendzeitung, in der ich außer den Überschriften auf der ersten Seite noch nichts gelesen hatte. Jetzt könnte ich was lesen, überlegte ich, Zeit hatte ich genug. Und da … Da ergriff mich ein solcher Schwindel, eine solche Panik, dass ich einen Schrei ausstieß. Stell Dir das vor! Ich habe geschrien, in unserer Küche, lauthals, als hätte mich eine Kralle an der Gurgel gepackt …

Ich sprang vom Stuhl, der umkippte, und rannte ins Wohnzimmer und riss die Balkontür auf und stürzte nach draußen und hielt mich an der Brüstung fest … Alles drehte sich um mich. Ich kniff die Augen zusammen, traute mich nicht, die Brüstung loszulassen, mein Körper schlotterte wie in eisiger Kälte. Dabei schien die Sonne, eine kalte Sonne, aber sie schien. Ich fror erbärmlich.

Wie lange ich so dastand und ob jemand mich beobachtete, was zu befürchten steht, kann ich Dir nicht sagen. Zehn Minuten bestimmt … Ich hatte nichts an als meine grüne Haushose und ein Hemd, keine Hausschuhe, keine Socken. Wahrscheinlich war mein Anblick eine einzige Peinlichkeit.

Irgendwann saß ich auf dem Sofa, die Hände vorm Gesicht, und bemerkte, dass meine Beine nicht mehr zitterten. Erst jetzt hatte ich die Augen wieder aufgemacht. So begann dieser Tag für Deinen Mann …

Zum Glück warst Du nicht da … In Windeseile zog ich mich ordentlich an und verließ die Wohnung. Ich musste nach draußen, irgendwohin, wo niemand mich sehen würde. Aus einem rätselhaften Grund nahm ich meine Olympus mit, das wurde mir erst später bewusst, auf der Wiese, zu der ich geradelt bin, weißt Du noch, die Wiese am Grünstadter Platz? Dahin fuhr ich und kann Dir nicht erklären, wieso.

Eigentlich wollte ich doch durchs Viertel schlendern … SCHLENDERN … Schlendern kommt von Schlendrian, hätte mein Vater gesagt, und ein Schlendrian bringt es zu nichts im Leben. Geschlendert wurde in unserer Familie nicht. Niemals. SCHLENDERN hatte ich vor …

Stattdessen sprang ich aufs Rad und peste davon. Die Strecke kenne ich, das ist klar, an dem Platz verbringe ich oft mittags eine halbe Stunde. Du fragst mich immer, was ich treibe, wenn ich in der Mittagspause das Haus verlasse, und ich antworte, ich würde zur Entspannung eine Runde radeln. Seit Jahren wunderst Du Dich, dass das klapprige Bike nicht schon längst in seine Einzelteile zerfallen ist. Noch hält es durch. So wie ich …

Wie fast immer, saß Per, ein Anwohner, auf seiner Bank, zu seinen Füßen Winni, sein Dackel. Von den beiden habe ich Dir noch nie erzählt, Du fragst mich nicht, wo ich gewesen bin, und es kümmert mich nicht … Heute kam ich außer Atem an dem Platz an, ich war zu schnell gefahren, wie besessen von etwas, das ich nicht begreifen konnte. Als Per mich sah, meinte er, ich sähe blass und kränklich aus. Bestimmt hatte er recht. Ich schnaufte wild und rang nach Luft, wie daheim. Dann nahm ich den kleinen Fotoapparat aus dem Gepäckträger und bat Per, ein Foto von mir zu schießen. Was mich dazu trieb, ist mir unerklärlich …

Ich stand auf dem Grashügel, Per einige Meter von mir entfernt, in meiner Brust hämmerte mein Herz, und ich dachte, jeden Moment kippe ich um und kullere den Hügel hinunter. Er knipste und gab mir wortlos den Apparat zurück, ich bemerkte, wie er mich musterte. In mir stiegen plötzlich Bilder auf, gestochen scharf und in Farbe, die mich verwirrten und völlig aus der Fassung brachten. Bilder von uns, Viola, Bilder aus der Urzeit, und alle ergaben nur ein einziges Bild. Das von Dir und mir, wie wir spielen …

Wie wir spielen … Wir spielen …

Kannst Du Dir vorstellen, dass wir einmal gespielt haben, wie die Kinder auf der Wiese, jeder mit einem Schläger in der Hand, und wir feuern einen Plastikball zwischen uns hin und her? Falls wir ihn treffen, bei all dem Wind … Ich rannte über die Wiese und dachte nicht mehr daran, dass jemand jeden meiner Schritte beobachtete. Per und sein Dackel Winni … Ich rannte und fuchtelte mit dem Arm durch die Luft, holte aus und schlug zu, holte wieder aus und … Was für Momente, Viola, was für ein unerwartetes, berauschendes Ereignis nach einem Morgen voller Schrecken.

Du hättest mich sehen sollen, wie ich hüpfte und außer mir war. Angeblich war ich das, denn hinterher sagte Per zu mir, ich wäre außer Rand und Band gewesen …

Kann das wirklich sein? Auf dieser Wiese … Bestimmt erinnerst Du Dich nicht mehr … Auf dieser Wiese lagen wir beide mit Anfang zwanzig im Gras und küssten uns und berührten uns innig. Dann spielten wir Federball bis zur Erschöpfung … Hunde wuselten um uns herum und bellten und wollten den Ball fangen, manch einer schaffte es auch und rannte damit weg, und wir brauchten einen neuen, und wenn wir keinen zweiten dabeihatten, hockten wir uns wieder ins warme Gras und waren uns genug …

Das Gras war kalt heute Mittag. Ich blieb dennoch sitzen, mit angezogenen Beinen, und dachte so vor mich hin … Du hast die kurzen, abgeschnittenen Jeans angehabt, die Du am liebsten hattest, und ein weißes T-Shirt mit einer aufgedruckten Sonnenblume, und ich ... Ich himmelte Dich an. Das sollte ich besser durchstreichen. So ein Wort passt nicht mehr in die Zeit. Und zu uns. Zu Dir. Zu mir. Niemand himmelt mehr wen an. Es hat sich ausgehimmelt, so viel steht fest ...

Danach fuhr ich zum Friedhof. Dahin wären wir auch gegangen, wenn Du hiergeblieben wärst, zu einer österlichen Andacht am Grab meiner Eltern. Wie in jedem Jahr. Diesmal stand ich allein unter der Kastanie, versenkte mich in den vertrauten Anblick der gelben und rosafarbenen Stiefmütterchen und die Inschrift auf den Grabsteinen ...

Unbändiger Zorn erfüllte mich. Nicht einmal meine Eltern waren ihrem Geschäft treu geblieben, sie waren gegangen, einer nach dem anderen, im Abstand von lausigen drei Jahren, und zurück blieb ein Junge, dem täglich das Herz in die Hose rutschte, weil er nicht die geringste Ahnung hatte, wie er sein Erbe würdig verwalten sollte. Das habe ich Dir nie gebeichtet ... Die grässliche Furcht vor dem Versagen ...

Sorge Dich nicht, sagte ich zu Dir, und Du hast mir vertraut, zumindest am Anfang.

Überrumpelt von so viel böser Wucht, stieß ich zum zweiten Mal an diesem Tag einen Schrei aus, und es scherte mich keinen Deut, dass Leute an anderen Gräbern die Köpfe drehten und mich angafften. Ahh..., schrie ich, sekundenlang, Ahh... hin zum Grab, zu den Blumen, zur Erde, zum grauen, von mir eigenhändig vor einer Woche sauber geschrubbten Stein. Anders wäre ich erstickt, das schwöre ich Dir.

Ich wollte mir Erleichterung verschaffen, begreifst Du meine Zwangslage? Gerade noch in einer Art Freudentaumel auf der Wiese unserer frühen Jahre und dann der Absturz, die Höllenfahrt beim Anblick der Zahlen auf dem Grabstein und im Bewusstsein der grausamen Zeit. Steine hätte ich werfen mögen … Noch lauter hätte ich schreien mögen … Vergeltung … Vergeltung und keine Vergebung …

Fünfzigtausend hat mir Georg versprochen, unser Nachbar von gegenüber. Wir treffen uns im Blauen Eck, ich fragte ihn wiederholt, ob er sich vorstellen könnte, mir etwas Geld zu leihen, für den Umbau meines Geschäfts. Ich ließ nicht locker.

Der Mann hat Vermögen und Sicherheiten, und wir sind Freunde geworden, Nachbarn, er weiß, wer ich bin. Von dem Angebot habe ich dir nie erzählt, aus einem Grund: Ich musste damit rechnen, dass Georg einen Rückzieher macht. Und tatsächlich will er neuerdings nichts mehr davon wissen, er streitet ab, mir jemals eine bestimmte Summe in Aussicht gestellt zu haben. Das lasse ich mir nicht gefallen. Meine Hartnäckigkeit ist inzwischen berüchtigt, glaube mir …

Auch daran musste ich auf dem Friedhof denken. Wie ausgestoßen kam ich mir vor, wie durch und durch verarscht vom großen Weltengericht. Verzeih den Ausdruck, aber so war das heute Nachmittag, und ich fand keine Ruhe mehr. Ich schob mein Fahrrad an der Friedhofsmauer entlang, weil ich zu aufgebracht war, um zu fahren. Wieder und wieder riss ich den Lenker in die Höhe und knallte das Vorderrad auf den Bürgersteig. Wut, Wut, Wut …

Und weißt Du, jetzt, da ich seit Stunden wieder zu Hause bin, ein paar Biere getrunken, meine Schreibmaschine genommen und begonnen habe, meine Gedanken in einem Brief an Dich niederzulegen, schrecke ich vor der ungeschönten Wahrheit nicht mehr zurück … Bleibt die Situation, wie sie ist, und wird es mir nicht gelingen, das Geschäft auf neue Beine zu stellen, schweigen wir weiter in uns hinein, Du und ich … Geht die Zeit einfach so wie bisher über uns hinweg, dann … Dann … Dann soll sie! Über uns hinweg und speziell über mich! Ich verabschiede mich dann und höre auf, meine Rolle zu spielen.

So ist es doch, Viola: Seit ich den ersten Schritt als Pächter in das Geschäft meiner Eltern getan habe, spiele ich meine Rolle als Schreibwarenhändler, und ich spiele sie gut, nicht wahr? Stimmst Du mir zu? An manchen Tagen überraschte ich mich selbst, ich hörte mir zu, wie ich die Kunden beriet, mit den Kindern Scherze machte und den Eltern Tipps für die richtigen Hefte und Schreibutensilien gab. Dank und Respekt wurden mir entgegengebracht, und ich dachte: Nicht unverdient …

Verzeih meine Eitelkeit. Sie existiert nur auf dem Papier und nur in diesem einen Moment …

Aufhören, werde ich zu mir sagen, wenn es so weit ist, streife Dein Kostüm ab, werfe die Maske in den Abfall, höre auf, in gefälligen Sätzen zu sprechen, sei Du! Zeige Dich als der Gefangene, der Du seit jeher warst, sei ehrlich und lass das Spielen bleiben.

Ob das klappt? Immerhin habe ich jahrelang geübt und es zu einer gewissen Meisterschaft gebracht, laut dem Urteil der Leute. Nicht wahr? Und was wird aus Dir? Du bist frei, und etliche tausend Euro bleiben auf jeden Fall übrig, mit denen Du nach Belieben jonglieren kannst. Du bist noch keine fünfzig, Du hast fast ein halbes Leben noch vor Dir, wovor solltest Du Dich fürchten? Du bist wachsam, Du lässt Dich von den Wächtern der Normalität nicht einschüchtern, Du hast Deine Ansichten über die Zusammenhänge in der Welt, bei denen ich manchmal zweifele, ob Du nicht in falsches Fahrwasser geraten bist …

Das geht mich nichts an. Du bist, wie Du bist, und es gab eine Zeit, da war Deine Stimme die einzige, der ich in finsterer Stunde vertraut habe. Vertraue ich Dir noch heute? Ich vermute es, sicher bin ich nicht. Sicher bin ich mir mit nichts und niemandem mehr. Lohnt nicht …

Was wird sein, wenn Du übermorgen aus Österreich zurückkommst? Ich werde den Laden schon aufgesperrt haben, denn vor acht Uhr wirst Du nicht da sein. Oder Du wirst da sein, ich aber nicht. Morgen, eigentlich schon heute, ist Ostermontag und …

Gerade schaue ich aus dem Fenster und sehe, es schneit.

Dicke Flocken fallen durch die Nacht. Vielleicht gehe ich noch einmal raus, in meiner Haushose und dem ausgewaschenen Hemd, jetzt sieht mich niemand, und ich bin barfuß, weil ich so den Schnee intensiver spüre. Was meinst Du? Traust Du mir zu, lautlos zu verschwinden? In einer Osternacht ohne Ostereier und Osterlamm und Auferstehung? Ja?

In den ersten Wochen, nachdem Du zu mir in die Wohnung meiner Eltern gezogen warst, jung und neugierig, wachte ich jeden Morgen mit einer Panikattacke auf: Dass Du weg sein könntest und nie mehr wiederkämst …

Das habe ich überwunden.

Warum habe ich das überwunden? Warum?

Kommst Du wieder, übermorgen?

Wirst Du die Ladentür öffnen und sagen: Da bin ich wieder.

Wird es so sein?

Wie still es ist. Das kommt von den Flocken, die durchs offene Fenster hereinwehen. Einige schmelzen auf meinem Gesicht.

Wurde eigentlich das Porto schon wieder erhöht?

Haben wir Briefmarken im Haus?

Ich möchte, dass Du den Brief mit der Post erhältst. Als wäre er von einem Fremden, an den Du Dich erst wieder erinnern musst …

Oder ich lasse ihn einfach hier liegen, und wenn Du dann die Wohnung ausräumst, fällt er Dir in die Hände, und Du wunderst Dich …

Sich wundern darf man nicht verlernen, musst Du wissen.

Ich winke Dir.

Dein Leo.

15

Unaufhörlich Oldies aus dem Radio.

»O Gott, ich bin doch zurückgekommen an dem Tag«, sagte Viola Ahorn. »Pünktlich, wie versprochen, um neun Uhr war ich im Laden. Hab mich wieder erinnert, wo ich Ostern gewesen bin. Und er war da. Er war nicht weggegangen. Er schreibt den Brief und versteckt ihn im Schreibmaschinenkoffer. Wieso macht der so was? Wieso?«

Sie trank einen Schluck und schlug die Daumen gegeneinander. »Wissen Sie, was er ... Dieses Foto, das ich Ihnen gegeben hab, wieso schenkt er mir das und behält den Brief für sich? Zur Erinnerung, sagt er. Was soll ich damit anfangen? Ein Jahr ist das her, und ich weiß von nichts. Renovierung! Fünfzigtausend Euro! Wer sollte ausgerechnet ihm so viel Geld leihen? Ein Jahr lang und länger hat er mich betrogen, hat so getan, als wär alles wie immer. Nichts war wie immer. Und jetzt ist er verschwunden. Ankündigung vor einem Jahr und nun der Vollzug? Sagen Sie auch mal was, ich bezahl Sie schließlich dafür.«

»Sie bezahlen mich nicht fürs Reden«, sagte Süden.

»Fürs Schweigen aber auch nicht.«

Von der Theke aus beobachteten Britta und Olaf die beiden am Stehtisch; die Bedienung zögerte die Frage nach der nächsten Bestellung hinaus; das Verhalten der Ehefrau ihres verschwundenen Stammgasts kam ihr unberechenbar vor und nicht so, als würde sie sich mit mehr Alkohol entspannen.

Behutsam faltete Süden den Brief zusammen und legte ihn auf den Tisch. »Wir haben keine andere Wahl«, sagte er. »Wir müssen die Polizei einschalten.«

Mit Wucht klatschte ihre rechte Hand auf die Tischplatte. Olaf rutschte vor Schreck der Bleistift aus den Fingern.

»Nein«, stieß Viola Ahorn hervor. »Nein. Hören Sie mich? Nein, sag ich, nein.«

»Schrei hier nicht rum«, sagte Britta vom Tresen aus.

Im Radio fing ein neuer Schlager an.

Keine Reaktion von Süden. Viola Ahorn sah ihn unentwegt an, ihre Mundwinkel zuckten, sie spitzte die Lippen und gab ein unangenehmes Zischeln von sich. Der Gedanke, der ihm durch den Kopf schoss, amüsierte ihn beinah: Er hielt es für möglich, dass sie ihn unvermittelt anspuckte.

Was machte er noch hier?, fragte er sich. Der Brief, den er gelesen hatte, lenkte die Suche in eine bestimmte Richtung, für deren Auslotung ihm die Mittel fehlten; wenn er ehrlich war, auch Geduld und Überzeugung – angesichts einer Auftraggeberin, deren einziges Bestreben zu sein schien, im Vorhinein jegliche Mitschuld von sich zu weisen, wie immer diese aussehen mochte.

Warum, dachte er, hatte sie überhaupt der Detektei einen Auftrag erteilt, mit einer Lüge als erster Aussage? Und ihren Kunden hatte sie ins Gesicht gelogen, Leo halte sich bei einem kranken Schulfreund in Dinslaken auf. Er sei ein »ausrangierter Geselle«, hatte sie Süden gegenüber erklärt, und verschwende die Nächte mit Seinesgleichen in einer Kneipe. Und sie? Sie in der Rolle der Schmerzensreichen, in der Ehe, im Geschäft und draußen in der Welt der bösen Mächte.

So, das war Süden bewusst, durfte er nicht denken – und konnte nicht anders.

»Die Entschuldigungen sind ihnen nie ausgegangen.« Viola Ahorn nahm den gefalteten Brief und sprach mehr zum Papier als zu dem Mann neben ihr. »Die Polizisten waren immer auf ihrer Seite, arme türkische oder bulgarische oder rumänische oder schwarze Kinder, wer weiß, woher. Ausgekocht, wie sie waren, lenkte der eine Bruder oder Cousin mich ab, der andere schob schnell ein Comicheft unter seine Jacke oder ließ eine Handvoll Bleistifte verschwinden. Na ja, so clever, wie sie glaubten, waren sie nicht, ab und zu ja, aber oft nicht.

Wie hätt ich reagieren sollen? Wenn's nach Leo gegangen wär, hätten wir so getan, als wär nichts. Nicht mit mir. Kinder hin oder her, wer klaut, muss bestraft werden. Also rief ich die Polizei. Und was tat die Polizei? Was? Nichts. Die Kinder heulten ihnen was vor, rückten mit dem Diebesgut raus und entschuldigten sich fadenscheinig, sie hätten kein Geld, sie hausten in Notunterkünften, ihre Eltern müssten betteln gehen, die ganze Litanei.

Und die Polizei? Die Polizei ließ sie laufen, eine Ermahnung, ein paar salbungsvolle Worte, fertig. Abgekartet.

Diese Leute werden bei uns eingeschleust, um von unserem Wohlstand zu profitieren, sie wissen genau, wie sie uns abzocken können, uns alle, Sie auch, Mister Saus. Was red ich? Sie sind ja einer von denen. Und Leo glaubt, ich bild mir das alles nur ein. Wer sich hier was einbildet, ist er. Steht doch da drin. Ich hab eine Idee: Behalten Sie den Brief.« Wie etwas, das ihr lästig wurde, ließ sie die Papiere mit einer eckigen Handbewegung auf den Tisch fallen und schob sie von sich weg. »Was hab ich denn erwartet? Eine Erleuchtung? Sind Sie erleuchtet?«

Süden schwieg.

Fassungslosigkeit in ihrem Blick. »Wirklich? Sie stehen da und sagen nichts? Für fünfundsechzig Euro die Stunde? Und Sie erwarten, dass ich den Tag bezahle, an dem Sie keinen Finger rühren?«

»Sie erhalten von mir einen Bericht«, sagte Süden. »Und Frau Liebergesell schickt Ihnen die Rechnung.«

»Die ich nicht bezahlen werde.«

Süden schwieg.

Britta überlegte, ob sie eine Frage riskieren sollte. Olaf hatte sich abgewandt und drehte den Bleistift zwischen den Fingern.

»Sie haben geweint, als Sie den Brief gelesen haben«, sagte Süden.

»Wer sagt das?«

»Sie.«

»Hab ich nicht.«

Nach einem Schweigen, das die Frau mit einem ärgerlichen Kopfschütteln begleitete, sagte er: »Wo waren Sie heute vor einer Woche, in der Nacht zum Dienstag, Frau Ahorn?«

Im ersten Moment stutzte sie. Dann begriff sie den Zusammenhang. Eine hässliche Grimasse huschte über ihr Gesicht; sie langte nach ihrer Tasche, klappte den Haken zusammen, steckte ihn ein und stand auf, wobei sie den Stuhl gegen die Wand krachen ließ.

»Vergessen Sie den Brief nicht«, sagte Süden.

Kurzes Zaudern, eine hektische Handbewegung, und mit den Papieren in der Faust und der Tasche über der Schulter stürzte Viola Ahorn aus dem Lokal.

Endlich hatte die Bedienung wieder zu tun. »Glaubst du, sie weiß mehr, als sie zugibt?«, fragte sie und nahm das leere und Südens immer noch halbvolles Glas.

Bis sie ihm das frische Bier brachte, dachte er darüber nach.

»Und?«, fragte Britta.

Aber Süden sah zum Fenster, hob den Arm auf Schulterhöhe und winkte – eine flüchtige Geste, bevor er die Hand in die Hosentasche steckte und mit der anderen sein Glas nahm.

Britta, leidlich irritiert, lag eine Bemerkung auf den Lippen.

Olaf, weinselig rätselnd, hatte nichts mitbekommen.

Ein Zug fuhr nach nirgendwo.

16

Um fünf nach sieben sperrte sie auf. Sie schleppte die Bündel mit den aktuellen Zeitungen nach drinnen, sortierte die Ausgaben in die Regalwand, die für die Tages- und Wochenpresse übriggeblieben war, holte das Wechselgeld aus dem kleinen Tresor im Nebenraum. Nachdem Viola Ahorn die Kasse aufgefüllt und aus dumpfer Gewohnheit einige der Pakete, die seit Tagen nicht abgeholt worden waren, an eine andere Stelle verschoben hatte, stockte sie mitten in der Bewegung.

Sie blickte zur offenen Tür – erste Stimmen von der nahen Schule drangen herein –, dann über die Schulter noch einmal zu den Päckchen, Paketen und Großbriefen, dorthin, wo sich einmal das Allerlei eines perfekt ausgestatteten Schreibwarengeschäfts befunden hatte. Eine ungeahnte Empfindung erschütterte sie, eine übermächtige, bösartige Form von Niedergeschlagenheit.

In diesem Moment erschien ihr das Schicksal wie eine hinterfotzige Trickserin, auf die sie seit jeher hereingefallen war, im blinden Vertrauen auf ein gutes, ihr gewidmetes Leben. Stattdessen hatte sie das Leben eines anderen geführt, ihn gehätschelt und getätschelt, sein Festhalten am verstaubten Erbe der Altvorderen hingenommen, ihre komplette Zukunft einem Dasein als mickrige Ladenbetreiberin geopfert und …

Zugelassen, kinderlos alt zu werden.

Der Herr wollte keine Kinder. Wollte er partout nicht. Begründung: Wenn etwas Schlimmes passierte, blieben sie allein auf der Welt. Und sie?

Sie hatte den Unfug akzeptiert.

Inzwischen schallten Knäuel von Stimmen aus dem Schulhof herüber.

Regungslos nahm Viola Ahorn den Verkehrslärm zur Kenntnis, die Motoren der Autos und Linienbusse auf der Koptenstraße, die allmorgendliche Geräuschkulisse, an die sie sich gewöhnt hatte, wie an die Gegenwart des trostlosen Mannes drei Stockwerke über ihr.

Ha!, entfuhr es ihr, der Mann war nicht mehr da! Fast hätte sie sein Verschwinden vergessen gehabt. Seit einer Woche glänzte er durch Abwesenheit. Nach den Worten des lausig rasierten Detektivs war er damit eine Vermissung. Einer, der vermisst wurde. Von wem genau? Von ihr natürlich. Schließlich hatte sie den Detektiv engagiert. Für fast siebzig Euro die Stunde. Ein stolzer Preis, vor allem, da bei der Suche nichts herauskommen würde, das war ihr von Anfang an klar gewesen.

Leo hatte sich abgeseilt, auf welche Weise auch immer; er hatte einen Plan gehegt, das ging eindeutig aus dem Brief hervor, den er zu feige war, an sie weiterzugeben. Ihr Mann, der ewige Erbe, hatte sich ins Aus manövriert, seine muffige Existenz bot ihm keinen Halt mehr. Verständlich. Aber sprechen konnte er darüber nicht. Worüber hatte er überhaupt in jüngster Zeit gesprochen?

O Gott, dachte sie und ballte die Fäuste und zischelte durch die Zähne. Was sollte werden, falls er seinen Plan in die Tat umgesetzt hatte?

Wäre sie dann allein auf der Welt?

Alleiner noch als bisher?

Draußen rannten Zehn- oder Zwölfjährige mit Rucksäcken oder Schultaschen vorbei, sie feuerten sich gegenseitig an, gefolgt von einer Gruppe aus Schülern ohne jede Eile. Viola

Ahorn sah ihnen hinterher – wie so oft am Morgen, wenn sie allein im Laden war oder mit Leo, der im Nebenraum kruschte.

Alleiner als allein, morgens, abends, Tag um Tag.

Wie versteinert stand sie da, minutenlang, die Hände in den Taschen ihrer beigefarbenen Pumphose, mit Bildern im Kopf (die kannte sie alle schon und wollte sie ausradieren), im Mund einen fauligen Geschmack. Nichts von dem, was sie fühlte oder wie aus Versehen auf der Seitenstraße beobachtete, brachte sie in Verbindung mit ihrer Anwesenheit hier …

Wo immer sie gerade sein mochte, bei sich war sie nicht …

Einen Augenblick lang glaubte sie, das Bewusstsein zu verlieren. Gierig die warme Luft einsaugend, streckte sie einen Arm vor und machte zwei Schritte auf die Tür zu – als erwartete sie, dass jemand ihre Hand ergriff.

Tatsächlich wurde sie am Handgelenk gepackt. Die Berührung erschütterte sie. Wieder schien sie zu erstarren und in sich selbst zu versinken.

»Frau Ahorn«, sagte ein Mann in einer türkisfarbenen Windjacke. »Ist Ihnen nicht gut, kann ich helfen?« Er ließ sie los.

Sie brauchte eine Weile, bis sie den Kopf drehte und ihn erkannte. »Herr Wagner. So früh schon aus dem Haus.«

»Ist was passiert, Frau Ahorn?«

»Nein …« Ihr gelang ein Lächeln, das sie sofort albern fand. »Heute ist geschlossen, ich muss ein paar Dinge erledigen, morgen dann.«

»Ist Ihr Mann noch verreist?«

»Ja.«

»Waren Sie das in der Nacht, die wie verrückt an meine Tür gebumpert hat? Ich habe geschlafen und bin aufgeschreckt und war …«

»Ich bin nicht verrückt.«

Sie sperrte ab und ließ ihn stehen.

In der Wohnung zog sie die weiße Bluse aus und eine grüne Seidenbluse an, die sie über dem Bauch verknotete. Als sie das gefüllte Glas schon in der Hand hielt, fiel ihr Blick auf die Küchenuhr neben dem Kühlschrank: acht Uhr fünf. So früh hatte sie noch nie Wein getrunken. Sie benetzte die Lippen, strich mit der Zunge darüber, setzte sich auf einen Stuhl, zur Sicherheit. Sie schwenkte das Glas, aus dem sie gewöhnlich Wasser trank. Nach zwei Schlucken schwindelte ihr, wie vorher im Laden; nach dem dritten Schluck breitete sich eine angenehme Erregung in ihr aus. Von ihrem Platz sah sie einen Sonnenstreifen im Flur; durchs gekippte Fenster wehte warme Luft herein. Keine Fratzen mehr im Kopf, bildete sie sich ein, keine blöden Gedanken mehr.

Zur Erinnerung hatte er zu ihr gesagt und ihr das Schwarzweißfoto überreicht, als wäre es ein Geschenk von Wert. Er darauf, sonst niemand. Wozu? Sie sah ihn jeden Tag, seit ewigen Zeiten, in dieser Wohnung, diesem Flur, dieser Küche.

Mit einem Mal fand sie Geruch und Geschmack des Weins abstoßend. Sie kippte den Rest in den Ausguss, füllte das Glas mit heißem Wasser, ging ins Bad und spülte den Mund aus. Ein flüchtiger Blick in den Spiegel. Lippenstift, überlegte sie – und ließ es sein. An der Garderobe streifte sie ihre ungefütterte schwarze Lederjacke über, nahm die Umhängetasche vom Haken und den Autoschlüssel aus der muschelartigen Schale und hielt inne.

Irgendwie, fand sie, roch die Luft modrig. Gut möglich, dachte sie beim Absperren der Wohnung und auf dem Weg hinunter ins Erdgeschoss, dass sie heute im Hotel ihrer Freundin übernachtete; das hatte sie bereits ein paarmal getan; manchmal musste sie mal raus und weg und eine Nacht woanders sein, in der eigenen Stadt, wenn's nicht anders ging. Waschzeug brauchte sie nicht extra mitzunehmen. Alice arbeitete in einem Fünf-Sterne-Kasten, da waren die Dinge, die frau so benötigte, im Preis inbegriffen, einem Sonderspezialpreis für sie …

17

Den Wagen hatte sie wie gewohnt in der Tiefgarage abgestellt, zwischen zwei schwarzen SUVs, auf einem der letzten freien Plätze; ihr neunzehn Jahre alter, angerosteter Opel Kadett passte gerade so in die Lücke. Dank ihres Bekannten in der Werkstatt, wo sie regelmäßig Reifenwechsel und Inspektion erledigen ließ, hielten sich die Kosten für die Reparaturen halbwegs in Grenzen. Ein neues oder weniger lang gebrauchtes Auto – momentan für sie nicht finanzierbar, seit Jahren nicht. Über Möglichkeiten wie Leasing oder eine Teilnahme am Carsharing hatte sie aufgehört, mit ihrem Mann zu diskutieren. Für ihn stellte das Fahrrad die einzig wahre Alternative zum umweltverschmutzenden Straßenverkehr dar. Natürlich: Wie sollte ein Mann, dessen gesamte Existenz auf der Wahrnehmung einer einzigen Alternative basierte, zu einem anderen Blickwinkel fähig sein?

In dieser Deutlichkeit – das war ihr auf dem Weg durch das Tiefgeschoss klar geworden – hatte sie Leo den fundamentalen Gegensatz zu ihrer Sichtweise noch nie unter die Nase gerieben. Ihm genügten zwei Räder, ihr nicht; ihm genügten zwei Menschen, verbunden durch eine Ehe, ihr nicht; ihm genügten Tag und Nacht, ihr nicht. Den einzigen Weg, seiner Rolle als Waise gerecht zu werden, sah er in der Führung des Geschäfts, der Beibehaltung der Wohnung, der immer gleichen Abläufe, Monat für Monat, Jahr um Jahr. Neues Auto: Luxus.

Den mängelbehafteten Kadett hatte ihm ein Nachbar angeboten, und Leo hatte sich breitschlagen lassen, weil er …

Sie hatte es nicht vergessen. All die Jahre, wenn sie dezent das Thema Mobilität zur Sprache brachte und sich über die allmählich kostspielig werdenden Macken beschwerte, hatte er aufs robuste Fabrikat verwiesen und darauf, dass sie im Grunde kein Auto bräuchten und er ihr den Kadett nur geschenkt habe, weil er …

Weil er ihr eine Freude machen wollte.

Eine Freude mit einer ausrangierten Kiste, bei der sich Leo, wie ihr Bekannter in der Werkstatt beim ersten Check versicherte, über den Tisch hatte ziehen lassen; in Anbetracht des Zustands von Motor und Ausstattung habe er eindeutig zu viel bezahlt. Sie hatte es ihm gesagt, und er hatte nur abgewunken …

Immerhin kam die Kiste noch durch den TÜV und war im Notfall startbereit.

Wie heute.

Die geballte Ladung der fetten Karossen um sie herum war schuld gewesen, dass sie in absolut übellauniger Stimmung die Rezeption erreichte, wo ihre Freundin gerade die Abreise eines Gastes bearbeitete. Die Gedanken an Leo, seine verschwiemelte Art, seine Durchschnittlichkeit und Knickrigkeit hatten einen dunklen Furor in ihr ausgelöst, den Alice Schubert sofort erkannte. Kaum hatte sie den Gast verabschiedet, gab sie ihrer Freundin ein Zeichen und verließ den Empfang.

Nach einer kurzen Umarmung und Küssen auf die Wange stiegen die beiden Frauen in den Lift; auf der Fahrt in den dreiundzwanzigsten Stock strich Alice ihrer blassen und innerlich bebenden Freundin über die Wange und nahm sie an der Hand. Viola war dankbar, nicht sprechen zu müssen.

In der Club Lounge saßen vier Geschäftsmänner einzeln an ihren Tischen; sie frühstückten und tippten in Handys und auf Laptops. Durch die Panoramafenster fiel gedämpft die Sonne herein; weit in der Ferne ragten die Berge bläulich aus dem Dunst, unten lagen die Stadt und ihre üppigen Grünanlagen wie in friedvollem Sommerschlaf.

Augenblicklich fiel aller Groll von Viola Ahorn ab. Als würde der Ausblick sie aus der Enge der Welt, die sie gerade noch widerwillig beschworen hatte, entführen und ihr eine frische, unbändige Perspektive eröffnen. Sie war nicht zum ersten Mal hier oben. Vielleicht, dachte sie, während sie am letzten Tisch der Fensterreihe Platz nahm und gleichzeitig wie gebannt hinausschaute, hatte sie ihr spontaner Entschluss heute früh zum ersten Mal an genau den Ort geführt, der ihr zum gegenwärtigen Zeitpunkt absolut entsprach.

Abseits der Wirrnis der vergangenen Tage und von etwas, das ein Mann, der keine Ahnung von ihr hatte, Vermissung nannte.

In der Nähe ihrer besten Freundin, dachte sie, wäre sie endlich geborgen.

Zwei Stunden war ihr Gespräch jetzt her.

Viola Ahorn hatte einen doppelten Espresso und eine Flasche Mineralwasser getrunken, zwei Croissants mit Butter und Aprikosenmarmelade gegessen und in den Illustrierten geblättert, die Alice ihr besorgt hatte. Jede Minute erwartete Ahorn sie zurück.

Allein am Tisch, allein in der Lounge, mit Blick über das lautlose Stadtgeschehen, zurückgelehnt im gelben Designerstuhl mit dem geschwungenen Rückenteil, breitete sich eine ungewohnte Entspannung in ihr aus. Je öfter sie den Blick schweifen ließ – über die Baumwipfel der Parks und Gärten, die roten Dächer und Fassaden langgestreckter Wohnanlagen, die Kirchtürme und die in der Sonne blinkenden Fensterfronten ihr unbekannter Hochhäuser –, desto luftiger erschienen ihr die Probleme, wegen denen sie hergekommen war.

Weglaufen funktioniere nicht, meinte ihre Freundin, eine Auszeit zu nehmen, sei oft ratsam, dürfe aber nicht zu einer Ausflucht werden, um sich vor wichtigen Fragen zu drücken.

Wie recht sie hatte. Wie klug sie redete. Front-Office-Managerin Alice Schubert. Wenn Viola sie ärgern wollte, nannte sie sie Rezeptionistin.

Der Gedanke an solche Momente amüsierte Viola Ahorn, und sie lächelte vor sich hin. Das war keine Ausflucht, hier zu sein, das war Notwehr. Ihre Worte von vorhin. Aus purer Notwehr habe sie heute Morgen den Laden wieder zugesperrt und den aasigen Nachbarn einfach stehenlassen; andernfalls wäre womöglich ein Unglück passiert, das sie später bereut hätte. Was für ein Unglück, wollte Alice natürlich wissen; Viola sagte nur: ein schlimmes.

Was sollte schon geschehen, an einem Tag wie diesem, dreiundzwanzig Stockwerke über einem dem Siechtum geweihten, ehemaligen Schreibwarenladen? Die Gegend drum herum erneuerte sich in einer Tour, junge, zukunftssinnige Familien verscheuchten nach und nach die Alten und verwandelten deren verstaubte Behausungen in vorzeigbare Immobilien. Wieso auch nicht? So geht die Zeit. Was sollte geschehen?

Für Hotelgäste war die Lounge um diese Zeit geschlossen; auf Anweisung von Alice Schubert warf die Bedienung in regelmäßigen Abständen einen Blick herein; bisher hatte Viola Ahorn immer nur den Kopf geschüttelt, und die junge Frau war lächelnd und geräuschlos wieder verschwunden. Als sich in diesem Augenblick am anderen Ende des Raums wieder die Tür öffnete, hob Viola Ahorn die Hand. Sie bestellte einen Prosecco. Die Bedienung brachte ihr zusätzlich eine silberne Schale mit Konfekt.

Nachdem die Angestellte sich mit einem Lächeln verabschiedet und behutsam die Tür hinter sich geschlossen hatte, hob Viola Ahorn die Hand mit dem kühlen Glas, zum Fenster gewandt. »Auf euer aller Wohl«, sagte sie und trank einen Schluck. Der intensive süße Duft der Patisserie, zu dem sie hinschnupperte, und das Kribbeln auf der Zunge verwirrten sie. Für einige Sekunden vergaß sie, wo sie sich befand. Aus lauter Unbeholfenheit stellte sie das Glas ab. Sie warf einen Blick durch den leeren Raum mit den dunklen, viereckigen Tischen, den gelben Stühlen und hinauf zur Empore. Was für eine Weite, dachte sie, so viel Luft zum Atmen, so viel Licht zum Tanzen …

Beinah hätte sie das Proseccoglas umgeworfen. Wie war ihr bloß die dämliche Vorstellung mit dem Tanzen in den Sinn geraten? Verärgert und gierig trank sie einen Schluck. Vorbei: tanzen, ausgehen. Alles Unfug!

Sie leerte das Glas und schob die Schale mit dem Konfekt von sich weg.

18

»Du siehst aus, als hättest du dich schon wieder mordsmäßig in was reingesteigert«, sagte Alice Schubert, die plötzlich vor ihr stand. »Schmeckt dir unser edler Prosecco nicht?« Sie knöpfte ihren Blazer auf und setzte sich. »Die süßen Teilchen sind übrigens hausgemacht.«

Viola Ahorn fiel nichts anderes ein, als zu nicken und die Schale zu betrachten.

»Wir müssen etwas unternehmen, und zwar schnell. Ich begleite dich zur Polizei.«

Den Satz hatte sie vor zwei Stunden schon einmal gesagt; für Alice gab es keine Alternative zu einer offiziellen Vermisstenanzeige; wie Viola auf die Idee kommen konnte, einen Privatdetektiv einzuschalten, würde sie »im Leben nicht verstehen«. Viola Ahorn hatte sofort gedacht: Ich verstehe auch vieles nicht, das ist normal, na und?

»Ist doch sowieso alles egal«, sagte sie, schlagartig ernüchtert beim Anblick des bis in den letzten Winkel top gestylten Lokals und der in wohlige Selbstzufriedenheit eingebetteten, ihre hochgezüchteten Viertel und autobahnbreiten Fahrradwege bejubelnden Stadt, die sich einen Dreck um Leute in Nebenstraßen scherte.

»Ob du das verstehst oder nicht, Alice, seit ich hier sitz, und ich dank dir, dass du's mir erlaubt hast, ist mir klar geworden: Von da unten komm ich nicht mehr weg, mit oder ohne Leo, mit oder ohne irgendwen. Und wer ist schuld? Leo? Wirklich nicht. Schuld ist jeder selbst, wenn er eines Morgens aufwacht und feststellt, er ist in einer Nische gelandet, in einem Winkel abseits des großen Treibens. Klar? Wer sich nicht wehrt, lebt verkehrt. Von wem stammt der Spruch? Hab's vergessen. Vergessen, mich zu wehren, das auch.

Von hier oben, beste Freundin, hast du einen elend guten Blick auf die Welt, in der du lebst, und du checkst: Die Welt will nichts von dir wissen, und wieso? Weil sie dich gar nicht bemerkt, die Welt. Wie auch? Mäuse werfen keinen Schatten. Und das bist du: ein Mäuschen. Und wer hat dich dazu gemacht? Du selber.

Dir fällt irgendwann nicht mehr auf, wer oder was du bist. Weil: Du lebst mit einer anderen Maus zusammen. Und die ist stolz auf sich, die ist überzeugt, ein viel größeres Wesen zu sein, ein Mensch mit Ansehen, so was in der Art. So kann man sich täuschen. Und jetzt ist er weg, der Mensch, und übrig bleibt das Mäuschen. Warte, bis ich wieder unten bin, dann frag dich, was du siehst: einen Menschen oder einen Winzling, praktisch nicht zu erkennen. Schreib mir eine SMS und lüg mich nicht an, Alice.«

Sie prostete ihr zu und trank einen Schluck, und es schmeckte fad; nicht nur, weil der Prosecco warm geworden war.

Am liebsten wäre sie aufgesprungen und hätte sich in dem Zimmer vergraben, das Alice ihr »für den Notfall« zu einem Freundschaftspreis angeboten hatte.

Für ihren Zustand abgrundtiefer Selbstverachtung fand Viola Ahorn keine Worte mehr.

Durchaus ein wenig erleichtert reagierte Alice Schubert auf das unverhoffte Schweigen ihrer Freundin. Deren Umgang mit Leos Verschwinden hatte sie während der Arbeit ständig beschäftigt. Leichtfertig, nein, fahrlässig fand sie Violas Verhalten, alles in allem: unverantwortlich und nicht nachvollziehbar.

Auf ihren Kurztrips nach Österreich oder in die Schweiz

hatte Viola wiederholt ihre Situation beklagt und ihren Ärger über das Phlegma ihres Mannes und die Gleichförmigkeit ihres Alltags zum Ausdruck gebracht. Auch schimpfte sie regelmäßig auf ihre eigene Unfähigkeit, Veränderungen herbeizuführen, schlimmstenfalls die Scheidung einzureichen – ohne finanziell für eine erträgliche Zukunft gewappnet zu sein. Hier und da flüchtige Flirts in der jeweiligen Hotelbar, bei denen Alice ihre Freundin dezent allein ließ … Nie der Hauch eines möglichen Neuanfangs.

Bei ihren seltenen Treffen zu dritt hatte sie Leo als zurückhaltenden, unter Alkoholeinfluss eruptiv drauflosredenden Mann kennengelernt, der sich seiner Frau gegenüber höflich, zuvorkommend und zärtlich verhielt. Seine linkische Art und die Unsicherheit, die er offenbar einer selbstbestimmten Frau wie ihr, Alice, gegenüber empfand und nicht zu verbergen schaffte, erinnerte sie an ihren acht Jahre jüngeren Bruder; ihm, Marcel, gelang es bis heute auf für sie absurde Weise, jede Beziehung zu schreddern, indem er entweder vorauseilend alles richtig machen wollte (funktionierte selten) oder aus übertriebener Schüchternheit vor den Bedürfnissen seiner Partnerin innerlich kapitulierte und nichts tat.

Was Viola in ihren üblen Phasen als Leos »totale Unfähigkeit zur Emanzipation von seinen toten Eltern« bezeichnete, begriff Alice Schubert schlicht als Ausdruck seiner Persönlichkeit. Er kam etwas nach, versuchte sie ihrer Freundin zu verklickern, das er als Verpflichtung ansah; ihn deshalb einen Schwächling zu nennen, bedeutete, ihn an Wertmaßstäben zu messen, die auf ihn nicht zutrafen. Schon möglich, dass seine Vorstellungen von Ehe und gemeinsamem Alltag denen seiner Frau teilweise widersprachen; dies zu ändern sei jedoch Aufgabe von beiden, nicht nur von ihm allein.

Solche Gespräche – das hatte Alice Schubert zur Genüge

erfahren müssen – führten bei Viola schnurstracks ins Verstummen, zu einer Form von Versteifung und Trotz, bei der Alice augenblicklich eine Vorstellung davon erhielt, wie das Ehepaar in den eigenen vier Wänden einander begegnete.

Eine Woche, dachte Alice Schubert wieder, eine Woche, und Viola hatte nichts unternommen, außer einen Privatmann einzuschalten, um irgendetwas über Leos Verbleib herauszufinden.

Unfassbar.

Dieselbe Formulierung hatte der Chef des Sicherheitsdienstes benutzt, den sie um eine Einschätzung gebeten hatte: Lukas Serner, ein ehemaliger Kripobeamter, der bei der Festnahme eines Verdächtigen durch einen Schuss in den Bauch schwer verletzt worden war und nach seiner Genesung beschlossen hatte, aus dem Dienst auszuscheiden.

Seine Firma, Greenlight Security, war mittlerweile für diverse First-Class-Hotels in Süddeutschland tätig, auch in Fällen, in denen es weniger um Sicherheit als um die Reputation des Hauses ging, etwa bei der Wiederbeschaffung von Diebesgut. Statt die Polizei zu alarmieren, bemühte sich die betroffene Geschäftsleitung zunächst um eine interne Lösung. Gelang es Serner und seinen Leuten, den Täter zu identifizieren, die Beute zu sichern und dem Geschädigten zurückzugeben (dieser verzichtete nach intensiven Gesprächen auf eine Anzeige und wurde dafür mit einem dreitägigen Free-Check-In belohnt), erfuhr kein Außenstehender von dem unangenehmen Vorfall. Meist fungierte nicht der Direktor, sondern Serner als Fachkraft für geschicktes Zureden.

Auf ähnliche Weise (ohne vorherigen Diebstahl) hatte ihre Affäre begonnen. Nach ihrer beider Einschätzung dauerte sie noch an, war allerdings zurzeit außer Vollzug gesetzt – aus Gründen, die Alice anders definierte als er. Weder in der Verwaltung noch in der übrigen Belegschaft kursierten auch nur ansatzweise Gerüchte über das Verhältnis, sodass ihre Kommunikation harmonisch und professionell weiterbestand.

Da am Empfang eine Kollegin kurzfristig für sie eingesprungen war, hatte Alice Zeit für einen Abstecher in Serners Büro gehabt: Ihrer Meinung nach fiel die Begrüßung (kurz darauf auch die Verabschiedung) etwas hautnaher aus als geplant, beschränkte sich aber auf Mund und Wangen, was ihr wiederum im Nachhinein arg flüchtig vorkam …

Ohne sich zu setzen, hatte sie ihm einen Abriss der Ereignisse gegeben. Sein unmittelbares Resümee als Ex-Kriminalist: Jemand, der ohne Vorankündigung sein gewohntes Lebensumfeld verlassen habe – und nichts weise auf ein Verbrechen oder einen Unglücksfall hin –, der sei mit hoher Wahrscheinlichkeit inzwischen tot.

»Selbstmörder sind raffinierte Mörder«, sagte Serner und fügte hinzu: »Ein Privatdetektiv! Sei froh, dass sie nicht noch eine Hellseherin engagiert hat.« Er rate der Frau dringend, die Polizei einzuschalten, auch wenn, wie gesagt, wenig Anlass zur Hoffnung bestehe.

Den Rat brauchte sie ihrer Freundin gegenüber nicht zu wiederholen. »Wir melden ihn als vermisst, jetzt auf der Stelle«, sagte sie, und in das erneute, grimmige Schweigen hinein: »Wenn du's nicht machst, mach ich's.«

»Was weißt du denn von Leo?«

»Und du? Was weißt du von ihm?«

Die Tür zum Flur wurde geöffnet, die Bedienung streckte den Kopf herein. »Ich wollt nur sagen, in einer Viertelstunde öffnet die Lounge wieder.«

»Weiß ich«, sagte Alice Schubert.

Viola wandte ihr den Rücken zu und sah aus dem Fenster.

Das fehlte noch, dass ihre schlaue Freundin mitkriegte, wie ihr fast schon wieder das Wasser in die Augen stieg.

»Nicht zu glauben«, sagte die schlaue Freundin keine Stunde später. »Erinnerst du dich, wie hässlich das Gebäude bis vor ein paar Jahren aussah? Eine schäbige Trutzburg, ein Gefängnis für Frauen und Jugendliche, wie aus einem dunklen Jahrhundert übriggeblieben. Und jetzt: Eine supermoderne, helle, luxuriös ausgestattete Wohnanlage, ein grüner Innenhof, der plätschernde Bach, die schönen Bäume. Nicht zu glauben.«

Nicht zu glauben war, dachte Viola Ahorn beim Aussteigen aus ihrem Auto, dass sie sich hatte überreden lassen. Ihre Freundin hatte nicht aufgehört, an sie hinzubenzen, bis sie den Sermon nicht länger ertrug. Was aus dem Versprechen mit dem Zimmer für eine Nacht geworden sei, wollte sie wissen, ob Alice das vergessen habe.

Das Angebot stehe, meinte Alice, unter der Bedingung, Viola würde »endlich diese fürchterliche Gleichgültigkeit ablegen« und sich wie eine »vernünftige Ehefrau« verhalten.

In Belehrungen war ihre Freundin Weltmeisterin, immer schon, sie behielt den Überblick (bildete Alice sich zumindest selber ein), verteilte Ratschläge und gab Antworten auf Fragen, die niemand gestellt hatte. Nie verheiratet gewesen, auch ein Fakt, und die Beziehungen, von denen sie ihr (nebenbei: ziemlich verdruckst) erzählte, hatten bisher nie zu einer beständigen Größe in ihrem Leben geführt. Trotzdem: Alice war und blieb ihre engste Freundin. Und zugegeben: Oft lag sie mit ihren Kommentaren und Tipps nicht völlig daneben.

Etwas hatte sie mit aberwitziger Wucht aus der Bahn geschubst, und sie fand ums Verrecken nicht mehr zurück. Viola Ahorn zermarterte sich das Hirn, wo sie gelandet war und was der Angriff zu bedeuten hatte. Leo war verschwunden, gut und schön, er würde wiederkommen, was denn sonst? Wohin sollte einer wie er sich verkrümeln, und wozu? Sein goldener Käfig waren vier Zimmer in der Zweierstraße und ein Kabuff im Parterre, das er unbeirrt für ein Einzelhandelsgeschäft hielt. Das brachte sie schon ewig nicht mehr aus der Balance. Merkwürdig genug, wie sie dachte.

Nein, mit Leos vorübergehender Abstinenz hingen ihre verheerende Orientierungslosigkeit und die ständigen, unkontrollierbaren Gefühlsausbrüche garantiert nicht zusammen. Hier ging es schließlich um sie, um ihr eigenes, aus den Fugen geratenes inneres Universum, nicht um seine popelige Welt …

Sie war jemand Eigenes, dachte sie wieder und wieder und hörte ihrer Freundin nur halb zu – im Aufzug, in der Tiefgarage, im Auto, vor der Polizeiinspektion gegenüber dem ehemaligen Gefängnis. Sie hörte zu und dachte: Na ja, von mir aus, aber hinterher bin *ich* wieder dran, und ich werde die Nacht in einem Zimmer im zwanzigsten Stock verbringen und wieder zu mir finden und eine Entscheidung treffen.

Das war ihr Gedanke, als sie auf die Klingel drückte, Alice dicht neben ihr.

19

Nachdem sie die Ausweise kontrolliert und den Grund des Besuchs erfahren hatte, bat Polizeiobermeisterin Grieg die beiden Frauen, vor dem Schreibtisch Platz zu nehmen; sie öffnete die Vermisstendatei in ihrem Computer und holte ein Formular aus der Schublade, das sie auf einen unlinierten Block legte. Ihre Bewegungen wirkten kontrolliert, bedächtig, in Viola Ahorns Augen einen Tick zu behäbig. An einem zweiten Schreibtisch saß ein älterer Beamter (sie schätzte ihn auf ungefähr sechzig), übergewichtig, in die Lektüre eines Berichts auf dem Bildschirm vertieft; zwischendurch warf er über seine Lesebrille hinweg skeptische Blicke herüber. Viola Ahorn beschloss, ihn zu ignorieren.

»Seit wann vermissen Sie Ihren Mann?«

Auf die Frage der Polizistin hatte ihre Freundin sie vorbereitet. Viola hatte Alice die Wahrheit gesagt, woraufhin diese sie beschwor, die Polizei auf keinen Fall anzulügen, das würde sie nur unnötig in Verdacht bringen. Sie hatte verständig genickt und sich die Bemerkung verkniffen: Wenn sie Leo jemals hätte verschwinden lassen wollen, hätte sie nicht bis vor einer Woche gewartet …

»Vor einer Woche«, sagte sie leise.

»Heute vor einer Woche?«

Viola Ahorn sah ihre Freundin an und bemerkte den Blick des Polizisten. »Ja. Und?«

»Und Sie kommen erst jetzt zu uns.«

»Ja.«

»Warum so spät?«

»Dachte, er kommt gleich wieder.« Die Bemerkung war

ihr so rausgerutscht. Mit einem Mal verspürte sie einen Widerwillen, mit der Folge, dass der Raum und die anwesenden Personen sie auf wundersame Weise in einen Zustand gelassener Neugier versetzten. Sie fragte sich, ob diese Leute mehr draufhatten als der von ihr teuer entlohnte Ex-Kollege namens Saus.

»Er kam aber nicht wieder.« Der Dicke mischte sich ein.

»Nein«, sagte Viola Ahorn zu ihm.

»Sie waren nicht beunruhigt.«

»Nein.«

Alice Schubert warf ihr einen tadelnden Blick zu. Ihr zu Gefallen ergänzte Viola: »Natürlich schon ein wenig. Das passiert automatisch als Ehefrau. Aber er treibt sich nachts gern rum, sitzt in der Kneipe, kommt spät nach Hause.«

»Ist er schon öfter über Nacht weggeblieben?«, fragte die Polizistin.

»Nein«, antwortete Alice Schubert schnell. Unmöglich, still dazusitzen und nicht eingreifen zu dürfen, wenn ihre Freundin wieder mit ihrem selbstgefälligen Gehabe protzte und so tat, als ginge sie das alles nichts an. Als wäre das Verschwinden eines Menschen, noch dazu des eigenen Ehemanns, ein Spiel, das von selbst wieder aufhörte. Was in Viola vorging, erschloss sich ihr auch nach mehreren Stunden nicht. Allmählich nahm die absurde Idee, Viola könnte über Leos Abwesenheit mehr wissen, als sie zugab, unangenehme Formen an. Auch deshalb – um jeden Verdacht von ihrer Freundin abzuwenden – hatte sie nach Aufklärung verlangt, und zwar zügig und durch Profis.

»Sie kennen den Mann?«, fragte der Polizist, Hauptmeister Fabian Wilke.

»Er ist der Mann meiner besten Freundin.«

»Sie haben eine Woche einfach abgewartet«, sagte die Polizistin.

»Nein.« In der Inspektion, fand Viola Ahorn, hing der Moder genauso wie am Zweierweg. Das gefiel ihr. »Ich hab einen Detektiv gebeten, nach meinem Mann zu suchen. Er hat ihn aber nicht gefunden.«

»Warum nicht die Polizei?« Die Frau und ihr Kollege warfen sich einen Blick zu; der Mann wandte sich vom Computer ab und den Besucherinnen zu.

»Hab meine Gründe.«

»Wie heißt der Detektiv?«, fragte Hauptmeister Wilke.

»Süden. Kennen Sie ihn? Er war mal einer von Ihnen.«

»Süden, Tabor.«

»Du kennst den?«, fragte Obermeisterin Grieg.

»Früher Kripo, Vermisstenstelle, dann Latschentrampel.«

»Also ein abgestürzter Kollege.«

»Ansichtssache.«

»Abgestürzt …« Ilka Grieg sah die Ehefrau an. »Haben Sie ein Foto?«

»Muss ich schauen.« Sie holte ihr Smartphone aus der Tasche, die sie auf dem Schoß festhielt; eine Zeitlang scrollte sie rauf und runter. »Hier ist eins …« Sie zeigte der Polizistin das Display.

»Wie alt?«

»Ein paar Jahre, acht …«

»Haben Sie kein aktuelles?«

»Der verändert sich nicht. Der sieht immer gleich aus.« Wieder der Blick zwischen der Polizistin und ihrem Kollegen.

»Ist was?«, fragte Viola Ahorn.

»Sie müssen uns das Foto schicken …« Die Polizistin kritzelte etwas auf ihren Block. »An diese Mailadresse.«

»Jetzt sofort?«

»Sie erstatten gerade eine Vermisstenanzeige, dazu wäre ein Bild des Vermissten hilfreich.«

Ihr gereizter Unterton war nicht zu überhören. Buchstabe für Buchstabe begann Viola zu tippen, missmutig beobachtet von ihrer Freundin und den beiden anderen Anwesenden. Sie ließ sich Zeit.

Was würde passieren? Eine Beschreibung Leos samt Foto landete in den Computern der örtlichen Polizeistationen, vermutlich auch bei der Presse, die wegen eines namenlosen Mieters aus einer Genossenschaftswohnung garantiert keinen Aufstand machen würde. Das Foto samt Text verschwand in einer Schublade oder im Spam-Order und tauchte nie wieder auf. In fünf Minuten würde sie dieses armselige Büro verlassen und sich, wie versprochen, eine Nacht im Luxus-Hotel gönnen, natürlich gegen Bezahlung, in übersichtlichem Rahmen.

Und dann?

Die Frage hatte sie bloß zur Hälfte wahrgenommen.

»Die ganze Zeit hat Ihr Mann sich nicht bei Ihnen gemeldet, eine Woche lang keine Nachricht, kein Anruf, keine SMS?«

In Gedanken an den Ausblick, der sie im zwanzigsten Stock von ihrem Hotelzimmer am Arabellapark erwartete, verstaute sie das Handy in der Tasche und zog den Reißverschluss zu.

»Bitte beantworten Sie meine Frage«, sagte die Polizistin.

»Ja. Nein.«

»Bitte?«

»Was haben Sie mich gefragt?« Sie war abgelenkt. Der Polizist hatte sich mit einer schnellen Drehung wieder seinem Computer zugewandt und klickte offensichtlich neue Nachrichten an. Auch seine Kollegin war auf ihn aufmerksam geworden, konzentrierte sich auf ihn und nicht länger auf die Besucherinnen. Die beiden Zeigefinger des Polizisten wuselten über die Tastatur.

Eine Minute verging, ohne dass ein Wort gesprochen wurde, während die Polizistin zwei Mal kurz auf eine Taste drückte. Dann nahm der Polizist sein Handy, tippte eine Nummer, wartete.

»Wilke, PI 21, Frau Kollegin, hier ist Besuch für Sie … Richtig, in der Sache … Verstanden.« Er steckte das Handy in die Gesäßtasche, ging zum zweiten Schreibtisch, stellte sich hinter Polizeiobermeisterin Grieg. Beide blickten stumm auf den Bildschirm.

»Entschuldigung …« Viola Ahorn kam sich vor wie unvermittelt vor die Tür gesetzt. »Ich bin extra hergekommen, um …«

»Warten Sie bitte einen Moment, Frau Ahorn«, sagte die Polizistin, den Bildschirm fixierend.

»Hallo …«

Da hob die Polizistin den Kopf und schob den Block und das daraufliegende Formular beiseite. Ihre Stimme klang unaufgeregt und routiniert. »In etwa zehn Minuten erhalten wir möglicherweise einen Hinweis auf den Aufenthaltsort Ihres Mannes.«

Dass der Polizist auf dem Weg zurück an seinen Schreibtisch die Stirn runzelte, fiel den Besucherinnen nicht auf.

»Was soll das heißen?«, fragte Viola Ahorn.

»Möchten Sie einen Kaffee, Sie beide?«

Beide schüttelten den Kopf.

»Ein Wasser?«

Dieselbe Reaktion.

»Wer ist derjenige, der was weiß?«, fragte Viola Ahorn.

»Wir warten«, sagte die Polizistin.

»Was ist da zu sehen auf Ihrem Bildschirm?«

»Aktuelle Informationen.«

»Teilen Sie uns doch mit, was Sie wissen, anstatt uns in Unruhe zu versetzen«, sagte Alice Schubert.

»Meine Freundin hat ganz recht.«

»Warten wir auf unsere Kollegin.«

»Wieso?«, fragte Ahorn.

»Sie weiß mehr als wir.«

»Was genau weiß sie mehr?«

»Lassen Sie uns warten.«

»Stört es Sie, wenn ich aufsteh?«

»Es stört mich nicht, aber ich möchte Sie bitten, sitzen zu bleiben.«

»Ist …« Eigentlich sollte sie sich zurückhalten, aber, dachte Alice Schubert, erstens habe sie, ebenso wie Viola, ein Recht auf Ehrlichkeit, zweitens musste sie zurück zum Dienst. »Ist … etwas Schlimmes passiert?«

Ahorn sah sie von der Seite an und begann, mit dem Fingernagel am Daumen zu knibbeln. Die Polizistin warf einen Blick aus dem vergitterten Fenster. Der Polizist wechselte von einer Bildschirmseite zur nächsten.

»Ich finde, was Sie hier machen …«

»Gleich wissen wir mehr, Frau Ahorn.«

Gleich dauerte vierzehn Minuten.

20

Ein graues Auto fuhr vor, eine Frau um die sechzig (weit geschnittenes blaues Denim-Blouson, schwarze Jeans, schwarze Stiefel, graue Strähnen in den schwarzen Haaren, zu schwer für ihre Größe) stieg aus, schlug die Tür zu, nahm vom Rücksitz eine rote Akte und wischte sich den Schweiß von der Stirn. Bevor sie zur Tür der Inspektion ging, zupfte sie an ihrer Bluse und streckte die Schultern durch. Die Hitze laugte sie aus, von der Gegenwart insgesamt ganz zu schweigen.

»Das ist Hauptkommissarin Fariza Nasri«, sagte die Polizistin, nachdem sie ihrer Kollegin die beiden Frauen vorgestellt hatte. »Wir haben keinen speziellen Besuchertisch, aber der Tisch der Kollegen, die gerade auf Streife sind, ist frei, setzen wir uns dorthin.«

Der Polizist gesellte sich dazu, blieb jedoch stehen.

Nasri saß den drei Frauen gegenüber. Sie schlug die Akte auf, zog ein Foto heraus, zögerte, sah Viola Ahorn an, drehte das Foto und legte es auf den Tisch. Die plötzliche Stille schlug wie ein Meteor ein.

Das Foto zeigte einen im Kofferraum eines Autos zusammengekrümmt liegenden Mann in einer orangefarbenen Windjacke, Gesicht nach oben, deutlich zu erkennen.

Wieso dieses Foto als Erstes?, dachte die Polizistin sofort.

Nach nicht weniger als zwei Minuten absoluter Stille sprang Viola Ahorn auf, fegte das Foto vom Tisch und schrie: »Das ist doch scheiße!«

Sie stolperte rückwärts, schlug mit der Faust durch die Luft, wankte auf den Schreibtisch des Polizisten zu. Im Gehen drehte sie sich um die eigene Achse, ballte auch die andere Hand zur Faust und riss den Mund auf. Kein Ton. Sie kippte, schlug weiter, jetzt mit beiden Fäusten, um sich, trat aus Versehen gegen einen Abfalleimer und wäre der Länge nach zwischen Aktenschrank und Tisch gestürzt, hätte Polizeihauptmeister Wilke nicht rechtzeitig die Arme um sie geschlungen und sie festgehalten. Speichel rann ihr aus dem Mundwinkel, ihr Gesicht eine einzige von Häme und Zorn gezeichnete Grimasse.

Als Wilke der bebenden Frau behutsam dabei half, sich auf den Boden zu legen, kniete die Kommissarin schon neben ihr und legte ihr die Hand unter den Kopf. So blieb sie, bis die Frau ruhiger atmete und ihr Blick nicht mehr starr zur Zimmerdecke ging.

»Ich möchte Sie etwas fragen.« Nasri wartete. Mehr als ein Nicken brachte die Frau am Boden nicht zustande. »Können Sie mir erklären, Frau Ahorn, wie die Leiche Ihres Mannes in den Kofferraum eines Mercedes der C-Klasse, Baujahr 2004, Automatik, gelangt? Der Wagen gehört einem vorbestraften ehemaligen Zuhälter.«

Erschrockenes Schweigen aus dem Mund der Frau am Boden. Unangenehmes Schweigen der umstehenden Mithörenden.

»Nach unseren bisherigen Erkenntnissen«, fuhr Nasri in gleichmütigem Ton fort, »scheidet der Besitzer des Fahrzeugs vorläufig als Täter aus. Wie ich erfahren habe, ist Ihr Mann seit mehr als einer Woche verschwunden, und Sie haben diese Tatsache gegenüber der Polizei bis heute geheim gehalten. Mein Vorschlag lautet: Ich lasse Sie medizinisch untersuchen, und wenn physisch alles in Ordnung ist, begleiten Sie mich ins K 101, dort arbeite ich, und wir führen eine Befragung durch. Sie werden als Zeugin vernommen und haben die Pflicht auszusagen. Sollten Zweifel an Ihren Aussagen entstehen und Indizien auftauchen, die Sie in die Nähe einer Täter- oder Mittäterschaft bringen, würden Sie als Beschuldigte gelten und hätten das Recht zu schweigen, einen Anwalt hinzuzuziehen und weitere Beweiserhebungen zu beantragen. Die Belehrung werde ich im Bedarfsfall selbstverständlich wiederholen. Wie fühlen Sie sich, Frau Ahorn?«

Sie konnte nicht sagen, wie sie sich fühlte. War sie das, die gemeint war? Da war ein weißer niedriger, schmutziger Himmel. Da war das Gesicht von Leo, seine verbogene Gestalt im Kofferraum. Da war nichts sonst. Doch: Da waren die Berge im diesigen Licht des Vormittags, die spiegelnden Fassaden der Hochhäuser, die sie nie zuvor gesehen hatte. Nichts sonst. Doch: Da war jemand, der mit ihr redete. Wer? Da war ihre beste Freundin, die ihr ein Zimmer versprochen hatte. Da waren die Pakete vor der Wand, die niemand abholte. Sonst nichts. Doch: Da waren die fremden Kinder vor der Tür. Mehr nicht.

»Leo …« War das ihre Stimme? »Leo …« Mühsam hob sie den Kopf; sie spürte eine Hand in ihrem Nacken. »Leo …«

»Ich höre Ihnen zu, Frau Ahorn«, sagte Fariza Nasri.

»Leo …« Sie glaubte, wieder heulen zu müssen. Es kam nicht eine Träne, auch in den folgenden zehn Tagen nicht. »Leo ist jetzt keine Vermissung mehr, stimmt's …«

ZWEITER TEIL

Neue Wünsche, noch mehr Zukunft

1

Fünf oder fünfzehn Mal hatte einer oder eine von ihnen gefragt, ob sie sich wirklich sicher sei. Ich bin mir wirklich sicher, gab sie zur Antwort, fünf oder fünfzehn Mal. Ich bin mir sicher, dass ich den Namen dieses Zuhälters noch nie im Leben gehört habe. Ich bin mir sicher, dass mein Mann Leo den Namen in meiner Gegenwart niemals erwähnt hat, nie, da bin ich mir sicher. Ich bin mir auch sicher, dass er keinen Umgang mit solchen Leuten gepflegt hat, ganz sicher nicht.

Sie ließen sie trotzdem nicht in Frieden. Sie meinten es gut, sie waren freundlich zu ihr – mit Ausnahme der Frau im blauen Blouson mit den gelblichen Stellen am Rücken (bestimmt glaubte sie, man sähe sie nicht). Abgetragene, ausgewaschene Klamotte; so etwas anzuziehen würde sie sich nicht trauen, hatte Viola Ahorn gedacht, nicht vor Leuten, nicht bei der Arbeit.

Sie durfte nicht ungerecht sein, sagte sie sich, sie taten ihre Pflicht, weiter nichts. Aber das war's doch genau: ihre Pflicht, und sonst? Beschimpft hatte die Frau in Blau sie, die hilflos dalag und gerade die schlimmste Nachricht ihres Lebens zu verdauen hatte. Die Frau in Blau hatte ihr dieses grässliche Bild in den Kopf gepflanzt, unbarmherzig wie eine eiskalte Mörderin. Ausgerechnet … Eine Kommissarin, die sie angeblich war, mordete eine Frau, die sich nicht wehren konnte, weil sie gerade den Boden unter den Füßen verlor. Eine Polizistin … Natürlich … Wie naiv … Wer außer einer Polizistin würde sich so verhalten?

Das war fast lächerlich. Sie stieß einen heiseren Laut aus

und musste husten. Für Sekunden verschwand das Bild aus ihrem Kopf. Als sie sich mit dem Handrücken über den Mund wischte, nahm sie wieder den eigentümlichen Geruch wahr, wie am Morgen im Flur, kurz vor ihrem Aufbruch. Als wäre die Wohnung bis obenhin angefüllt mit abgestandener Luft, mit den Ausdünstungen ungelüfteter Schränke. Als hätten die Wände Mundgeruch, dachte sie, amüsiert für einen Moment und im nächsten erschüttert. Nicht die Wände rochen übel, es war der abwesende Leo, den jemand tot und verbogen in einem stinkenden Kofferraum abgelegt hatte – wie ein erlegtes Tier, abgestochen wie eine Sau …

Genau daran erinnerte sie sich jetzt, an den einen Satz, den die Frau in Blau ihr ins Gesicht gesagt hatte, kaum, dass sie wieder auf dem Stuhl saß und ein wenig Luft bekam. *Nach dem ersten Augenschein,* hatte die Kommissarin gesagt, *starb Ihr Mann an einer Stichverletzung.* Die Worte – sie hörte sie immer noch, Stunden später, hier in der Küche, jedes einzelne, laut und deutlich – waren in sie eingedrungen und hatten eine schwindelerregende Verstörung in ihr ausgelöst. Sie hatte sich an der Kante des von Polizeizeug überfüllten Arbeitstisches festhalten müssen, sonst wäre sie ein zweites Mal gekippt und gestürzt. Das Wort polterte in ihr rauf und runter, Stichverletzung. Stichverletzung …

»Stichverletzung«, sagte sie laut in der Küche und kehrte in das kabuffartige Revier zurück. Stichverletzung. Wie klingt das denn? Nach Tod? Verletzt durch einen Stich … Bienenstich, Wespenstich … Verletzung durch Stich … Nichts anderes stellte sie sich vor … Bevor das nächste Wort sie in Beschlag nahm: Augenschein. Augenschein …

»Augenschein«, sagte sie laut in der Küche.

Das Wort kannte sie nicht, nie gehört. Sie hatte es aus dem farblosen Mund der blauen Frau vernommen und war abgelenkt gewesen. Augenschein … In der Zwischenzeit hatte die Kommissarin weitergeredet … Wie mit einem stark verzögerten Echo erreichten die folgenden Worte ihr Bewusstsein. Ihr Mann starb, sagte die Kommissarin. Ihr Mann … Als hätte er keinen Namen. Er heißt Leo, hatte sie ihr ins Gesicht schleudern wollen, doch ihr hatte der Atem dafür gefehlt. Ihr Atem hatte in den Lungen festgeklemmt, das hatte sie gespürt, als sie ein- und wieder ausatmen wollte; alles, was sie geschafft hatte, war, ihren Mund aufzureißen und zu keuchen. Das Geräusch war ihr aufgefallen. Dann hatte sie bemerkt, wie alle sie anglotzten, auch ihre Freundin Alice auf der anderen Seite des Tisches, ganz blass um die Nase, die Hand vorm Mund.

Ihr Mann … Stichverletzung … Sie hatte etwas sagen wollen, etwas fragen, Laut geben, Widerstand zeigen, nicht mundtot auf dem Stuhl kleben wie ein Opfer der Umstände. Sie hatte sagen wollen: Mein Mann heißt Leo. Und: Eine Stichverletzung kann nicht tödlich sein, sonst hieße es nicht Verletzung, sondern … sondern …

»Todesstoß«, schrie sie in der Küche.

Erschrocken sah sie sich um – als stünde sie unter Beobachtung, wie auf dem verfluchten Revier, aus dem niemand sie befreite. Sie sah sich dort sitzen und wusste nicht mehr, ob sie überhaupt einen Ton von sich gegeben hatte, nachdem man sie vom Boden aufgeklaubt und zum Anglotzen freigegeben hatte.

Wer hatte sie nach Hause gebracht? Ihre Freundin?

In ihrem Gedächtnis stand der Tag unter Wasser, die Ereignisse verschwommene Schemen, Gesichter zerflossen an den Rändern, die Orte, an denen sie sich aufgehalten hatte, ebenso. Wo war sie überall gewesen?

Die Worte hatten alles durcheinandergebracht; die gemeinen Sätze der blauen Frau, die mit ihrer Stimme auf sie eingestochen hatte. Das war die Wahrheit, genau so war es passiert. Ein Angriff, während sie von Polizeigewalt überrumpelt darniederlag, leichtes Opfer für die Staatsmacht. Niemand hatte ihr beigestanden, auch nicht ihre beste Freundin. Breitbeinig über ihr stehend hatte die Frau in Blau mit jedem einzelnen Buchstaben auf sie eingehackt, rücksichtslos, böse, bis sie das Bewusstsein verlor und auf einem unbequemen Stuhl wieder zu sich kam, zerschmettert von einer Lüge. Alles Lüge …

Das war's, was sie ihnen entgegengeschleudert hatte, sie erinnerte sich endlich. »Alles Lüge, ihr Lügner!«, hatte sie geschrien; ihre Stimme hatte ihr also wieder gehorcht. Alles Lüge, und dafür werd ich euch verklagen und einsperren lassen …

Nein, das hatte sie nicht gesagt.

Doch, haben Sie.

Vielleicht. Etwas auf die Art …

Sie verzettelte sich, je länger sie darüber nachdachte. Sie war doch jetzt in Sicherheit.

Noch einmal: Wer hatte sie hergebracht? Alice? Nein. Die musste zurück ins Hotel, ihr Dienst fing an, und sowieso hatte sie ihren Auftrag erfüllt und ihre Freundin erfolgreich zur Polizei geschleppt. Ein wahrer Freundschaftsdienst. Hatte sie sich dafür bedankt? Danke, dass du mich Leuten ausgeliefert hast, die mich aufs Schändlichste belügen und behaupten, Leo hätte eine Stichverletzung abbekommen und wäre deshalb im Kofferraum eines Zuhälters gelandet. Danke für den Anblick. Danke für die Rache an meinem Leben, das du seit jeher beneidest, du, die du keinen Partner auf längere Sicht zu halten verstehst. Deine Arbeit, ich weiß, die Ansprüche, ich weiß, und überhaupt die Männer um die fünfzig, alles seelische Geisterfahrer und Geißeln ihrer zweiten Pubertät. So ein Pech. Danke für die Erinnerung an mein vor Glück strotzendes Leben.

Was spielte es für eine Rolle, wer sie in ihre verstaubte, aber preisgünstige Genossenschaftswohnung zurückgekarrt hatte? In die Familiengruft.

Nach dem ersten Augenschein starb Ihr Mann an einer Stichverletzung. Verdammt …

Diesmal wandte sie sich um und machte einen Schritt auf die Küchentür zu. Vielleicht stand sie immer noch dort, im Halbdunkel des Flurs, die Frau im blauen Blouson mit den gelblichen Flecken. Verdammt …

Verdammt, sie hatte vergessen zu fragen, ob Leo nach dem zweiten Augenschein immer noch an einer Stichverletzung krepiert war. Oder doch nicht. Oder sich erholt hatte und auferstanden war und den Kofferraum verlassen hatte, quietschvergnügt, und mittlerweile auf dem Weg zu seiner Kneipe war, zu den Gesellen seinesgleichen.

Niemand da im Flur.

Sie war allein.

Natürlich.

Die Frau in Blau hatte sie vor der Haustür abgesetzt und noch einen ihrer Sprüche abgelassen, nach dem Motto: *Sie können mich jederzeit anrufen oder eine der Nummern, die ich Ihnen gegeben habe.* Die Nummern gehörten zu einer Psychologin, soweit sie sich erinnerte, und einer Ärztin, deren Funktion sie vergessen hatte, wahrscheinlich auch was mit Psyche. Dafür brauchte sie keine Leute, sie hatte noch Pillen auf Lager.

Ich komm über die Runden, hatte sie beim Aussteigen aus dem schmucken Dienstwagen erwidert und einen zweifelnden Blick geerntet. Zu sagen war nichts mehr. Außer: Wer bringt mein Auto nach Hause? Antwort: Das wird geklärt. Frage: Von wem? Keine Antwort.

Stattdessen hatte die Frau allen Ernstes eine Antwort auf die unverschämte Frage erwartet, ob sie, die Ehefrau Viola Ahorn, eine Erklärung hätte, wie ihr Mann in den Kofferraum eines Mercedes der C-Klasse geraten sein könnte?

Wäre ein Mercedes der S-Klasse einleuchtender gewesen? Die Blaue hatte ihr sogar das Baujahr verraten, was Viola zum Glück vergessen hatte. Nach und nach hatte ihr auf der Rückfahrt vom Maria-Hilf-Platz zu ihrer Wohnung das Geschehen gedämmert, dem sie seit Stunden ausgeliefert war. Wie viel Zeit vergangen war, hätte sie nicht sagen können, aber dass ihr ein ganzer Tag gestohlen worden war, stand fest.

Ihr Plan, den Laden einen Tag lang dichtzumachen, mit ihrer Freundin Dinge zu besprechen und die Nacht im Hotel zu verbringen, im zwanzigsten Stock oder höher, weit weg von den Paketen ihres Alltags, war kein Verbrechen. Sie hatte die Freiheit, so etwas wollen zu dürfen. Kein Mensch hatte das Recht, über sie zu bestimmen, schon gar nicht ihre Kunden, die noch nie Rücksicht genommen und sie vielmehr ausgebeutet und erniedrigt hatten, Tag um Tag, von morgens bis abends – als wäre sie eine billige Hilfskraft, die man nach Belieben rumschubsen durfte.

Sie sind keine Hilfskraft, sagte ihre Mitbewohnerin (die hatte so wenig Ahnung wie sie selbst). Außerdem existierte die Mitbewohnerin nicht, bloß ein Gespinst, wie eines von Leos Gespinsten, wenn er sich seine Zukunft ausmalte: ovale Bistrotische, Stühle mit Bastgeflecht, eine Vitrine mit Tageszeitungen und Illustrierten, in einem schmalen Eichenschränkchen ausgewählte Bücher zum Schmökern, eine hypermoderne Kaffeemaschine, die den ganzen Tag einen magischen Duft verströmt, ein Sortiment von Schreibwaren wie in alter Zeit, eine Verkaufstheke mit Behältern voller Süßigkeiten für die Kleinen, leise, klassische Musik, die niemanden stört. So in etwa.

Hirngespinste.

Hirngespinste eines Hirntoten.

2

Sie stand vor dem Spiegel bei der Garderobe. Was sie sah, war eine Frau mit schwarzgefärbten Haaren, ungewaschen, wenn man genauer hinsah, und wässrigen Augen, deren dunkles Blau allmählich verschwand. Was sie sah, war ein dürftig geschminktes Gesicht, auf dem das Alter begonnen hatte herumzukritzeln. Ihr Mund kam ihr eigenartig schief vor, wie verbogen – als sagte sie seit sehr langer Zeit die völlig falschen Sätze und hätte ihn so verunstaltet.

Erschrocken trat sie einen Schritt zurück. Die grüne Bluse hing ihr unförmig von den eckigen Schultern. War sie diese dürre Gestalt? Nicht mehr schlank, nicht mehr sportlich, bloß noch klapprig? Sie streckte den Kopf vor und starrte ihr Spiegelbild an, minutenlang, ein leises Röcheln im Rachen. Sie hätte heulen mögen, doch das klappte nicht.

Dann trat sie näher an den Spiegel, hob die linke Hand und presste sie aufs Glas. Das bin jetzt ich, dachte sie, von heut an und für alle Zeit und alle Leute: Die Witwe Ahorn aus der Abholstation in der Zweierstraße.

»Er hatte kein Recht, dir was vorzuwerfen.« Seit siebzig Minuten telefonierte Alice Schubert mit ihrer Freundin, mal auf der Couch vor dem tonlosen Fernseher, mal durch die Wohnung laufend, barfuß in ihrem federleichten, mintfarbenen Hauskleid, das Handy in der einen, das Weinglas in der anderen Hand. Siebzig Minuten, und sie hatte den Eindruck, im Kreis zu rennen. »Hör doch bitte zu, Viola, lies mir nicht dauernd dieselben Stellen vor, ich hab verstanden, worum es geht …«

»Hast du eben nicht.«

»Du steigerst dich in ein Schuldgefühl hinein, und davor will ich dich bewahren. Begreifst du das nicht? Er wusste, was wir vorhaben, und hat es akzeptiert; nicht zum ersten Mal, das darfst du doch nicht vergessen. Wie oft waren wir in dem Hotel? Mindestens fünf Mal, vor diesem einen Mal, von dem die Rede ist. Du hast ihm nichts verheimlicht, vorher nicht und nachher nicht, jedenfalls nichts von Bedeutung, wenn du mir erlaubst, das zu sagen. Außerdem waren das unsere Wochenenden. Du bist ihm keine Rechenschaft schuldig, was wir essen oder trinken oder von wem wir uns an der Bar einladen lassen. Du kannst nichts dafür, dass du anders bist als er …«

»Bin ich anders? Wie bin ich denn, Alice? Weißt du, was ich bin? Ich bin rücksichtslos, ich bin egoistisch, ich hab ihn vernachlässigt, und ich hab mich einen Scheiß drum gekümmert, wie's ihm geht. Einen Scheiß …«

»Hör auf zu trinken, Viola.«

»Hör selber auf.«

»Bitte …«

»Ich trink überhaupt nicht, ich sitz am Boden im Dunkeln, um mich rum liegen lauter weiße Blätter mit schwarzen Punkten drauf, ich hab schon lang nichts mehr getrunken, schon ewig nicht mehr …«

»Er war derjenige von euch beiden, der nicht ehrlich zu dir war. Steht doch alles in diesem Brief. Kein Wort zu dir, was er treibt, wenn er nicht mit dir zusammen ist, wen er trifft, mit wem er redet, was er so denkt, was in ihm vorgeht. Er hat einen Bekannten mit einem Hund. Wusstest du das? Nein. Fast jeden Mittag setzt er sich auf sein Fahrrad und radelt in einen Park. Gewusst? Nein.«

»Weil ich ihn nicht gefragt hab. Weil's mir egal war. Weil ich aufgehört hab, ihn anzuschauen.«

»Was hast du?«

»Ihn anzuschauen. Ich hab ihn nicht mehr gesehen, er war da, aber ich hab ihn nicht gesehen, er stand direkt vor mir, aber ich hab ihn nicht gesehen, in der Nacht lag er neben mir im Bett, und ich hab ihn nicht gesehen. Und das ist meine Schuld, meine Schuld allein.«

»Nein.« Alice Schubert ließ sich auf die Couch fallen, stellte das Glas auf den quadratischen Acryltisch. »Du hast ihn nicht gesehen, wenn du das so ausdrücken möchtest, weil er unsichtbar geworden ist. Dein Mann, der Leo, hat sich in seine eigene Welt zurückgezogen, da war er nicht mehr erreichbar für dich. Irgendwann hat er beschlossen, die Vergangenheit aufleben zu lassen, und ist darin verschwunden. Unsinn, dass er euer Geschäft renovieren und neu aufstellen wollte, wie denn? Träumereien, Kopfspiele, mit denen er vor seinen Bekannten angegeben hat, niemand nahm ihn ernst, da wette ich mit dir. Wie hätte er seine hochfliegenden Ideen realisieren sollen, mit welchem Geld? Glaubst du im Ernst, dieser Bekannte von ihm, den Namen habe ich vergessen, der sich gegenüber von euch eine Wohnung gekauft hat, leiht einem abgebrannten Kerl wie Leo auch nur hundert Euro? Das ist absurd, Viola, und das weißt du.«

»Wieso sprichst du so schlecht von Leo? Wieso tust du das? Wieso machst du ihn so klein? Wieso?«

»Ich spreche nicht schlecht von Leo …«

»Doch.«

»Ich möchte dir die Augen öffnen, ich möchte, dass du dich von deinen negativen Gedanken freimachst, dass du deine echte Trauer nicht zuschüttest mit Selbstzerstörungsfantasien …«

»Was tu ich? Ich zerstör mich doch nicht, ich brech zusammen, checkst du das nicht, Alice? Wo bist du denn? Was machst du? Wieso bist du so zu mir? Wieso quälst du mich die ganze Zeit? Ich sitz hier allein, und ich les den Brief schon zehn Mal, und ich fang immer wieder von vorn an, und da steht: Ich verabschiede mich dann … Das steht da, und du sagst, ich zerstör mich … Was ist mit deinen Ohren … Da steht: Höre auf, meine Rolle zu spielen … Seit ich den ersten Schritt als Pächter in das Geschäft meiner Eltern getan habe, spiele ich meine Rolle als Schreibwarenhändler, und ich spiele sie gut, nicht wahr? Nicht wahr? Nicht wahr?

Und er fragt mich, ob ich ihm zustimme. Stimme ich ihm zu, Alice? Stimmst du ihm zu? Verstehst du mich nicht? Wieso verstehst du mich nicht?

Eine Rolle, schreibt er, hat er gespielt, von Anfang an. Eine Rolle. Und was er damit meint, ist: Ich hab ihn diese Rolle spielen lassen und ihn nicht daran gehindert, ein Falscher zu sein. Das ist's doch, was da steht: Rolle gespielt, ein Anderer gewesen. Begreifst du? Ich hab einen Mann geheiratet, der ein Anderer war, und den Anderen hab ich nie kennengelernt. Nie im ganzen Leben. Und jetzt ist's zu spät. Das ist doch keine Selbstzerstörungsfantasie. Das ist die Wirklichkeit, und ich war nie Teil der Wirklichkeit. Was war ich? Ja? Ich war Teil von was Anderem. Von was, frag ich dich. Bist du noch da? Schläfst du schon? Hallo?«

3

Das silberne Telefon zwischen Schulter und Kinn geklemmt, hielt die Rezeptionistin das Glas und schenkte mit der anderen Hand aus der Flasche ein. In fünf Stunden, um sechs Uhr früh, begann ihr Dienst, und sie hatte immer noch nicht das Seidenhemd und die (ihrer Meinung nach) megaschöne Krawatte für Lukas eingepackt, der morgen, heute, Geburtstag hatte.

Ohne ein Geräusch auf der Acrylplatte zu verursachen, stellte sie die Flasche ab, nippte am Glas und stellte es ebenfalls ab. »Zuerst, nochmals, Viola: Du wolltest allein sein, ich habe dich gefragt, ob ich dich begleiten soll, und du hast dezidiert nein gesagt, das habe ich respektiert. Also fuhr die Polizistin dich nach Hause. Deine Entscheidung. Wirf mir nicht vor, ich hätte dich im Stich gelassen, so was mag ich nicht. Am Morgen habe ich dir angeboten, dass du im Hotel bleiben kannst, weil du die eigenen vier Wände nicht mehr ertragen hast, eine Selbstverständlichkeit für mich, dir in einer solchen Situation zu helfen. Leider ist es anders gekommen, und ich betone es noch einmal: Mir tut es unendlich leid, dass Leo tot ist. Und ich bin erschüttert, wie er offenbar gestorben ist.

So ein Schicksal hat kein Mensch verdient, und wir werden erfahren, warum es so weit kommen musste. Ich rede nicht schlecht über deinen Mann, das verbitte ich mir, dass du so etwas sagst. Du zitierst aus seinem Brief, den er nie abgeschickt hat, und was ich höre, klingt nach einer einzigen Selbstanklage. Leo war enttäuscht von seinem Leben, von Grund auf. Du hast mir die Stelle grade noch mal vorgelesen. Nicht du trägst die Schuld an seinem Rollenspiel, sondern er, niemand sonst.«

»Wieso hat er nie was gesagt?«, schrie Viola Ahorn. Das Smartphone rutschte ihr aus der Hand und knallte auf den gekachelten Küchenboden.

»Was ist passiert?«

»Hörst du mich noch?«

»Was war das für ein Knall?«

»Wieso … Wieso hat er seine eigene Frau angelogen, jahrelang, wieso hat er das getan? Und wieso hab ich nie was bemerkt? Wieso war ich so dumm? Wieso haben wir aneinander vorbeigelebt, so nah beieinander … Tag und Nacht …«

Nach einem Moment des Zögerns stand Alice Schubert auf und begann eine neue Runde durch ihre Wohnung. »Wie hättest du erraten sollen, was in seinem Kopf vorgeht? Hat er mit dir gesprochen? Hat er dich in seine Gedanken, in seine Absichten eingeweiht? Hat er nicht getan. Er hat morgens das Geschäft auf- und abends wieder zugesperrt; zwischendurch schnappte er sich sein Fahrrad und fuhr sonst wohin. Was ist das für eine Geschichte mit dem Mann, den er auf irgendeiner Wiese getroffen hat? Dem er anscheinend von dir erzählt hat? Ein Mann mit Hund. Und jedes Mal kam er nach einer halben Stunde zurück und tat, als wäre nichts. Bist du eine Hellseherin? Hat er sich mal hingesetzt und gesagt: Ich muss dir was erzählen, ich habe was erlebt. Hat er? Hat er nicht.«

»Ich hab ihm auch nichts erzählt …« Eine leise, scheue Stimme.

»Hab dich nicht verstanden, Viola.«

»Vielleicht hätt ich ihm sowieso nicht geglaubt. Vielleicht hätt ich gedacht, er schwindelt mich an, vielleicht …«

»Warum hättest du das denken sollen?«

»Weil ich das immer gedacht hab … Immer … Automatisch …«

»Automatisch? Was meinst du damit?«

»Ich mein, ich hab ständig gedacht, er macht was hinter meinem Rücken. Was, kann ich dir nicht sagen. Was, das mich nichts angeht, das hab ich gedacht. Stell dir vor, Alice: Die eigene Frau misstraut dem Mann andauernd und kann nicht mal genau erklären, wieso. Ist das nicht grausam? Was ist das für eine Frau? Sag's mir, sei ehrlich.

Brauchst nichts zu sagen, ich weiß, was das für eine Frau ist, die so was denkt und tut. Ich bin so eine Frau, ich bin's, und weißt du noch was? Er hat das geahnt, er hat mich durchschaut, er hat's mir angesehen, dass ich ein falsches Spiel mit ihm spiel. Deswegen hat er sich innerlich von mir abgewandt und mir nichts mehr anvertraut und sich verabschiedet von mir, schon längst, vielleicht schon beim ersten Mal, als wir, du und ich, nach St. Johann gefahren sind, nur wir zwei, spontan, übers Wochenende. Da sagte ich einfach zu ihm: Alice und ich machen einen Kurztrip nach Österreich, ich hoff, das ist in Ordnung für dich. Und er: Sicher ist das in Ordnung. Immer sagte er denselben Satz: Sicher ist das in Ordnung für mich.

Sicher, ja sicher. Sicher, sagt er. Mehr nicht. Und wir sind gefahren. Und ich hab mich ein bisschen amüsiert. Er blieb daheim, erledigte den Samstag allein im Geschäft, machte ihm nichts aus, wie er betonte. Fahr du nur, hat er gesagt. Weil: Ich bin frei. Ja. Hier steht's: Du bist frei, und etliche tausend Euro bleiben auf jeden Fall übrig, mit denen du nach Belieben jonglieren kannst. Verstehst du, Alice?«

»Du hast mir den Satz schon vorgelesen.«

»Da steht's, wörtlich: Du hast ein halbes Leben noch vor dir, wovor solltest du dich fürchten? Wovor, Alice? Vor einem halben Leben? Ich bin noch keine fünfzig, schreibt er, stimmt. Ich bin erst zweiundvierzig. In dem Alter bekommen andere Frauen noch Kinder. Ich nicht. Von wem auch? Mein Mann ist tot …«

»Und er wollte keine Kinder.«

»Das weiß ich doch. Wieso sagst du das? Weiß ich doch alles. Kommst du morgen wieder, übermorgen. Wirst du die Ladentür öffnen und sagen: Da bin ich wieder … Haben wir Briefmarken im Haus … Dass du den Brief mit der Post erhältst … Als wäre er von einem Fremden … Von einem Fremden, schreibt er, von einem Fremden, an den ich mich erst wieder erinnern muss …

Was wär gewesen, hätt er den Brief tatsächlich mit der Post geschickt? Ich schau in den Briefkasten, da liegt ein Brief ohne Absender … Seinen Namen hätt er nicht draufgeschrieben, was glaubst du? Nein, nur die Adresse und meinen Namen. Mit einer abgestempelten Briefmarke, wie bei einem gewöhnlichen Brief. Hätt mir nichts dabei gedacht, ihn zu öffnen. Und dann?

Liebe Viola … Das bin ich, hätt ich wahrscheinlich gedacht, wer schreibt an mich Liebe Viola … Du, Alice? Nein, wir schreiben uns nicht, wir telefonieren. Liebe Viola … Das war ein verstörender Tag … O Gott. Oder er hätt ihn einfach liegen lassen, weißt du, kein Kuvert, keine Marke, liegen gelassen bis zum Tag X, wenn ich nach unserer kleinen Reise in den Pongau nach Hause komm, und er ist nicht da, der Laden geschlossen, vor der Tür stapeln sich die Pakete, Leute stehen rum und fragen mich, wo der Leo steckt. Und ich? Ich schau in der Wohnung nach, hier überall, da ist er nicht. Und er taucht auch nicht mehr auf, den ganzen Tag, und dann? Dann kommt ein Polizist und fragt, ob ich Frau Ahorn bin, und ich sag: Ja, und er: Ihr Mann ist tot. Was glaubst du, auf welche Weise er gestorben ist? Hast du eine Idee, Alice?«

»Hör auf, dir solche Sachen einzureden.« Alice Schubert warf einen Blick auf ihre Armbanduhr; fünf Minuten noch, dann musste Schluss sein, bei aller Liebe.

»Das ist doch kein Einreden.« Viola Ahorn schniefte; durchs Telefon war ein Knistern zu hören, das Rascheln von Papier. »Leo ist tot, oder nicht? Eingepfercht in den Kofferraum einer Limousine. Opfer einer Stichverletzung. Mir ist schon klar, ich bin ja nicht blöde, dass er sich nicht selbst erstochen haben kann. Oder? Nein. Aber stell dir vor, er hätt sich erhängt, was würden wir dann sagen? Würden wir das glauben? Dass er sich selbst erhängt hat? Nein. Später vielleicht, wenn ich zufällig den Brief entdeckt hätt, mit den Hinweisen und Andeutungen, dann hätt ich die Möglichkeit in Betracht gezogen. Vielleicht. Das Erhängen von eigener Hand. Wenn ich dann die Wohnung ausräum …

Und wenn du dann die Wohnung ausräumst, fällt er dir in die Hände, und du wunderst dich. Ich wundere mich, schreibt er. Na ja, was denn sonst? Ein Brief. Leo hat an mich geschrieben, wer hätte das für möglich gehalten? Du? Ich nicht. Gewundert hätt ich mich, da hat er recht, das ist die Wahrheit. Und: Wundern darf man nicht verlernen, schreibt er. Darf man nicht. Ja, ich wunderte mich, als ich das Foto mit Leo gesehen hab, wie er daliegt, so gekrümmt, mit dem Gesicht nach oben. Mein Leo, eindeutig.

So gewundert hab ich mich noch nie im ganzen Leben, das versichere ich dir, mir wurde ganz schwindlig vor lauter Mich-Wundern, ich wär fast ausgeflippt, du warst dabei, du bist meine Zeugin. Das Wundern hat mich umgehauen, kein schöner Anblick, tut mir leid.«

Sie legte das Smartphone, das sie seit Stunden festhielt, neben sich auf den Boden und betrachtete das betippte weiße Blatt in der anderen Hand. »Ich hab alles falsch gemacht …« Sie sprach zur Dunkelheit in der Küche und vor dem Fenster. »Und du? Wieso sagst du nichts? Wieso lässt du mich hier sitzen …«

»Viola, du wolltest, dass ich dich allein lasse …«

»Ich red doch nicht mit dir, ich frag meinen Leo, wieso er das alles zulässt. Woher hätt ich denn ahnen sollen, dass was passiert ist, am Montag, in der Nacht …«

»Hör auf. Hör auf, dich anzuklagen.«

»Alle Leute hab ich angelogen, hab ihnen weisgemacht, er wär in Dinslaken bei einem Freund. Weißt du, wo dieses Dinslaken liegt? Ich nicht. Sogar dem Detektiv, der mal Polizist war, hab ich eiskalt ins Gesicht gelogen, hab ihm erklärt, Leo wär seit zwei Tagen verschwunden, dabei war er schon die ganze Woche weg …«

»Viola, es tut mir leid, ich muss schlafen gehen …«

»Geh schlafen und träum nichts Schlimmes … Ich geh nicht schlafen, hab Angst, der Leo streckt seine Hand nach mir aus. Du weißt doch, was er geschrieben hat, am Schluss. Ich winke dir, steht da, dein Leo.«

»Das wusste ich nicht, das hast du mir noch nicht vorgelesen.«

»Ich winke dir. Ich winke dir auch, Alice. Ich weiß nicht, was ich tun soll. Was soll ich tun? Ich muss eine Beerdigung organisieren, wie macht man das?«

»Ich helfe dir.«

»Du musst jetzt schlafen, du hast viel Arbeit morgen im Hotel. Ich winke dir …«

»Versuch, auch ein bisschen zu schlafen. Leg dich ins Bett, bitte, Viola.«

»Kann nicht aufstehen, meine Beine sind ganz steif.«

»Hast du die ganze Zeit auf dem Boden gesessen?«

»Wo denn sonst?«

»Viola.«

»Ja?«

»Steh jetzt auf, ich warte so lange, ich begleite dich ins Schlafzimmer.«

»Gut.«

Ohne das Blatt aus der Hand zu legen, stützte sie sich mit dem Arm ab und glitt, den Rücken gegen die Wand gedrückt, nach oben, bis sie aufrecht stand und sich anlehnte. »Bist du so weit?«, fragte die Stimme aus dem Handy, das auf dem Boden lag, umringt von hell schimmernden Rechtecken.

»Ja.«

»Dann los. Geh.«

Mit gesenktem Kopf schwankte Viola Ahorn aus der Küche und durch den Flur ins Schlafzimmer; sie ließ sich aufs Bett fallen, in den Klamotten, die sie schon den ganzen Tag über getragen hatte, und roch den Duft des Waschpulvers. Hmm, machte sie.

Hmmm …

4

»Sie wollte allein sein«, sagte Fariza Nasri. »Sie hat darauf bestanden. Nicht einmal ihre beste Freundin durfte mitkommen. Was hättest du an meiner Stelle getan, Süden?«

»Ich wäre bei ihr geblieben.«

»Denk ich mir. Du kennst die Frau ein wenig, was geht heut Nacht in ihr vor?«

Süden schwieg. Er trank einen Schluck und sah zum erloschenen Fernseher. Er und Nasri waren die einzigen Gäste im Blauen Eck. Britta, die Bedienung, feilte sich hinter dem Tresen die Nägel.

»Sie hat dich engagiert«, sagte Nasri. »Wozu, wenn ihr eh egal war, wo ihr Mann steckt?«

»Sie hatte Angst um ihn.«

»Morgen bestelle ich sie ein, ich glaube ihr nicht, dass sie nichts weiß.«

Süden schwieg.

»Trinken wir noch eins?«

»Unbedingt.«

»Bin gleich so weit«, rief Britta vom Tresen.

Süden dachte wieder an den Mann auf dem Grashügel. Dort hatte Leo Ahorn sich von dem Hundebesitzer fotografieren lassen – zur Erinnerung an etwas, das seine Frau längst vergessen hatte.

»Wer einmal lügt«, begann Nasri, »hängt automatisch an meinem inneren Lügendetektor. Der Mann kommt nachts nicht nach Hause, und die Frau? Geht schlafen, steht in der Früh auf, wickelt ihren Alltag ab, alles wie immer, Mittagspause, Nachmittagsgeschäft, Ladenschluss und Ende. Sonst?

Nichts. Fünf Tage später entschließt sie sich, niemand weiß, wieso erst jetzt, etwas zu unternehmen, und zwar nicht auf offiziellem Weg. Nein. Weil? Was hat die Frau gegen die Polizei vorzubringen? Erzähl's mir später. Statt zur Polizei zu gehen, ruft sie bei einer Detektei an. Ergebnis: Herr Süden erscheint wieder einmal auf der Bildfläche.«

»Mister Saus.«

»Bitte?«

»Sie nennt mich Saus.«

»Saus, wie Saus und Braus? Weil du so ein stürmischer Typ bist?«

»Saus statt South.«

»Den Humor dieser Frau möchte ich nicht haben.«

Britta stellte zwei frische Biergläser auf den Stehtisch.

»Möchten Sie schließen?«, fragte Nasri.

»Wir sind beim Du.«

»Möchtest du schließen?«

»Ich schließe, wenn ich sage, ich schließe.«

Nasri und Süden stießen an, Britta Seidel setzte ihr Feilwerk fort, Rod Stewart röhrte einen Song, den Süden von der röhrenden Bonnie Tyler kannte. Während Nasri weitersprach …

»Viola Ahorn hat dich an einem der entscheidendsten Punkte einer Vermisstensache angelogen …«

Süden betrachtete das Sinken des Schaums im Glas und wandte plötzlich den Kopf. »Niemand sagt mehr röhren.«

»Sie führt dich bewusst in die Irre und scheint sich auch sonst … Bitte?«

»Eine röhrende Sängerin. Der Ausdruck existiert nicht mehr.«

»Äh …«

Nicht, dass sie zugehört hätte, aber die Bemerkung ließ auch Britta aufhorchen.

»Mit röhrender Stimme«, sagte Süden. Den beiden Frauen schenkte er keinen Blick. »Bonnie Tyler, eine Rockröhre …«

»Oder Rod Stewart«, warf Britta ein. »Der singt grad«, fügte sie erklärend hinzu – Süden schloss nicht aus, dass sie ihn für einen Gedankensprüngler halten könnte, wie ihren Stammgast Georg.

»Entschuldige die Unterbrechung«, sagte er zu Nasri.

»Ich bin mit meinem Plädoyer am Ende, die Frau ist eine Lügnerin. Morgen früh sitzt sie in Zimmer 214 im K 101, und wenn's schlecht für sie läuft, am Nachmittag nicht weit von hier in U-Haft.«

Ihre Gäste nahmen einen Schluck – wortlos, was Britta veranlasste, ihr Belauschen mit eifrigem Feilen zu tarnen. Auf Stewart folgte Chris Norman, den Süden (genau wie Howard Carpendale) seit seiner Jugend als eine Art Stalker wahrnahm: Wo immer Süden sich zum Bebieren hinbegab, Norman hockte schon im Lautsprecher und sülzte.

»Du bist in einer merkwürdigen Stimmung«, sagte Nasri. Ihr Glas hatte sie nur deswegen noch nicht geleert, weil ihr Ex-Kollege die Augen schloss und nicht so wirkte, als nähme er an einem aktuellen Verbrechensfall Anteil. »Quält dich was?«

Er schwieg. Dann öffnete er die Augen und zog überrascht die Brauen hoch; fast schien ihm, er hätte ein paar Sekunden vor sich hin gedöst.

»Aus dir wird man nicht schlau, Süden.«

Er hob sein Glas, prostete ihr zu und trank schneller aus als sie. »Am Dienstag«, sagte er, »war Viola hier und hat nach ihrem Mann gefragt. Sie hat sich gesorgt.«

»Am Dienstagabend! Und tagsüber?«

Er schwieg.

»Hattest du den Eindruck«, fragte Nasri zum Tresen hin, »die Frau sorgt sich um ihren Mann?«

Britta pustete die Nägel ihrer linken Hand an, betrachtete die Kuppen und legte die Feile in eine Schublade unter den Gläserregalen. Sie ging zum Stehtisch, nahm die leeren Gläser.

»Will nichts Negatives sagen, jetzt, wo der arme Leo nicht mehr ist. Kann schon sein, dass sie Angst um ihn hatte …«

»Angst?« Die Lautstärkesteuerung ihrer Stimme war Nasri entglitten; vielleicht wegen der Bierwirkung, vielleicht aus nicht endender Empörung über das für sie unbegreifliche Verhalten der Ehefrau. »Hat sie dir gesagt, sie hat Angst? Was genau wollte sie von dir, Britta? Hast du das Wort Angst gehört?«

»Das weiß ich doch jetzt nicht mehr.«

»Denk bitte nach.« Strenge in der Stimme, Staatsgewalt im Blick. Für Süden Verhaltensfossilien aus dem Paläolithikum seiner Polizistenexistenz. Nasris Gegenwart fächelte ihn mit heiterer Wehmut.

Kurzfristig eingeschüchtert rückte die Kellnerin nicht von der Stelle. In jeder Hand ein leeres Glas, sah sie an der Kommissarin vorbei zu den Fenstern, mit gerunzelter Stirn und gespitzten Lippen.

Schweigen im Raum – ignoriert von Marianne Rosenberg.

Kopfschüttelnd beendete Britta ihre Reise in die nahe Vergangenheit. »Nein, nein. Nein. Viola kam reingerauscht: Ist Leo da?, oder so ähnlich, ich sagte nein, und sie rauschte wieder raus. Mehr war nicht.«

Nasris Blick hielt die Kellnerin fest. »Bleib noch da, Britta. Ist das üblich, dass die Frau nach ihrem Mann fragt?«

»Das kommt vor, ist aber nicht üblich.«

»Wie oft kam das vor?«

»Nicht oft. In letzter Zeit ein paarmal.«

»Welche Zeit ist letzte Zeit?«

»Letztens halt, noch nicht so lange her.«

»Davor kam sie nicht.«

»Selten.«

»Das ist doch kein sinnvolles Gespräch, was wir hier führen.« Nasri schlug mit der rechten Stiefelspitze gegen den Holzfuß des Stehtisches, als müsste sie Schneereste abklopfen. »Ich stelle dir wichtige Fragen, und du antwortest mir wie irgendeinem angetrunkenen Gast.«

»Bist du etwa nicht angetrunken?« In Britta zerbröselte die Hörigkeit, in die sie sich widerstandslos hatte hineinmanipulieren lassen – in ihrem eigenen Laden, überrumpelt von einer Fremden, die sich aufmandelte zu später Stunde. »Komm morgen wieder, wenn du mich verhören willst, und mach vorher einen Termin.«

»Spinnst du?«

»Noch so eine Bemerkung, und ich schmeiß dich raus.«

Süden sagte: »Leo ist ermordet worden, was hältst du von einer Schweigeminute.« Notgedrungen fügte er hinzu: »Ohne Gedudel.«

Die Minute begann augenblicklich, trotz des vor Subtext überquellenden Blicks, den die Bedienung als Letztes Nasri zuwarf, bevor sie zur Theke ging, die Gläser abstellte, das Radio ausschaltete und mit dem Rücken zum Lokal innehielt.

Nasri stützte die Ellbogen auf die Tischplatte und klemmte ihr Gesicht zwischen die Fäuste. Bei ihrem Anblick fiel Süden der ergraute Rothaarige an einem der Fenstertische ein, er hatte in der gleichen Haltung dagesessen und seine Zeitung angestarrt, ohne ein einziges Mal umzublättern.

Schweigend lehnte Süden an der Wand – wie der ehemalige Unternehmer Georg Kramer an derselben Stelle –, im

Sinn nicht Fußball, auch nicht Federball, sondern den ewigen Kreislauf der verbeulten Seelen, denen er und Kommissarinnen wie Nasri ihre Lebensaufgabe widmeten.

5

Das Gedenken dauerte zwei Minuten.

Dann nahm Nasri die Arme vom Tisch. »Darf ich dich auf einen Schnaps einladen?« Die Frage galt der immer noch abgewandt ausharrenden Kellnerin. Sie derart rumpelig angegangen zu haben, tat Nasri ein wenig leid – weniger in ihrer Funktion als Ermittlerin (für Nettigkeiten wurde sie nicht bezahlt, sie war keine Bepo-Mieze), mehr als Neugast, der es an Einstiegshöflichkeit gegenüber einer altgedienten Angestellten hatte mangeln lassen.

Dem Ritual gemäß erhob sie als Erste das Glas. Sie prosteten einander zu und ex.

»Danke«, sagte Britta. »Willkommen im Blauen Eck. Wohnst du in der Gegend?«

»An der Freiheit, Fuchsbau.«

Der Name des Gebäudes ließ Süden aufhorchen – Nasri wusste, wieso.

Britta bemerkte seine Irritation, entschied sich aber, nicht nachzufragen. »Auch nicht schlecht«, meinte sie. »War lang nicht mehr in dem Viertel, nicht mal im Englischen Garten.«

Aus einem Grund, der ihr – besonders in Südens Nähe, die sie gern auf andere Weise genutzt hätte – nicht behagte, dehnte Nasri ihre Dienstzeit weiter aus. »Du sagst, Viola Ahorn könnte Angst um ihren Mann gehabt haben. Woran hast du das erkannt, Britta? An ihren Worten offensichtlich nicht. Ihr habt kaum miteinander geredet.«

»Noch mal? Sie kam rein, hat sich umgesehen, musterte

meinen Freund Rachid von oben bis unten, fragte, ob Leo da gewesen sei und verschwand wieder. Ende der Vorstellung.«

»Am Mittwoch kam sie nicht.«

»Nee.«

»Auch am Donnerstag nicht.«

»Nee. Erst, als dein Kollege hier war und sie ihm einen Brief gebracht hat.«

»Der Brief ist eine andere Sache. Du hast zu Süden gesagt, du hättest den Eindruck, Viola würde ihren Mann überwachen. Wie kommst du zu der Einschätzung, nachdem sie so selten hier war?«

»Weibliche Intuition«, sagte Britta.

»Ich verrate dir was.« Nasri kreiste mit dem Zeigefinger um den Rand ihres leeren Bierglases, ohne dieses mit der anderen Hand festzuhalten. Süden fixierte die Bewegung. »Je älter ich wurde, desto mehr Zweifel bekam ich, was meine Intuition betrifft. Das, was früher vielleicht echte Intuition gewesen sein mochte, entwickelte sich mehr und mehr zu einer Art geschmeidigem Vorurteil, das ich in allen möglichen Varianten abrufen konnte oder das mir wie von selbst ins Hirn schoss und mein Verhalten beeinflusste. Vielleicht eine Deformation infolge meines Berufs, vielleicht auch nicht, vielleicht ein normaler Vorgang im Innern einer Frau wie mir.«

Britta zog das Glas unter Nasris schneller werdendem Finger weg. Südens Glas war noch halbvoll. »Was bist du denn für eine Frau?«

»Eine, die nachts einen Schatten wirft.«

»Was meinst du damit?«

»Kann ich bitte noch ein Bier haben?«

Nasri wartete, bis die Kellnerin das Glas weggebracht hatte und anschließend auf die Toilette ging, wobei sie das Lokal durchqueren musste und jeden Blickkontakt vermied. »Merkst du was, Süden? Ich habe meinen Tageszenit seit Stunden überschritten und werde selbstisch, um den Rest zu ertragen.«

Süden schwieg besser.

Sie stand im rechten Winkel zu ihm, hinter ihr die Fensterseite, vor ihr der Tresenbereich mit dem leeren Platz von Olaf, dem Enträtseler. »Mir rieselt die Geduld aus den Ohren«, sagte sie zum Tisch, zu Südens Hand am Glas, zum Pappdeckel mit den blauen Strichen. »Zwei Stunden im Dienst, Geduld und Verständnis im Eimer.«

Sie sah Süden ins Gesicht und wieder von ihm weg. »Ist das das Alter? Wie alt bist du eigentlich? Wie alt warst du, als du ausgeschieden bist? Schau mich an.« Er tat es. »Wen siehst du? Bemühe dich nicht, ich kann dir sagen, wen du siehst: eine erschöpfte Frau, die wirres Zeug verzapft, im Dienst Bier trinkt und niemandem mehr traut, keinem Zeugen, keinem Verdächtigen, keinem Freund, keiner Bedienung, womöglich nicht einmal sich selber. Was hat so eine Frau in einer Welt verloren, die Nüchternheit, klaren Verstand und von mir aus weibliche Intuition erfordert? Um Ergebnisse zu erzielen. Um etwas zu erreichen, das man gemeinhin Gerechtigkeit nennt? Was? So eine Frau steht doch nur im Weg rum, stellt die falschen Fragen, poltert mit einem Kübel Unterstellungen und Vorurteilen herein und kippt ihn über unschuldigen Leuten aus. Und jetzt sag bloß nicht, ich habe Unrecht.«

Nach einem Schweigen sagte Süden: »Du solltest ein paar Stunden schlafen.«

»Bitte?« Ein eigentümliches Zucken durchfuhr ihre Schultern, abwechselnd rechts und links, ihr Blouson verrutschte; eine Weile klopfte sie mit dem Stiefelabsatz auf den Boden. Dann hörte sie schlagartig damit auf. Kein Mucks mehr.

In sicherem Abstand wartete die Bedienung, die aus der Toilette zurückgekommen war, das weitere Geschehen ab.

Nasri ließ sich Zeit. »Bitte?«, wiederholte sie. »Ich soll ins Bett gehen? Das ist dein Kommentar? Hau dich aufs Ohr und sei still? Optimalissimo. Danke. Der Rat eines erfahrenen Kollegen ist Gold wert. Eine Runde Knacken. Dass ich da nicht selber drauf gekommen bin! Dann würde ich sagen: Zahlen und gehen.« Sie nahm die Person in ihrem Rücken wahr und drehte den Kopf. »Die Rechnung, bitte, Britta.«

»Nix Rechnung«, sagte die Bedienung auf dem Weg zum Tresen. »Du kriegst noch ein Bier, dein Kollege auch, und dann wird hier wieder anständig miteinander geredet. Du darfst mich auch noch was fragen, wenn's sein muss.«

6

Nasri hatte die rechte Hand in die Jeanstasche gesteckt; sie stand da, gehüllt in Abwesenheit. Britta zapfte Bier, brachte die Gläser zum Stehtisch, musterte ihren weiblichen Gast, richtete einen erwartungsvollen Blick an Süden, der keinen Kommentar beisteuerte, weder verbal noch nonverbal. Er lehnte an der Wand – oder anderswo.

Kopfschüttelnd kehrte Britta an ihren Platz zurück; in der ungewohnten Stille kam ihr die Erinnerung ans Radio; sie stellte es wieder an. Bei den ersten Takten eines Songs von Uriah Heep kam Bewegung in die Gaststube. Ruckartig schreckte Nasri aus ihrer Meditation; sie versenkte auch die linke Hand in der Hose, und los ging's.

Zwischen Tischen und Stühlen hindurch drehte sie eine Runde bis zur Eingangstür, wieder zurück und von vorn. Britta und Süden sahen ihr zu, wie sie gebeugt, mit klackenden Schritten und verzurrtem Gesicht, scheinbar zielstrebig, ohne Anzeichen von Eile den Raum durchmaß, niemanden beachtend (wahrlich selbstisch, dachte Süden). Viermal hielt sie ihren Kurs; einmal kollidierte ihre Stiefelspitze mit einem Stuhlbein, was ein überlautes Scheppern verursachte, passend zum Verschwinden der Schwarzen Lady im Lied.

Hörbar ächzend erreichte sie wieder den Tisch. Sie stützte sich ab, ruckte nochmals mit der Schulter – eine Angewohnheit, die Süden an seine Chefin erinnerte: Beim Gehen verfiel Edith Liebergesell oft in eine Art zackiges Marschieren, mit der Folge, dass die Jacke ihres Hosenanzugs fast flatterte …

»Leichenfund«, sagte Nasri mit erhobenem Glas, »in einem Privatfahrzeug, praktisch unter meinem Fenster. Deine Reaktion, als ich den Fuchsbau erwähnt habe, ist mir nicht entgangen. Stammgast aus dem Blauen Eck liegt …«

In letzter Sekunde rüttelte die Kommissarin in ihr an der zu später Stunde erschöpften Biertrinkerin und verhinderte die Mitteilung der Todesart. Bedienung hin oder her – Britta Seidel, sechsundfünfzig, war eine PIUS-Zeugin – Personen Im Umfeld der Sache –, und Britta würde, ebenso wie die Ehefrau, deren beste Freundin, der Gast (sein Name fiel Nasri gerade nicht ein), mit dem das Opfer gestritten hatte, weitere Gäste und wer sonst noch alles hinter den Tapetentüren der unscheinbaren Existenz eines Einzelhändlers lauerte, in Zimmer 214 umfangreich vernommen werden.

Ihrer Erfahrung nach führten die Aussagen von PIUS-Zeugen meist zu keinen brauchbaren Erkenntnissen, manchmal eher zu Verwirrung und Unfug. Hin und wieder jedoch tauchten bisher unbeachtete Details auf, durchaus nützlich bei der Vervollständigung des Spurenpuzzles nach einem Verbrechen ohne Konturen.

»Liegt tot in einem Auto, und der Besitzer sagt: Ich hab nix damit zu tun, und sein Anwalt: Mein Mandant hat nix damit zu tun. Prost.«

»Möge es nützen.«

Sie tranken. Britta goss La-Palma-Rum in ihren schwarzen Tee, nahm die zerknitterte Zeitung vom Vortag und ging in den Küchenraum hinter der Theke, von wo aus sie unbeobachtet zuhören konnte.

»Roger Braun, sagt dir der Name was?«

Süden schüttelte den Kopf.

»Der wohnt ein Stockwerk über mir, hübscher Zufall. Eine einzige Verknüpfung, dieser Fall. Du hier, ein polizeibekannter ehemaliger oder Immer-Noch-Zuhälter, der Fundort der Leiche in unmittelbarer Nähe seiner und meiner Wohnung … Muss das sein?«

»Nichts als Zufall«, sagte Süden.

»Ich mag den Zufall.« Sie trank, zu schnell, zu gierig; sie merkte es, und es war zu spät. »Ich messe ihm Bedeutung bei. Ich nenne ihn einen unterschätzten Magier.« Sie trank schon wieder, diesmal einen reduzierten Schluck. Ihr Lächeln, das ihr selbst galt, nahm Süden persönlich. Es ermunterte ihn zu sprechen.

»Ein Mann, in dessen Fahrzeug eine ermordete Person gefunden wird«, sagte er, »hat unbedingt etwas damit zu tun.«

»Unbedingt. Wir haben gerade erst mit dem Sortieren der chaotischen Umstände begonnen. Angeblich stand der Wagen vierzehn Tage unbenutzt in der Fuchsstraße, weil: Herr Braun weilte in dieser Zeit mit zwei Damen seines Herzens in Sirmione am Gardasee. Palazzo Bunga-Bunga …«

Aus der Küche drang ein Kichern, gefolgt von verschämtem Hüsteln.

»Nach ersten Überprüfungen« – Nasri bemühte sich, leiser zu sprechen – »könnte was Wahres dran sein. Die Damen sind aus dem Milieu, zumindest eine von ihnen, die andere fungiert als beste Freundin und ist von Beruf Kosmetikerin. Was sonst?«

»Vorurteile«, steuerte Süden bei; er spürte das Bier, die Schwerkraft der Nacht.

Nasri warf einen Blick in Richtung Küche. »Eine Leiche im eigenen Auto zu verstauen und das dann einfach stehenzulassen, erfordert einen gewaltigen Hirnriss. Den würde ich sogar Roger Braun absprechen, trotz seiner Vergangenheit und seiner von Koks und sonstigen Genussmitteln durchlöcherten einundsiebzig Jahre. Wusstest du, dass Maria Callas in Sirmione gewohnt hat? Ich auch nicht. Herr Braun hat uns das mitgeteilt, frag mich nicht, wieso. Seine Redseligkeit nahm kein Ende.«

»Die Leiche im Kofferraum bringt ihn zum Reden.«

»Er glaubt allen Ernstes, wir können ihm die Presse vom Leib halten.«

»Könntet ihr«, sagte Süden.

»Könnten wir. Was wir alles könnten. Wir könnten so viel können.«

»Wollen muss man müssen.«

»Wir sollten vielleicht nichts mehr trinken«, sagte Nasri.

Süden schwieg. Nasri leerte ihr Glas. Ihn erschütterte das Schicksal des Mannes vom Grashügel, auf dessen Suche er sich begeben und bei der er von Beginn an auf verlorenem Posten gestanden hatte. Erstochen und die Leiche erbärmlich entsorgt. Wann? Wem war Leo Ahorn auf seinem letzten Weg begegnet? Was bedeutete die Wahl des Ablageplatzes durch den Täter, die Täterin, den Helfershelfer? Warum dieses spezielle Auto, dieser spezielle Besitzer, dieses Milieu? Der Zufall, behauptete Nasri, sei ein unterschätzter Magier. Möglich, überlegte Süden, nur von Zufall sollte in diesem Fall keine Rede sein.

Oder?

»Oder hältst du ein zufälliges Zusammentreffen von Kriminellen aus verschiedenen Milieus für möglich?«

»Du meinst«, sagte sie, »Täter Jemand (männlich, weiblich, divers) ermordet Ahorn, sucht nach einem vollkommen verwirrenden Ort, um die Leiche zu beseitigen, kreuzt durch die Stadt, landet – *zufällig* – in der Fuchsstraße, sprengt den Kofferraum eines am Straßenrand geparkten Fahrzeugs, wuchtet den toten Körper rein und haut unbemerkt ab? Niemals, Mister Saus. Unser Jemand suchte sich den Wagen gezielt aus, der wusste, wo er ihn findet und wem er gehört. Seit heut Nachmittag belagern neun Kollegen Brauns Spielwiesen und scheuchen sämtliche Beteiligten auf. Ein einziges entrüstetes Geschrei, schallt bis zu den Voralpen. Unser Jemand haust in diesem Radius, daran gibt's keinen Zweifel.«

»Zweifel muss es bei deiner Arbeit immer geben.«

Er wollte gerade austrinken, aber Nasris Hand landete auf seiner. »Genau das treibt mich um«, sagte sie und machte mit ihrem Zeigefinger kreisförmige Bewegungen auf seinem Handrücken, wie vorher auf dem Bierglas. »Roger Braun hat im Rotlicht nichts mehr zu sagen. Er ist Rentner, hat seinen Laden längst verpachtet, der letzte hieß Black Jasmin, gehört heute einem Fabian Solch oder Salch, früher Laufbursche von Braun … Ab und zu krallt Braun sich die eine oder andere Lauffrau, chauffiert sie an den Gardasee, bezahlt sie für die üblichen Dienste … Wer sollte ihm was heimzahlen wollen? Auf diese Weise? Und nach all den Jahren, in denen er von einem Menschenhändler, laut der Kollegen aus dem K 14, nur unwesentlich zu unterscheiden war, eingedenk der Geschäfte mit jungen Frauen aus Osteuropa und Asien? Seine Zeit ist abgelaufen, jeder weiß das. Wieso dann diese Hinhäng-Aktion: Hier hast du eine Leiche, du Sau, die bringt dich endlich dahin, wo du seit dreißig Jahren hingehörst, in den Bau, und zwar für den Rest deines beschissenen Lebens. Poetisch ausgedrückt.«

Sie setzte das leere Glas an die Lippen und stellte es wieder auf den Deckel. »Was, wenn nicht die Vergangenheit den Hintergrund bildet, sondern die Gegenwart?«

»Und …«

»Und es war doch Zufall, dass sich die Dinge für unseren Jemand so gefügt haben … Der alte Mann, der mit seinem Porsche Panamera *zufällig* hunderte Kilometer von der Stadt entfernt einen Ausflug mit Damen unternimmt …

Der leicht zu knackende Mercedes in einer schlecht beleuchteten Seitenstraße … Die Tat – Mord, Totschlag, wissen wir noch nicht – in irgendeiner anderen Gegend, sodass die Feststellung des Tatorts äußerst schwierig werden würde … Unser Jemand kennt die Personen, Umstände und Örtlichkeiten gar nicht, er entscheidet sich für eine spektakuläre Aktion, die wir später als nichts anderes als einen Racheakt definieren müssen – angesichts der für uns eindeutigen offensichtlichen Provokation mit der Leiche im Kofferraum und dem zwielichtigen Bekanntheitsgrad des Fahrzeughalters.«

»Das könnte bedeuten«, sagte Süden, »die Tat, der Mord oder Totschlag, war eine Zufallstat, und unser Jemand nutzte andere Zufälle, um sie zu vertuschen.«

»Hypothesen, Spekulationen, Mutmaßungen.«

»Und keine Motive.«

»Nicht eines.«

»Todeszeitpunkt …«

»Bisher vage, eine Woche zurück …«

»Am vergangenen Montag war Leo Ahorn zum letzten Mal in diesem Lokal.«

»Morgen, also heute lassen wir die umliegenden Straßen und Hinterhöfe mit Hunden absuchen. Meine Zuversicht passt in einen Fingerhut.«

»Apropos!« Die Bedienung – unter Eid würde sie jede Mithörerschaft bestreiten – war aus der Küche zur Theke gehuscht. »Ein allerletztes Schnapserl für den Weg?«

Sie sagten nicht nein. Fürs Neinsagen war der neue Tag noch zu unschuldig.

7

Vor der Tür – die Falknerstraße still und dunkel, an der Ecke zur Hauptstraße ein Paar, engumschlungen – hielten Süden und Nasri inne und überlegten, wohin sie gehen mussten. In der Mitte der schmalen Straße sortierten beide dann (jeder für sich und auf Abstand) eine Zeitlang ihre Schritte. Aller Bier-Erfahrung zum Trotz verlangte ihnen die plötzliche Frischluftzufuhr eine gewisse Contenance ab. Beide wollten unter keinen Umständen ein Schwanken präsentieren, auf den letzten Metern Schwäche zeigen. Der Mimik der Bedienung nach zu urteilen (halbversteckte Zeugin hinterm Fenster) überschätzten die beiden ihr Vertuschungstalent. Wie die meisten, dachte Britta und knipste das Licht aus.

»Wo gehst du hin?«, fragte Nasri in Südens Rücken. Trippelnd schloss sie zu ihm auf; sie schnupperte an seiner Lederjacke, tippte ihm mit dem Zeigefinger auf die Schulter und kippte nach vorn. Er spürte die Berührung und blieb stehen.

So verbrachten sie eine Minute reglos; dann streckte er beide Arme nach hinten, die Hände über Kreuz, wieder aufrechtstehend. »Weiter geht's«, sagte er.

»Wohin?«

»Weiter.« Er ließ sie los, und sie fand wieder Halt.

»Schluss jetzt!« Ungerufen polterte die Kommissarin in ihr. »Ich muss los«, rief Nasri. »Besorg uns ein Taxi, in ein paar Stunden habe ich die erste Vernehmung. Beeilung, bitte.«

Dass er ihre Hand genommen hatte, bemerkte sie erst,

als sie an dem knutschenden Paar vorbeigingen, zwei ans Schaufenster des Optikerladens gelehnte Männer.

An der fremden, kräftigen Hand geführt, kam ihr ein inzwischen pensionierter Kollege (zeitweise ihr Chef) in den Sinn, der die Angewohnheit gehabt hatte, auf dem Weg zu einem Tatort nach ihrer Hand zu greifen und ihr auf die Schnelle ein paar Dinge des Lebens zu vermitteln, nicht aufdringlich, nicht bedeutungsschwanger, eher aus dem Moment heraus: kleine Sprossen auf der Leiter ins unvermeidliche Dunkel des auf sie wartenden Verbrechens.

Polizist als Zwanzigjähriger, war der Kollege wenige Jahre später aus dem Dienst ausgeschieden und in ein Benediktinerkloster eingetreten; neun Jahre lang, über die Profess hinaus, betete und arbeitete er dort, bis er, wie er sich sinngemäß ausdrückte, Gottes Schweigen nicht länger ertrug; er verließ den Orden, kehrte in den Staatsdienst zurück, schaffte die dritte Qualifikationsebene, wurde Leiter einer Mordkommission und nahm die aus frevelhaften Gründen vorübergehend aus dem gehobenen Dienst geschasste Oberkommissarin Nasri in seinen Reihen auf.

Für seine Courage dankte sie ihm noch immer heimlich, gelegentlich mit einem Anruf, was ihn verlegen machte.

Auch Süden hatte den Mann mit seinen teils noch aus der Klosterzeit stammenden Ritualen kennengelernt. Der Mord an einem Polizisten und der Fall eines vermissten Alleinunterhalters ließen ihre Wege sich kreuzen; sie hatten ein ähnliches Schweigen geteilt.

An der Kreuzung gegenüber dem Friedhof blieb Süden stehen und ließ Nasris Hand los. »Hoffen wir auf ein Taxi«, sagte er.

»Das ist der Weg, den das Opfer regelmäßig ging.«

Süden schwieg.

»Da drin« – sie drehte sich um und zeigte auf die offene Tür einer Kneipe – »sind noch Leute, wahrscheinlich Stammgäste, mögliche Zeugen.«

»Ich war dort. Sie kennen einen Leo Ahorn nicht einmal, sie wissen nichts.«

»Wie wir.«

»Wir wissen manches aus dem Leben des Mannes. Wir kennen sein Umfeld, seine persönlichen Verhältnisse, sogar seinen letzten Weg, denn ich glaube nicht, dass er viel später als nach seinem Besuch im Blauen Eck am vergangenen Montag auf seinen Mörder oder seine Mörderin traf. Wir wissen vieles, was wir nur noch nicht begreifen. Was schaust du?«

Sie sah ihm ins Gesicht – seine Stirn zerfurcht, die Augen schmal, Zähne nagten an der Unterlippe –, seltsam angespannt oder verwirrt. »Deine Stimme klingt ganz anders als vorher … Wenn ich sie beschreiben müsste, würde ich sagen, du hast geröhrt.«

»Beschreib sie besser nicht.«

»Hörst du? Ein Röhren.«

In der Ferne, aus Richtung der Wohnblocks auf der anderen Seite der Eisenbahnlinie, entdeckte Süden ein beleuchtetes gelbes Schild auf einem Autodach. Er hob den Arm und winkte. »Ich setze dich am Fuchsbau ab«, sagte er.

»Du röhrst.«

Im Taxi saß er, wie üblich, wenn er allein unterwegs war, hinter dem Beifahrersitz; Nasri neben ihm, an die Tür gelehnt. Morgen, heute früh, dachte er, würde ihn kein Auftrag aus dem Bett scheuchen; Anrufe würde er nicht entgegennehmen und auch sonst nichts, was einem Termin nahekäme, anstreben. Sein Fall war abgeschlossen; obwohl er ihn nicht gelöst hatte, würde er ein Honorar erhalten. Was blieb, war der Sommer.

Immerhin.

Er blickte aus dem Fenster und sah nichts als fliehende Fassaden, eine Baustelle nach der anderen, Umbruch allerorten. Leo, dachte er träge, sie haben dich mit Zukunft eingezäunt und deine auf den morschen Pfählen deiner Kindheit und Jugend errichtete Gegenwart gesprengt und am Ende dich selbst. Dein Erbe ein Schutthaufen, deine Erbin eine unbehauste Frau.

»Wir sind da«, sagte Fariza Nasri.

Er erinnerte sich an ihre Stimme. »Wie geht das? Nachts einen Schatten werfen?«

»Ganz einfach, bleib in der Nähe des Mondes.«

Sie stieg aus und peilte den Eingang des achtstöckigen Terrassengebäudes an – eine aus der Zeit gefallene Betonpyramide, Fuchsbau genannt. An der Westseite, in einem ordnungsgemäß geparkten Mercedes der C-Klasse, Baujahr 2004, hatte ein Jemand die Leiche eines achtundvierzigjährigen Schreibwarenhändlers abgelegt, geschickt, schlau, flink und unbemerkt – wie ein in der Stadt wildernder Rotfuchs, der mit tierischer Häme eine tote Ratte in einen Wohnkessel trägt.

8

Die Frau, die sie schon kannte und nicht mochte, hatte sie hocken lassen; auf einem harten Stuhl an einem leeren Tisch in einem weißen Raum mit drei schwarzen Punkten an der Wand; oben, im Herrgottswinkel rechts und links, zwei runde verschalte elektronische Geräte, bestimmt Kameras. Für blöd verkaufen brauchte sie hier niemand, dachte Viola Ahorn.

Sie knubbelte weiter an ihrem Daumen und strich mit der anderen Hand das schwarze Kleid glatt. Seit mindestens zwei Jahren hatte sie es nicht mehr getragen, heute Morgen, auf der Suche nach einer angemessenen Klamotte, rutschte es vom Bügel, sie hatte es aufgehoben, an dem seidigen Stoff gerochen und geheult.

Obacht, schoss ihr durch den Kopf, sie durfte sich nicht gehenlassen, zwei Augen waren auf sie gerichtet, die hinterhältigen Organe der korrupten Staatsmacht. Nichts anmerken lassen, lautete ihre Devise. Der Frau in Blau mit den ungekämmten Haaren würde sie keinen Vorwand liefern, sie zu schurigeln oder heimlich ihr Verhalten abzuschätzen; wie sie es in der Polizeiinspektion getan hatte, als sie, Viola, die von einer Sekunde auf die andere zur Witwe gewordene Ehefrau, am Boden lag, dem Willen dieser Handlanger wehrlos ausgesetzt.

Das würde ihr nie wieder passieren. Nie wieder würde sie zulassen, so behandelt und verachtet zu werden. Wie eine Aussätzige, wie eine, die nicht in dieses Land gehörte, wie eine … Das Wort wollte sie jetzt nicht denken. Sie musste sich konzentrieren. Jeden Augenblick würde die Kommissarin hereinstolzieren, mit einem Aktenberg Gemeinheiten unterm Arm.

»Da bin ich«, sagte Fariza Nasri.

In Viola Ahorns Augen wirkte die Polizistin schon an der Tür wie ein aufdringlicher Trampel, dessen einzige Existenzberechtigung in seiner Funktion als Kommissarin lag.

»Wie schön«, sagte Viola Ahorn. »Wie geht's Ihnen heute?«

»Verzeihen Sie …« Papiere in einem grünen Pappdeckel, noch im Stehen fallen gelassen, landeten zwischen den beiden Frauen: Nasri setzte sich, von Angesicht zu Angesicht mit der Zeugin. »Sie mussten warten, weil ich noch einen Anruf aus der Gerichtsmedizin erwartet habe.«

»Wegen meines Mannes?«

»Stimmt.«

Eine kurze Pause, die Ahorn zu einem Neugier simulierenden Blick zur Wand mit den drei Punkten nutzte. »Sind das Mikrophone dort? Werden wir abgehört?«

»Die Mikrophone und die Kameras dienen der Kontrolle meiner Arbeit.«

»Wer kontrolliert Sie denn?« Die Antwort interessierte sie keinen Deut; sie fragte, um sich von etwas abzulenken, das an ihren Eingeweiden zu zerren begann, krallig und beklemmend. Weiteratmen, dachte sie, zuhören, weiteratmen.

»Meine Kollegen.«

»Was? Bitte?«

»Damit wir hinterher unsere Beobachtungen und Einschätzungen austauschen können.«

»Und Sie schätzen mich wie ein, Frau Nasri?«

»Sie haben mich gefragt, wie es mir geht. Alles in Ordnung. Wichtiger ist: Wie geht es Ihnen, Frau Ahorn?«

»Sehr gut.« Dem Laut aus blankem Schmerz, der ihr entfuhr, schickte sie einen unkontrollierten Fluch hinterher. »Verdammt«, stieß sie hervor. »Scheiße.«

Stille, und Nasri ließ sie dauern.

Die Hände im Schoß zu Fäusten geballt, beugte Viola Ahorn den Oberkörper nach vorn und mit verzerrter Miene wieder zurück; ein Brennen, als hätte sie, dachte sie erschrocken, in der Früh statt Kaffee schwarze Lava getrunken. »Ha«, machte sie und hielt einige Sekunden die Luft an.

»Soll ich Ihnen Wasser bringen lassen, Frau Ahorn?«

»Besser nicht.« Sie bemühte sich zu lächeln.

Nasri bekam eine verstörende Grimasse zu sehen, das ergraute Gesicht einer Frau, deren zur Schau getragenes Selbstbewusstsein zerbröselte.

»Haben Sie Schmerzen?«

»Nein.« Sie krümmte sich beinah und schien es nicht zu merken. »Ich … Zu viel Kaffee, das passiert manchmal … Es geht mir gut.«

Der Kontrollverlust ärgerte sie. Das stacheldrahtige Zerren ließ nach; oder doch nicht? Hatte sie vorhin einen Schrei ausgestoßen? Peinlich. Dabei war sie doch gerade noch im Reinen mit allem gewesen – mit sich, mit der ihr aufgezwungenen Situation, mit der Polizistin, von deren Gegenwart nicht mehr die geringste Gefahr ausging. Ein lästiges Frage-und-Antwort-Geplänkel, dann raus hier und das Wichtige tun, das, was eine Frau wie sie in ihrer Lage zu erledigen hatte.

Ja, dachte sie und atmete lautlos tief in den Bauch; die Schmerzen waren kaum noch zu spüren; was für eine Erleichterung. Ja, sie hatte sich wieder im Griff. Ja, Antworten abspulen, danach Alice anrufen und mit ihr die folgenden Tage besprechen, unmöglich, allein alles zu schaffen. Ach ja, dachte sie, allein wäre sie doch trotzdem, allein mit einem lebendigen Mann oder einem toten, wo lag der Unterschied?

Nasri schlug die Akte auf. Obenauf ein Foto; sie drehte es um, darunter eine Seite mit handschriftlichen Notizen. »Möchten Sie einen Tee, Frau Ahorn? Kekse dazu oder eine Butterbreze, das wäre kein Problem.«

»Mein Mann hat gern Brezen gegessen«, sagte die Witwe. »Hat sie verschlungen. Ein Brezenverschlinger wie aus dem Bilderbuch.«

»Aus welchem Bilderbuch?«

»Bitte?«

Ihre Frage, überlegte Nasri, war nicht provokant gemeint, entsprang einer Laune, unangemessen, unvermeidlich. Oder doch provozierend?

»Das sagt man einfach so.« Ahorn wedelte mit der Hand zur Akte hin. »Wollen Sie bitte zur Sache kommen.«

»Die Sache«, sagte Nasri. Sie hatte zu wenig geschlafen, zu viel getrunken, zu schlecht geträumt, nichts gegessen, zwei unbefriedigende Gespräche geführt und steuerte schnurstracks aufs dritte zu. »Die Sache ist, Ihr Mann wurde ermordet, und Sie können uns keinen Hinweis liefern.«

»Na ja …« Endlich wieder etwas Wärme im Bauch und Umgebung, wieder ein sich ausbreitendes Gefühl, das nur ihr gehörte und niemand Unbefugtes ihr streitig machte – das Gefühl, wer zu sein. »Dafür werden doch Sie bezahlt, Hinweise zu finden und ein Verbrechen aufzuklären. Was erwarten Sie von mir? Dass ich Ihre Arbeit erledige? Mein Mann hat sein Leben geführt, so, wie er es für richtig hielt. Seine Sache, nicht meine. Ich bin an seiner Seite geblieben, Jahrzehnte, steht das nicht in Ihren Akten? Dann sollten Sie das einfügen. Ist wichtig.

Hier bin ich verkehrt, Frau Kommissarin, hier muss der Schuldige sitzen, derjenige, der meinen Mann in der Nacht abgefangen und abgemurkst und in einem Kofferraum verstaut hat. Übrigens ist mir nicht entgangen, dass Sie mir noch nicht mitgeteilt haben, was für eine Stichverletzung mein Mann erlitten hat, von was für einem Stichwerkzeug. Denken Sie, ich check das nicht? Sie tun, als würden Sie mit mir reden, tun Sie aber nicht. Sie horchen mich aus. Sie filmen mich. Ohne meine Erlaubnis. Kann mich nicht erinnern, dass Sie mich gefragt haben, ob ich einverstanden bin, dass alles, was ich sag, protokolliert wird.

Sie haben Ihre Tricks, ist mir bekannt, dazu sind Sie von Staats wegen berechtigt, so funktioniert das System. Vor Ihnen sitzt keine Blöde, ich weiß, in wessen Auftrag Sie handeln.

Inzwischen frag ich mich, was dahintersteckt, wenn Sie mich morgens um neun in Ihr Dezernat bestellen, um mich dann erst mal zwanzig Minuten schmoren zu lassen.

Der Mann, dem das Auto gehört, behaupten Sie, ist ein Zuhälter? Dieses Wort haben Sie in meiner Gegenwart gebraucht. Eine einzige Unverschämtheit. Provozieren wollen Sie mich, knallen mir das Foto meines Mannes vor die Nase, wie er da elend im Kofferraum liegt, hoffen, dass ich zusammenbrech und gleich was gesteh. Dass ich was weiß, dass ich was verschweig, solches Zeug. Der Täter ist fast immer ein Angehöriger, hab ich in der Zeitung gelesen, hat sogar einer von Ihren Leuten in einem Interview gesagt. Hab ich mir gemerkt. Und ich bin eine Angehörige. Deswegen sitz ich hier und werd behandelt wie schuldig.

In der Zwischenzeit ist der wirklich Schuldige längst über alle Berge, also brauchen Sie einen Sündenbock. Und gibt's einen besseren als die Ehefrau, die schlimme Ehefrau, die ihren Mann jeden Abend in die Kneipe gehen lässt, wo er sich das Hirn zersäuft und seine Träume beerdigt und seine Ehe und sein ganzes Leben und sein Geschäft? Ich hab ihn aus der Welt geschafft, damit ich endlich meine Ruhe hab und mein eigenes Leben führen kann. Das denken Sie, richtig?

Ja, ich hab meinem Mann aufgelauert; besoffen, wie er war, und eh schon halb überm Jordan, hab ich ihm den Rest gegeben. Und dann hab ich ihn in einem Kofferraum versteckt, weil da findet ihn niemand so schnell. So ist das abgelaufen. Ich gratuliere Ihnen zu Ihrer Logik. Wenn ich jetzt bitte gehen dürft.«

»Ihrem Mann wurde, vermutlich mit einem Taschenmesser, in den Hals gestochen«, sagte Nasri.

Erneute Stille, in der Nasri ihr Gegenüber nicht aus den Augen ließ. Ahorn hielt dem Blick stand.

Am Rand der ausgedehnten Stille ruckte die Witwe mit dem Stuhl; sie strich sich eine imaginäre Strähne aus der Stirn, schob die Schultern nach oben und – Nasri entglitt beinah der Blick vor Verblüffung – verschränkte die Arme, nickend, leise schmatzend.

»Und …« Sie ließ sich Zeit (im Gesicht der Kommissarin, bildete Ahorn sich ein, Anspannung vor grimmiger Ungeduld), sie spürte die beruhigende Berührung ihrer Knie, dazu das nur für sie bestimmte zaghafte Rascheln des Kleides. »Und … wann soll das gewesen sein? Und wo? Wenn ich das alles erfahren darf.«

Im Aktendeckel klemmte ein Kugelschreiber. Nasri zog ihn ab und klopfte mit der Spitze auf das handbeschriebene Blatt. »Den genauen Zeitpunkt der Tat rekonstruieren wir gerade, der Ort ist uns noch nicht bekannt.«

»Aha.«

Nach allem, was Süden ihr von der Frau, ihrem Verhalten, ihren Ansichten berichtet hatte, sollte sie, dachte Nasri, einigermaßen vorbereitet und gefasst in die Befragung gegangen sein. Stattdessen kostete sie jede Minute in Zimmer 214 Überwindung, schlimmer noch: Wie verbale Giftpfeile schossen Violas Antworten, Bemerkungen, Frotzeleien auf sie zu. Ihr Schutzschild: nichts als dünnes Schweigen und anfangs ihr Kater, der sich inzwischen schneller als gewohnt verdünnisiert hatte.

Da saß, einen Tag nachdem sie die furchtbare Nachricht erhalten hatte, die Ehefrau eines Mordopfers frühmorgens in einem sterilen Vernehmungsraum der Kripo, mit verschränkten Armen und, abgesehen von einem kurzen, rasch niedergerungenen Schwächeanfall, gekuschelt in Hochmut.

(Begleitet von einer Kommissarsanwärterin war Viola Ahorn hereingekommen; sie hatte gewartet, bis die junge Frau sich verabschiedet und die Tür hinter sich geschlossen hatte, dann war sie zum Tisch gegangen und hatte sich umgesehen; sie hatte ihre Tasche ans Tischbein gelehnt und ihren beigen, knielangen Gabardinemantel über die Stuhllehne gehängt und sich – mit der Attitüde einer teilnahmslosen Zuschauerin, wie Nasri beim Blick auf den Monitor im Nebenraum leichthin gedacht hatte – hingesetzt.)

Seit sie Zimmer 214 betreten hatte, nahm Nasri nicht die kleinste Beobachtung mehr leichtfertig hin. Entweder, dachte sie nach der schmallippigen Aha-Reaktion, hütete die Witwe auf eisige Weise ein dem Verbrechen geschuldetes Geheimnis. Oder: Die Verzweiflung angesichts des Zusammenbruchs sämtlicher Gewissheiten, Normen und eingeübter Spielzüge im täglichen Umgang zwang Viola Ahorn in die Rolle einer um sich schlagenden, tretenden, spuckenden Rächerin, deren besinnungsloses Handeln und Fauchen bloß einem Ziel diente – der Auslöschung des eigenen, kosmischen Schmerzes.

Viola Ahorn beugte sich über den Tisch – Nasri roch Pfefferminzatem – und zeigte auf die schwarze, in ihren Augen krakelig wirkende Schrift. »Mit einem Taschenmesser in den Hals gestochen. Aha. Na ja … Ist er gleich tot gewesen? Steht das da?« Sie streckte den Zeigefinger.

Hinzuschauen war unnötig. »Vermutlich hat er nicht realisiert, was passiert, und als er es begriff, war es zu spät. Er hat nicht lange gelitten.« Nicht die Aussage der Gerichtsärztin; Nasri rief den Satz aus ihrem Repertoire ab, für Situationen, in denen Hinterbliebene ihn hören wollten, mussten, weil sie sonst vielleicht verrückt geworden wären.

»Nicht lang gelitten …« Zeitlupenhaft näherte sich Ahorns Rücken wieder der Stuhllehne; die Kuppe ihres Zeigefingers kehrte zur Wunde im Nagelbett des Daumens zurück. »Es waren Jahrzehnte, Frau Kommissarin, Jahrzehnte, die er gelitten hat. Glauben Sie mir, ich sag die Wahrheit.«

9

Über die nächste Frage dachte sie lange nach; für Nasri zu lange. »Das ist doch nicht so schwierig, Frau Ahorn, lassen Sie uns doch vorankommen.«

»Wohin denn voran?« Unüberlegt kam ihr die Bemerkung über die Lippen, genau wie: »Ich weiß doch nichts.« Das hatte sie nicht sagen wollen; sie war noch ganz verstrickt in ihr Gedankenknäuel, nachdem die Kommissarin sie aufgefordert hatte, Personen zu benennen, mit denen Leo in einer möglicherweise kritischen, beunruhigenden Verbindung gestanden habe; Schuldner, Neider, zwielichtige Kneipenbekanntschaften, Nachbarn … Ihr fielen keine Namen ein.

»Nein«, sagte sie. »Mein Mann war friedliebend, der hat doch nicht mal mit mir gestritten.« Halt die Klappe, dachte sie, Intimitäten gehen die Polizei nichts an.

»Wollen Sie nicht mit mir sprechen?«

Diesmal überlegte sie genau, was sie erwidern wollte. »Ich bemühe mich …«

Nasri sah zur Tür, nur, um für Sekunden einen bis in die Fingerspitzen angespannten Körper gegen in sich ruhendes Holz zu tauschen.

»Da ist niemand in unserer Umgebung, der so was tun würd, so was Abscheuliches; die Leute kenn ich alle, Sie sind auf dem Holzweg, unser Leben war still und beschaulich und unauffällig und klein.«

»Und dumpf auch?«

»Was? Bitte?« Hatte sie sich verhört? »Wollen Sie mich beleidigen?«

»Nein.«

»Wieso fragen Sie dann, ob unser Leben dumm war?«

»Dumpf, habe ich gesagt. Haben Sie den Eindruck, ein dumpfes Leben zu führen?«

»Was meinen Sie mit dumpf?«

»Ein Leben, das auf der Stelle tritt, in dem es keine Klänge mehr gibt, keine Echos, keinen Überschwang, kein Tänzeln, kein unvermutetes Lachen.«

Der Schnitt traf sie ohne jede Ankündigung, ohne ein winziges Zaudern. Der Schnitt verlief quer durch ihren Magen, dann senkrecht in rasender Geschwindigkeit die Speiseröhre hinauf in den Gaumen bis zu ihrem Kiefer. Im letzten Moment klatschte sie beide Hände auf den Mund und hielt die Luft an. Ihre dunklen Augen starr vor Panik. In ihrem Innern bollerte ein Feuer wie aus hundert Scheiten. Entsetzt und gleichzeitig staunend betrachtete sie ihren immer heftiger bumpernden Bauch, als würde er gleich platzen, und Flammen schlügen aus ihm.

In ihrem Kopf rasten Bilder, in denen Leo auftauchte, ein glatzköpfiger, über eine Wiese wie ein Drachen fliegender Leo. Ihre Wohnung mit morschen, knarzenden Möbeln. Die Straße vorm Haus, bevölkert von kreischenden, springenden, bunt gekleideten Kindern. Ein Raum voller gelber und brauner Pakete in allen Größen. Leute, die wütend an die Fensterscheiben trommelten, weil die Ladentür geschlossen war. Und sie allein; eingesperrt in Leos Geschäft, wie sie im Kreis rennt, unaufhörlich, an der Klinke rüttelt, und draußen steht ihre Freundin Alice und winkt, und sie winkt zurück, und Alice ist verschwunden. Es ist Nacht, teerschwarze, undurchdringliche Nacht, dunkler als jedes Grab, o Gott.

Jemand hinter ihr hatte die Arme um sie geschlungen. Ihre Augen nahmen wieder Umrisse wahr, sogar den Tisch, die schwarzen Punkte an der Wand gegenüber. Aber die Polizistin saß nicht mehr auf ihrem Platz, der Stuhl war leer, nur die grüne Akte lag noch da, das bekritzelte Blatt und der blaue Kugelschreiber.

Die fremden Arme drückten auf ihren Brustkorb und nahmen ihr die Luft. In diesem Augenblick wurde ihr bewusst, dass sie die Hände auf ihren Mund presste; ihr fehlte die Erinnerung, wann sie damit begonnen hatte. Unter den Armen mit den hochgekrempelten Blusenärmeln sah sie das gleichmäßige Auf und Ab ihres Bauches. Alles verwirrte und überforderte sie.

»Ich lasse Sie jetzt los«, sagte die Frau hinter ihr.

Viola Ahorn schaffte ein Nicken. Die Polizistin stand jetzt neben ihr. »Sie bekommen gleich etwas zu trinken«, sagte Nasri.

»Danke.«

»Ist Ihnen schlecht?«

»Wieso haben Sie mich festgehalten?«

»Ich hatte Angst, Sie kippen vom Stuhl.«

»Ent… Entschuldigung, wie peinlich …«

»Nichts muss Ihnen peinlich sein.«

»Was ist denn passiert?«

Die Tür wurde geöffnet, eine dunkelhäutige Frau (olivgrüne Cargohose, weiße Bluse) kam herein, in der einen Hand eine Flasche Mineralwasser und ein Glas, in der anderen zwei Schokoriegel.

»Das ist Hauptkommissarin Jennifer Odoki, sie begleitet unser Gespräch nebenan.« Nasri reichte der Witwe einen der Riegel und schenkte Wasser ein. Die beiden Kommissarinnen wechselten kein Wort. Odoki verließ den Raum wieder. Nasri blieb noch einen Augenblick stehen, dann setzte sie sich und faltete die Hände auf der Akte. »Möchten Sie mir etwas sagen, Frau Ahorn?«

Sie kaute die süße Schokolade, unterdrückte mühsam ein Schmatzen; sie schmeckte den kleinen Bissen nach, als hätte sie seit Jahren nichts dergleichen genossen; ihr Gaumen, die Speiseröhre, ihr Magen schienen wundersam versöhnt nach der ekelhaften Attacke von vorhin. Das Mineralwasser hatte genau die richtige Temperatur, keine Kohlensäure, ein milder, sanfter Fluss, der das Feuer in ihr löschte, oder was immer die Heimsuchung gewesen sein mochte. Sogar der Raum, in den man sie in gewisser Weise eingeschlossen hatte (wie lange hockte sie eigentlich schon hier?), erschien ihr mit einem Mal größer, luftiger, nicht mehr so bedrohlich, so hinterhältig. Und die Kommissarin? Wirkte, als würde sie wahrhaftig zuhören.

Noch einen Bissen und …

Sie hatte es selbst gehört … Aus dem geschlossenen Mund ein dezentes Schmatzgeräusch …

»Beide Schokoteile gehören Ihnen«, sagte Nasri.

»Entschuldigung, ich wollt nicht …« Noch ein Schluck des angenehmen Wassers und …

»Ich weiß nicht, was grad mit mir los war. Hab gedacht, ich verbrenn … Dumpfes Leben, haben Sie gesagt. Schon hart, die Formulierung, und Sie kennen uns überhaupt nicht, meinen Mann und mich. Aber dumpf …

Wissen Sie, was fast komisch ist? Wenn Sie fragen: ›Ist das Leben dumpf?‹, das heißt doch, dass da immerhin ein Leben ist. Oder? Natürlich. Dumpf und stumpf, und doch ein Leben. Haben wir gelebt, Leo und ich?

Ja, sicher, wir führten ein Geschäft, er führte es, ich ließ mich führen, immer schon. Das war so abgesprochen. Klappte ganz ordentlich. Etliche Jahre. Kundschaft kam, Einkommen war da, jeder Tag geordnet, sonntags Büro, mal ein Spaziergang durchs Viertel, Neubauten bestaunen. Na ja. Das Leben zweier Einzelhändler. Aber ich?

Wo war ich? War ich wirklich anwesend? Bin ich wirklich angekommen, damals, als ich bei ihm einzog und Ja gesagt hab in der Mandlstraße? Ja?

Nein. Ich war zwar da und bin auch geblieben und hab mit angepackt und meinen Mann in allem unterstützt. Natürlich. So gehört sich das. Aber ich?

Manchmal, das sollt ich nicht sagen, schon gar nicht Ihnen, einer total fremden Person, egal jetzt, alles egal … Manchmal bin ich mir vorgekommen wie ein Korken, der im Ozean schwimmt. Treibt so dahin, der Korken Viola, dahin, dorthin, je nachdem, wie die Wellen schlagen, wie der Wind weht, was der Tag sich für unsereinen ausdenkt.

Ich wollt gut sein und mich fügen, und was hab ich dafür bekommen? Eine Genossenschaftswohnung mit Möbeln aus der Vorzeit und Wänden, die Mundgeruch haben.

Eines Morgens wachst du auf und kapierst, wo du bist und was aus dir geworden ist. Dein Spiegelbild lügt nicht. Und jetzt, nach all den Jahren, all den ausgeleierten Zweisamkeiten, all dem Ärger über Nichtigkeiten und doofe, ewig unzufriedene Kunden, all der Schufterei und nach all den ungezählten einsamen Stunden und Wochen auf beiden Seiten, nach all den gottverdammten Kompromissen und Verrenkungen um der Versöhnung willen …

Nach alldem liegt der Mann erstochen in einem Kofferraum, und ich weiß von nichts; geht aus dem Haus und kommt nicht wieder, nicht am selben, nicht am nächsten, nicht am übernächsten Tag, nie mehr. Und liegt in einem Kofferraum, während ich die Genossenschaftswohnung hüte und denk, der kommt schon noch, der kommt ja immer wieder, wo soll er denn hin? Sein Heim ist in der Zweierstraße, nirgendwo sonst, der ist halt versumpft und zieht sich schon wieder raus aus dem Sumpf.

Haben wir doch auch geschafft, er und ich, nach der Wirtschaftsflaute und der Pandemie und dem ganzen Umbau des Viertels mit den neuen Wohnungsbesitzern, die alle woanders einkaufen gehen und nicht bei uns. Haben wir doch hingekriegt, Herr Leo und Frau Viola.

Der kommt schon wieder, denk ich, weil: Was soll ich denn sonst denken, o Gott. Ich mag nicht nach Hause, ich mag da nicht hin, wo soll ich hin, Frau Kommissarin? Sagen Sie mir, was ich tun soll.«

Nachdem sie eine Seite in der Akte umgeschlagen hatte – ihr fiel der Name, den sie suchte, nicht mehr ein –, sagte Nasri: »Können Sie nicht zu Alice Schubert, Ihrer Freundin? Vielleicht lässt sie Sie ein paar Tage kostengünstig im Hotel wohnen.«

Viola Ahorn nickte eine Weile. Die Hälfte des Schokoriegels war noch übrig; sie verspürte unbändige Lust, noch einmal reinzubeißen.

»Übrigens«, sagte sie, als sie danach griff und sich die Lippen leckte. »Sie haben doch ein Taschenmesser erwähnt, mit dem meinem Mann in den Hals gestochen wurde … Leo hat so ein Klappmesser besessen, ungefähr zehn Zentimeter lang, mit einem roten Griff. Ganz früher haben wir solche Messer im Laden verkauft, hat sich irgendwann nicht mehr rentiert … Ah, der Knusperschoko kann man nicht widerstehen …«

10

Das Taschenmesser mit dem gefrästen Griff aus Glasfaserkunststoff und der Edelstahlklinge von achteinhalb Zentimetern befand sich nachweislich nicht mehr im Besitz des Ehepaars Ahorn. Nach Aussage der Ehefrau trug Leo Ahorn das Messer in unregelmäßigen Abständen bei sich, aus nicht näher erklärbaren Gründen.

Bei einer erneuten Befragung Viola Ahorns durch Nasri und Jennifer Odoki in der Wohnung am Zweierweg verfestigte sich die Vermutung, der Geschäftsmann könnte mit seiner eigenen Waffe getötet worden sein. Für Viola Ahorn stand »ziemlich sicher« fest, dass ihr Mann das Messer übers Wochenende »etliche Male in der Hand gehabt und es auch eingesteckt« habe. Ob er es auch am Montag – wie üblich in der Innentasche seiner Windjacke – bei sich trug, mochte die Ehefrau nicht beschwören; ausschließen würde sie es nicht, zumal ihr das Messer an dem Tag weder in der Wohnung noch im Laden aufgefallen sei.

Bekleidet war Leo Ahorn an dem Abend, an dem die Gäste im Blauen Eck ihn zum letzten Mal gesehen hatten, mit einer Windjacke (Polyester-Nylon, orangefarben), einer Stoffhose (schwarz), einem grauen Baumwollhemd und schwarzen Wollsneakers, in denen er barfuß war. Keine Schuhe im Kofferraum des Mercedes, kein Messer, aber das Portemonnaie (achtunddreißig Euro fünfundzwanzig) samt Organspendeausweis und Personalausweis.

Seit sechs Uhr morgens an diesem Mittwoch waren Polizisten mit zwei Mantrailern entlang der Tegernseer Landstraße im Bereich des Blauen Ecks und weiter in nördlicher

Richtung auf dem Weg zu Leo Ahorns Wohnung unterwegs. Der Trupp bewegte sich in Schrittgeschwindigkeit vorwärts, da die Hunde in jeder Ecke, an jedem Auto, in jedem Hinterhof und jeder Einfahrt schnüffelten und von den unterschiedlichsten Gerüchen abgelenkt wurden.

Nach wie vor hielt Nasri – einig mit ihrem Ex-Kollegen Süden – an der Hypothese fest, Ahorn sei nach Verlassen der Kneipe gegen null Uhr auf seinen Mörder gestoßen, und zwar auf der denkbar zielführendsten Strecke; er war reichlich angetrunken, wieso hätte er einen Umweg machen sollen?

Eine Verstrickung der Ehefrau in das Tatgeschehen schloss Nasri nicht aus, allein deshalb, weil sie solche Zusammenhänge am Beginn einer Ermittlung nie ausschloss; Hinweise fehlten; und das Motiv?

»Wut, Frust, Streit, alkoholbedingte Aggression, eine Übersprunghandlung im Affekt …« Jennifer Odoki spekulierte auf dem Rückweg zum Auto in der Koptenstraße vor sich hin.

»Und danach« – Nasri spielte mit – »schleppt sie die Leiche in ihren klapprigen Opel und kutschiert den Toten quer durch die Stadt, bis sie superzufällig an einem Mercedes vorbeikommt, der ihr als Ablageplatz für ihren ermordeten Ehemann geeignet erscheint; sie knackt das Schloss des Kofferraums …«

»Reicht schon«, sagte Odoki. Sie stiegen ein, Nasri auf dem Beifahrersitz: »Aber mit einem Helfershelfer vorstellbar.«

»Vertrauen wir auf die Nasen der Hunde.«

Um zwölf Uhr siebzehn rief einer der Hundeführer an.

»Ausbeute minimal«, begann Oberkommissar Lautenberger seinen Bericht am Telefon. »Eventuell ein Taschentuch, das als Indiz herhalten könnte, gefunden unmittelbar vor der Eisenbahnbrücke, beim Eingang zu einem Steinmetz und zum Friedhof auf der Nordseite. Da ist die Backsteinmauer, da ist das Eisentor, links die Einfahrt zum Betrieb. Das Taschentuch ist aus Papier, schmutzig und von anderen Hunden vollgepinkelt. Ist ja eine Menge Zeit vergangen seit dem Verschwinden des Opfers. Kein echter Beweis, aber Orpheus hat wie wild gebellt und geschnüffelt und war nicht mehr davon wegzubringen …«

»Orpheus?«

»Orpheus ist der Kollege von Ida. Wir haben selbstverständlich weitergesucht, den kompletten Weg an der Koptenstraße entlang bis zum Haus Ecke Zweierstraße. Nichts, was die beiden Hunde aufgeschreckt hätte. Mehr kann ich dir nicht bieten. Wenn du mich fragst, schick die Spurensucher raus. Sollte an der Stelle ein Kampf oder dergleichen stattgefunden haben, müssten irgendwo Blutreste zu finden sein, angesichts der Verletzung des Opfers. Wir können leider nicht mehr bieten, das heißt aber nichts, die Hunde sind nicht auf Blut konditioniert.«

»Eine Spur im Ansatz«, sagte Fariza Nasri. »Danke, Kollege.«

»Hör zu, Ida muss demnächst den Dienst quittieren, zu alt. Falls du immer schon mal ein Haustier haben wolltest … Sie ist stubenrein, sanftmütig, geduldig und braucht viel frische Luft. Jemand muss sie nehmen, ins Tierheim wollen wir sie auf keinen Fall geben. Ist eine Labrador-Retriever-Lady, eine wahre Gefährtin. Überleg's dir.«

Auf irritierende Weise beschäftigte Nasri das Angebot noch zwei Stunden später, als sie und Jennifer Odoki den Kollegen in den weißen Schutzanzügen beim Stochern in der Erde und Graszupfen am Bahndamm zusahen.

Irre Vorstellung: ein Hund in ihrer Einzimmer-Hütte im sechsten Stock. Ein lebendiges Wesen, um das sie sich kümmern müsste, jeden Tag, mit Vertrauen und Zuwendung; früher schlafen gehen, noch früher als bisher aufstehen, Regeln einhalten und: nicht allein sein.

Ida. Wie sagte der Kollege? Eine wahre Gefährtin. Hallo, Nachbar, das ist Ida, wir sind jetzt Gefährtinnen. Andererseits: Hunde verströmen einen speziellen Geruch, vor allem bei schlechtem Wetter, wenn das Fell nass wird. Schlechte Gerüche konnte Nasri nicht ausstehen, bei Menschen nicht und bei Viechern erst recht nicht. In ihrer Familie hatte es nie Haustiere gegeben … Dann erinnerte sie sich an einen Wellensittich, gelb; oder waren es zwei? Hanni und Nanni? Hansi und Franzi? Sie musste fünf oder sechs gewesen sein … Die Anwesenheit der Vögel hatte sie vollkommen vergessen gehabt …

Eine der Spurensucherinnen winkte …

Hatte sie sich damals ein Haustier gewünscht? Aus irgendeinem Grund zweifelte sie daran …

Vorsichtig hangelte Jennifer sich an Wurzeln und Sträuchern den Hang zu den Gleisen hinunter …

Im Dorf liefen überall Tiere herum, mit denen sie spielte oder die sie triezte, Hunde, Katzen, Hühner, auf den Wiesen Kühe, Pferde, Schafe, im Hinterhof Schweine (ihre Lieblingsspielgefährten), hin und wieder ein wichtigtuerischer Fasan … Wozu Vögel im Käfig? Und dort – jetzt sah sie die Szene deutlich vor Augen, zum ersten Mal seit Jahrzehnten – blieben Olga und Olaf (so hießen sie!) nicht lange: An einem Sonntagmorgen, Ostern (Klein-Fariza hatte die Tür zur Terrasse aufgerissen, um im Garten nach Ostereiern zu suchen), flatterten die Sittiche aus dem wie immer offenen Käfig pfeilgerade ins Freie; fast wäre die spannende Eiersuche wegen der Fahndung nach den ausgerissenen Piepmatzen geplatzt; ihre Eltern riefen laut die Namen, Nachbarn machten sich auf den Weg durch die umliegenden Straßen, die Leute stießen Pfiffe und andere undefinierbare Locklaute aus, ein Sonntag im Vogelfieber. Half alles nichts: Olga und Olaf blieben spurlos verschwunden und kehrten nie wieder. Zwei Haustiere, nicht geschaffen für ein Leben hinter Türen in Häusern.

Und Ida? War gewohnt, draußen zu sein, in Bewegung, in staatlichem Auftrag, Spuren zu erspüren, die Luft nach olfaktorischen Indizien zu beschnuppern, gemeinsam mit Menschen, die ihr eine Aufgabe erteilten und ihre Existenz mit Sinn und Abwechslung erfüllten. Dagegen Frauchen Nasris tägliches Tun: sitzen, zuhören, aufstehen, sitzen, im Auto fahren, wo ankommen, stehen, sitzen; abends tippen, später Tresenyoga, Hand zum Mund, Hand weg vom Mund, Ellbogen aufstützen, Arm strecken, Hand zum Mund … Danach im Taxi in die Ausnüchterungszelle Fuchsbau. Keine Füchse; nicht mal den Spaß hätte ich dir zu bieten, Ida. Nach spätestens einer Woche im neuen Zuhause: Idas Flucht sechs Etagen hinunter in die Freiheit auf Nimmerwiedersehen …

11

Außer Atem kam Odoki zu Nasri zurück. »Kann sein, es gibt Blutreste …« Schweiß perlte auf ihrer Stirn, die weiße Bluse klebte ihr am Körper. »Vertrocknet, aber geeignet für eine Analyse, sagen die Kolleginnen. Vielleicht stehen wir hier am Tatort.«

»Wo«, fragte Nasri, »ist das viele Blut geblieben, das nach einem Stich in den Hals ausgetreten sein muss? Der Weg ist sauber, wurde offensichtlich gekehrt, es hat nicht geregnet …«

Nicht zum ersten Mal ließen die Kommissarinnen den Blick schweifen: vom Bürgersteig zur Backsteinmauer, vom Friedhofstor zu den Metallgittern vor dem Areal der zum Verkauf angebotenen Grabmale, zur Brücke, zum Abhang, in dessen Gestrüpp sich Müll sammelte (zerknüllte Blechdosen, Papier, Stofffetzen, Pappschachteln aus dem nahen Schnellrestaurant, Plastiktüten, zerschlissene Schuhe).

»Muss nicht gespritzt sein, das Blut.« Die dunkelhäutige Kommissarin zupfte an ihrer Bluse, pustete sich Luft zu. »Der Täter, die Täterin steht nah vor dem Mann, sticht zu …« Sie stieß die Faust in die Luft. »Das Blut landet auf der Kleidung des Täters. Dann …« Sie sah zum Hang. »Das Opfer taumelt, sucht Halt, rutscht über die Kante, da ist keine Absperrung, und runter, bleibt irgendwo hängen.«

»Und dann?«

»Der Täter – bleiben wir vorläufig bei einem Mann – zögert nicht, er riskiert viel, zuerst muss er sichergehen, dass niemand ihn beobachtet hat, das kostet Zeit …«

»Warum haut er nicht sofort ab?«

»Er ist sich nicht sicher, dass das Opfer tot ist, er will nachsehen, er muss noch einmal Kontakt mit dem Opfer aufnehmen.«

»Das Opfer hat nicht geschrien.«

»Wer weiß das, außer dem Täter? Zeugen haben wir noch keine.« Odoki schüttelte die Arme aus, hob die Hände, deutete ein Szenario an. »Der Täter braucht Gewissheit. Also gleitet er vorsichtig den Hang hinunter, einen, höchstens zwei Meter, weil das Opfer sich ziemlich weit oben verfangen hat, da, wo die Kollegin gerade kniet. Der Hang ist nicht so steil, dass man bis zu den Gleisen durchrauscht, wenn man die Kontrolle verloren hat. Er, der Täter, stellt fest, das Opfer lebt nicht mehr. Er packt den leblosen Körper, schleift ihn zurück nach oben und lädt ihn in sein Auto, das er hier geparkt hat.« Mitten in der Bewegung ihrer Hände hielt sie inne, blieb starr, als habe sie eine ernüchternde Erkenntnis ereilt. Nasri kam ihr zuvor.

»Er hat sein Auto hier geparkt, in der Einfahrt? Wozu? Um Leo Ahorn aufzulauern? Wieso hat er ihn nicht einfach niedergeschlagen, ins Auto verfrachtet und an einen anderen, weniger auffälligen Ort gebracht, um mit ihm, wieso auch immer, abzurechnen? Wieso, Jennifer?«

Odokis Hände klemmten weiter in der Luft.

»Der Täter wartet«, fuhr Nasri fort. »Woher weiß er, wann Leo kommt? War er mit ihm im Lokal, hat ihn beobachtet, ist ihm gefolgt? Mit dem Auto? Angenommen, er hat mitgekriegt, wann Leo das Blaue Eck verlässt, dann weiß er, welchen Weg er einschlagen muss, um den Mann abzupassen. Er fährt voraus, stellt seinen Wagen hier ab, wartet. Dann? Begegnung, Streit, Messer. Falls die Blutanalyse was bringt, können wir sagen, Leo Ahorn starb an diesem Abhang. Gibt es keine Schleifspuren, Hinweise auf einen am Boden bewegten Körper?«

Wie abwesend schüttelte Odoki den Kopf; offensichtlich hing sie in verzurrten Überlegungen fest.

»Keine Spuren, gar keine?«

Wieder ein entschiedenes Kopfschütteln. Dann ließ Odoki, wie gründlich erschöpft, die Arme sinken. »Wir verrennen uns total«, sagte sie. »So kann das alles überhaupt nicht passiert sein.«

Sie wechselten ein Schweigen.

Eine ältere, gebückt gehende Frau in einem beigen Popelinmantel unterbrach die Kommissarinnen. »Sie entschuldigen«, sagte sie mit zaghafter Stimme. »Ich müsst zum Steinmetz, lassen Sie mich durch?«

Die Kommissarinnen traten beiseite; nicht nur sie versperrten den Weg, vor allem der an der Friedhofsmauer geparkte Sprinter der Spurensicherung. Die grauhaarige, schwarz gekleidete Frau (eine lederne Einkaufstasche baumelte an ihrer rechten Hand; braune, stabile, blank geputzte Halbschuhe) setzte schwerfällig einen Fuß vor den anderen, verschwendete an die unbeschrifteten Grabsteine keinen Blick.

Um ihr Schweigen auszudehnen, hatten Nasri und Odoki der gebeugten Frau hinterhergesehen.

»Nichts ist ausgeschlossen«, begann Nasri. »Aber da die Leiche nachweislich bewegt wurde – Fundort zwei Stadtbezirke weiter nordwestlich –, war ein Fahrzeug im Spiel. Das bedeutet, der Mann, mit dem Leo Ahorn, soweit wir bisher wissen, den ärgsten Streit hatte, fällt als Täter aus. In der Nacht zum Dienstag war er stark betrunken und garantiert nicht mit einem Auto unterwegs.«

»Ist das sicher?«

»Nein.«

»Also nur gesunder Menschenverstand.«

»Ziemlich gesund.«

»Wir müssen das abklären.«

Nach einem Blick zum wolkenlosen Himmel lehnte Nasri sich nachdenklich an den Sprinter und zuckte zurück; das Blech strahlte ungesunde Hitze aus. »Ich verdurste«, sagte sie. »Und die Tatwaffe? Angenommen, das Opfer wurde mit seinem eigenen Taschenmesser erstochen, was folgern wir daraus?«

»Es gab einen Kampf, wie gesagt. Kampf, klar, Vorlauf und Nachgang der Tat unklar. Leo Ahorn könnte der Angreifer gewesen sein, nicht umgekehrt …«

»Folge: Die zweite Person entreißt Leo das Messer und sticht zu, in einer Art Notwehr, ohne die Absicht zu töten. Totschlag, vielleicht im Affekt.«

»Wer war die zweite Person? Wie heißt der Zeuge, mit dem er Streit hatte?«

»Vergessen.«

»Die Akte liegt im Wagen.« (Ihr Auto hatten sie diesmal hinter der Eisenbahnbrücke in einer Seitenstraße geparkt.)

»Mein Namensgedächtnis wird porös«, sagte Nasri.

»Meines auch.«

»Du bist viel jünger als ich.«

»So viel auch wieder nicht.«

»Macht mein Alter auch nicht besser. Stellen wir uns vor, die beiden Männer begegnen einander in der Nacht zum zweiten Mal, beide betrunken, jeder auf seine Art wütend und genervt vom anderen. Wieder bricht ein Streit aus. Leo Ahorn will Geld, der andere verweigert's, wie schon unzählige Male vorher. Ein Wort gibt das andere.

Plötzlich hält das spätere Opfer ein Messer in der Hand. Der andere, erschrocken, stinksauer, fühlt sich noch mehr provoziert, er schlägt zu, trifft Leo nicht, Leo fuchtelt mit dem Messer, genauso besoffen, genauso stinksauer. Die beiden rumpeln aufeinander zu.

Der andere kriegt Leos Arm zu fassen, eine Sekunde aberwitziger Wut auf beiden Seiten. Der andere packt Leos Handgelenk, reagiert einfach nur. Leo verliert die Übersicht, hat keine Kraft mehr, lässt locker. Der andere – vielleicht hat er das Messer inzwischen selbst in die Finger gekriegt – macht eine einzige unüberlegte, von blankem Überdruss und auch Angst gesteuerte Bewegung. Leo röchelt, kein Schrei. Ja, vielleicht ist der Blutausfluss geringer, als wir dachten, das klären wir noch … Leo wankt, verliert die Orientierung, stürzt … Und der andere?«

»Ich will jetzt wissen, wie der heißt«, sagte Odoki.

12

Wenig später saßen beide Kommissarinnen, über die Akte gebeugt, im nicht allzu aufgeheizten Dienstwagen, alle vier Türen geöffnet.

»Leo Ahorn verlässt, unfreiwillig, um Mitternacht die Kneipe«, sagte Nasri.

»Georg Kramer kurz vor ein Uhr«, ergänzte Odoki.

Daraufhin teilten sie ihr übliches Schweigen.

Den exakten Zeitpunkt des Todes von Leo Ahorn konnte die Gerichtsärztin (Dr. Evelin Kegel) nicht bestimmen, grenzte ihn aber ein: eine Woche vor Auffindung der Leiche, also möglicherweise zwischen Montag und Dienstag, vom achtzehnten auf den neunzehnten Juli. Die Nacht, über die Nasri und Odoki sich den Kopf zerbrachen.

»Kramer kann die Leiche nicht verräumt haben«, sagte Nasri. »Falls er mit der Tat etwas zu schaffen hat.«

»Falls nicht, hätte er sie nicht einmal bemerken müssen, weil sie am Hang lag, in der Dunkelheit. Außerdem war er sternhagelvoll.«

»Vielleicht finden die Kolleginnen weitere Spuren, die wir zuordnen können.«

»Frommer Wunsch.«

»Alle Wünsche sind fromm.«

Nach einem erneuten, mit Hitze ausstaffierten Schweigen sagte Nasri: »Der Täter – oder ein Helfer des Täters oder beide – hat nicht nur die Leiche versteckt, er hat auch die Tatwaffe und die Schuhe des Opfers verschwinden lassen.«

»Warum die Schuhe?«

»Leo Ahorn«, sagte Nasri, »trug keine Socken. Die Schuhe rutschten ihm von den Füßen, und der Täter wollte sie weghaben.«

»Woher«, fragte Odoki, »wissen wir, dass Georg Kramer in dieser Nacht tatsächlich zu Hause übernachtet hat? Er lebt allein, nicht? Niemand hat ihn gesehen. War er am nächsten Tag, Dienstag, in der Kneipe, wie immer?«

»Wissen wir nicht. Muss ich Süden fragen.«

»Du und dein Süden.«

»Er ist nicht mein Süden.«

»Er hat dasselbe streunende Wesen wie du.«

»Ich habe ein streunendes Wesen? Definiere das mal.«

»Ein andermal«, sagte Odoki. »Ich zerfließe gleich, lass uns noch einmal mit den Kolleginnen sprechen, und dann bestellen wir diesen Kramer zur Befragung ein. Fangen wir mit der Spur an. Wo war er, nachdem er in der Nacht die Kneipe verlassen hat? Und so weiter.«

»Das war kein geplanter Mord, Jennifer. In dieser Nacht sind Dinge elementar schiefgelaufen, verirrte Menschen zur falschen Zeit am falschen Ort. Wir haben noch keine Beweise, nicht den Hauch eines Motivs, aber ich mag nicht ausschließen, dass Leo Ahorn das Opfer von Opfern geworden sein könnte. Dass in der Nacht zwei oder mehrere Menschen sich niemals hätten begegnen dürfen – aus Gründen, die wir hoffentlich irgendwann erfahren.«

»Hoffentlich«, wiederholte Jennifer Odoki, klappte die Akte zu, schnappte nach Luft und erwischte hauptsächlich Hitze.

Das frühzeitige Festlegen auf einen Tatzeitpunkt gefiel der Kriminaloberrätin nicht, unabhängig von der Spurenlage und offenkundigen Abläufen. Fehlten eindeutige Daten aus der Gerichtsmedizin oder handfeste Zeugenaussagen, hangelten sich die Ermittler von einer Hypothese zur nächsten, ohne diese mit Erkenntnissen untermauern zu können.

Über den Rand ihrer Hornbrille blickend, betrachtete Anja Sandkorn zum wiederholten Mal die Wörter und Zahlen auf dem Flipchart. Kollegin Odoki in ihrem Element. Durch das offene Bürofenster drangen Wärme und Motorengeräusche herein; vier Stockwerke tiefer scheuchte die ellenlange Hansastraße Autofahrer und sonstige Verkehrsteilnehmer aus der Stadt hinaus oder in sie hinein; ein unaufhörliches Rauschen, von Schallwellen beschwingt nach oben getragen, inklusive des an sich gehörfreundlichen Brummens von Elektroautos. Geschlossene Fenster waren bei sechsundzwanzig Grad Lufttemperatur und ohne Klimaanlage nicht nur für die Chefin des Kommissariats 101 keine Option.

Statt ihrer weißen, am möglichen Tatort getragenen und durchgeschwitzten Bluse trug Odoki jetzt eine hellgrüne Bluse; farblich, fand Nasri, nur bedingt zur olivgrünen Hose passend.

»Die Ärztin bestätigt unsere Hypothese«, sagte die Hauptkommissarin. »Tat: etwa eine Woche vor Auffindung.«

»Das lese ich.« Sandkorn nahm die Brille ab, gab bei geschlossenem Mund ein paar kehlige Laute von sich, während sie aufstand, zum Fenster ging und sich umdrehte, die näherkommende Sirene eines Krankenwagens kaum wahrnehmend.

»Ich halte eure Skizzierung nicht für abwegig, teilweise einleuchtend; nur was, wenn es nicht so war? Wenn der Mann, Ahorn, Leo, nicht an der Stelle beim Friedhof zu Tode kam, sondern lediglich verletzt und dann verschleppt wurde, an einem anderen Ort starb und erst später zum Fuchsbau gebracht wurde? Nicht in der Nacht, auf der eure Hypothese basiert. Dann stimmt die Zeitschiene, die du aufgemalt hast, nicht mehr, Jennifer, dann hätten wir für die Zeugenbefragungen keine solide Grundlage. Die Leute können uns alles Mögliche erzählen, wir haben keine Chance, die Aussagen zu überprüfen. Weil wir nichts wissen.«

»Wir wissen manches«, zitierte Nasri *ihren* Süden. »Wir wissen über die persönlichen Verhältnisse des Opfers weitgehend Bescheid, sein Umfeld kennen wir auch, und« – in Windeseile überlegte sie, ob sie sich zu arg an *ihn* ranwanzte, wenn sie aussprach, was *er* ihr gegenüber behauptet hatte – »an die Möglichkeit, dass Leo Ahorn nicht in der Nacht auf seinen Mörder getroffen ist, glaube ich einfach nicht.« Nein, dachte sie, das war *ihre* Überzeugung genauso.

»Seit wann stützen wir Ermittlungen auf Glauben?« Sandkorn ging zum Flipchart, stellte sich nah davor (ihre Kurzsichtigkeit nahm allmählich bedenkliche Ausmaße an, den Termin bei der Augenärztin hatte sie schon zweimal verschoben). »Was heißt das Wort da unten, bei der Uhrzeit?«

»Verräumung«, sagte Odoki.

Sandkorn kehrte zum Schreibtisch zurück, in Reichweite der segensreichen Dioptrienkrücke. »Keine Neuigkeiten von den Überwachungskameras?« Sie setzte die Brille auf, überflog einige Zeilen der vor ihr liegenden Fallakte, entzifferte Kommas und Punkte …

In seinem Büro schaute sich Hauptkommissar Dennis Kalk auf dem Bildschirm seines Computers die Augen aus dem Kopf. Er durchforstete die Aufnahmen der Ü-Kameras, soweit sie die Gegend um das Lokal Blaues Eck betrafen, die Wohngegend in der Koptenstraße und den Bezirk rund um die Fuchsstraße. Kalk suchte nach einem Phantom.

Auf welches Fabrikat sollte er achten, welche Zeiten kamen in Frage? Zumindest in dieser Hinsicht hatten seine Kolleginnen ihm halbwegs konkrete Vorgaben präsentiert: Montag, achtzehnter Juli, von dreiundzwanzig Uhr bis etwa vier Uhr früh, neunzehnter Juli.

Die genauen Zahlen hatte er nicht im Kopf. Seiner Erinnerung nach beäugten etwa neuntausend Kameras das Stadtgeschehen, in den Tunneln zusätzlich dreihundert und etliche an ausgewiesenen Kriminalitätsschwerpunkten wie dem Ostbahnhof. Dorthin hätte sich Leo Ahorn verirrt haben können, immerhin lag seine Wohnung nur einen knappen Kilometer entfernt; doch der Bereich blieb außen vor, Kalk musste sich auf die vorgegebenen Orte konzentrieren.

Vier Stunden Glotzmarathon lagen bereits hinter ihm, zwei Liter Kaffee schabten an seinen Magenwänden. Zwischendurch legte sich ein Schleier über die Straßen und Fassaden, ähnlich störend und verwirrend wie Nebel in der Dunkelheit: Zeichen, endlich mal wieder die Brille zu putzen, was der Hauptkommissar mit dem Ärmel seines karierten Hemdes erledigte, eines Kleidungsstücks (er wusste es und schämte sich ein wenig), das in einer Reinigung längst besser aufgehoben wäre.

Verschwommenes Blickfeld hin oder her: Wo immer die neuntausend Kameras versteckt sein mochten, in seinem momentanen Zustand hielt Dennis Kalk die Zahl für irrelevant. In der Tegernseer Landstraße (Hauptader des mutmaßlich letzten Lebenswegs von Leo Ahorn) wurde speziell die Umgebung des Grünwalder Stadions im südlichen Abschnitt, am Beginn der Grünwalder Straße, observiert – eine Zone, die im Fall Ahorn keine Rolle spielte. An den Häusern und Geschäften entlang der Straßenbahnschienen Richtung Ostfriedhof null Kameras, erst wieder nach der Eisenbahnbrücke an einigen Gebäuden des relativ neu errichteten Stadtquartiers mit einer Unzahl von luxuriösen Eigentumswohnungen. Hier kreuzten Autos in der Nacht zum Dienstag, lesbare Kennzeichen: Fehlanzeige. Und – die Frage blieb auch vor vier Stunden schon unbeantwortet – auf welche

Marken sollte Kalk sein Augenmerk richten? Transporter? SUVs? Auffallend schnell fahrende Autos?

Möglicherweise schaute er in eine völlig sinnlose Richtung. Immer vorausgesetzt, an den Überlegungen der Kolleginnen Nasri und Odoki hing ein Fetzen Wahrheit – wieso sollte der Täter ausgerechnet diesen Weg genommen haben? Ebenso gut hätte er von der Stelle, die vorläufig als Tatort galt (Steinmetz neben Friedhofsmauer), zuerst nach links und dann entweder den Nockherberg hinunter oder geradeaus weiter bis zur Kreuzung vor dem Postamt fahren können, um von dort über die Hangstrecke die Innenstadt anzupeilen.

Sicherheitshalber hatte Kalk sich auch aus diesen Abschnitten Aufnahmen besorgt. Er achtete auf wiedererkennbare Fahrzeugtypen, starrte auf die Bilder aus dem Norden der Stadt, Nähe Fuchsstraße: haufenweise Autos, Taxis, vereinzelt Linienbusse und Trambahnen der Nachtlinien, der übliche monotone Fluss durch die Stadtnacht. Beweisbarer Hauptschauplatz Fuchsstraße: Keine Kamera. Auf der Leopoldstraße, keine dreißig Meter entfernt: Eins-A-Bilder, zum Beispiel von einem Maserati in Lichtgeschwindigkeit, einem Porsche, der eine Schlange verschluckt hatte – exquisites Unterhaltungsprogramm.

In der Toilette trank Kalk aus dem Hahn, klatschte sich kaltes Wasser ins Gesicht, kühlte seinen Nacken, roch an seinem Hemd. Ohne Brille sah er in den Spiegel: Die Bartstoppeln kaum zu erkennen, die Haare durchaus stylisch (seine Kolleginnen hielten sie für ungekämmt und zu lang, und schlimmer: für zu grau). Er rieb die Hände unter dem Trockner, hörte seinen Magen knurren, was eine Minute später auch seiner Kollegin nicht entging, die ihm im Flur entgegenkam.

»Iss was«, sagte Fariza Nasri, in der Hand eine grüne Akte. »Stress dich nicht unnütz. Hast du schon was entdeckt?«

Er verneinte knurrend.

Nasri nickte. »Herr Braun«, sagte sie, »wartet samt Anwalt in 214, es gilt die Unschuldsvermutung.«

»Viel Glück.«

»Dir auch.«

Sie ging – für ihn eindeutig ein Watscheln – den Flur hinunter, drehte vor der Tür zum Vernehmungsraum nochmals den Kopf, formte einen Kussmund und drückte forsch die Klinke.

In seinen Anfangsjahren im K 101 hatten Vernehmungen, Befragungen aller Art Dennis Kalk in den äußersten roten Bereich seiner Geduldsskala katapultiert (üble Ausraster angesichts trotziger Lügner und Blödigkeitssimulanten entschuldigten seine Vorgesetzten eine Zeitlang mit »jugendlichem Übereifer«). Letztlich gelangten sein Team und er zu der Erkenntnis, dass seine Talente als Ermittler seine Fähigkeiten als Vernehmer haushoch in den Schatten stellten.

Stundenlanges Stieren auf Nichtereignisse strapazierte diesmal seine Fahndergeduld allerdings auf brutalstmögliche Weise.

13

Bei Nasris Hereinkommen erhoben beide Männer sich von ihren Stühlen und nickten synchron. Auf dem Tisch ein karierter DIN-A4-Block, quer ein silberfarbener Kugelschreiber, daneben ein in Leder gebundener Kalender, keine Getränke. In jüngster Zeit hatte Nasri sich die vorauseilende Bewirtung von Gästen (Zeugen, Verdächtigen, Wichtigtuern, Tätern) abgewöhnt. Auf Nachfrage war sie weiterhin bereit, Wasser, Kaffee, Tee oder notfalls Schokolade zu organisieren.

»Grüß Gott, die Herren«, sagte sie. Schon gestern hatte sie mit ihnen gesprochen, eingehüllt in gemischte Wolken von Rasier- und anderen Wässerchen. Sie setzte sich, legte die Hände auf die Akte, erwartete Gedöns.

In Sekunde zweiunddreißig (Nasri hatte mienenlos bei einundzwanzig zu zählen begonnen) sagte Rechtsanwalt Dr. Hagen Werfel (Typ: Tennis, Schwimmen, Sauna, Steak minus Pommes; Schnauzer, Goldrandbrille, dezente Rolex, dunkler Anzug, weißes Seidenhemd, Slipper): »Lassen Sie uns keine Zeit verschwenden, Ihre nicht und unsere nicht.«

Wie es sich ziemte, betrachtete Nasri den Mann ohne Vorurteile (würde sie ihrer Chefin versichern). Daneben der Mandant: Roger Braun, einundsiebzig, Glatze, in der guten, alten Zeit muskulös, heute in Fett balsamiert; unter den kurzen Ärmeln des rosafarbenen Hemdes lugten verzerrte Tattoos hervor (schwer zu erkennen, könnten Frauenkörper sein, Fantasien enthirnter Mysogyner); weiße Hose, weißes Sakko, weiße Leinenschuhe. Wie jemand auf die Idee kommen könnte, einem Mann wie Braun mit Vorurteilen zu begegnen, war Nasri ein Rätsel.

»Ganz Ihrer Meinung«, sagte sie. Mehr nicht.

Manchmal, dachte sie (wie schon öfter in diesem Raum), wirkten solche unerwarteten Pausen wie ideale Brandbeschleuniger.

»Passt schon, Frau Nasri.« Zuhälter Braun (*totally political incorrect*, natürlich musste es heißen: Unternehmer Braun) pumpte Röte ins Gesicht. »Wir haben Ihnen gestern alles haarklein geschildert, Wort für Wort, exakt so, wie die Dinge passiert sind. Sie haben meinen Wagen konfisziert, gut, muss man akzeptieren. Sie wollen Spuren sichern, ist Ihre Pflicht, gut. Meine Aussage liegt Ihnen vor, was sollen wir also hier noch?«

»Mein Mandant war absolut kooperativ.« Der Anwalt lächelte. Das Lächeln galt keineswegs ihr, vermutete Nasri, vielmehr dem Auftritt der perfekten *Chorus Line* seiner Zähne. »Herr Braun ist in eine Sache hineingeraten, die ihn nicht weniger verstört als Sie und Ihre Kollegen … und Kolleginnen.« Gendergerechtes Lächeln als Zugabe.

Aus Gründen atmete Nasri vorübergehend durch den Mund.

»Eine Mordsache«, sagte sie. »Wir ermitteln in einem Verbrechen an einem Mann, den Ihr Mandant nach eigenen Worten noch nie gesehen hat …«

»Nie und nimmer.« (Unternehmer Braun, schwitzend)

»Bitte unterbrechen Sie mich nicht.« Sprechende zu unterbrechen, gehörte zu ihren eigenen, nicht gerade allseits beliebten Gesprächsvarianten. »Eine ermordete Person ausgerechnet im Kofferraum Ihres Mercedes, Herr Braun. Dass uns diese Tatsache keine Ruhe lässt, werden Sie nachvollziehen können.«

»Das liegt auf der Hand.« Der Anwalt drehte beide Hände, die bisher reglos auf dem Tisch gelegen hatten, auf den gut gebräunten Rücken. Nasri sah hin: tiefe Linien, kräftiger Ballen.

»Alles gestern erklärt«, sagte Braun. Einige *seiner* Zähne – Nasri sah wieder ihn an – tanzten definitiv aus der Reihe.

»Wir gehen davon aus, das Schloss des Kofferraums wurde geknackt.« Ordnungsgemäß schlug die Kommissarin die grüne Akte auf, zuoberst vier Fotos des Fahrzeugs von innen und außen. »Und zwar professionell und ohne Schaden anzurichten. War der Wagen überhaupt abgesperrt?«

»Sie verarschen mich jetzt aber nicht.« Braun fuchtelte mit Zeige- und Mittelfinger über dem Tisch. »So was mag ich nicht, das sind Spielchen …«

Noch ein Unterbrecher meldete sich zu Wort. »Was Herr Braun sagen will …« Ein offenbar unermüdliches Lächeln eskortierte die strenge Stimme des Anwalts. »Sie haben uns diese Frage schon gestern gestellt, und die Antwort lautete: Selbstverständlich sperrt Herr Braun seinen Mercedes ab, wenn er ihn in der Nähe seiner Wohnung parkt. Er mag, wie Sie wissen, die Tiefgarage nicht, deswegen hat er seinen Stellplatz schon vor Jahren vermietet. Der Mercedes ist robust, der verkraftet einen harten Winter ebenso wie einen heißen Sommer.« Sein Lächeln platzte fast vor Vergnügen. Werfel warf seinem Mandanten einen Blick zu. Brauns Mundwinkel zuckten und scheiterten an der Konstruktion eines beifälligen Lächelns.

»Apropos …« Mit der Spitze des Kugelschreibers klopfte der Anwalt auf den Schreibblock. »Was sagen die Überwachungskameras? Neue Erkenntnisse? Eine rasche Aufklärung liegt im größten Interesse meines Mandanten. Von uns allen …«

»Ein Kollege beschäftigt sich mit nichts anderem …« Nasri blätterte, suchte nach einer Seite mit Namen, fand sie, verdeckte damit die Fotos. »Wir haben den Tatzeitpunkt stark eingegrenzt.«

»Sehr gut.« Werfel nickte seinem Mandanten zu. Braun

schien ausgelastet mit Schwitzen und dem Zerkauen unangebrachter Worte; sein Unterkiefer ruckte hin und her, kein Laut kroch über die Lippen. »Darf man erfahren, wann der Mann Ihren Erkenntnissen nach zu Tode kam?«

»Laufende Ermittlung, Herr Werfel.«

»Für meinen Mandanten, Frau Nasri, ist der Zeitpunkt des Mordes von beinah existenzieller Bedeutung. Er war möglicherweise nicht in der Stadt, als das Verbrechen passiert ist. Und dass Herr Braun für Sie nach wie vor als möglicher Mittäter in Frage kommt, brauchen Sie nicht erst zu bestreiten. Ich weiß, wie Sie ticken, weiß ich sehr genau.«

Weißt du nicht, dachte Nasri und sagte: »Ich weiß, dass Sie das wissen, ich kenne Ihren Namen aus anderen Akten, auch wenn wir uns bisher nicht begegnet sind.«

»Was ich bedauere.«

Lausige Lüge, aber Nasri hatte andere Sorgen.

Zum angenommenen Zeitpunkt des Mordes hatte Roger Braun sich laut den Recherchen von Jennifer Odoki am Gardasee aufgehalten; die beiden Frauen, die ihn begleitet hatten, waren zur Vernehmung einbestellt. Hilfreiche Neuigkeiten erwartete Nasri nicht von ihnen, aller Wahrscheinlichkeit nach würden sie sich als PIUS-Zeugen entpuppen, und damit wäre dieser Ermittlungsstrang gekappt.

Die Richtung, in die sie weiter vordringen musste und die bisher von einem Schutzwall aus Schatten verdunkelt wurde, betraf ausschließlich den Fahrzeughalter. Deswegen saßen der teflonbeschichtete Lächler und der erschlaffte, halbvergreiste Laffe vor ihr: Die Wahl des oder der Täter war – für Nasri inzwischen eindeutig – nicht dem Zufall geschuldet, nicht, was den Wagen betraf.

Die Tatsache, dass das Fahrzeug unbenutzt und unbeachtet auf der Straße parkte und der Besitzer verreist war, kam dem Mörder gelegen: Er nutzte die Umstände zur Vertuschung seiner Tat.

Niemand konnte zum jetzigen Zeitpunkt ernsthaft darüber spekulieren, welcher Ablageort ansonsten in Frage gekommen wäre. Also – Nasri und Odoki teilten die Einschätzung, mittlerweile zaghaft auch ihre Chefin – Zufälligkeiten zu Anfang (Mord oder Totschlag, Verschleppung der Leiche), dann ein Bruch: kein Zufall mehr. Eine exakt kalkulierte Aktion, im Wissen um die Gegebenheiten und die Möglichkeit, eine weitere Person in das Verbrechen hineinzuziehen; eine, zu der der Täter in einer persönlichen, fatalen Beziehung stehen musste. Und zur Klärung der Hintergründe kam, solange der Täter unentdeckt blieb, nur ein einziger Mensch in Frage.

»Wer«, sagte Nasri, »weiß von dem Stellplatz Ihres Mercedes in der Fuchsstraße? Wem haben Sie von Ihrer Reise nach Sirmione erzählt? Wer will Ihnen was anhängen, Herr Braun?«

Schweiß tropfte ihm in die Augen. Er blinzelte und sah erwartungsvoll seinen Anwalt an.

»Darüber haben wir gestern schon kurz geredet.« Im Gegensatz zu seinem Sitznachbarn wirkte Werfel entspannt, geradezu leutselig. »Später saßen wir zusammen, Herr Braun und ich, und haben uns den Kopf zerbrochen. Das ist ja der erste Gedanke bei einem derart krassen Vorkommnis: Da legt einer eine Leiche in den Kofferraum eines ehemals stadtbekannten Geschäftsmannes. Übrigens danke, auch im Namen von Herrn Braun, dass sein Name heute nicht in den Zeitungen auftaucht, das wissen wir zu schätzen, Frau Nasri. Danke, dass Sie sich an unsere Abmachung gehalten haben …«

Von Abmachung konnte keine Rede sein. Nasri überkam gerade ein solcher Überdruss, dass sie am liebsten aufgestanden wäre und gefurzt hätte.

Immer die gleichen wohlklingenden Erklärungen, die ewig monotonen Ehrencodices von Leuten, die ein Menschenleben nach seinem Marktwert beurteilten und ihr eigenes Wohlergehen zum Maßstab im Umgang mit anderen erhoben; denen der Tod eines Konkurrenten keinen Schweiß auf die Stirn trieb und der von illegal angestellten und in Ungnade gefallenen Mädchen und Frauen genauso wenig; die mit ihrem Saisonauto zum Gardasee fuhren (auf dem Rücksitz zwei Tussen aus menschlichem Plastik), und wenn sie nach ihrer Rückkehr im Kofferraum ihres Stadtwagens eine Leiche fanden, problemlos die Polizei konsultierten; mit der unschönen Sache hatten sie nichts zu tun, auch nicht indirekt, wie sie dank anwaltlichem Beistand überzeugend darlegten; um wen es sich bei dem Toten handelte, interessierte sie so wenig wie die Verdauungsprobleme eines irischen Schafzüchters.

14

Nasri blieb sitzen. Die Worte des Anwalts füllten den Raum. Herr Braun blinzelte den Schweiß aus den Augen. »Wir sind auf keine relevanten Namen gestoßen«, sagte Werfel. »Beim besten Willen nicht. Herr Braun hat sich, wie Sie wissen, aus allen geschäftlichen Verpflichtungen zurückgezogen, schon vor Jahren. Seine Parade-Bar, wenn ich das so ausdrücken darf …« Sein Lächeln glitt am schweißnassen Gesicht seines Mandanten ab, kehrte aber unverblümt zu Nasri zurück. »Die Bar Black Jasmin verwaltet unser Freund Fabian Selch, er ist der Geschäftsführer, seine Geschäfte sind sauber, keinerlei Beanstandungen seitens der Behörden oder Ihrer Kollegen.

Ab und zu ist Herr Braun zu Gast im Black Jasmin, man kennt sich, einige der Damen sind Freundinnen, das ist alles normal und unverdächtig. Wie gesagt, seit sich Herr Braun aus dem operativen Geschäft zurückgezogen hat, unterhält er keinerlei Beziehungen zu Unternehmern aus dem Nachtgeschäft, abgesehen selbstverständlich von den wenigen, die geblieben sind und die er seit Jahrzehnten kennt. Keiner von denen hätte einen Grund, Herrn Braun eine derart schäbige Tat anzuhängen. Absurd, das versichere ich Ihnen.

Nein, wer immer das getan hat, im Bekanntenkreis meines Mandanten werden Sie den Täter nicht finden, das steht eindeutig fest. Möchtest du etwas dazu sagen, Roger?«

Braun pfriemelte ein faseriges Papiertaschentuch aus seiner Hosentasche und tupfte sich die Wangen ab. Er sollte, dachte Nasri, einen Schluck Wasser trinken; doch wer kredenzte es ihm?

Zwei Mal räuspern, und Braun brachte den verklebten Mund wieder auf. »So ist das, so und nicht anders. Ich habe keine Neider, keine Widersacher, früher, möglich, lange her. Es ist Ihr Recht, sich über solche Dinge Gedanken zu machen, die Situation ist wirklich nicht angenehm für mich. Und auch wenn heute noch kein Name in den Medien auftaucht, das wird passieren, und dafür würde ich nicht mal Ihnen die Schuld geben. So was sickert immer durch. Für das Geschäft, in dem ich tätig war, haben manche Leute wenig übrig, sie verachten uns, und wenn dann etwas Schlimmes passiert, zeigen sie mit dem Finger auf uns, auch die Presse. Das bin ich gewohnt.

Malen wir den Teufel nicht an die Wand. Mit dem Mord habe ich nichts zu schaffen, und nur das zählt.

Und, Frau Nasri, ganz ehrlich? Selbst wenn, reine Spekulation jetzt, wenn mir jemand, wieso auch immer, was reinwürgen wollte, was hat er denn erreicht? So eine Leiche im Kofferraum ist lästig, zugegeben, aber schadet die mir? Bringt die mich vor Gericht? Ins Gefängnis? Niente. Das ist doch eine Schwachsinnsidee von dem gewesen. Wenn's eine Idee war und nicht einfach bloß Zufall, wovon ich ausgehe, das habe ich Ihnen gestern schon gesagt. Ein Racheakt? Auf die Weise? Da muss einer sich vollkommen das Hirn weggekokst haben. Zieh dir das mal rein …«

Er meinte seinen Anwalt, der gewissenhaft an seiner Brille nestelte. »Da nietet einer einen um«, sagte Braun schnaufend, das Violett seines Gesichts mit mäßiger Würde tragend. »Und dann kommt er auf die Idee, die Leiche in einen Kofferraum zu legen, in meinen! Glaubt kein Mensch. Was ist damit gewonnen, frag ich dich noch mal? Was hat der für eine Vorstellung von Polizeiarbeit? Glaubt der, die verhaften mich gleich und ab nach Stadelheim? Wir sind hier nicht in Russland oder Syrien oder sonst wo. Hier herrscht das Recht, hier kommt keiner unschuldig hinter Gitter, gut, manchmal schon, wie man so liest …« Seine wulstigen Lippen beulten ein Lächeln aus. »Ist nicht Ihre Schuld, Frau Nasri. Lassen Sie uns zusammenfassen: Ein Bekloppter deponiert eine Leiche in meinem Auto, ich krieg's nicht mit, weil ich zwei Wochen am Gardasee den Herrgott eine schöne Frau sein lasse. Als ich wieder da bin und aus meinem Auto den Verbandskasten holen will – der im Porsche ist leider abgelaufen, bin von einem Carabinieri angehalten worden … Ich will also den Kasten holen, klapp den Deckel auf, und da liegt einer. Was mache ich? Rufe meinen Anwalt an. Wir beratschlagen und stehen am nächsten Morgen in aller Herrgottsfrüh bei Ihnen auf der Matte. Wenn Sie den Kerl erwischt haben, der das gemacht hat, würde ich mich über eine Nachricht freuen. Du auch, nicht?«

»Ich auch«, sagte Werfel.

»Was mussten Sie so lange beratschlagen«, fragte Nasri, »nachdem Sie die Leiche entdeckt hatten?«

Braun holte Luft, der Anwalt war schneller. »Es war fast Mitternacht, als Herr Braun mich anrief. Ich lag schon im Bett. Bin selbstverständlich zu ihm gefahren, habe die Sache betrachtet, danach haben wir uns zusammengesetzt und überlegt, was das alles zu bedeuten hat. Herr Braun war schockiert, er war völlig außer sich, befürchtete das Schlimmste …«

»Was befürchtete er?«, fragte Nasri.

»Was wohl? Dass er in die Sache mit verwickelt wird. Dass man ihn verdächtigt. Haben Sie gestern bei unserem ersten Gespräch auch getan, geben Sie's zu.«

»Ich habe niemanden verdächtigt«, log Nasri. »Sie kamen nicht sofort zu uns, Sie haben, könnte man sagen, die Ermittlungen behindert.«

»Hey, hey!«, maulte Braun. »Obacht, Frau …«

»Beruhige dich, Roger.« Werfel tätschelte den Unterarm seines Mandanten. »Wir standen beide unter Schock. Aber: Wie gesagt, wir haben die Leiche nicht berührt. Herr Braun nicht, ich auch nicht. Das können Sie hoffentlich labortechnisch nachweisen. Keine Veränderung der Lage des Toten. Wir haben ihn angesehen, das war alles. Angesehen, und Herr Braun beteuerte, er habe den Mann nie zuvor gesehen, er sei ihm völlig unbekannt, das ist die Wahrheit. Nachdem wir den Kofferraum wieder geschlossen hatten, gingen wir hoch in die Wohnung und tranken, ich gestehe, jeder einen Obstler. Nur einen, wohlgemerkt. Anschließend saßen wir etwa zwei Stunden beieinander und beratschlagten das weitere Procedere. Um sieben Uhr waren wir hier im Dezernat. Geschlafen haben wir jeder zwei Stunden, ich im Gästezimmer. Von der Wohnung aus sind wir sofort zu Ihnen gefahren, zu Ihrer Dienststelle, und haben den Totenfund gemeldet. Dann durften wir wieder gehen. Sie wollten sich erst einen Überblick verschaffen, absolut nachvollziehbar, Spuren sichern und dergleichen und danach noch einmal auf uns zukommen. Ist doch sehr verständlich.«

»Verständlich, weiß ich nicht«, brummte Braun und sah Nasri an, Ingrimm im Blick.

Offensichtlich erinnerte sich Roger Braun nicht mehr an die Begegnung im Treppenhaus, nachts, vor drei oder vier Monaten, als Nasri aus Gittes Bar nach Hause kam und Braun (im Arm eine junge, angetrunkene Frau) aus dem Taxi stieg und zum Eingang des Fuchsbaus wankte; sie hatte ihm die Tür aufgehalten, er peilte den Aufzug an, sie wartete, bis er nach oben gefahren war. Die Wohnung im siebten Stock hatte er vor einigen Jahren gekauft; die meisten Mieter in der Anlage wussten, wer er war; Nasri und er waren sich nach diesem einen Mal im Dunkeln nie mehr über den Weg gelaufen. Was gelegentlich über ihr passierte, fiel eindeutig unter Prostitution; sie kümmerte sich nicht darum; sie war eine Mieterin, kein Blockwart, und die Frauen waren erwachsen und stammten vermutlich aus dem Black Jasmin, Freundinnen des Hauses sozusagen.

Die Tatsache, dass die beiden Männer bis zum Morgen gewartet hatten, ehe sie den Leichenfund anzeigten, würde ein Nachspiel haben. Allerdings ging Nasri nicht von konkreten juristischen Konsequenzen aus. Erstens würde der Anwalt den Schockmoment ausspielen und die seelische Verfassung seines Mandanten wirkungsvoll dramatisieren. Zweitens hatten sie ziemlich sicher die Leiche weder bewegt noch berührt und auch sonst am Wagen nichts verändert. Drittens bestand nicht der kleinste Tat- oder Tatbeteiligungsverdacht gegen den ehemaligen Nachtclubbesitzer. Und viertens: Rechtsanwalt Dr. Hagen Werfel und der fürs K 101 zuständige Oberstaatsanwalt Dr. Sebastian Aberle waren Studienkollegen gewesen und spielten regelmäßig Backgammon miteinander.

Das Nachspiel für Braun würde sich auf eine formal unverbindliche Rechtsbelehrung beschränken. Gleichwohl hielt Nasri es für nicht vollkommen ausgeschlossen, dass aus nicht mehr nachvollziehbaren Gründen Brauns Name doch noch auf der Mailbox eines Klatschreporters landete …

»Wir wissen«, begann der Anwalt noch einmal, »dass Ihre Leute sich im Milieu umhören und frühere Bekannte von Herrn Braun befragen, besser: ausquetschen. Das geht heute schon den ganzen Tag so. Ich hoffe, diese Belästigungen halten sich im Rahmen. Herr Braun, um das zum letzten Mal deutlich zu betonen, ist absolut unverschuldet in diese schreckliche Situation geraten. Und ich sorge dafür, dass davon nichts an ihm und seiner Reputation hängenbleibt. Ich denke, wir sind dann so weit durch.«

Da war das Lächeln wieder, die Zähne salutierten.

Nasri stand auf. Roger Braun stützte die Fäuste auf den Tisch, um sein Gewicht in die Senkrechte zu befördern.

Auf dem Weg zu den Toiletten – sie musste dringend Schweiß und Schmiere fremder Hände abwaschen – lief ihr Kollege Kalk hinterher. »Vielleicht hat sich das Glotzen doch gelohnt«, rief er auf die Entfernung. »Könnte sein, wir sehen Georg Kramer live im Bild.«

15

»Das ist der doch.« Kalk zeigte auf den Bildschirm. Fariza Nasri und Jennifer Odoki sahen ihm über die Schulter. In grauem Dunst wankte ein Mann die Straße entlang – »Zoom den mal ran«, sagte Odoki – und blieb alle zwei Meter ruckartig stehen. Die Arme seitlich vom Körper gestreckt, trampelte er mit den Füßen.

»Was macht der da?«, fragte Nasri.

»Macht auf Rumpelstilzchen«, erwiderte Odoki.

Im Zoom wirkte das Verhalten noch grotesker. »Er dreht sich im Kreis«, kommentierte Hauptkommissar Kalk. »Gleich kippt er weg, fängt sich, geht weiter, bleibt wieder stehen, reißt die Arme hoch … Der ist sternhagelvoll.«

»Und nirgendwo«, sagte Nasri, »Leo Ahorn oder sonst wer. Kramer geht allein auf der Koptenstraße nach Hause.«

»Die Kamera« – Kalk lehnte sich zurück, er sah die Szene zum fünften Mal – »fängt ihn erst an der Abzweigung ein. Wir können nicht mal beweisen, woher er genau kommt.«

»Aus Richtung Friedhof«, sagte Nasri. »Eindeutig. Das bedeutet, er könnte Leo an der Einfahrt zum Steinmetz begegnet sein.« Sie beugte sich näher zum Monitor. »Neunzehnter Juli, ein Uhr achtundzwanzig. Man kann nicht erkennen, ob er Blut an den Klamotten hat.«

»Kann man nicht.« Kalk hatte es viermal überprüft. »Da! Jetzt stolpert er über seine Sandalen, fängt sich gerade noch, wieder dieses Armausstrecken und jetzt Obacht …« Er zeigte mit dem Finger. Auf jeder Schulter eine Hand seiner gebannt abwartenden Kolleginnen, sank der schmächtige Fahnder etwas tiefer in den Drehstuhl.

Mitten in einer Drehung knickten die Beine des Mannes ein; seine soeben noch ausgestreckten Arme sanken herab, die Hände klatschten breit (unhörbar) auf den Asphalt; Kramer fand sich auf dem Hosenboden wieder, Gesicht zum Haus gegenüber, der roten Fassade der Genossenschaftsanlage. Ungemein langsam rutschten die angewinkelten Beine in die Waagerechte; der Oberkörper schwankte vor und zurück. Dann, abrupt, kein Mucks mehr. Im nächsten Moment kippte er zur Seite und blieb reglos liegen.

Die beiden Kommissarinnen und der Kommissar verharrten in Andacht. Nach einer Weile fragte Odoki: »Schläft er? Dauert das länger?«

»Nein«, sagte Kalk. Weniger Druck auf seinen Schultern wäre ihm angenehm gewesen.

Übergangslos schoss Kramers Körper in die Höhe. Als hätte ein wüster Traum ihn aufgeschreckt, sprang er fast in die Höhe. Er schüttelte die Beine aus, jedes drei Mal, schwankte noch ein wenig, vollzog eine weitere halbe Drehung, umklammerte mit beiden Händen seinen Nacken. Sein staksiger Gang sah komisch aus, verkrampft, ungelenk.

»Wahrscheinlich hat er kaum mitgekriegt, was passiert ist«, sagte Kalk.

Mit jedem Meter franste die Aufnahme der Überwachungskamera aus, übrig blieb ein Schemen vor einer dunklen Hauswand. Kramer, so viel war noch zu erkennen, steckte die rechte Hand in die Hosentasche, vermutlich fingerte er nach seinem Hausschlüssel; vor Erreichen der Haustür verschluckte ihn die Finsternis, trotz der milchigen Straßenlampen in der Nähe. Ein körniges, sinnloses Tableau.

»Was wissen wir jetzt?«, fragte Odoki.

Kaum hatten ihre und Nasris Hand die Schulter des Kollegen verlassen, rollte der Hauptkommissar nach hinten – die Frauen brachten ihre Füße vor den Rädern knapp in Sicherheit – und schnellte aus dem Stuhl; Rücken und Nacken vom intensiven Starren in immer dieselbe Richtung eine einzige Verschraubung. Die Frauen, den Schreibtisch, den kleinen Besuchertisch, den Garderobenständer und das Flipchart umkreisend, durchquerte Dennis Kalk leise stöhnend sein Büro; er ließ seine Gliedmaßen schlackern und scherte sich nicht um die ihn verfolgenden Blicke.

Nasri kam mit einer Gegenfrage: »Halten wir den Mann, so, wie wir ihn sehen, für fähig, kurz vorher einen Mord begangen zu haben?«

»Wir halten jeden für fähig«, brummte Kalk vor sich hin, »jederzeit und immer.«

Odoki wich ihm aus. »Kannst du bitte stehenbleiben?«

»Nein.« Er rammte seine Schultern abwechselnd gegen die stickige Luft; das Fenster war geschlossen und vom Rollo halb verdunkelt.

»Halten wir den Mann« – Nasri lehnte sich an die Tür, die sich erstaunlich kühl anfühlte – »für fähig, ein schwer verletztes, möglicherweise totes Opfer gleichgültig liegen zu lassen?«

»Ja«, sagte Kalk.

»Begründung?« Ohne zu fragen, öffnete Odoki das Fenster, ein warmer Strom aus Straßengeräuschen und verstreuten Stimmen schwappte herein.

Kalk hielt im Gehen inne und warf seiner Kollegin einen Blick zu, in dem sie einen Vorwurf ihre Kompetenz betreffend zu erahnen glaubte; aber er blieb beim Thema. »Massiver Alkoholgenuss, unbewusstes Handeln, totaler Kontrollverlust. Stellen wir uns einen Streit vor, halb zwei Uhr morgens, beide unter Strom, ein Messer kommt ins Spiel, einer der beiden bricht zusammen, der andere begreift die Lage nicht, geht weiter, wütend, störrisch, will nur noch nach Hause, kein Gedanke mehr an das, was vor einer Minute los war, Wirrnis in der Birne, nichts sonst.«

Er ging zwei Schritte, streckte den Rücken, durchpflügte mit den Fingern den haarigen Wildwuchs auf seinem Kopf, blieb erneut stehen, schwer atmend. »Was feststeht, ist, der Mann war allein unterwegs. Und er kann die Leiche, falls sich die Ecke bei der Eisenbahnbrücke als Tatort bestätigen sollte, nicht beseitigt haben, nicht in dieser Nacht. Wir arbeiten nach wie vor mit Spekulationen.«

»Noch etwas Entscheidendes steht fest.« Nasri sah zum Fenster. »Hast du was dagegen, Dennis, wenn wir etwas Licht reinlassen?«

Er machte eine vage Handbewegung, stemmte beide Fäuste in die Hüften und ließ sein Becken kreisen.

»Und jetzt sing ›Jailhouse Rock‹«, sagte Odoki, bevor sie die Jalousie hochzog. Kalk ignorierte die Bemerkung; er ging zur Wand gegenüber der Tür, beugte sich vor, drückte die Hände flach auf die Oberschenkel; einige Muskeln, bildete er sich ein, gehorchten ihm wieder.

»Sprich, Fariza«, sagte er.

»Leo Ahorn ist in dieser Nacht von der Ü-Kamera nicht eingefangen worden. Er kam nicht nach Hause, wie seine Frau bestätigt hat. Er verließ also die Kneipe und ging auf dem Weg zur Abzweigung der Koptenstraße verloren.«

»Richtig.« Kalk zweifelte schon wieder am Wohlwollen seiner Muskeln; sein unterer Rücken spannte fürchterlich.

»Dann«, sagte Odoki, das Gesicht zum offenen Fenster gewandt, »sieht's so aus, als wäre Georg Kramer in dieser Nacht dem Opfer nicht begegnet. Gibt's Einsprüche?«

»Keine Tatwaffe«, sagte Nasri. »Keine Fingerabdrücke. Sicher ist nichts.«

»Saudumme Angewohnheit«, meinte Kalk, »dass der Mann praktisch nie sein Handy mitgenommen hat. Das liegt in der Wohnung rum und erschwert unsere Arbeit zusätzlich. Eine Ortung wäre hilfreich gewesen.«

»Oder auch nicht.« Nasri sah auf die runde Standuhr auf Kalks Schreibtisch. »Aus der Gegend rund um die Fuchsstraße sind keine brauchbaren Bilder mehr zu erwarten?«

»Ich fürchte, nein.«

»Fürchte noch ein wenig weiter. Vielleicht taucht doch noch ein Fahrzeug auf, das du identifizieren kannst. Ich muss los, mich erwarten zwei junge Frauen mit den fabelhaften Namen Melly und Jella.«

»Yallah!«, stieß Kalk hervor – nicht zur Anfeuerung seiner Kollegin, sondern um den Aufschrei zu unterdrücken, den ein biestiger Schmerz in seinem Rücken ausgelöst hätte.

16

Sie sei, sagte Jella Winer – vierundzwanzig, Size zero (schätzte Nasri), mintgrünes, kurzärmeliges Plisseekleid, Gürteltasche, schwarzes Blouson, Sandalen –, noch nie auf einer Polizeistation gewesen, »ihr ganzes Leben lang« noch nicht. Die Kommissarin hatte die junge Frau in ihr Büro gebeten und ihr Mineralwasser angeboten.

»No grazie.« Winer schaute sich um, als gäbe es staunenswerte Dinge zu betrachten. Ein prall gefüllter Aktenschrank, ein Schreibtisch, ein Extratisch mit zwei Stühlen, Garderobenständer, Fenster, Tür – und ein gerahmtes Schwarzweißfoto einer Stadt an der Wand (die Heimatstadt von Nasris Vater in den fünfziger Jahren des vorigen Jahrhunderts).

»Wirklich kein Glas Wasser?«

Winer schüttelte den Kopf. »Die ist hübsch, Ihre Bluse, die Farbe ist so modern, zeitlos …«

Der Inhalt eher weniger, dachte Nasri und sagte: »Bitte nehmen Sie Platz. Sie sind Kosmetikerin von Beruf.«

Winer saß aufrecht, die blonden Haare raffiniert geflochten, ihr schmales Spitznasengesicht (Nasri bemühte sich um größtmögliche Unauffälligkeit beim Hinsehen) ein formvollendet geschminktes Kunstwerk, ihr Teint vielleicht ein unentdecktes Palimpsest.

»Make-up-Artist«, sagte Jella Winer. »Mein Ziel ist ein eigenes Studio, ich arbeite dran, hab schon gespart.« Wieder glitt ihr Blick über die ausdruckslosen Wände. »Sie sollten ein paar Farben anbringen, das heitert den Raum gleich auf.«

»Daran habe ich auch schon oft gedacht.« Nasri dachte an

den Sommer draußen, den ungeschminkten Toten in der Gerichtsmedizin und aus Versehen an sich selbst, ihr täglich weiter ausbleichendes Leben. »Sie waren« – die grüne Akte aufschlagen, ein beschriftetes Blatt herausziehen, Polizistin darstellen – »vom zehnten bis zum vierundzwanzigsten Juli mit Herrn Braun und Ihrer Freundin Melanie Osburg am Gardasee, in …«

»Sirmione, genau.«

»Sie waren die ganze Zeit über zusammen, Sie und … Ihre Freundin, Ihr … Herr Braun.«

»Roger, genau. Der geht gern in Kirchen, schaut sich alles an, da gibt's auch eine Burg, die hat er besichtigt. Und er schaut gern Olivenbäume an.« Sie lächelte, nach Nasris Einschätzung darauf bedacht, keine Schichten zu verschieben. »Das macht er wirklich, dann erzählt er stundenlang davon, von der Form der Bäume und so weiter. Und im Thermalbad war er auch ständig. Ohne mich. Melly geht da auch nicht hin. Wir haben gelesen, dass diese Bäder gegen Schwerhörigkeit helfen, aber Roger ist gar nicht schwerhörig, schwer schon, vom Körper her …«

Nasri sah die junge Frau an, eindringlicher als bisher, mit einem Anflug zwanghafter Rührung; war sie, Fariza (keine Chance, die Frage loszuwerden), je unbekümmert gewesen, in den Augenblick gebettet, ohne Scheu, erfüllt von bloßer Anwesenheit, unversehrt vom Schorf der Zeit, mit fünfzehn, zwanzig, vierundzwanzig?

»Sie schauen so finster«, sagte die Kosmetikerin. »Hab ich was Falsches gesagt?«

Nasri tat, als überflöge sie die Zeiten vor sich auf dem Papier. »War Roger Braun zwischendurch einen Tag nicht bei Ihnen, einen ganzen Tag und eine ganze Nacht?«

»Auf keinen Fall. Abends haben wir zusammen gegessen, jeden Abend auf der Terrasse unseres Hotels, manchmal auch in einer Trattoria. Und in der Nacht sowieso alle da. Nicht zu dritt in einem Zimmer, nicht, dass Sie sonst was denken, jeder hatte sein Zimmer, das ist klar.«

Einzelheiten in dem Zusammenhang interessierten die Kommissarin eher peripher, eigentlich überhaupt nicht. »Hat Herr Braun viel telefoniert?«

»Der telefoniert immer.« Kurzes Zucken der Lider, ein misstrauischer Blick, kein Plauderton mehr in der Stimme. »Seine Geschäfte gehen mich nichts an, ich hör nicht zu und misch mich nicht ein. Und Melly auch nicht, obwohl sie bei ihm arbeitet.«

Offiziell fungierte Melanie Osburg als Angestellte, Bedienung, in der Bar Black Jasmin, Geschäftsführer: Fabian Selch.

»Er hat telefoniert, und Sie haben weggehört«, sagte Nasri.

»Nein, ich musste nicht weghören, er führt keine dienstlichen Gespräche in unserer Gegenwart. Das ist unhöflich. Mehr kann ich Ihnen nicht sagen. Ich müsst dann wieder zurück zur Arbeit.«

»Sie sind im Spa-Bereich des Libgart-Hotels am Bahnhof tätig.«

»Bis ich mein eigenes Studio hab, in höchstens zwei, drei Jahren. Was soll Herr Braun denn mit dem Mordfall zu tun haben, wegen dem Sie mich herbestellt haben? Ich bin gleich gekommen, weil meine Chefin meinte, man muss aussagen, wenn man eine Zeugin ist. Aber was für eine Zeugin bin ich? Zeugin von was? Das möcht ich schon gern erfahren, ich bin schließlich freiwillig hier.«

»Und ich danke Ihnen nochmals für Ihr Kommen und Ihre Zeit.« Auch Nasri saß jetzt aufrecht und nahm nur noch eine PIUS-Zeugin wahr, keine Vertreterin einer Generation, aus deren Umlaufbahn sie längst zum Mars geschossen worden war. »Der ermordete Mensch«, erklärte sie gleichförmig,

»lag im Auto von Herrn Braun.« Pause. Gegenseitiges Anschauen. Eine Intensivierung der Blässe auf den Wangen der Kosmetikerin schien unmöglich; im Blau ihrer Augen zeichnete sich nervöser Schrecken ab. »Aber, aber …«

»Ja?«

»Aber …« Dezente Wölbungen auf Winers Stirn, die Denkfurchen, überlegte Nasri, drangen nicht durch die Fassade. Dann räusperte sie sich, hielt sich höflich die Faust vor den Mund. »Wir sind nur einmal mit dem Auto gefahren, ans andere Ufer vom See, an einem Nachmittag, sonst stand der Wagen in der Tiefgarage des Hotels, das schwör ich. Wie soll da … Die Tiefgarage ist bewacht, ich versteh das nicht …«

»Der Porsche ist nur sein Sommer- und Ausflugsauto. Roger Braun besitzt noch ein zweites Auto, und in dessen Kofferraum wurde die Leiche entdeckt.«

»Um Gottes willen … Ach so … Deswegen wollten Sie wissen, ob er mal weg war, ob er womöglich … Nein, ehrlich. Roger war die ganze Zeit mit uns am Gardasee. Fragen Sie die Melly. Das muss ein Irrtum sein, Roger hat mit dem Toten nichts zu tun. Das ist ja fürchterlich. Im Kofferraum! Mit so was will ich nichts zu tun haben. Nein, ich hab nichts getan. Wir haben einen Ausflug gemacht, nicht zum ersten Mal, Roger ist ein großzügiger und rücksichtsvoller Mann. Ich sag das nur, damit Sie keinen falschen Eindruck kriegen. Roger hat mit Mord nichts zu tun, das wär ja Wahnsinn. Nein, nein. Fragen Sie die Melly, die kennt ihn viel besser als ich. Er war so was wie ein Ziehvater für sie. Die Melly wird Ihnen bestätigen, was für ein gütiger und humorvoller und fürsorglicher Mensch Herr Braun ist.«

»Ziehvater von Melanie Osburg?«, fragte Nasri.

»Ziehvater«, wiederholte Melanie Osburg (sechsundzwanzig, weinrote Kunstlederhose, schwarzes T-Shirt mit Löwenkopf-Aufdruck, Jeansjacke) eine Stunde später in Zimmer 214. »Kann man so sagen, aber er ist einfach ein Freund gewesen. Verstehen Sie? Mein Vater hat meine Mutter verlassen, da war ich zwei Jahre alt, konnt grad laufen, und er ist weggelaufen. Weniger lustig, als Sie meinen.«

Vom Meinen bekam Nasri seit jeher Kopfschmerzen, vom eigenen und noch mehr von dem anderer. »Und Ihre Mutter«, sagte sie, »begegnete Roger Braun.«

»Sicher.« Nicht einmal die Ringe unter den Augen hatte die Barfrau überschminkt, ihr porös wirkendes, rundliches, eigentlich noch kindhaftes Gesicht wie ein Nadelkissen für die Pikser gnadenloser Nächte (fand Nasri).

Melanie steckte die Hände in die Taschen ihrer eng sitzenden Jeansjacke, verbrachte einige Sekunden still im Unterstand ihrer Vergangenheit. »Sie war Verkäuferin im Kaufhaus, meine Mama, gegenüber vom Bahnhof, das dann abgerissen worden ist. Dort hat Roger sie kennengelernt und vom Fleck weg engagiert. Wegen ihrer Freundlichkeit und unkomplizierten Art, sie kann gut mit Leuten, immer noch. Sie arbeitet auch im Black Jasmin, nur am Wochenende, wenn zur Abwechslung mal was abgeht. Kommt nicht so oft vor, die Zeiten haben sich geändert, kann man nicht erklären. Jedenfalls ich kann's nicht. Und Fabian, mein Chef, zerbricht sich auch ständig den Kopf, was er verbessern könnt, irgendwelche Attraktionen oder Sonderangebote … Wir sind ja kein Kaufhaus, Mann. Ich lass mich doch nicht verscherbeln, wir sind Menschen, verstehen Sie? Keine Sachen, keine Dinge. Manche Männer müsste man sofort rausschmeißen, wenn sie so tun, als hätten sie irgendwelche Besitzansprüche. Die haben gar nichts, und wir sind nicht käuflich, auch wenn wir Geld für unsere Arbeit verlangen. So wie du … So wie Sie.«

»Ihr Ziehvater«, sagte Nasri, »wird Ihnen berichtet haben, was passiert ist.«

»Nicht viel.« Melly Osburg nahm eine Hand aus der Tasche und betrachtete sie wie einen Spiegel. »Nur, dass da ein Toter in seinem Auto lag. Echt jetzt? Wie kommt der da rein?«

»Hat Roger Braun eine Vermutung?«

»Weiß ich nicht. Zu mir hat er nur gesagt, er hat jetzt die Bullerei am Hals, und das kann er echt nicht ausstehen. Und sein Auto ist auch konfisziert, stimmt das?«

»Es wird kriminaltechnisch untersucht. Herr Braun ist kooperativ …« Vielleicht, dachte Nasri, führte ein bisschen Gesülze zu verwertbaren Aussagen. »Er wirkt konsterniert, auch verunsichert unter den Umständen. Wir haben ihn gefragt, ob er am Gardasee beunruhigende Nachrichten erhalten habe, er sagte nein. Wir glauben ihm. Ihnen fiel auch nichts auf? Besuche von Unbekannten in der Bar in jüngster Zeit, die sich ungewöhnlich verhalten haben? Die sich nach Roger Braun erkundigten? Was immer Ihnen einfällt.«

Erst jetzt, da Melly beide Hände aus den Taschen genommen hatte und im Schoß faltete, bemerkte Nasri eine wulstige Narbe am unteren rechten Handgelenk der Besucherin; nach einem schnellen zweiten Blick entdeckte sie eine ähnliche Wunde auch am linken.

»Ohne seine drei Handys«, sagte Melly Osburg, »geht Roger nie aus dem Haus, er braucht die Dinger für sein Ego, irgendwie. Darf man ihm nicht sagen, aber er will halt immer noch mitmischen. Tut er im Grunde nicht, das weiß er auch, aber er spielt gern damit. Der Mann hat sein ganzes Leben im Nachtgeschäft verbracht, sein Vater hatte die legendäre Sissi-Bar in der Landwehrstraße. Ja, er hat oft telefoniert, am Gardasee, nachts auch, wenn ich bei ihm war. Zu mir hat er Vertrauen, da geht er schon mal ran, wenn's klingelt. Bei Jella ist er vorsichtiger, ist klar. Ich glaub, Fabian hat ihn ein paarmal angerufen in der Zeit. Was er wollte, kann ich Ihnen echt nicht sagen, Roger ist zum Telefonieren jedes Mal aus dem Zimmer gegangen. War wohl wichtig, aber nicht so wichtig, dass er hätte zurückfahren müssen. Wir waren da, zwei Wochen lang, geile Zeit. Jella hat jede einzelne Boutique in der Altstadt abgeklappert. Mir persönlich ist Mode ziemlich egal, ich zieh was an und zieh's wieder aus. Meine Art.«

»Sie haben ein Verhältnis mit Roger Braun?«

Sie lachte; es klang befreit und ungekünstelt. »Verhältnis! Frau Kommissarin. Bittschön. Wir haben Sex, gelegentlich, Roger mag das, wenn wir zusammen sind, und ich auch. Da ist nichts dabei. Sie meinen, weil er mal so was wie ein Ziehvater war? Geschenkt. Ist doch nicht Inzest, was wir machen, ist Sex mit sich mögen. Verwirrt Sie das etwa?«

»Ich habe nur nachgefragt.«

»Ist erlaubt.« Ihre Munterkeit verebbte nur langsam.

Auf ihrem karierten Block, den sie auf die grüne Akte gelegt hatte, machte Nasri sich Notizen. »Es war immer Fabian Selch, der in Sirmione angerufen hat?«

»Weiß ich nicht. Ein Kumpel von ihm aus Berlin hat sich auch mal gemeldet.«

»Welcher Kumpel?«

»Namen weiß ich nicht. Er ist auf Stippvisite in der Stadt, die kennen sich von früher. Rotlicht, geht mich nichts an.«

»Wo wohnt der Kumpel?«

Die Frau mit den vernarbten Händen schüttelte den Kopf.

»Und sonst jemand, der anrief?«

»Klar, aber ich kann Ihnen nicht sagen, wer. Auf alle Fälle wirkte Roger nicht beunruhigt, wie Sie gesagt haben, in keiner Weise, der war entspannt wie selten. Hat Jella Ihnen das nicht bestätigt?«

»Sinngemäß«, sagte Nasri. »Was ist das für eine Freundschaft, die Sie und Jella haben? Sie sind beide öfter im Milieu unterwegs.«

»Kommt vor. Wir waren zusammen in der Realschule, am Ende in derselben Klasse, ich hab einmal wiederholt, weil …« Den Blick, der ihre Hände, die Narben traf, konnte sie nicht mehr kontrollieren. »Hab vieles nicht kapiert, viel Mist gebaut, also eine Ehrenrunde. Und so hab ich Jella kennengelernt. Seitdem sind wir beste Freundinnen. Ich wollt sie überreden, im Black Jasmin anzuheuern, mag sie nicht, will ihr eigenes Ding durchziehen, Kosmetik-Studio, Geld ranschaffen. Ich wünsch ihr alles Glück. Ein richtiger Beruf wär, glaub ich, nichts für mich.« Sie lächelte verschmitzt.

Nasri begleitete ihre Besucherin zur Tür. »Jetzt mach ich noch schnell einen Abstecher rüber zu Gitte in die Bar vom Stundenhotel. Die kenn ich noch von früher, die hat auch mal für meinen Vater gearbeitet, also … Ziehvater.«

»Sagen Sie ihr einen Gruß von mir.«

»Sie kennen die Gitte?«

»Ich bin öfter Gast bei ihr.«

»Dienstlich oder privat?«

»Ausschließlich privat.«

»Cool. Ich richt's aus.«

17

Vor dem Dezernat ging Melanie Osburg einige Meter in Richtung des Stundenhotels auf der anderen Straßenseite, im Erdgeschoss befand sich Gittes Bar. Dann blickte sie – als wollte sie sich versichern, nicht beobachtet zu werden – an der Fassade des Polizeigebäudes hinauf und holte ihr Smartphone aus der Jackentasche.

»Ich bin's«, sagte sie und huschte über die Fahrbahn. »Alles glattgegangen, sie hat mir Fragen nach dir und der Zeit am Gardasee gestellt … Was hätt ich verraten sollen? Ich weiß so wenig wie du, noch weniger … Der Freund von dir aus Berlin, ist der wichtig …« Sie hörte zu, warf einen Blick durchs gardinenverhangene Fenster der Bar.

In der Nähe war ein Mann um die sechzig stehengeblieben, Hände in den Hosentaschen, blockiert von Ratlosigkeit. Seinen Blicken nach zu urteilen, war er im Begriff, das Stundenhotel anzusteuern, jedoch vom Auftauchen der jungen Frau, die direkt neben dem Eingang telefonierte, daran gehindert worden.

»Hab ihn erwähnt, weil du in der einen Nacht ziemlich lang mit ihm geredet hast … Dachte ich mir schon, dass es privat war, geht mich auch nichts an … Schlimme Sache mit dem Toten in deinem Auto … Hoffe, dass du das bald klären kannst, blöde Presse braucht niemand … Ah, wunderbar, dann sehen wir uns heut Abend. Ich besuch schnell die Gitte, erinnerst du dich … Ja, die fitte Gitte, weiß nicht, ob die noch so fit ist wie zu deiner Zeit … Die hat hier im Westend eine Bar im Stundenhotel Hansastraße, hab's zufällig entdeckt. Bis später, Roger.«

Sie steckte das Handy ein und freute sich auf den ersten Hugo des Tages.

Nach den vorläufigen Analysen der vertrockneten und kargen Blutspuren, die oberhalb der Gleise nahe der Koptenstraße entdeckt worden waren, handelte es sich um die Blutgruppe A, Rhesus positiv, dieselbe wie beim Opfer. Kein Beweis, aber ein schwerwiegendes Indiz, das Kriminaloberrätin Sandkorn veranlasste, das inzwischen abgesperrte Areal als Tatort zu definieren. Der Steinmetz musste vorübergehend den Betrieb einstellen, der Zugang zum Friedhof an der Stelle wurde gesperrt. Die Spurensucher nahmen ein weiteres Mal ihre Arbeit auf.

Was die Tatwaffe betraf, so legte sich Sandkorn – nach Rücksprache mit der Gerichtsärztin Dr. Kegel – ebenfalls fest: Klappmesser, hundertzwanzig Millimeter Gesamtlänge, Edelstahlklinge fünfundachtzig Millimeter, gefräste Griffschalen, rot, Kunststoff mit Glasfaser; wie jenes, das Leo Ahorn besessen hatte und das seit der mutmaßlichen Tatnacht verschwunden war. Fahndungstechnisch relevante Tatzeit: Die Nacht zum Dienstag, 19. Juli.

An diesen Koordinaten würde vorerst nicht zu rütteln sein, darauf einigten sich Staatsanwalt Aberle und das K 101. Die Erlaubnis zur Telekommunikationsüberwachung, die drei Mobiltelefone Roger Brauns betreffend, verweigerte der zuständige Ermittlungsrichter dem Staatsanwalt. Der Richter sah keinen begründeten Verdacht der Täter- oder Mittäterschaft im Fall Ahorn, zudem sei der ständige Aufenthaltsort von Braun bekannt und erfordere keinerlei Ermittlungsaufwand. Zur Aufklärung des Mordes trage die Person Braun nach jetzigem Stand allenfalls am Rande bei. Sollten sich neue Hinweise ergeben und einen Tatverdacht gegen Braun rechtfertigen, werde er gesondert über die Anwendung von Paragraf 100a StPO entscheiden, erklärte der Richter.

»Bedauerlich.« (Kriminaloberrätin Sandkorn)

»Blöder Mist.« (Hauptkommissarin Odoki)

»War ja klar.« (Oberkommissarin Nasri)

»Müssen wir akzeptieren.« (Oberstaatsanwalt Aberle)

Hauptkommissar Kalk ohrfeigte wortlos die abgestandene Luft.

Zur Todesursache von Leo Ahorn: Einatmung eines flüssigen Mediums, schrieb die Gerichtsmedizinerin, in diesem Fall Blut. Der Mann sei erstickt. Durch den Stich in den Hals habe das Opfer in Panik das Blut in die Luftröhre gesogen, man müsse von einem unmittelbar eingetretenen Herzstillstand ausgehen. Prellungen und oberflächliche Abschürfungen stammten vom Sturz ins Gestrüpp; der Körper habe sich nicht übermäßig bewegt, worauf auch die kaum verstreuten Blutreste am Abhang hinwiesen.

»Das heißt«, sagte Nasri, »der Täter hatte nicht allzu große Mühe, den Leichnam wieder nach oben zu ziehen und verschwinden zu lassen.«

»Brauchbare Schleifspuren«, merkte Odoki an, »waren nicht zu finden gewesen, vor allem, weil nachts ständig irgendwelche Witzbolde besoffen runter zu den Gleisen und wieder rauf klettern und ihren Müll liegen lassen.«

»Wieso ist da keine Absperrung?«, fragte Sandkorn.

»Es gibt eine Leitplanke, keine zwei Meter lang, kniehoch, jedes Kind kann drüberkraxeln, ein Hindernis als Witz.«

»Soll ich den Oberbürgermeister anrufen und ihm die Meinung geigen, oder die Bundesbahn?« Ein erschöpfter Blick suchte einen Fluchtweg durch Kalks verschmierte Brillengläser.

Mehr als acht Tage waren seit dem Mord und eineinhalb

Tage seit Auffindung der Leiche vergangen; die Spurenlage katastrophal, Beweismaterial praktisch nicht vorhanden; spätestens übermorgen wäre der Tote im Kofferraum für die Journalisten der Stadt der segensreiche Erlöser in der gerade anbrechenden Saure-Gurken-Zeit. Und dann …

»Dann«, sagte Anja Sandkorn, nah am offenen Fenster, in der Einflugschneise der Schwüle, »brennt die Hütte, und was haben wir in der Hand zum Löschen? Nicht einmal einen halbwegs stichhaltigen Verdacht … Ich ziehe das Wort stichhaltig zurück, klingt in unserem Fall etwas zynisch.«

»Finde ich nicht.« Dennis Kalk hatte die Brille abgenommen; seine Kolleginnen fragten sich, was seine Augen wahrnahmen, außer einem relativ hellen Nachmittag und verschwommenen Gestalten. Angeblich litt Kalk beidseitig unter vierzehn oder fünfzehn Dioptrien. Seine Kolleginnen genierten sich schon lange, genauer nachzufragen. »Ihr redet noch heute Abend mit dem Mann, den das Opfer um Geld anpumpte …«

»Georg Kramer.« Die Chefin simulierte mit der Hand überflüssiges Fächeln.

»Wir haben zwar gesehen, dass er allein nach Hause ging, aber wir haben immer noch nicht die geringste Vorstellung, wie sein Heimweg vor der Abzweigung in die Koptenstraße verlief. Und das werdet ihr haarklein herausfinden, ich wette, er hat was bemerkt. Er muss was mitgekriegt haben, wenn unsere Zeitschiene stimmt. Er weiß was und sagt es uns nicht, davon bin ich überzeugt. Dieser Mann ist der Schlüssel zur Aufklärung der Vorkommnisse. Er muss nicht der Täter sein, aber er ist auf keinen Fall ein Unschuldslamm. Hatte er Blut an seiner Kleidung? Nicht zu eruieren. Wann genau hat er das Lokal verlassen? Kurz vor eins, wenn ich mich richtig erinnere. Wann ging Leo Ahorn weg? Wann …«

»Dennis?« Nasri stand am nächsten zu ihm.

»Ja?«

»Siehst du uns überhaupt?«

Das schnelle Blinzeln nützte seinen Augen nichts. »Danke für den Hinweis«, sagte er, klemmte die Bügel der Nickelbrille hinter die Ohren, blinzelte wieder.

Die Frage konnte Nasri sich nicht verkneifen. »Siehst du jetzt mehr als vorher? Weil …« Sie machte eine vage Geste in Richtung seiner oberen Gesichtshälfte.

»Weil?«

Vielleicht, dachte Nasri, schärften die grauen Schlieren seinen Weltblick auf magische Weise. Ihre Launigkeit entsprang purer Erschöpfung; sie brauchte dringend etwas zu trinken, nicht Wasser.

»Sprich weiter«, sagte Sandkorn zu Dennis Kalk.

»Du hast mich rausgebracht, Fariza.«

»Es ging noch mal um den zeitlichen Ablauf.«

»Richtig. Das Blaue Eck als Zentrum des Konflikts und Ausgangsort der späteren Ereignisse. Wann war wer dort und wie lange? An jenem Abend ging Leo Ahorn *vor* Georg Kramer nach Hause. Falsch: Er kam nie zu Hause an. Wo war er? Angenommen, er wurde zwischen ein Uhr, grob geschätzt, und zwei Uhr früh ermordet, und zwar an der Stelle, die wir jetzt Tatort nennen, wo war er zwischen Mitternacht und eins? Lungerte auf der Tegernseer Landstraße herum? Warum?«

»Weil er sternhagelvoll war«, meinte Odoki.

»Anderswo eingekehrt ist er nachweislich nicht«, ergänzte Nasri.

»Was«, sagte Kalk, »wenn er auf Kramer gewartet hat? Sie hatten wieder Streit, die leidige Geldsache; die Bedienung hat Leo Ahorn aus dem Lokal geworfen, weil er laut und aufdringlich wurde. Er war mies drauf, aggressiv, betrunken, enttäuscht, die ganze Palette, wieder einmal. Und: Er hatte sein Messer dabei, davon gehen wir aus, oder nicht? Er hatte das Messer in der Tasche. Er fand sich auf der Straße wieder, rausgeschmissen wie ein x-beliebiger Blödgast, stinksauer. Was macht er?

Vor dem Lokal bleibt er nicht; falls die Bedienung ihn durchs Fenster sehen würde, hätte er noch mehr Ärger am Hals. Er haut ab. Schleicht an der Hauptstraße entlang, überlegt, wie er Kramer doch noch rumkriegen könnte. Wie er ihm die Abfuhr heimzahlen kann, die Enttäuschung. War nicht mal von fünfzigtausend die Rede, die Kramer ihm in Aussicht gestellt hatte?

Für Leo Ahorn ist dieser Abend noch nicht zu Ende. Er wartet. Ich weiß nicht, wo. Irgendwie musste er ungefähr eine Stunde überbrücken. Wie macht man das in seinem Zustand, zu so später Stunde, ohne in einer anderen Kneipe einzukehren?

In der Nähe ist ein kleiner Platz mit Bänken, nicht weit vom Blauen Eck entfernt, er könnte sich hingesetzt haben, die kleine Straße im Blick. Wie viel Alkohol er im Blut hatte, konnte die Ärztin nicht mehr feststellen, zu viel Zeit war vergangen; vielleicht war er nicht total betrunken, sondern hauptsächlich empört und wild entschlossen, dem Trinkkumpan das versprochene Geld aus den Rippen zu leiern, endlich, in dieser Nacht.«

»Und dann hat er Kramer abgepasst?«, fragte Sandkorn.

»Hypothese. Denkbar. Sie haben denselben Weg. Sie gehen zur Eisenbahnbrücke, ein Wort gibt das andere, oder: Leo labert und labert, und der andere schweigt, lässt ihn wieder auflaufen, hat keinen Bock auf Diskurs. Die Situation eskaliert. Das haben wir schon durchgespielt. Das Opfer greift zum Messer, Handgemenge … Das Opfer stürzt, der Betrunkene denkt, alles nicht so tragisch, der Typ rappelt sich schon wieder auf, Kramer torkelt weiter, bis er ins Blickfeld der Kamera aus der Wohnanlage gerät und wir ihn sehen können.«

Odoki stand auf, ging zum Fenster, teilte sich mit Sandkorn den Luftbrei. »Der Täter hat zugestochen, in den Hals, er konnte auf keinen Fall davon ausgehen, dass das Opfer nur leicht verletzt war und keine Lebensgefahr bestand. Kramer. Falls er der Täter ist.«

»Wenn er nicht der Täter war …« Nachdenklich warf Sandkorn einen Blick zum Schreibtisch, wo die dünne Akte lag. »Wenn nicht, dann könnte er den Tatort passiert haben, ohne etwas zu bemerken, und er wäre …«

»Falsch.« Kalk klopfte mit den Fingerknöcheln auf den Tisch. »Er kann nicht einfach am Tatort vorbeigegangen sein. Da war nämlich gerade jemand damit beschäftigt, eine Leiche zu beseitigen.«

»Falls«, sagte Nasri, »der Mord geschah, kurz nachdem Leo das Lokal verlassen und sich tatsächlich schnurstracks auf den Heimweg gemacht hat, und falls er tatsächlich nahe der Brücke überfallen und ermordet worden ist, dann war der Täter längst mit dem Opfer im Auto auf dem Weg durch die Stadt, als Kramer vorbeikam; also kein Grund für ihn, innezuhalten.«

Schweigen waberte durch den Raum; es endete bei der Chefin. »Mir ist schwindlig, und wir drehen uns im Kreis«, sagte sie.

»Nicht mehr lange.« Stöhnend, die Hände an die Hüften gepresst (die Faszien wüteten wie Furien in ihm), stand Kalk auf. »Wann erwartet ihr den Zeugen?«

Nasri sah auf ihre Uhr. »In fünfundvierzig Minuten.«

»Hoffentlich ist er nüchtern«, sagte Odoki. »Sonst können wir uns die Vernehmung sparen.«

»Es ist eine Befragung.« Anja Sandkorn ging zum Schreibtisch, zog eine Schublade auf, verursachte Geräusche. »Ihr lasst den Mann reden; tauchen Unklarheiten oder Widersprüche auf, ändert ihr erst mal nicht die Taktik. Für eine offizielle Vernehmung bleibt genügend Zeit.«

Aus einem Wust von Schreibutensilien, Blöcken, Wörterbüchern und Stadtplänen förderte sie einen gelben akkubetriebenen Handventilator aus Hartplastik zutage. Sie drückte auf einen Knopf, und das Gerät sorgte leise brummend für Luftströme. »Fiel mir vorhin ein, dass ich den noch hab. Hat zwei Stufen, stark und weniger stark. Kann ich sogar mit einem USB-Kabel aufladen. Und zusammenklappen. Ahh …«

Sie hielt den Ventilator neben ihr Gesicht, ließ ihre Haare aufwallen; dann streckte sie den Arm aus, um auch Odoki eine Erfrischung zu gönnen. Sie ging zu Nasri, die sich seit Beginn der Besprechung nicht von der Tür wegbewegt hatte, schwenkte das Gerät mit dem langen Griff (»Praktisch, auch zum Hinstellen«) und pustete schließlich Kalk an, der genüsslich die Augen schloss. »Hat mir meine Tochter geschenkt.«

Da ging dem Luftspender die Puste aus. Sandkorn schüttelte ihn vergeblich. »Muss ich neu laden, Mist. Wo ist das Kabel?« Bevor sie wieder anfing zu kruschen, huschten die zwei Kommissarinnen und der Kommissar höflich grüßend aus dem Büro.

18

»Erwarten Sie einen Anruf?«, fragte der Barkeeper. Er brachte der Frau in dem schwarz-weiß gestreiften Kleid mit der aufgestickten Blume ein weiteres Glas Riesling, das vierte; nach dem ersten hatte sie aufgehört, Wasser dazu zu trinken.

»Wie kommen Sie darauf?«

»Sie sehen Ihr Handy so intensiv an, als sollte es jeden Moment klingeln.«

»Ich erwart nichts und niemand«, sagte Viola Ahorn.

Sie saß auf dem Hocker eines Stehtischs, nah bei der offenen Glastür zur Lobby. Mit dem jungen Mann, der sie die ganze Zeit vom Tresen aus beobachtete – er dachte wohl, sie wäre sehbehindert –, wollte sie nicht sprechen. Sie wollte überhaupt nicht sprechen. Dabei sprach sie andauernd, mit sich selbst, mit ihrem Glas, mit Leo im Kofferraum.

Ums Verrecken brachte sie dieses Bild nicht aus dem Kopf, obwohl sie ihn mit geradezu übermenschlicher Anstrengung in seinen Laden gebeamt hatte, zwischen all die Pakete und postalischen Schachteln: Da stand er, wie der Aufsteller aus Pappe, den ein Lieferdienst eines Tages in der Ecke platziert hatte, ein dämliches Werbegeschenk, das sie nach einer Woche entsorgt hatte.

Hier stand er jetzt, der leibhaftige Leo, und sie sah ihn genau vor sich. Braune Hose, graues Baumwollhemd, orangefarbene Windjacke. Hallo, sagte sie zu ihm, doch …

Jedes Mal, wenn sie Hallo sagte, verschwand Leo. In der nächsten Sekunde lag er in einem Kofferraum, mit einem Loch im Hals. Gestorben an einer *Stichverletzung*. Geh weg, sagte sie und meinte das Wort. Und Leo meinte sie auch … Er sollte aufstehen und weggehen und zu ihr zurückkommen, und dann …

Dann würden sie im Wohnzimmer sitzen und was trinken, und die Welt wäre vollständig. Das würde sie nie mehr sein, wozu darüber reden?

»Alles in bester Ordnung«, sagte sie zum Barkeeper, der immer noch neben ihr stand, wie ein unerwünschter, sinnloser Aufsteller, in einem schneeweißen Hemd, einer schwarzen Hose mit Bügelfalte, mit gestutztem blondem Schnurrbart, eingehüllt von einer Dunstwolke aus Aftershave, das länger als fünf Sekunden einzuatmen sie an die Übelkeitsgrenze brachte.

»Noch ein stilles Wasser?«, fragte er.

Ein stiller Kellner würde völlig reichen, dachte sie und schüttelte den Kopf. Er ging, wohin er gehörte, und sein Duft folgte ihm zäh.

Das graue, sehr kleine Telefon, das sie von einer Hand in die andere wechselte und drehte und betrachtete wie ein Ding aus einer fremden Welt, gehörte ihr nicht. Es war Leos Handy, das er nur alle heiligen Zeiten benutzte und meist in der Wohnung liegen ließ, vor allem abends, wenn er ausging. Wozu er sich überhaupt eines angeschafft hatte, war ihr bis heute ein Rätsel; vermutlich hatte sie ihn dazu gedrängt. Ein Geschäftsmann ohne Handy – unvorstellbar.

Absolut vorstellbar.

Wir reden von Leo, sagte Viola Ahorn zu dem Gerät, wir kennen ihn doch, noch keine fünfzig und in gewisser Weise greisenhaft. Leo, der Greis.

»So ein Scheiß«, murmelte sie und hob den Kopf, ohne sich umzudrehen. Ihr Stalker hinterm Tresen spitzte garantiert die Ohren.

Sie saß mit dem Rücken zur Hotelbar, der Lobby zugewandt, dem Empfangsbereich, aus dem ihre Freundin Alice seit Stunden verschwunden war. Am Anfang des Abends hatten sie gemeinsam zwei Aperitifs genommen (weißen Portwein), stehend an diesem Tisch, umschwänzelt von Barkeeper Jeremy (jetzt fiel ihr der Name wieder ein, wozu auch immer), offensichtlich ein Fan der attraktiven Front-Office-Managerin. Seine Angewohnheit, auf jeden Blick von Alice auch auf die Entfernung mit einem Schmunzeln zu reagieren, hatte sie schließlich mit einem polaren Lächeln beendet, vor dem sogar Viola leicht erschaudert war. Sie nahm sich vor, bei passender Gelegenheit die Mimik nachzuahmen.

Jeremy spielte keine Rolle, zu unwichtig an diesem Abend, der unversehens zur Nacht geworden war.

An der Bar saß eine weitere Frau (Ende dreißig), zu einem Pferdeschwanz gebundene blonde Haare; bordeauxrotes Kleid; in Abständen redete sie in gedämpftem Ton mit Jeremy; sie trank Prosecco. Sonst kein Gast. Viola vermutete, dass die Gäste ihren Abend in den Biergärten der Stadt oder auf der Terrasse des zum Hotel gehörenden Restaurants verbrachten. Nachtschwärmer, die nicht im Haus logierten – das wusste sie von ihrer Freundin Alice –, verirrten sich selten in die Bar; dafür lag das Hotel, vom Zentrum aus gesehen, zu weit ab vom Schuss, und die Preise waren happig.

Sie bezahlte nichts. Für zwei Tage hatte Alice sie im einundzwanzigsten Stock einquartiert, Kost und Logis frei, inklusive der Getränke in der Bar. Eine großzügige Geste, die Viola nicht erwartet hatte. Sie wollte nur einen Tag und eine Nacht nicht nach Hause, das war ihr Wunsch gewesen, und sie hätte ein Zimmer auch aus eigener Tasche bezahlt (und keine Minute über den astronomischen Preis nachgedacht). Aber Alice – Viola hatte sie angerufen und gefragt, ob sie auf einen Kaffee vorbeikommen dürfe – hatte von sich aus den Vorschlag unterbreitet (sie habe ihrer Chefin die Ausnahmesituation erklärt). Viola hatte ihr zugehört und …

Bevor sie ein Wort der Dankbarkeit über die Lippen brachte, fing sie sturzbachartig zu heulen an; mitten in der Lobby, im Blickfeld einer arabischen Großfamilie und diverser Business-Männer, die in Sesseln an niedrigen Tischen saßen, ihre Laptops auf den Knien. In ihrer Hilflosigkeit schlang sie die Arme um ihre Freundin und heulte ihr auf den frisch gereinigten Blazer (vermutlich minutenlang). Als sie sich einigermaßen beruhigt hatte, brachte ihr eine Bedienung aus dem Restaurant ein Glas Wasser und eine Stoffserviette; sie tupfte sich das Gesicht ab, und Alice küsste sie auf beide Wangen …

Nun saß sie schon seit Stunden in der Bar und trank vor sich hin; wie eine Verlorene in der Nacht, dachte sie und hörte Schritte hinter sich.

Neben ihr tauchte die Frau im engen Kleid auf, ihre weiße Lederhandtasche über der Schulter; sie nickte Viola zu und durchquerte die Lobby zum Ausgang hin. Viola sah ihr hinterher, ihrem Gang, der unbeschwert wirken musste, denn dass der Abend ein kompletter Reinfall für sie war, hatte sowieso jeder mitbekommen, der die Frau auch nur aus den Augenwinkeln abgeschätzt hatte.

Hätt dir gefallen, sagte sie zu Leo. Wieder stand er in seinem Laden, wie bestellt und nicht abgeholt; wartete in der Ecke auf Kundschaft oder kruschte im Hinterzimmer und fuhr sich mit den Fingern durch die spärlichen Haare. Sie sah ihn vor sich, wie er leibte und lebte. Leibte und lebte …

Unversehens fabrizierten ihre Lippen ein Lächeln. Das Wort *leibt* tummelte sich in ihrem Kopf. Er leibte … Was mochte der Unterschied zwischen leiben und leben sein?

Fragend betrachtete sie das Handy, das sie weiter festhielt, als würde es doch noch plötzlich klingeln oder eine SMS ankündigen. Hatte Leo jemals eine SMS geschrieben, überlegte sie; sicherlich nie an sie; an wen hätte er sonst schreiben sollen; an seine Kumpane aus dem Blauen Eck? Er besaß ein Handy, mit dem er weder telefonierte noch Kurznachrichten verschickte …

So war er, Leo Ahorn, so kannte sie ihn von Beginn an, hatte ihn geheiratet und das Leben mit ihm verbracht, behütet in einer Genossenschaftswohnung und versorgt durch die Einnahmen aus einem Schreibwarenladen, der an manchen Tagen vor Kunden überquoll, Erwachsenen und Kindern, Menschen voller Wünsche und Zukunft. Leo und sie hatten dafür gesorgt, dass die Leute zufrieden und zuversichtlich das Geschäft verließen und bald wiederkamen, mit neuen Wünschen, mit noch mehr Zukunft.

Das war die Wahrheit, sagte sie zum Handy und hielt es plötzlich, ohne Vorsatz, ans Ohr. Kein Piep. Hallo?, sagte sie bei geschlossenem Mund. Hallo? Ist da jemand? Hallo?

Den Kopf an die Hand mit dem Telefon gelehnt, blickte sie in die verlassene Lobby. An der Rezeption bildeten zwei Kolleginnen von Alice die Nachtschicht; eine telefonierte, die andere tippte auf der Tastatur des Computers; diffuses, gelbliches Licht erzeugte eine fast andächtige Stimmung. Oder es kam ihr nur so vor, und der Alkohol spielte ihr einen Streich. Womöglich schwand ihre Sehkraft und sie nahm nur aus Erschöpfung ausfransende Dinge wahr, anstatt die edle Ausstattung eines Fünf-Sterne-Hotels angemessen zu würdigen.

»Haben Sie noch einen Wunsch?«

Vor Schreck rutschte ihr das Telefon aus der Hand und knallte auf die Glasplatte, knapp neben das Weinglas.

»Verzeihen Sie«, sagte Jeremy.

Sie wusste, sie musste etwas sagen; ihm Trinkgeld geben, wenn sie die Zeche schon nicht bezahlte; sie sollte gehen und nicht als letzter Gast (noch dazu als Frau) in einer Hotelbar herumlungern.

»Geht es Ihnen gut?«

In ihren Ohren klang Jeremys Stimme wie Gesäusel; sein zur ernsten Miene drapiertes Lächeln wie verunglücktes Geschmunzel; sie mochte den Mann nicht; sie wollte allein sein; ihr Zimmer im einundzwanzigsten Stock wartete sanft beleuchtet auf sie.

»Einen Moment«, sagte sie.

Sie öffnete den Metallverschluss ihrer Tasche, die sie mit dem Magnetaufhänger an der Tischplatte befestigt hatte, und holte ihre Geldbörse hervor.

»Für Sie.«

Sie legte einen Zehn-Euro-Schein hin.

»Das ist sehr nett, danke. Sie wollen uns verlassen?«

Wen er mit *uns* meinte, war ihr nicht klar. Leo würde sie bei dem Kerl definitiv nicht zurücklassen.

»Ja, wir gehen jetzt.« Behutsam glitt sie vom Hocker. Die aufdringliche Anwesenheit des Barmannes – Alice hatte ihm erklärt, dass ihre Freundin auf Einladung des Hauses nichts zu bezahlen bräuchte – störte sie. Er löste ein Gefühl von Klaustrophobie bei ihr aus. »Wenn Sie mich vorbeilassen würden?«

Er machte einen Schritt zur Seite. »Ich wünsche Ihnen eine angenehme Nachtruhe, Frau Ahorn.«

Dass er ihren Namen behalten hatte, empfand sie beinah als Belästigung. In der Halle erinnerte sie sich an die enttäuschte Prostituierte und deren Gang. Sie richtete die Schultern auf, schenkte den beiden Rezeptionistinnen einen, wie sie hoffte, durchaus stolzen Blick und ging in gerader Linie zu den Aufzügen. Was hältst du davon, sagte sie zu Leo, wenn wir uns heut im Bett mal wieder umarmen, du weißt schon, wie damals nach dem Federballspielen, wenn wir nicht mehr wussten, wer gewonnen hatte, und wir uns beide gratulierten. Wär das nicht schön?

Im Lift schaute sie in den Spiegel. Da war fast niemand.

Bloß eine Frau in einem schwarz-weiß gestreiften Kleid mit einer Rose auf Höhe des Herzens.

19

»Komm her, komm, mein Schatz.« Roger Braun (lachsfarbenes Hemd, koksweiße Hose) ließ seine Finger flattern, hielt die Hand in die halbrot beleuchtete Luft. Während er wartete, pumpte sein Bauch gegen die niedrige Tischkante im Separee. Wie seine Begleiter trank er Wodka-Tonic; abwechselnd schoben sie sich Salzstangen zwischen die Lippen und kauten mit einem Ausdruck gönnerhafter Langeweile darauf herum.

»Da bin ich.« Melanie »Melly« Osburg (paillettenbesetztes Kleid mit großzügigem Dekolleté, dank einer golden schimmernden Spange gebändigte Haare, das Gesicht Jellaartig verkleistert) setzte sich auf den Schoß des schwitzenden Mannes.

»Frage.« Er legte eine Hand auf ihr Knie, die andere an ihre Hüfte. »Was siehst du, wenn du in den Spiegel schaust, Melly? Ja?«

»Wie meinst du das, Papa?«

»Sag nicht Papa zu mir an diesem Ort, das klingt inzestuös.«

»Ach was.« Ihr Lächeln schaffte es fast durch die Schminke. »Was glaubst du denn, was ich im Spiegel sehe?«

»Sag du's mir.«

Sie blickte in die Runde. Ihr Chef, der Pächter des Black Jasmin (dunkler Anzug, offenes weißes Hemd, die raspelkurzen Haare in Gel getunkt), lehnte in der Ecke, die Arme ausgestreckt auf den samtigen Rückenlehnen, blickte an ihr vorbei in die fast leere Bar. Brauns Frage schien ihn nicht zu interessieren, oder er hatte sie überhört, was seine Lieblingsreaktion auf Fragen war. Brauns Bekannter mit dem eingefallenen bleichen Gesicht und den schwarzen Halbmonden unter den Augen stierte vor sich hin, die beringten Finger um sein Glas geklammert; seinen Namen hatte sie schon wieder vergessen.

»Red mit mir.« Braun wippte mit den Beinen; Mellys Kleid verrutschte; seine Hand folgte dem Stoff zum Oberschenkel. »Was siehst du?«

»Was redest du?«, fragte Fabian Selch unverhofft. Melly sah ihren Chef an, doch der schickte seinen missgelaunten Blick nach wie vor über die Tische hinweg zu den beiden Männern an der Bar, die Bier tranken und vermutlich nicht mehr lange bleiben würden.

»Ich seh mich«, sagte Melly.

»Und wer bist du?«

»Deine Ziehtochter.«

»Schon wieder dieser anzügliche Unterton.« Er lachte, ein kehliger Laut, und beugte sich vor, um nach seinem Glas zu greifen. Das klappte nicht. Melly blockierte seine Wampe; sie grinste, was er nicht sehen konnte, und hielt ihm das Glas hin.

»Danke, mein Schatz. Ich glaube, deine Gäste an der Theke haben noch Durst.«

Selch mochte es nicht, wenn sein Vorgänger seinen Frauen Anweisungen erteilte oder sie auf dem Schoß sitzen ließ. Für ihn gehörte dieser Umgang in die Mottenkiste alter Herren, die nie gelernt hatten, wie man sich gegenüber weiblichen Angestellten in einem Nachtclub verhielt; das Gehabe entstammte einer Zeit, in der Ehefrauen am besten den Herd hüteten und die Kinder betütelten, während die Gatten junge Frauen in gewissen Etablissements wie Untertanen behandelten. Diese Männer – Selch sah, wie Braun Melly ungeniert hinterherglotzte und dabei die Zungenspitze zwischen die Zähne klemmte – hatten nie begriffen, dass ihr Geld, das sie ausgaben, nicht zum Erwerb einer Leibeigenschaft führte.

So oder so, dachte Selch und ließ seinen Blick zum zehnten Mal sinnlos schweifen: An zu vielen Abenden würde er Kerle vom alten Schlag der deprimierenden Leere bei weitem vorziehen.

»Sind eben schwierige Zeiten.« Brauns Bekannter.

So ein Schwachsinnskommentar von jemandem, den er noch nie gesehen hatte und der ihm vom ersten Augenblick an unsympathisch gewesen war, hatte Selch gerade noch gefehlt. Er zwängte sich aus der Nische.

»Ich muss noch mal ins Büro«, sagte er. »Bis gleich.« Was er dringend brauchte: ein Glas Lagavulin, eine geschlossene Tür hinter sich und eine Zwiesprache mit seiner Frau. Was er unter keinen Umständen auch nur eine Minute länger brauchte: einen Ex-Zuhälter, dessen zwielichtigen Freund aus angeblich gemeinsamen Zeiten, trostloses Gelaber und den Anblick einer gottverlassenen Bar.

»Was mache ich falsch?«, fragte er seine Frau.

»Was soll ich machen?«, fragte Roger Braun. »Die Bullen finden was und buchten mich ein, in meinem Alter. Ich mein, wäre ich die Bullen, ich würde dem Kerl doch kein Wort glauben, also mir. Wie siehst du das? Es tut mir leid, dass wir noch gar nicht richtig reden konnten. Hab mich über deinen Besuch gefreut, aber, wie gesagt, das Hotel am Gardasee war gebucht, ich konnte das nicht absagen. Wollte ich auch nicht, gebe ich zu. Also, was hältst du von der Sache, Zille?«

Der Mann im schwarzen T-Shirt, der sein Achthundert-Euro-Sakko gefaltet neben sich gelegt hatte, schüttelte eine Zeitlang den Kopf. »Die Sache stinkt«, sagte er dann. »Die wollen dir was anhängen. Wer garantiert dir, dass die Bullen die Leiche nicht selbst in deinen Kofferraum gelegt haben?«

»Du bist verrückt.«

»So was passiert, mein Freund. Solche Dinge sind keine Fiktion, die Bullen arbeiten so, wenn sie einen Plan verfolgen. Und Bullen verfolgen immer einen Plan, das weißt du.«

»Das wäre doch krank.« Braun ruckte ein paarmal vor und zurück; entweder hatten sie seit Kurzem die Separees verkleinert oder er hatte ein Problem mit seinem Umfang. »Was sollten die mir anhängen wollen? Was habe ich getan? Ich bin ein unbescholtener, immer noch Steuern zahlender Rentner, was sowieso ein Witz ist. Was? Hä? Und, hör zu: Habe ich je jemanden über die Klinge springen lassen? Habe ich je einen Mord begangen? Ja? Nein, habe ich nicht, das weißt du.«

»Das weiß ich. Du bist kein Mörder, ich bin keiner und mein Vater auch nicht.«

»Bei deinem Vater bin ich mir nicht so sicher ...« Er knetete ein Grinsen in sein Teiggesicht. »War nicht so gemeint. Der gute Hans ist in Ordnung, auch wenn er damals nicht fair zu mir war. Das war er wirklich überhaupt nicht, der gute Hans, er war hinterhältig und knallhart. So ist das Geschäft. Ist Vergangenheit, und, wie gesagt, ich freue mich, dass wir uns sehen. Mensch. Zille nennst du dich. Du hast den Namen deines Vaters angenommen, hat er dich adoptiert?«

»No. Ich heiß nach meiner Mutter, aber jeder sagt Zille zu mir, das ist auch richtig so.«

»Klar ist das richtig. Dein richtiger Vorname ist ...«

»Sandro. Mag ich nicht besonders.«

»Du, die Familie kann man sich nicht aussuchen, einen Namen aber schon.« Leutselig klopfte er seinem Freund auf den Oberschenkel. »Damals warst du ... Du warst jung und klein, aber schon auf Zack, du hast dich durchgesetzt, bravo.« Mit einem gierigen Schluck leerte er sein Glas, schmatzte gegen die Musik an.

»Kann ich was für dich tun?«, fragte Zille.

»Was sollst du tun? Ein Alibi brauche ich nicht, ich habe eins, und Spuren von mir an der Leiche gibt's keine. Ist logisch. Mich beschäftigt die Frage, wer kommt auf so eine aberwitzige Idee? Knackt meinen Kofferraum und legt einen Toten rein? Wie krank ist so jemand? Hä?«

»Sehr krank. Wieso stand der Wagen nicht in der Garage?«

»Ich mag diese Duplex-Garagen nicht, komm da schlecht zurecht, bin schon vier Mal beim Rausfahren gegen die Mauer gekracht. Weißt du, wie teuer diese Außenspiegel sind? Die Kiste parkt in einer Seitenstraße vorm Haus. Nie ist was passiert, winters wie sommers, absolut sicherer Platz. Und jetzt diese Geschichte. Und die kommt in die Zeitung, darauf kannst du wetten. Heute noch nicht, aber morgen, und dann?

Wer glaubt mir denn in dieser Stadt, dass ich mit der Sache nichts zu tun habe? Wer? Sag ich dir: Niemand. Keine alte Sau. Ich habe meine Vergangenheit, die wird dann wieder ans Licht gezerrt, der ganze alte Mist.

Die letzten Jahre habe ich ein entspanntes Leben geführt, kannst du dir vorstellen, mit meiner sogenannten Ziehtochter, hähä, neuerdings mit ihrer Freundin Jella, fantastisch, alles legal, alles in gegenseitigem Einvernehmen, so muss das Leben im Alter sein. Und jetzt? Jemand fickt mich, und ich habe keinen Dunst, wer. Wer, mein Freund Zille? Was soll ich machen? Sag mir gradraus, was soll ich tun? Wie kann ich meine Zukunft wieder in den Griff kriegen? Sprich zu mir.«

»Sprich zu mir«, sagte zur selben Zeit der Geschäftsführer der Black-Jasmin-Bar zu seiner Frau. »Ich muss meine Zukunft organisieren, und die meiner Mitarbeiterinnen. Wie soll ich das schaffen, angesichts der wirtschaftlichen Flaute? Ich leide an chronischer Überforderung. Kannst du mir nicht sagen, was ich tun soll?«

Minutenlang saß Fabian Selch hinter seinem Schreibtisch, nippte an seinem Whisky und betrachtete unentwegt die Fotografie im Silberrahmen, die eine Frau in gleißender Sonne zeigte. In der Stille hörte er das Rauschen von Wellen.

Fünf Stunden vorher hatte sich ein Mann in einer grauen Strickjacke über den 15-Zoll-Bildschirm eines Laptops gebeugt und sich mit Worten verheddert.

Mit den Händen nervös auf die Oberschenkel trommelnd, setzte er mehrmals zu einem Satz an und brachte nur Bruchstücke hervor. »Das ist doch … Wer soll'n das … Wieso zeigen Sie mir so was …« Ununterbrochen zuckte sein rechtes Auge, seine Schulter hing schief, sein Gesicht von grauen Stoppeln übersät.

»Schauen Sie bitte ganz genau hin, Herr Kramer«, sagte Fariza Nasri.

Kramer schaute blinzelnd. »Das ist doch … Das bin doch nicht ich … Ich doch nicht, ich hock … Der Mann sitzt auf dem Trottoir mitten in der Nacht im … Im Viertel …«

»Der Mann sind Sie«, sagte Jennifer Odoki.

»Niemals.« Kramer richtete sich auf, nahm Abstand von Tisch und Nahaufnahme. »Der sieht aus, als wär er … Ich bin das nicht. Niemals würd ich mich so benehmen.«

»Er trägt dieselbe Kleidung wie Sie.« Zur Verdeutlichung zeigte Nasri auf das Standbild und anschließend auf den Besucher in Zimmer 214.

Nach Auffassung der Kommissarinnen kam eine Komfortzone (Büro statt Vernehmungsraum) für Georg Kramer nicht in Frage, zumindest noch nicht. »Was interessant ist …« Nasri deutete wieder auf den Bildschirm. »Man sieht kaum die Blutspritzer auf Ihrer Kleidung, Herr Kramer.«

Mit schiefer Schulter drehte er sich zu ihr um, sein Lid flackerte schlimm. »Blut, wieso Blut … Ich bin doch … Ich hab kein Blut …«

DRITTER TEIL

Der gute Herbert, zwei fürchterliche Geschenke

1

Seine Kindheit, sagte er sich – halbwegs ausgenüchtert und in stummer Panik vor der Rache der Nacht –, war ein geschlossener Schrank und seine Jugend eine billige Truhe.

Er dachte darüber nach und fand, dass er recht hatte. Auf dem grünen Ledersofa, das er bisher noch nie zum Liegen benutzt hatte, dämmerte er seit Stunden vor sich hin. Durch seinen Kopf zogen Sätze, deren Bedeutung ihn ebenso überforderte wie elektrisierte. Es kam ihm vor, als hätte sich in ihm eine Art Tapetentür geöffnet, hinter der erschreckende Erkenntnisse auf ihn warteten. Zum Glück – das fiel ihm ein, während er, ausgestreckt zur Rückenlehne gedreht, am kühlen Leder schnupperte – musste er kein Wort laut aussprechen. In jüngster Zeit brachte ihn sein eigenes Sprechen durcheinander, besonders, wenn er in eine Unterhaltung gezwungen wurde und gegen seinen Willen Fragen beantworten musste.

Vorbei die Vergangenheit, der Beruf, die Verpflichtungen, der endlose Irrsinn aus Stundenlohn und Abrechnungen (auf die Minute genau), aus Misstrauen und Überwachung, aus totaler körperlicher Erschöpfung und sinnloser Hosenscheißerei vor der Konkurrenz.

Eigenhändig durchtrennt, die Fesseln, sagte er sich, ein für alle Mal.

Wieso dann dieser Trubel in ihm? Wieso konnte er sich nicht erinnern, jemals wahrhaft aufrecht gegangen zu sein (stattdessen hauptsächlich gebückt, mit schiefen Schultern, wie geburtsgeschädigt) oder wenigstens aufrecht gestanden zu haben? Im nächsten Moment erschien ihm eine solche Erinnerung abstrus.

Doch sofort flimmerte ein neues Bild vor seinen Augen (dabei hielt er sie geschlossen, so fest wie möglich): Vom Alkohol zerbombt, hatte er manchmal seine zitternden Hände betrachtet, überzeugt, nicht seine lebenslange Plackerei zeitigte die Schwielen und Narben und Knubbel auf und unter der Haut. Beim Blick in den Spiegel begegnete ihm nämlich der immer gleiche Greis, den er seit der Kindheit kannte und der schon mit einem verbogenen Gestell und einem verstaubten, ausgemusterten Gesicht auf die Welt gekommen war, vom Vater umgehend vereinnahmt, für den Rest seiner Tage.

Genau so, dachte er, das Gesicht am Leder, die Arme parallel zum Körper, mürrisch und erschöpft. Genau so war sein Leben verlaufen, und wieso …

Wieso das alles jetzt in ihm hochkam, begriff er nicht. Zu viel getrunken, wie fast jeden Abend, zu viel Gequatsche um die Ohren, zu wenig Luft zum Atmen.

Unwillkürlich ruckte er mit dem Kopf, weg vom Polster, der Mund halb geöffnet; dann, von null auf gleich, schüttelte ihn ein Hustenanfall. Beinah wäre er vom Sofa geplumpst. Die Fingernägel ins Kissen gekrallt, stieß er krachende Laute aus (zuerst gegen die Rückenlehne, dann in die Luft); als sie allmählich abebbten, kehrte der uralte Schmerz zurück, von der linken Schulter durch sämtliche Nervenbahnen bis zur Speiche im rechten Arm – vertraut, fast schon vermisst.

Wenn er im Blauen Eck stand – stehen war angenehm, sitzen meist eine Tortur – und trank und vorher zwei 600er Ibu eingenommen hatte, vergaß er oft seine Gebrechen. Wie einer, der einen Gedächtnisverlust erlitten hatte, dachte er (vom Kater sediert) am nächsten Morgen – wenn alles wie am Tag zuvor war und er versehentlich einen Blick in den Spiegel warf, wo Quasimodo ihn schon erwartete.

Dass er sabberte, bemerkte er nicht. Erleichtert, wieder ausgestreckt daliegen zu können, röchelnd, aber ohne Erschütterungen in der Lunge, versuchte er, sich an das zu erinnern, was ihn eben noch beschäftigt und aufgewühlt hatte.

Die Sache mit Leo?

Was war mit seinem Vater gewesen? Weshalb hatte er sich ausgerechnet mit ihm beschäftigt? Hatte er das überhaupt?

Es gelang ihm nicht, sein rechtes, wie irre flackerndes Lid unter Kontrolle zu bringen. Er riss die Augen auf (nur das eine zu weiten, war unmöglich) und hielt die Luft an; eine lächerliche Übung, an der er schon tausendmal gescheitert war. Er durfte sich nicht darauf konzentrieren. Nicht hinsehen, schoss ihm durch den Kopf. Die Vorstellung löste ein solch überdrehtes Kichern bei ihm aus, dass er vor lauter Staunen darüber immer lauter wurde.

Mit den Beinen strampelnd, giggelte er vor sich hin und in sich hinein, eine Zeitlang mit scheinbar sich steigernder Lust; sogar seine Hände schlugen rhythmisch aufs Lederpolster; in seinen Ohren klang das Geräusch lustig und stimulierend.

Dann, wie nach einem Riss in der Motorik, erstarrte sein Körper; seine Stimme brach; die Arme erschlafften, die Hände reglos. Er versank in einer lautlosen, verwirrenden, grotesken Bilderflut, durch die ein Gesicht wie eine zerrissene Maske trieb.

Durch äußerste Willensanstrengung, indem er die Augen mehrmals abwechselnd fest zukniff, um sie schließlich krampfhaft geschlossen zu halten, gelang es Georg Kramer, sich selbst in der Maske wiederzuerkennen.

2

Das war er doch, an seinem Stehtisch. An der Wand gegenüber lief der Fernseher, hauptsächlich wegen ihm, ohne Ton, dafür hatte er die kratzige Stimme des Mannes neben sich in den Ohren. Die Stimme hörte nicht auf. Der Mann im grauen Hemd, das er bis zum Hals zugeknöpft hatte, störte ihn seit einer Stunde und kapierte nicht, dass er an diesem Platz hundertprozentig unerwünscht war. Dieser Platz war seiner, vom ersten Besuch im Lokal an.

Oder etwa nicht?

Das bin ich doch, dachte Kramer, ausgestreckt auf der Couch, ein Auge auf, eines zu, zum wiederholten Mal. Und das: der schreckliche Leo, den Britta aus unerfindlichen Gründen nicht längst rausgeschmissen hat. So darf man doch einen Gast nicht behandeln, ihn mit ständigen Forderungen triezen und Unwahrheiten verbreiten. Und ungeheuerlichen Unfug verzapfen und die Leute glauben machen, er, Kramer, wäre ein Lump, der kein Verständnis für die Probleme eines armen Kerls aufbringe und keinen Cent von seinem Reichtum abgeben wolle.

Nein … Vor Kramers Augen drehte sich alles, die Tische, die Wände, die Gesichter, die Gläser … Nein, das konnte unmöglich er gewesen sein, der dem mit zunehmender Lautstärke auf ihn einquatschenden Widerling mit dem Zeigefinger drohte und ihn anwies, sofort die Klappe zu halten, andernfalls garantiere er für nichts.

Das hatte er gesagt?, überlegte Kramer, kurz davor, erneut zu kichern. Sicher hatte er das gesagt! Jetzt hörte er seine Stimme und sah die Geste, den erhobenen Arm, den ausgestreckten Finger. Das macht man nicht, sagte die Stimme, man geht nicht her und erpresst einen Menschen vor aller Augen und Ohren, das lasse er nicht zu, hier und heute! Früher habe er sich genauso gegen derart freches Gebaren verwahrt.

Hatte er das gesagt? Freches Gebaren? Er knipste das rechte Auge an und sah trotz des flatternden Lids den Zeitungsleser am Tisch (blassrote Haare, ausgemergelt), irgendein neuer Gast, der kein Wort redete, in die Zeitung stierte und Weizenbier trank. Wieso laberte Leo nicht ihn an, wieso verschonte er alle Gäste bis auf ihn, Kramer? Weil sie Nachbarn waren?

Verschwommene Gesichter ... Der Rothaarige, die blonde Britta, der weißbärtige Olaf, der glatzköpfige Heiner ... Wo war er selbst?

Immer wieder verrutschte sein Blick, seine Augen nahmen Fratzen und Umrisse wahr, kein echtes Leben. Ob er Fieber hatte, dachte Kramer vage. Er schwitzte (das hatte er schon bemerkt), aber nicht stark; ihm war heiß, kein Wunder bei der Hitze draußen und im Zimmer. Wahrscheinlich hatte er sogar vergessen, die Balkontür zu öffnen.

Seit wie vielen Stunden lag er eigentlich schon auf der Couch? Wie spät war es? Und wieso klingelte niemand an der Tür? Jemand hätte ihn doch fragen müssen, ob er verletzt sei. Ob Leo ihm womöglich aufgelauert und ihn hinterrücks überfallen habe. Bestimmt hatte der unerträgliche Nachbar allen Leuten genau das Gegenteil erklärt, ob sie zuhören wollten oder nicht: Dass er, Kramer, ihn, Leo, im Dunkeln ohne Vorwarnung angegriffen und verprügelt habe. Oder etwas in der Art.

Lügen und Gemeinheiten, wie gewohnt.

3

Er hatte niemanden attackiert, aus welchem Grund denn? Und in seinem Zustand?

Kramer versuchte herauszufinden, wie viele Biere er gestern getrunken haben mochte; keine Chance. Jedenfalls wäre er zu einer körperlichen Auseinandersetzung kaum fähig gewesen. Aber miteinander gerungen hatten sie.

Gerungen?

Wie? Und wo?

Er stand am Stehtisch und verfolgte das Fußballspiel im Fernsehen; Burkina-Faso, Gambia? Nicht zu erkennen auf die Entfernung. Wieso war er so weit weg? Jetzt blätterte der Rothaarige die Zeitung um, das Rascheln war nicht zu überhören, viel lauter als sonst. Und es hörte nicht auf. Wie oft blätterte der Mann denn um? Knistern ohne Ende.

Kramer wollte sich die Ohren zuhalten, brachte aber die Hände nicht in die Höhe. Ihn schwindelte wieder. Kein Wunder bei dem Krach. Oder war ein Feuer ausgebrochen, und Holzbalken knackten und krachten und machten einen Höllenlärm, und unerträgliche Hitze breitete sich aus?

Nein. Nein.

Er war das nicht.

Das war nicht er, der gestern, wie festgenagelt am Stehtisch, das Keifen und Fauchen des sogenannten Nachbarn über sich hatte ergehen lassen – bis er den Arm gehoben und den Finger gestreckt und sich ein für alle Mal Ruhe erbeten hatte …

Ja. Ja, das genau waren seine Worte gewesen. Er hörte seine Stimme wieder. Ruhe jetzt, und zwar für alle Zeit! Hast du mich verstanden, Depp?

Bei der Erinnerung an das extra mit Betonung ausgesprochene Wort hüpfte ein kindisches Kichern aus seinem Mund, er hörte zu und freute sich daran. Von der Nase tropfte Schweiß auf seine Lippen; das irritierte ihn so, dass er den Mund schloss und still blieb. Aber …

Aber die Sache mit Leo ist anders als erhofft verlaufen. Keine Ruhe kehrt ein, nicht eine Minute. Vielmehr bestellt Leo ein weiteres Bier; er geht auf die Toilette, kommt zurück und nimmt Britta das Glas aus der Hand, stellt sich – entgegen ihrer Aufforderung, er möge am Tresen bleiben – wieder an den Stehtisch; nach einem gierigen Schluck setzt er seine Erpressungsversuche fort.

Fünfzigtausend, blökt er quer durchs Lokal, habe Kramer ihm versprochen, als Überbrückungshilfe für den Umbau des Schreibwarenladens; fünfzig Mille, und was sei von dem Angebot übriggeblieben? Null und nada, schreit Leo, null und nada. Spucke rinnt ihm aus den Mundwinkeln und über das vorstehende Kinn den Hals hinunter; widerlicher Anblick. Im Spiel des Africa Cups fällt ein Tor, Kramer bekommt nicht mit, für welche Mannschaft; das ärgert ihn. Hau ab, oder ich verhau dich, sagt er (mit ziemlich ruhiger Stimme) dem Idioten ins Gesicht.

Bei geschlossenen Augen sah er die Szene vor sich. Er, halbwegs aufrecht, ernüchtert, die Hände an die Tischkante geklemmt, und im rechten Winkel neben ihm: der Mann im grauen, nach Schweiß riechenden, aus der Hose hängenden Hemd, kurzfristig verstummt. Stille im Raum. Regloses Schauen der Gäste, nicht der Hauch eines Knisterns vom Tisch des Zeitungsblätterers, kein Gläserklirren hinterm Tresen; nicht einmal durch die geöffnete Tür dringen Schritte oder Motorengeräusche herein. Als herrsche ein gesegneter

Frieden, und er, Kramer, habe seine Freiheit wiedererlangt, die Freiheit, einfach da zu sein und nach Herzenslust zu faulenzen. Und …

Und endlich schritt die Bedienung ein. Vom Haken unterm Tresen nahm sie die orangefarbene Jacke, die Leo immer dort hinhängte, warf sie ihm über die Schultern und sagte sinngemäß: Für heute reicht's, und morgen legst du mal einen Abend Pause ein …

Der genaue Wortlaut war Kramer entfallen, das machte keinen Unterschied. Nachdem Leo einen Geldschein aus der Tasche gezogen und Britta ihm diesen aus den Fingern gerissen hatte, drehte er sich um und steuerte die Tür an; die Jacke ließ er über den Boden schleifen; er stieß mit der Schulter gegen den Türrahmen und wankte mit einer ungelenken Drehung ins Halbdunkel der Straße.

Wie spät war das? Kramer tippte auf Mitternacht; kurz davor, kurz danach, egal: Von diesem Moment an hörte die Zeit auf. Niemand bedrängte ihn mehr, zwang ihn, auf die Uhr zu sehen und an den Heimweg zu denken. Kein hässliches Organ beschallte ihn. Niemand überhäufte ihn mit Lügen und Anschuldigungen und nagelte ihn auf Versprechen fest, die er nie gegeben hatte. Er war wieder sein eigener Herr: der Mann, der am späten Nachmittag aus seiner Eigentumswohnung spaziert, auf dem Weg in seine selbstbestimmte Zukunft.

Wann er sich aufgesetzt hatte, blieb ihm schleierhaft. Er saß, stellte er fest, in der Mitte der Couch, die Hände unter den Oberschenkeln, ziemlich gerade, die linke Schulter nur unwesentlich verschoben, Blick zur geschlossenen Balkontür.

Vom Innenhof drangen keine Stimmen herauf, die Wohnanlage gegenüber verhinderte den Einfall der Nachmittagssonne. Er hatte Durst, auch ein wenig Hunger, sein Herz schlug schnell. Ausschnitte der Bilder, die durch seinen Kopf gerast waren und ihn in einen nie dagewesenen, ebenso rauschhaften wie ernüchternden Zustand versetzt hatten, flimmerten nach wie vor überdeutlich vor seinen Augen. Er traute seinen zurückkehrenden Erinnerungen nicht.

Unmöglich, ihnen zu trauen, sagte er sich. Es konnte nicht stimmen, dass Leo vor ihm das Blaue Eck verlassen hatte. In den vergangenen Wochen waren sie häufig gemeinsam gegangen, Zwist und Genöle hin oder her; sie hatten denselben Weg, also wartete der eine auf den anderen, wenn einer von ihnen noch mühsam Kleingeld herauskramte oder ein letztes Mal auf die Toilette ging. Höfliche Verabschiedung von Britta, das Versprechen, morgen wiederzukommen, Konzentration auf die Reihenfolge der Schritte nach draußen ins unvermeidliche Dunkel.

Selten gingen sie Seite an Seite, meist einer hinter dem anderen, beide nah an den Schaufenstern und Fassaden, für den Fall, eine Stütze wäre vonnöten.

Geredet wurde kaum, wieso auch? In den Stunden zuvor hatte Leo seinen Sermon abgesondert, er, Kramer, und die anderen hatten Zuhören simuliert, manchmal auch wirklich zugehört, wenn Leo von seiner Frau erzählte; sie kapsele sich, wie Leo meinte, mehr und mehr von ihm ab und hing nächtelang abseitigen Geschichten aus dem Internet nach. Dabei würde er gern mit ihr den Laden umkrempeln und neue Dinge wagen, nichts Großes, ein paar Tische reinstellen, zum Verweilen bei Kaffee und Kuchen, wieder mehr Schreibwaren ins Sortiment nehmen und die dämliche Paketstation allmählich aufgeben …

Manchmal wurde Leo beim Reden schwermütig und verstummte, von der Realität entmutigt.

Anders als gestern.

Manchmal spendierte Britta eine Runde Marille wegen ihm.

In jüngster Zeit seltener. Leo schraubte sich in einen Zustand wütender Verachtung hinein, kein Grund, ihn dafür zu belohnen.

Wie gestern.

Sie waren nicht gemeinsam gegangen.

Oder doch?

Er war doch plötzlich wieder da gewesen.

4

Kramer erschrak. Sein von Gedanken bleierner Körper ruckte und zuckte und sprang fast, wie von einer Schnur gezogen, in die Höhe und sackte zurück auf die Hände, die tiefer ins Leder sanken. Wie vor einer Stunde oder zwei rang er nach Luft, unfähig, das Stechen im rechten Unterarm zu ignorieren, besessen von der Vorstellung, die Nacht zu rekonstruieren – jenen Teil, den er auf der Straße mit seinem Nachbarn Leo verbracht hatte. Hundertprozentig war Leo plötzlich hinter ihm gewesen, wo immer er hergekommen war; der hätte doch längst zu Hause sein müssen.

Oder war ein Fremder hinter ihm hergerannt und hatte seinen Namen gerufen?

Ein Fremder in einer orangefarbenen Jacke, wie Leo Ahorn eine trug? Das konnte unmöglich sein.

Andererseits …

In Kramers Kopf sausten die Bilder; Fetzen von Bildern, zerrissene Schnipsel von lausig belichteten Fotos. Als verweigerte sein Gehirn – aus ihm vollkommen schleierhaften Gründen – die simpelsten Erinnerungen. Zum Beispiel an gestern; eigentlich heute. Definitiv weit nach Mitternacht hatte er das Blaue Eck verlassen, so viel stand fest, Beweis: Nachbar Leo war lang vor ihm gegangen, genauer: von der Bedienung hochkant rausgeschmissen worden. Wann genau? Er wusste es nicht mehr.

Über die Zeit, das zumindest glaubte er mittlerweile zu kapieren, durfte er auf keinen Fall nachgrübeln; unmöglich, die Abfolge der Ereignisse zu bestimmen. Ihm blieben nur Puzzleteile.

Er schloss die Augen, wieder einmal. Er strengte die Muskeln in den Oberschenkeln an, um den Druck auf die Hände zu verstärken; davon versprach er sich eine besondere Form der Konzentration (wie früher in der Schule, fiel ihm plötzlich ein). So hatte er oft dagesessen und über eine Frage der Lehrerin nachgedacht, die sie ihm gestellt hatte, ihm, der nicht zugehört hatte, aus Erschöpfung, weil er wahrscheinlich am Wochenende wieder seinem Vater hatte helfen müssen …

Was für eine sinnlose Erinnerung, dachte er, wo kam die jetzt her, wenn er nicht mal eine konkrete Vorstellung davon hinkriegte, was genau vor wenigen Stunden passiert sein könnte?

Etwas musste passiert sein. Etwas, das ihn zwang, in der Wohnung zu bleiben und Rechenschaft abzulegen, anstatt den Tag zu genießen, den unglaublichen Sommer, der ihm zustand, den er nach all den Jahrzehnten ohne Jahreszeiten verdient hatte.

Oder etwa nicht?

Zornig riss er die Augen auf. Draußen pulsierte das Leben, und er, wie ein Stubenhocker, vertrödelte die Zeit mit Stochern im Nebel, der waberte durch seinen Körper und aus ihm heraus und machte ihn verrückt. Noch fünf Minuten, dachte er voller Abscheu, und ich dreh durch und mach was Schlimmes.

Sofort verstummte er innerlich. Was meinte er damit, er würde was Schlimmes tun? Hatte er denn nicht schon was Schlimmes getan?

»Um Gottes willen!« Die ersten aus ihm herausplatzenden Wörter seit Stunden. Zumindest bildete er sich das ein; er fuhr sich mit der Zunge am Gaumen entlang, als klebten noch vertrocknete Silben daran. Dann horchte er.

Stille.

Ihn wunderte, dass von nirgendwoher ein einziger Laut hereindrang. Nie zuvor hatte er seine neue Wohnung als derart schallisoliert wahrgenommen. Er starrte zum Fenster, zu den von Schmutzschlieren überzogenen Scheiben; dann auf seinen Bauch, der sich unter dem klebrigen T-Shirt hob und senkte; dann auf seine Füße; die waren nackt, die Nägel eckig geschnitten, die Zehen bleich und knubbelig, unschön anzuschauen. Nackte Füße …

In seinen schwarzen Sneakers lief Leo Ahorn ohne Strümpfe, immer, falls Kramer sich nicht täuschte; unabsichtlich hatte er schon hundertmal hingesehen, wieso eigentlich? Weil die Wollschuhe nicht zum ausgewaschenen, zerknitterten Hemd passten, und zu der orangenen Jacke schon gar nicht? Keine Strümpfe …

Ausgerechnet diese Nebensächlichkeiten hatte er sich gemerkt. Sneakers aus Wolle (hatte ihm Britta erklärt), graues Hemd – Zeug, das er gerade jetzt nicht gebrauchen konnte. Was er brauchte, war ein gestochen scharfes Foto von der Tegernseer Landstraße mit zwei Männern auf dem Bürgersteig; einer war er, ja. Der andere? Leo, wer sonst.

Falsch.

Seine Schultern fielen herab, sein Oberkörper kippte nach hinten, gegen das Polster der Rückenlehne, die Hände unverändert, eingedampft unter den Oberschenkeln.

Zwei Männer …

Sehnsüchtig (verzweifelt) fixierte Kramer die Balkontür, hoffte, eine gnädige Böe würde sie aufstoßen und neue Helligkeit einlassen und die heraufbeschworene Nacht wie ein Stadion unter Flutlicht setzen. Einundzwanzig, zweiundzwanzig, dreiundzwanzig, vierund …

Nichts passierte.

Die Balkontür blieb zu.

Er verabscheute seine Naivität.

Noch ein Versuch, dachte er, ein einziger, dann würde er seine Trägheit, seine Selbsterniedrigungsattacken, sein suffbedingtes Jammern überwinden, in die Dusche steigen, sich anziehen, keinen Gedanken mehr an irgendetwas verschwenden, sondern die Welt erobern, wie sich das für einen Mann ohne Verpflichtungen und verlogene Kompromisse gehörte.

Solche Dinge hatte Georg Kramer fast täglich gedacht (ahnte er doch noch nichts von jenem neuen Grauen, das in Gestalt seines Nachbarn auf ihn wartete), und an manchem Nachmittag erfüllte ihn sagenhafte Zuversicht.

Er zog die Hände unter den Beinen hervor, hob die Arme und begleitete seine Geschichte mit munteren Gesten.

»Raus aus dem Lokal«, begann er, seine Stimme kaum verstaubt nach der langen, mundtoten Phase; er hörte ihr wachsam zu.

»Viele Biere, sehr viele … Vor zur Straße, wohin sonst, und da war … So spät, dass praktisch keine Autos fahren, niemand … Bis zur Kreuzung kein Mensch, daran würde ich mich doch … Nein … Ich weiß nicht mehr … Eindeutig, die Stimme erst nach dem Wechseln auf die andere Seite, zum … An der Friedhofsmauer, jetzt … Georg! Ich war gemeint, genau … Dreh mich um … Im Dunkeln leuchtet was, die Jacke … Bin weitergegangen, hundertpro … Er kommt hinter mir her, er spricht, er schreit, nein … Weiß nicht mehr, ob er geschrien hat, aber angefasst … Musste stehenbleiben, wegen … Wegen seiner Hand auf meiner Schulter, von hinten … Da war das Tor zum Friedhof, geschlossen, klar … Das Tor zum … Grabsteine hinter der Absperrung … Und ich sag nein … Nein, hau ab, sag ich … Und ich hab ihn stehenlassen … Mehr ist nicht passiert, nein, bin weg … Völlig durch den Wind … Bin weg …«

Aufgewühlt betrachtete Kramer seine durch die Luft zappelnden Hände; die rechte sackte auf sein Knie; die linke zur Faust geballt, am ausgestreckten Arm.

»Nein«, rief er. »Ich nicht … Er … Leo hat ein Messer aus seiner beschissenen Jacke geholt, ein Messer … Ich hab kein Messer gehabt, ich geh doch nicht mit einem Messer aus … Was wollte der damit? Weiß nicht … Bin weg … Weiß nicht, was aus ihm geworden ist …«

Das Klingeln an der Tür durchfuhr ihn wie ein Stromschlag. Er schnellte von der Couch in die Höhe, trippelte hastig zur Balkontür, riss sie auf, stürzte hinaus, klammerte sich an die Brüstung und sog mit weit geöffnetem Mund die klebrige Luft tief in die Lungen – als wäre sie kühl und reinigend und purer Sauerstoff und er in letzter Sekunde dem Weltraum entronnen, in dem ein Fremder ihn ausgesetzt hatte.

5

Sein Erinnerungsvermögen bestand aus schwarzen Löchern, immer noch oder schon wieder. Er stand in der Balkontür, Rücken zum verschatteten Innenhof, und wusste nicht mehr, was in den vergangenen fünf Minuten passiert war. Der Eichenschrank an der Wand gegenüber erschien ihm dunkler, abweisender, überflüssiger als je zuvor. Aus für ihn nicht nachvollziehbaren Gründen hatte er das alte, aus dem väterlichen Besitz stammende Trumm durch drei Stadtteile in seine gerade erst erworbene Eigentumswohnung transportieren lassen (zerlegt und wieder aufgebaut) – eine groteske Aktion, an deren Ende er eine Stunde wie hypnotisiert in seinem ansonsten noch leeren Wohnzimmer stand, unfähig zu begreifen, was da vor seinen Augen fast die Hälfte der Wand in Beschlag nahm und dem hellen, sauberen, nigelnagelneuen Raum den Anstrich einer musealen Abstellkammer verlieh.

Welchen materiellen Wert der klobige, zwei Meter zehn breite Bauernschrank haben mochte, hatte ihn noch nie interessiert (sein Vater hatte stets etwas von »kostbarem Einzelstück« gemurmelt), und was das Ideelle an der Sache betraf: Sein Vater war seit fast vierzig Jahren tot, seine Mutter wahrscheinlich auch schon längst (nach ihrem Verschwinden hatte er nie wieder etwas von ihr gehört) … Wieso also diese sentimentale Anwandlung, eine Vergangenheit aus nutzlosem Holz bewahren zu wollen? Dazu gezwungen hatte ihn niemand.

Oder?

Der Geist seines Vaters?

Lächerlich, dachte Kramer, der Geist …

Wieder riss ihn ein Klingeln aus seinen Gedanken. Wie beim ersten Mal erschrak er fürchterlich. Heftig blinzelnd blickte er Richtung Flur, die Schulter schief, die eine Hand flatterig. Er horchte. Kein Klingeln mehr. Er horchte weiter. Wer sollte ihn um diese Zeit besuchen? Wie spät war es eigentlich? Nachmittag. Den halben Tag hatte er nichts tuend auf der Couch versandelt.

Diese Erkenntnis brachte ihn zum Schmunzeln. Das war doch sein Plan: Nichts tun, ausschlafen, den Wecker nicht stellen, den Tag kommen lassen und sehen, was geschieht; ein Rundgang durchs Viertel; bei Britta einkehren.

Etwas war geschehen, in der Nacht, mit ihm und dem anderen, seinem Nachbarn. Leo! Wer außer Leo würde unten stehen und mit ihm reden wollen?

Natürlich, dachte Kramer, eigenartig erleichtert, der Mann war ein zäher Hund, ein echter Wadlbeißer. Leo! Von wegen reden! Jetzt auch schon tagsüber, murmelte Kramer auf dem Weg durchs Zimmer, reicht ihm die Zeit bei Britta nicht, um Leute zu belästigen und anzuschnorren? Versucht er es neuerdings mit Hausbesuchen, um seine Botschaft loszuwerden – wie die Zeugen Jehovas?

»Bin nicht zu sprechen, Leo«, sagte er in die Sprechanlage. »Und vergiss nicht, du hast Hausverbot bei der Britta.«

Er wartete. Straßengeräusche; hohe Stimmen von Kindern, das unverkennbare Brummen des Linienbusses.

»Hallo? Hey!«

Kramer hängte den Hörer krachend in die Halterung und wandte sich um. Er hatte vergessen, was er als Nächstes tun wollte. An diesem Tag stimmte etwas nicht. Ihm fehlten komplette Stunden. Am meisten beunruhigte ihn die Tatsache, dass er keine Ahnung hatte, wann er aufgestanden war. Sieben Uhr, acht, früher? Und wann er sich angezogen hatte.

Trotz des Schweißes, den sein Körper offensichtlich in rauen Mengen abgesondert und der den Stoff sichtbar durchtränkt hatte, roch sein weißes T-Shirt ein wenig nach Waschpulver. Also hatte er es frisch angezogen. Wann? Und er trug eine braune Cordhose, nicht dieselbe wie gestern und vorgestern. Wieso hatte er eine neue aus dem verdammten Schrank genommen? Und barfuß war er auch. Wieso hatte er die Socken vergessen? Und: Was war mit den Sachen von gestern passiert? Hatte er die im Wäschekorb verstaut? Wann? Wieso?

Er schaute an sich hinunter und verspürte das dringende Bedürfnis zu pinkeln. Das wunderte ihn. Er konnte sich nicht erinnern, etwas getrunken zu haben, seit er sich auf die Couch gelegt hatte. Wieso eigentlich? Wie lange hatte er dort gelegen? Das fragte er sich zum dritten Mal, dachte er und fand keine Antwort.

Ein Tag mit hundert Fragen und nicht den geringsten Erklärungen. Nicht einmal dafür, weshalb er sich gleich in die Hose schiffte, wenn er nicht schleunigst ins Bad rannte.

Er rannte los. Klappte den Toilettendeckel hoch, streifte die Hose ab und setzte sich. Er atmete aus. Und stützte den Kopf in die Hände. Und stöhnte leise. Und streckte den Rücken und betätigte die Spülung. Er stand auf, zog Unterhose und Cordhose hoch und beugte sich übers Waschbecken. Er streckte die Hand nach dem Hahn aus und drehte den Kopf zur Wanne, ohne Absicht.

In der Badewanne lagen eine Cordhose, ein blaues T-Shirt und eine Strickjacke, übersät von dunklen Flecken; daneben seine Sandalen, ebenfalls fleckig. Auf der Acrylfläche dunkelrote Spritzer, die meisten verschmiert.

Die Hand über den Beckenrand gestreckt, keine fünf Zentimeter vom Wasserhahn entfernt, Oberkörper gebeugt, Kopf zur Seite geneigt, schien Kramer schlagartig zu versteinern.

Seine Sachen, keine Frage. Die Stimme im Innern seiner Erstarrung hatte recht. Diese Hose hatte er gestern angehabt, das T-Shirt auch, die Sandalen sowieso. Keine Strümpfe – die erste Erklärung des Tages. Woher die Flecken kamen, überlegte er. Könnte Blut sein. Wie sollte Blut auf seine Klamotten gelangen? Hatte er sich geschnitten? Womit? Woran? Wann?

Er schwankte, merkte es und konnte sich gerade noch an der Wand abstützen, bevor er womöglich gefallen und mit dem Kopf auf den Wannenrand geknallt wäre. Sauerei ohne Ende, dachte er.

Behutsam zog er die Hand von der Wand zurück – den Inhalt der Badewanne behielt er fest im Auge. Er sank auf die Knie, umklammerte mit beiden Händen den Wannenrand und versuchte, einen Sinn in alldem zu erkennen.

Mindestens zwei Minuten vergingen, in denen Kramer abwechselnd die türkisfarbenen Kacheln oberhalb der Wanne und seine Kleidungsstücke betrachtete – so lange, bis sich der eine Anblick mit dem anderen vermischte und er keine Flecken und Spritzer mehr sah, sondern eine surreale Installation in einem Raum mit ineinanderfließenden Wänden.

Nichts mehr war wirklich. Dies war nicht seine Wohnung, sein Badezimmer mit dem Spiegelschränkchen und den silbrig schimmernden Fliesen. Dies war nicht einmal er, der auf dem Boden kniete, schweißgebadet und mit rumpelndem Herzen, das er durch sein T-Shirt hindurch schlagen sah. Das war eine Person, die einem seiner immer wiederkehrenden Träume entfleucht war …

Wenn er wieder einmal eine leere Wohnung betrat und ihm einfiel, dass er den Transporter mit den Möbeln auf einem Rastplatz vergessen hatte, hunderte Kilometer entfernt, irgendwo im Niemandsland, vollbeladen mit antiken Schränken, Stühlen und Tischen; deren Besitzer drohten ihm mit einem Prozess, der Kramer-Umzüge in den Ruin treiben würde …

So einer hockte hier im Bad und winselte vor sich hin. So einer, nicht er.

Kramer horchte.

Das war nicht er, der diese piepsigen Laute ausstieß, wie eine junge hungrige Amsel auf seinem Balkon. Nein, sagte die Stimme in ihm, wir sind das doch nicht, wir haben hier nichts verloren, das Blut gehört jemand anderem.

Er warf einen scheuen Blick auf seine Hände und Arme: alles unversehrt, wenigstens nach außen hin. Im Spiegel vorhin war ihm nichts aufgefallen, keine offenen Wunden, keine schrundigen Stellen. Zur Sicherheit tastete er mit der linken Hand seine Brust unter dem T-Shirt ab; nichts außer rauer Haut und Schweiß und nassen Härchen.

Kopfschüttelnd stemmte Kramer sich in die Höhe. Seine Lippen formten ein mildes Lächeln. Nach einem Moment beinah heiterer Besinnung vollzog er eine entschlossene Drehung. Wie nachts im Lokal hob er den Arm und streckte den Zeigefinger.

»Du«, sagte er zum Spiegelgesicht. »Du musst aufhören, so viel zu saufen, du ruinierst dir noch den kompletten Verstand, du Depp!«

Hatte er nicht dieselben Worte gegenüber seinem unverschämten Nachbarn gebraucht?

Da fiel ihm wieder ein, dass Leo plötzlich ein Messer in der Hand gehalten und vor seinen Augen damit herumgefuchtelt hatte, keine zwei Schritte von ihm entfernt – wie einer, der gleich zustach.

6

Er trat gegen eine Mauer aus schwüler, stehender Luft. Raus hier, hatte er sich im Bad angefeuert, danach im Flur, wo er die abgelatschten Turnschuhe überstreifte, halb im Stehen, halb im Gehen, schwankend, vornübergebeugt. Anschließend hatte er die Strickjacke vom Bügel im Wohnzimmerschrank gerissen, eine Jacke von gleicher Größe und Form wie die in der Badewanne, deren Anblick er schnellstens entkommen musste. Raus aus der blutigen Wohnung, drei Stockwerke durchs Treppenhaus und ins Freie …

Hinein in einen ausgetrockneten Tag. Hinter ihm fiel die Tür zu, und er stand da, vor der türkis und weiß umrandeten Fensterreihe. Schwarze E-Bikes sausten an ihm vorbei, bepackt mit schweren Taschen voller Lebensmittel oder auf dem Rückweg von der Auslieferung, bereit für die nächste, streng getaktete Tour. Vor dem Eingang zum Lagerraum parkten, Reifen an Reifen, die Fahrräder; junge Männer und Frauen rauchten hastig Zigaretten und redeten in unverständlichen Sprachen miteinander.

Ohne jemanden anzusehen oder einen Blick ins Innere des dunklen Lagerraums zu werfen (das hatte er sich, seit er in der Anlage wohnte, noch nie getraut), huschte Kramer an der Hausmauer entlang, mit ruckender Schulter und unbewusst geballten Fäusten.

Über ein Ziel hatte er sich keine Gedanken gemacht. Abhauen, lautete die Devise, niemanden sehen, mit niemandem sprechen, so lange draußen sein, bis all das, was er drinnen erlebt hatte, in seinem Gedächtnis untergegangen war wie die Sonne und nichts mehr zurückblieb, kein einziger Schatten. So in etwa stellte er sich den vor ihm liegenden Weg vor. Niemand würde ihm Knüppel zwischen die Beine werfen, dachte er, ohne dass er hätte sagen können, was er damit meinte.

Vermutlich meinte er nichts Bestimmtes, nur sein Bedürfnis nach absolutem Alleinsein und einer gewissen räumlichen Unabhängigkeit.

An solch vagen Vorhaben hätte ihn der Mann mit der weißen Baseball-Cap, der ihn beobachtete, nicht gehindert. Im Gegenteil: Den Mann, der Georg Kramer schon seit etlichen Tagen im Blickfeld hatte, interessierten dessen Befindlichkeiten alles in allem einen feuchten Dreck. Notgedrungen hielt er an einer fremden Mission fest (deswegen war er überhaupt in die Stadt gekommen), und aus Gründen, an deren tieferer Bedeutung er zunehmend zweifelte, hatte er diese Mission inzwischen zu seiner eigenen werden lassen.

In ehrlichen Momenten (wie diesem) verachtete der Cap-Mann sich für sein Verhalten. Den gebeugt durch die Koptenstraße schlurfenden ehemaligen Unternehmer verfolgte er mit einer Mischung aus Abscheu und Häme, erschöpft und genervt vom Verlauf des Tages; die Vorstellung, ihn ansprechen, sich vorstellen und ihm seine aberwitzige Geschichte präsentieren zu müssen, widerte ihn unglaublich an. Abrupt hielt er inne – in weitem Abstand auf der anderen Seite des Bürgersteigs; er ließ den Kerl in der Strickjacke (Strickjacke! Wieso nicht gleich eine Lederjacke?) an der Kreuzung nach links abbiegen und verschwinden. Für heute erledigt, der Job.

Erledigt, so oder so, dachte der Mann auf dem Weg zurück zu seinem Auto, einem metallic-grauen Audi TT Coupé. Inbrünstig stöhnend ließ er sich auf den Ledersitz fallen, die Fahrertür geöffnet. Keine Nanosekunde später: Entrüstetes Hupen einer Mini-Fahrerin, die ihm beim Ausscheren den Mittelfinger zeigte. Ihm gefiel die Frau (ein Blick genügte, um ihr Gesicht wertzuschätzen), und er hupte zurück.

Er streckte die Beine aus, legte die Hände hinter den Kopf; der Nacken schweißnass, auch sein Gesicht, die Haare unter der Kappe, der Hals; er stieß einen gequälten Seufzer aus. Vertrautes Geräusch, bevor sich seine Bauchschmerzen zurückmeldeten.

Er wartete. Den Wagen hatte er gegenüber dem vierstöckigen Wohnblock, in dem Kramer logierte, abgestellt, direkt vor einem zu einer Abholstation für Pakete umfunktionierten Zeitschriftenladen. Eine Frau in einem schwarz-weiß gestreiften Kleid bediente gelangweilt ihre Kunden.

Worauf er wartete, war ihm nicht ganz klar. Auf Kramer natürlich. Äußerst knorke: Er hatte ihn doch gefunden und brauchte ihn bloß anzusprechen! Warten also überflüssig. Trotzdem tat er es. Und die Frau in dem Laden? Er kannte sie nicht, hatte sie einmal gesehen, zusammen mit ihrem Mann. Ihren Namen hatte er vergessen, den ihres Mannes wusste er noch: Leo.

Er sollte, dachte er und presste die Hände auf die Brust, den Auftrag, den er von einer Frau, die ihm fremd war, bekommen hatte, in die Tonne klopfen, auf kürzestem Weg in seine Heimatstadt zurückkehren und seinem Vater die Wahrheit sagen, und dann Ende.

Warum – das Brennen in der Brust drückte ihn in den Sitz, ließ ihn würgen – hatte er ein Versprechen gegeben? Hätte am Telefon klar und deutlich Nein sagen müssen. Hätte sagen müssen: Spinnst du? Nach all den Jahren? Nein, ich werde dich nicht besuchen, du kannst mich nicht erpressen. Ciao und viel Glück!

Hatte er nicht getan.

Hatte zugehört und Ja gesagt.

Ja, ich komme zu dir, ja, ich werde da sein, ja.

Ja.

Er stieß einen Schrei aus. Seine Hand fuhr in die Hosentasche. Er holte ein weißes Stofftuch heraus, drückte es an den Mund, drückte fester, würgte, presste den Hinterkopf gegen die Lederstütze, prustete, Rotz spritzte aus seinen Nasenlöchern; er spuckte.

Wie so oft, fast ein Ritual. Dazu gehörte auch das Hinschauen. Was sollte es Neues zu sehen geben? Dunkles breiiges Blut, das sich ins Taschentuch fraß. Keine Überraschung. Im Kofferraum lagen vier Schachteln Stofftaschentücher, brandneu aus dem Kaufhaus.

Das Feuer in ihm wurde schwächer. Er keuchte zur Tür hinaus. Ein protziges Hupen näherte sich ihm von hinten; instinktiv streckte er den Arm aus und zog die Tür zu. Ein Linienbus donnerte vorüber. Hier ist Tempo 30, dachte er und musste wieder würgen.

Seine Faust umklammerte das nasse Tuch. Unaufhaltsam stieg eine bleierne Müdigkeit in ihm hoch; die Augen fielen ihm zu, er schaffte es nicht, sie wieder zu öffnen.

Wieso nicht gleich hier, dachte er träge, auch in dieser verdammten Provinzstadt würde es gut geheizte Krematorien geben.

Er fiel in einen fiebrigen Schlaf, seine Träume ein einziger Lavastrom.

Derweil suchten Kramer völlig andere Visionen heim. Am Beginn der Friedhofsmauer, bei der Zufahrt zum Steinmetz, war er wie angewurzelt stehengeblieben. Plötzlich hatte er die Vorstellung eines Kampfes zwischen sich und einer anderen Person, deren Gesicht in seiner Vorstellung verschwommen blieb. Auch der Kampf blieb nebulös. Er glaubte, Schläge zu spüren, die nicht stattfanden; außer ihm hielt sich niemand an dem Flecken oberhalb der Bahngleise auf. Das Bild ging nicht weg. Auf eine nicht näher zu bestimmende Weise rang er mit jemandem, ein fremder, alkoholisierter Atem stieg ihm in die Nase. Da war wer, und der schlug zu. Mit einem Messer? Wie kam er auf Messer?

Leo hatte ein Messer dabeigehabt.

Wirklich?

In der Kneipe?

Nicht dort, auf der Straße! Vorhin im Badezimmer hatte er es eindeutig wiedererkannt; ein Taschenmesser; Leo hatte es aus der Tasche gezogen und … Und wie hatte er reagiert?

Ihm wurde wieder schummrig vor den Augen. Die Hitze. Außerdem drehte er sich im Kreis, buchstäblich, schaute in die eine, dann in die andere Richtung, hielt Ausschau an einem Ort, an dem es nichts zu entdecken gab, jedenfalls nichts, was er nicht schon hundertmal gesehen hätte – zugegeben, meist im Dunkeln, auf dem Heimweg aus dem Blauen Eck; aber tagsüber war auch nicht viel mehr los.

Vom Blauen Eck ins tote Eck, dachte er taumelnd. Wie zu Hause an der Wand stützte er sich an der Backsteinmauer ab. Er lehnte sich dagegen und blickte in den unverändert blauen Himmel. Schweißperlen kullerten an seinem Hals hinunter, sein T-Shirt pappte auf der Haut, er schnappte nach Luft vor lauter Durst.

Was er hier tat, kam ihm bescheuert vor. Er redete sich die absurdesten Dinge ein, fantasierte von einem Zweikampf zwischen ihm und einem Unsichtbaren und war wie ein Feigling aus der Wohnung geflüchtet, in der angeblich blutgetränkte Kleidungsstücke herumlagen. Dabei beutelte ihn nichts anderes als ein gewaltiger Kater, ein überdimensionales Rausch-Echo dröhnte in seinen Ohren. Ganz offensichtlich hatte er gestern bei Britta eine Unmenge mehr in sich hineingekippt, als er es heute Morgen für möglich gehalten hatte. Immerhin war ihm stundenlang nicht einmal aufgefallen, dass er sich umgezogen hatte. Eindeutige Anzeichen für erbärmlichen Kontrollverlust.

Weg hier, dachte er und ging los – in die Richtung, aus der er gekommen war. Doch er bog nicht ab, sondern folgte den Trambahnschienen, über den Regerplatz hinaus, mit ziemlich zielsicheren Schritten, schwitzend in der überflüssigen Jacke, zum Rosenheimer Platz. Er wartete, bis die Ampel Grün zeigte, peilte das italienische Restaurant beim Taxistand an und setzte sich an einen freien Tisch im Biergarten.

Entgegen seiner Kneipengewohnheit bestellte er ein Weizenbier (Anti-Kater-Getränk, redete er sich seit Jahrzehnten ein), dazu, ohne vorher in die Speisekarte gesehen zu haben, eine Pizza Regina.

Essend und trinkend (insgesamt drei Weizen) und nur das Nötigste denkend (seine Fenster mussten dringend geputzt werden, die Hausverwaltung sollte sich endlich um die herrenlosen E-Scooter im Innenhof kümmern …) verbrachte er zwei Stunden. Dann bezahlte er (Trinkgeld zwei Euro) und übte Schlendern entlang der Franziskanerstraße.

Britta, dachte er mehrmals launig, mit deiner Marille pflanzt du mir keine blutigen Klamotten mehr ins Hirn.

7

Zu der Zeit, als Georg Kramer nach seinem frugalen Mahl in beinah gelöster Stimmung (kaum angeheitert) in die Koptenstraße zurückkehrte, saß der Mann mit der Baseball-Cap in seinem Auto, fünfhundert Meter von der vorigen Stelle entfernt, und ließ die Soundanlage donnern. Depeche Mode schmetterten *Never let me down again*, zum dritten Mal, und der Mann hörte immer noch nicht zu. Die Musik schien an seinem Kopf abzuprallen, verbreitete Lärm, der ihm guttat, nichts weiter.

Mechanisch hatte er zwei Mal die Wiederholungstaste gedrückt, bis ihm auffiel, dass er keine Ahnung hatte, wie die Band und der Song hießen; das machte die Lautstärke noch angenehmer für ihn. Sowieso waren die Boxen das Beste an der Karre, der restliche technische Schnickschnack langweilte ihn. Nette Geste seines Vaters, ihm für die Fahrt in den Süden die Fünfzigtausend-Euro-Kiste zu überlassen; andernfalls hätte er sich einen x-beliebigen Leihwagen genommen.

Selbst fahren war noch nie sein Ding gewesen; er mochte es, chauffiert zu werden und sich nicht um das Verhalten durchgeknallter Verkehrsteilnehmer kümmern zu müssen. Im Lauf der Jahre hatte er verschiedene Fahrer beschäftigt, fast alle Meister ihres Fachs, nervenstark, verschwiegen, pünktlich und (für Notfälle) im Besitz eines Waffenscheins. Einen hatte er in die Wüste schicken müssen – zu redselig und verschlagen, was er gerade noch rechtzeitig gemerkt hatte; ob der Mann die Wüste erreicht hatte oder vorher einem tragischen Unfall zum Opfer gefallen war, wusste allenfalls sein

Schatten. In gewissen Kreisen fand sein Name keinerlei Erwähnung mehr.

Der Mann mit der weißen Mütze schaltete die Musik ab. Rinnsale von Schweiß bedeckten sein Gesicht, die plötzliche Stille löste ein bohrendes Brummen in seinen Ohren aus. Er erwog, die Fenster zu öffnen, und ließ es sein. Was er gar nicht gebrauchen konnte, waren Alltagsgeräusche von draußen. In ihm drin herrschte genug Aufruhr. Ohne übertünchende Musik hörte sich das Krächzen seiner Stimme erbärmlich an; so sehr er sich anstrengte, er brachte sie nicht zum Verstummen. Anders als mit halb offenem Mund gelang es ihm nicht, gleichmäßig zu atmen. Nichts, was ihn überraschte oder verstörte. Zwar kannte er keine Einzelheiten – sein letzter Besuch beim Arzt lag etliche Jahre zurück –, allerdings …

Er beugte sich zur Seite, um das Knäuel, das er vor den Beifahrersitz geworfen hatte, aufzuheben.

Welche koryphäenhafte medizinische Analyse sollte ein mit Blut vollgehustetes Taschentuch toppen?, dachte er. Sein Blick blieb am Handschuhfach hängen. Den zerknüllten, feuchten Stoff in der Faust, drückte er mit dem Mittelfinger auf den Knopf am Armaturenbrett. Der Deckel des Handschuhfachs sprang auf. Gelbes Licht auf silbrigem Metall, eine kurze Überprüfung genügte ihm: Gewohnheit (fast ein Tick) aus seiner glorreichen Zeit im Geschäft; man wusste nie, wer einem die Nacht zu ruinieren trachtete, da konnte ein Bodyguard, der acht Schuss auf Lager hatte, Wunder bewirken. *Schlauer mit SIG Sauer …* Den Spruch hatte er aus seiner Kindheit behalten, auch wenn er sich als Achtjähriger auf dem Kiez gefragt hatte, wieso ein Sieg sauer schmeckte; mit zehn war dann alles klar gewesen …

In jüngster Zeit spülte sein Unterbewusstsein verstärkt uralte Kamellen an die Oberfläche, und er? Er sah machtlos zu und fand kein Konzept dagegen. Von einer Sekunde auf die andere ploppte eine Erinnerung in seinem Hirn auf, ohne Vorwarnung, ohne jeden Zusammenhang, fast immer zu einem absolut unmöglichen Zeitpunkt.

Auf der Herfahrt (vor elf Tagen) hatte ihn eine dieser gespenstischen Erinnerungen so verwirrt, dass er auf der Autobahn bei Tempo zweihundertfünfzig beinah das Lenkrad verrissen hätte; schwachsinnig war er auf die Bremse getreten, ein einziges Gehupe ringsum; er hatte den Wagen quer über drei Spuren schnurstracks auf den Parkplatz einer Raststätte gesteuert. Dort würgte er den Motor ab, sprang ins Freie und rannte einmal um die Kiste herum, als hätte er den Verstand verloren.

Was ihn um ein Haar gegen die Leitplanke katapultiert hätte, stellte sich im Nachhinein als echter Witz heraus: Mitten in einem Überholmanöver (Highspeed auf der linken Spur) hatte er völlig unerwartet die absolut schrägste Verfolgungsjagd seines Lebens vor Augen …

Sein Vater – er, Sandro, auf dem Beifahrersitz, einundzwanzig Jahre alt – hatte Ärger mit einem übereifrigen, Gewalt verbreitenden Soldaten eines Konkurrenten im Milieu (Einschüchterungsversuche, Körperverletzung, Falschaussagen gegenüber den Behörden, der übliche Kram), die Zeit war reif für eine deutliche Stellungnahme. Der Soldat bretterte in seinem Wagen (Marke unwichtig) durch die Stadt und spürte plötzlich eine Bedrohung im Rücken; er kapierte sofort, um was es ging und wer hinter ihm her war, und verfiel auf die denkbar dämlichste Idee: Er wollte abhauen. Von Mitte aus – damals ein Stadtteil im totalen Umbruch, zehn Baustellen auf hundert Metern – ging die Reise nach Charlottenburg und von dort direkt auf die Stadtautobahn. Der

Junge auf dem Beifahrersitz feuerte seinen Vater an; der Wagen donnerte wie eine Kanonenkugel über die Avus. Lange Rede, kurzer Sinn: Der Soldat überschätzte seine magischen Kräfte, die Kühlerhaube küsste die Leitplanke, der Wagen drehte Pirouetten auf dem Dach; der Rest stand am übernächsten Tag in der Zeitung. Auto Schrott, der Typ ein Knochenhaufen, an den sich die Studenten in der Charité wahrscheinlich noch lange erinnerten. Eine Aussage des tragisch verunstalteten Unfallopfers bei der Polizei war nicht zu befürchten (erklärte der Vater dem etwas kindisch besorgten Sohnemann); die Botschaft war bei sämtlichen Kommandanten des Chefs und ihm persönlich unmissverständlich angekommen, von nun an würde (einstweilen) Ruhe herrschen.

Sie hatten viel gelacht, sein Vater und er. Auf die Erinnerung hätte er trotzdem gern verzichtet; an der Raststätte hatte er zwei Dosen Bier gekippt und einen Kräuterlikör zur Verdauung.

Nebenschauplätze fehlten ihm gerade noch. Er hatte alle Hände voll zu tun mit der Gegenwart – ein Gedanke, der ihn erheiterte. Beide Hände blutverschmiert, als er das Tuch endlich in einem Mülleimer in der Nähe des Parkplatzes entsorgte. Da war ein asphaltierter Platz mit einem schief stehenden, abgeschälten, von einem Gitter umzäunten Baumstamm (vermutlich Kunst) und einer Kneipe an der Ecke. Vor der Hausmauer saßen Männer an Tischen und tranken Bier; zwei glotzten ihn an. Die Sache mit den verschmierten Händen war Mist, also beschloss er, reinzugehen, ein Bier zu bestellen und sich erst mal die Hände zu waschen.

Als er von der Toilette zurückkam, stand die Flasche auf dem Tresen. Der Wirt (weiß-blaues T-Shirt mit Löwenkopf, Tattoo im Nacken) musterte ihn wortlos. »Glas dazu?«, fragte er. Der Gast schüttelte den Kopf, legte einen Fünf-Euro-Schein hin, bedankte sich, nahm die Flasche und ging vor die Tür – nicht zu den Gästen am Platz. Er stellte sich an die Straße, auf den Bürgersteig vor sein Auto. Das Bier war eiskalt, sein Magen fing sofort Feuer.

Dinge gingen ihm durch den Kopf, beunruhigend, auf unangenehme Weise bedrohlich. Er musste endlich einen Entschluss fassen. Elf Tage waren vergangen, und er hing immer noch in dieser Stadt rum, in diesem Viertel, aus dem er nicht schlau wurde (hyper-stylisch, wo Mister Kramer residierte, kleinbürgerlich, miesepeterig keine fünfhundert Meter weiter, wo er gerade sein Bier trank). Immer noch umkreiste er das Blaue Eck schräg gegenüber dem Optikerladen, den er von hier aus sehen konnte; weiterhin eine Art Tourist, wenngleich ohne jegliches Erholungsbedürfnis.

Heute Nacht, dachte er, musste er den Auftrag zu Ende bringen und dann nichts wie weg. Nicht, dass er mit einer schnellen Erledigung rechnete – die menschliche Komponente versaute ihm seit jeher sein Bedürfnis nach einfachen Lösungen; diesmal hätte er den Ablauf vollständig in der Hand, niemand würde ihm reingrätschen und eine Verzögerung verursachen. Er musste weg, aus allen möglichen Gründen.

Ja, er hatte alles im Griff.

Schon wieder die Hände. Die linke zitterte leicht, in der rechten hielt er die Bierflasche, die er loswerden wollte. Entsorgung im Mülleimer nicht möglich, weil: Typ in einem Achthundert-Euro-Sakko pfeift aufs Pfand … Sie werden ihn beobachten, irgendeiner macht eine blöde Bemerkung, was dann? Zurückblöken? Vermutlich würde er den Kerl wegen des Dialekts sowieso nicht verstehen.

Gerade als er sich bücken und die Flasche an der Hausmauer abstellen wollte, bemerkte er auf dem Bürgersteig gegenüber eine Frau in einem schwarz-weißen Kleid, mit einer schwarzen Kunstledertasche über der Schulter. Sie eilte an den Schaufenstern vorbei und bog in die Einbahnstraße vor dem Blauen Eck ein. Eindeutig die Frau aus dem Zeitschriftenladen! Am Sonntag vor einer Woche hatte sie zornentbrannt ihren Mann aus der Kneipe abgeholt; den Mann, dessen Freizeitbeschäftigung aus Schimpfen und Betteln bestand und der an Kramer klebte wie eine Klette. Leo hieß er.

Er trank doch noch einen Schluck; sein Magen brutzelte schwächer, das Bier war wärmer geworden, kein Wunder bei der Abendsauna (er verwechselte seine Organschmelze mit dem Klimawandel). Dann stellte er die Flasche ab, wandte sich um – die Frau kam zurück aus der schmalen Straße, staksig, mit schnittigen Schritten; auch auf die Entfernung lud ihr Gesichtsausdruck zu keinem Kuss ein.

Aus einer Laune heraus, sich selber überdrüssig, überquerte er die Straße. Unter einem Baugerüst passte er die Frau ab. »Verzeihen Sie, bitte, einen Moment.«

Sie blieb stehen, sah ihn abschätzig an; er roch ihr herbes Parfüm. »Guten Tag, ich bin gelegentlich Gast im Blauen Eck und hab Sie und Ihren Mann dort gesehen. Sandro ist mein Name, Sandro Zille.«

»Und?«

»Verzeihung.« Ihm fiel ein, wo er sich befand, und er fügte hinzu: »Grüß Gott.«

»Und?«, wiederholte sie.

»Nichts.« Er sah eine junge Frau mit Kinderwagen näher kommen; er machte einen Schritt auf die Straße, ließ Mutter und Baby vorbei und blieb stehen. »Ich war grad auf dem Weg ins Lokal und …«

»Interessant.«

»Ich bin als eine Art Tourist in der Stadt, wohn in einem

Motel hier ums Eck und …« Mit einer Art Lächeln zwischen den Mundwinkeln: »Und wollte ums Eck ins Blaue Eck …«

Die Frau schüttelte den Kopf, zupfte am Kettenriemen ihrer Umhängetasche.

»Würden Sie ein Glas mit mir trinken?«

»Was bedeutet, Sie sind eine Art Tourist?«

»Ich bin nicht zum Vergnügen hier.« Aus etwa einem Lichtjahr Entfernung klingelte ein behelmter Radfahrer auf einem Mountainbike, vielleicht transportierte er ein Spenderorgan unterm Helm, das in einer Klinik sehnsüchtig erwartet wurde. Zille ging zurück zum Bürgersteig, stellte sich zwischen die Eisenverstrebungen, ins Duftfeld der Frau. Der Radler peste heran; soweit dessen Gesicht erkennbar war, schätzte Zille ihn auf mindestens fünfundsechzig. Bei uns in Berlin, dachte er, kratzen sie pro Tag drei solcher Kamikaze-Treter plattgefahren vom Asphalt.

»Ja?« Viola Ahorn wartete auf weitere Erklärungen. In der Kneipe war ihr der Mann nicht aufgefallen; allerdings beachtete sie bei ihren raren Besuchen die übrigen Sumpfköpfe nicht; erniedrigend genug, dass sie ihren Mann dort rauszerren musste, bevor er sich und sie noch mehr vor allen Leuten blamierte. Das letzte Mal war eine Katastrophe gewesen. Den Tag hatte sie vergessen, Samstag oder Sonntag. Leo hatte am Nachmittag praktisch kommentarlos die Wohnung verlassen …

8

»Sonntag …«

Der Tag war ihr wieder eingefallen. »Am Sonntag vor einer Woche war's mal wieder so weit, ich schäm mich dafür, das geb ich offen zu. Samstag ist er ausnahmsweise zu Hause geblieben, jetzt weiß ich's wieder. Na ja, was soll's …« Sie trank einen Schluck von ihrer Weißweinschorle.

Mutige Entscheidung, hatte Zille gedacht, in einer Eckkneipe (die Einheimischen sagten, hatte er gehört, Stüberl dazu) eine Weißweinschorle zu bestellen; abgestandenes Mineralwasser plus abgestandener Wein ergab eine verheerende Mischung, die er noch gut aus gewissen Bumslokalen kannte, in denen er in seiner Anfangszeit gejobbt hatte.

»Kein Grund, sich zu schämen, Viola«, sagte er. Beim ersten Glas hatten sie sich aufs Du verständigt, beim zweiten hatte er wie unabsichtlich ihren Arm berührt, um einer komplett überflüssigen Bemerkung Nachdruck zu verleihen (»Krisen in einer Ehe sind doch so was wie Staus im Straßenverkehr, du musst sie einkalkulieren, wenn du den Führerschein machst …«).

Zwischen einem Führerschein und einem Ehegelöbnis, hatte Viola Ahorn daraufhin gedacht, bestand doch wohl ein ziemlicher Unterschied; trotzdem fand sie die Idee charmant und in gewisser Weise auch nicht völlig abwegig. Außerdem gefiel ihr seine Art – wie er sie angesprochen und nonchalant überredet hatte; seine Stimme mit dem leichten, wenn sie sich nicht täuschte, Berliner Akzent (o Gott, wie lange war sie nicht mehr in Berlin gewesen, in irgendeiner Großstadt irgendwo). Er hatte ein einnehmendes Wesen, dachte sie, und: Er wirkte zwar arg kränklich mit diesen bleichen, eingefallenen Wangen und den Schatten unter den Augen, er kam ihr viel zu schmächtig für seine Größe vor, und das Schlangentattoo am Hals wäre nicht nötig gewesen … Aber: Er trug dieses edle bläulich schimmernde Sakko und die coolen Markenjeans und: Das schwarze T-Shirt sah auch nicht nach Kaufhaus aus und: Von diesen meerblauen Augen ging eine Sogkraft aus …

Vom Baugerüst bis über die Straße hatte sie ihn offen angestarrt, es war ihr egal, was er von ihr dachte; auf den Siegelring an seiner rechten Hand und die beiden eckigen Silberringe an seiner linken hätte sie verzichten können, auf das Käppi sowieso (lugten da etwa rötliche Haare hervor?). Alles in allem aber hatte sein Erscheinen sie schlagartig aus der Wut gerissen, in der sie sich seit letzter Nacht verfangen hatte und die sie durch den gesamten Tag geschleift hatte, ohne dass es ihr gelungen wäre, sich von diesem Netz aus Verbitterung und Ekel zu befreien.

Wenn sie ehrlich war, hatte sie mit ihrem Auftritt im Blauen Eck ihren Zustand bloß noch verschlimmert, hatte ein Ausmaß an Lächerlichkeit erreicht, für das sie Leo zusätzlich büßen lassen würde. Falls er sich irgendwann aus dem Loch rauswagte, in dem er sich vergraben hatte, und ihr wenigstens halbwegs männlich wieder unter die Augen trat.

»Die Leute halten mich für eine Megäre«, sagte sie. »Rennt ihrem Alten hinterher und holt ihn aus der Kneipe. Das ist so beschämend …« Sie trank einen Schluck und sah ihn an und merkte nicht, wie ihr Blick sich veränderte.

Für Zille nahm die Frau allmählich Gestalt an. Keine schwarzen Haare (die waren gefärbt, kein Zweifel), ein nicht allzu helles Blond mit dunkleren Strähnen, das Alter nicht vertuschend. Er schätzte sie auf Anfang vierzig, die Kunden dürften sie ungeniert für fünfzig oder älter halten. Trend der Zeit. Die Älteren brachten den Umsatz, keine Ahnung, wie sich solche Wellen erklären ließen, und er war seit drei Jahrzehnten im Nachtgeschäft. Jahrelang verlangten die Kerle nach Frischfleisch, so frisch wie möglich, nach Frauen, die aussahen wie Schülerinnen mit allem Drum und Dran; die Frauen hungerten sich die Leiber knochig und zogen diese Röckchen an, über die sie sich insgeheim totlachten, er und sein Vater, und gewöhnten sich kindliches Sprechen an, das nach Mickey Mouse klang. Und wenn schon, Geschäft war Geschäft. Allerdings, eiserne Regel im Hause Zille: keine Frau unter achtzehn (in Zille Seniors Frühzeit: einundzwanzig), keine Chance. Bei Kontrollen der Behörden alles sauber, Gesundheitszeugnis, Geburtsdatum, kein Schmu, nirgends (abgesehen von den Getränken, aber daran störte sich niemand).

Und dann (Hokuspokus Fidibus) lechzten die Kerle wie abgesprochen auf einmal nach Frauen Ü40, Ü50, Ü60, Ü70. Monate hatten er und sein Vater gebraucht, bis sie den Umschwung gecheckt und darauf reagiert hatten. Fünfundzwanzigjährige Freier, die Sehnsucht nach einer nackten Großmutter hatten. Wer rechnet mit so was als Modeerscheinung? Mittlerweile hatten sich die Geschmäcker wieder etwas eingependelt. Doch die Ü-Frauen brachten nach wie vor beachtlichen Umsatz, zumindest im Zille-Haus.

Die Frau ihm gegenüber war im besten Alter; die Figur nicht zu dünn, nicht zu fett, gute Ausstrahlung, nicht kokett, nicht mütterlich, normal, aber nicht alltäglich, hübsches Gesicht mit Falten, die da hingehörten. Signatur des Lebens, dachte Zille wieder, ihr Blick fest auf ihn gerichtet, als ahnte sie, dass er gerade an ihrer Zukunft schraubte. Was er ihr allerdings als Allererstes verbieten würde, war das Nägelzupfen; abgefieselte Klauen wollte keiner an seinem Ding haben.

»Und nun«, sagte sie. »Verschwunden, weg, kommt nicht mehr.«

Er hatte nicht hingehört.

»Tut mir leid«, fügte sie hinzu. »Das ist allein meine Angelegenheit.«

»Wen meinst du?«

»Leo, meinen Mann, wen denn sonst? Er ist abgehauen.«

»Wann?«

»Sonntag war er noch da.«

»Also vorgestern.«

»Kannst du mir das erklären?«

»Der kommt schon wieder.«

»Glaubst du, er hat mich sitzenlassen. Einfach so, ganz klassisch? Geht raus und kommt nicht mehr wieder.«

»Lass ihn doch von der Polizei suchen.«

»Keine Polizei, niemals.«

»Hast du was gegen die Bullerei?«

Sie leerte ihr Glas und knibbelte mit dem Fingernagel am Daumen.

»Mach das nicht«, sagte Zille.

»Was?«

»Das da.«

Sie sah hin und verzog den Mund zu einer Grimasse. »Das heilt wieder. Schmeckt dir das Bier nicht, so langsam, wie du trinkst.«

»Möchtest du noch eine Schorle?«

»Ich weiß nicht …« Der Gedanke an Leos unerklärbare Abwesenheit stocherte wieder in ihr, löste eine vergessene Regung in ihr aus: Mitleid. Wirklich? Für einen Mann, dessen Lebenswerk als Erbe in einem Kabuff aus Schachteln geendet hatte? Der Träumen nachhing, die sich nie würden erfüllen lassen? Der verbissen an Leute hinbenzte, weil er sich allen Ernstes materielle Unterstützung von ihnen erhoffte? Dessen Tagesablauf einer ausgeleierten Maschine glich? Dessen Leben sich zu einer einzigen Agonie entwickelt hatte?

Mitleid?

Sie wollte noch nicht sterben, in Wirklichkeit so wenig wie im übertragenen Sinn.

Seit Monaten wollte sie mit Leo reden und ihm Vorschläge unterbreiten, Ideen für einen Neustart unter anderen Vorzeichen. Thailand, Dominikanische Republik, vielleicht sogar Mallorca: Überall lauerten Chancen, das wusste sie aus dem Fernsehen und von Bekannten aus Chatrooms; einige hatten Deutschland längst den Rücken gekehrt, aus unterschiedlichsten Motiven, und waren nicht vor die Hunde gegangen, hatten sich eine neue Existenz aufgebaut, frei und unabhängig, viele von ihnen älter als sie und Leo.

Aber wie redete man mit einem Verschwundenen?

»Wie redet man mit einem Verschwundenen?«, fragte sie.

»Gar nicht«, sagte Zille spontan. Täuschte er sich oder hatte ihr Knie seine Hüfte berührt. Sie saß auf dem Barhocker neben ihm; er war stehengeblieben; das Sitzen verursachte ihm Schmerzen im Beckenbereich.

»Was red ich«, sagte sie. »Erzähl mir lieber von deiner Mutter.«

Er richtete sich auf – eine routinemäßige Bewegung, da er ständig in sich zusammensackte – und lehnte sich mit dem Rücken an die Tresenkante. Die Sache mit seiner Mutter hatte er erwähnt, da hatten sie noch drüben unter dem Gerüst gestanden, und sie hatte gezögert, ihn zu begleiten; seinen Entschluss hatte er aber schon gefasst und wollte nicht lockerlassen; die Frau könnte ein Gewinn für ihn sein.

»Sie ist gestorben, und wir haben sie unter die Erde gebracht.«

»Sie lebte hier in der Stadt?«

»Harlaching.« Er betonte die zweite statt die erste Silbe.

»Es heißt Haarlaching.«

»Leute mit lachenden Haaren«, sagte er grundlos und ohne eine Miene zu verziehen.

»War sie alt?«, fragte Viola Ahorn.

»Sechsundachtzig. Ging spazieren und kam nicht zurück. Sie lag den halben Tag hinter einem Gebüsch, ehe ein Hund sie erschnuppert hat. Vermutlich Herzversagen.«

»Mein Beileid.«

»Das hast du schon gesagt.«

»Entschuldigung.«

Er legte seine Hand auf ihre und sagte: »Danke.« Ihre Gesichter näher als bisher, ihr Blick irritiert, nicht scheu, sein Blick auf ihrem Mund. Dann ließ er sie los. Immer wieder verblüffend, dachte er und sagte: »Eine Handvoll Leute auf dem Ostfriedhof, sie hatte wenig Bekannte.«

»Hattet ihr viel Kontakt?«

»Ab und zu«, sagte Zille leise. »Wir haben telefoniert, alle zwei, drei Monate.«

»Ich hab dich noch gar nicht gefragt, wo du wohnst.«

»Berlin.«

Hatte ihr Eindruck also doch gestimmt. »Wie schön«, sagte sie.

»Kennst du die Stadt?«

»Ich war ewig nicht mehr da, ein einziges Mal nach der Wende, ein Wochenende, im Januar, es war grauenhaft kalt, das weiß ich noch.«

»Da habt ihr den Ostwind voll abgekriegt. Wo habt ihr gewohnt, dein Mann und du?«

»Ich war nicht mit Leo dort, mit einer Freundin. Wir machen manchmal Ausflüge übers Wochenende; sie nimmt mich mit, sie arbeitet im Hotelgewerbe, kriegt Sonderangebote …« Missmutig hing sie Erinnerungen nach. Inzwischen fragte sie sich, ob die Erlebnisse wirklich stattgefunden hatten oder bloß verzweifelte Fantasiegebilde waren, wie Leos Spinnereien von einem Café …

Zille spukten Szenarien einer zukunftsträchtigen Annäherung im Kopf herum. Vor allem durfte er nichts überstürzen.

»Hast du noch Geschwister?«, fragte sie unvermittelt.

Er schüttelte den Kopf; wollte das Gespräch am Laufen halten. »Hast du welche?«

»Nein. Einzelkind. Wie Leo … Übrigens liegen seine Eltern auch auf dem Ostfriedhof.«

Zille gab einen Seufzer von sich, der ihm angemessen erschien.

Kurzfristiges Schweigen.

Er sah zur Tür, spürte Violas Blick von der Seite; das bedeutete, er brauchte allmählich eine Struktur für sein weiteres Vorgehen.

»Was vermutest du? Was soll mit deinem Mann passiert sein?«

Sie ließ sich Zeit mit einer Antwort. »Natürlich hoff ich, dass ihm nichts passiert ist. Was ich vermute … Na ja, eine andere Frau kommt mir zwar abseitig vor, aber Männer sind unberechenbar, hab ich recht? Brauchst nichts zu sagen, ich weiß schon. Ich will, dass er wiederkommt und ich Klartext mit ihm reden kann. Verstehst du, Sandro?«

»Der kommt schon wieder, dein Leo.«

»Mein Leo ist das schon lange nicht mehr.«

»Wessen dann?« Zille hielt ihr ein Lächeln hin, das sie automatisch erwiderte.

»Er …« Vor lauter Hinschauen verlor sie fast den Zusammenhang. »Leo … Er ist nur noch sein eigener Leo, sonst will den niemand.«

Sie hörten beide gleichzeitig auf zu lächeln.

»Noch ein Glaserl, Madame?« Der Wirt mit dem Löwenshirt kam aus der Schwüle hereingeschneit, drei leere Gläser in jeder Hand.

»Ich weiß nicht«, sagte Viola Ahorn. »Muss morgen früh raus …«

»Hast du schon mal überlegt«, sagte Zille übergangslos, »die Stadt zu verlassen und woanders neu anzufangen?« Er schaute sie an und fand ihre Mimik eigenartig schief. »Was ist mit dir? Was denkst du?«

Sie glaubte, wieder zu lächeln. »Genau das hab ich vorhin gedacht: Neu anfangen, das wär's, bevor noch mehr Zeit den Bach runtergeht.«

»Ich hätte was für dich. Vielleicht auch was für deine Freundin, falls die auch noch mal was riskieren möcht.«

»Die Alice?« Die Idee verwirrte sie, löste so etwas wie ein eifersüchtiges Prickeln in ihr aus.

»Eine Schorle, ein Bier?« Der Wirt tunkte das erste der schmutzigen Gläser, die er von draußen mitgebracht hatte, ins kalte Spülwasser.

9

Kramer trank aus der Flasche. Er stand in der Küche und leerte die Flasche im Stehen. Dann nahm er eine zweite aus dem Kühlschrank, schnippte den Kronkorken in den Ausguss, setzte die Öffnung an die Lippen, presste die Zunge an den Unterkiefer und ließ das Bier laufen. Als Jugendlicher hatte er damit angegeben, eine Flasche leeren zu können, ohne ein Mal schlucken zu müssen. Später, in Nachvaterszeiten, hatte er mit dem einen oder anderen Angestellten konkurriert, wenn sie nach einem harten Umzugstag beieinanderhockten, ausgelaugt und den Teamgeist beschwörend. Blödes Benehmen als Chef, dachte er damals, machte aber mit: noch keine dreißig und angewiesen auf die Akzeptanz seiner älteren Mitarbeiter.

Nachdem er über dem Ausguss zu Ende gehustet und sich beinah übergeben hatte, putzte er sich mit einem Geschirrtuch den Mund ab; er behielt es vor dem Gesicht, während er, barfuß, mit nacktem Oberkörper und in Unterhosen, ein weiteres Mal ins Badezimmer ging. Zwanghaft hielt er an der Vorstellung fest, in der Wanne lägen Klamotten, die er sonst wo verschmutzt hatte, möglicherweise war er nachts gestürzt, so abgefüllt, wie er die Kneipe verlassen hatte.

Wie vor etlichen Stunden verharrte er gebeugt zwischen Waschbecken und Glasschrank, den Blick gebannt auf Strickjacke, Hose und T-Shirt gerichtet; was die Sandalen da machten, blieb ihm ein Rätsel. Außerdem weigerte er sich, die Sachen anzufassen.

Georg Kramer stieß einen unbestimmten Fluch aus. Er hatte nicht auf die Worte geachtet, sie kamen gurgelnd aus seinem Hals und versickerten im Geschirrtuch, wie sein Speichel und der Bierrest, der ihm aus den Mundwinkeln tropfte.

»Das ist kein Blut«, sagte er. »Kein Blut, nur Dreck von der Straße. Bin ich hingefallen? Ich weiß es nicht mehr. Tut mir was weh? Ja, der Kopf.« Er sah in den Spiegel. Das Glas war verschmiert, wie die Fenster im Wohnzimmer – Zeit, endlich den längst fälligen Hausputz zu veranstalten.

Leo fiel ihm wieder ein, sein Nachbar. Der mit dem Messer. Kramer trat einen Schritt zurück und betrachtete sich erneut im Spiegel. Keine Wunde. Er sah an sich hinunter. Doch! Seine Knie waren aufgeschürft, das hatte er bis jetzt nicht bemerkt. Getrocknetes Blut auf der Haut, eindeutig. Was war geschehen? Gestürzt war er nicht, daran müsste er sich doch erinnern. Müsste er nicht. Wieso erinnerte er sich dann an Leo? Zumindest schemenhaft. Leo und das Messer. Der hatte doch kein Messer …

Kramer sah, wie sein Spiegelbild den Kopf schüttelte.

Er war hingefallen, hundertprozentig, das war die Erklärung für das Blut an seiner Jacke und der Hose. Wieso war er nicht gleich drauf gekommen? Egal, wo es passiert war (tatsächlich hatte er nicht das geringste Bild vor Augen), es war passiert, er hatte sich Abschürfungen zugezogen und im Rausch nichts mitgekriegt.

Normal.

Und Leo?

Leo spielte keine Rolle; er hatte ihm die Meinung gegeigt, und Britta hatte die Nervensäge auf die Straße gesetzt, Ende der Ballade.

Jetzt hatte er das Bedürfnis nach einem frischen Bier; er würde es auf dem Balkon trinken und dabei den Nachbarn zuprosten; morgen würde er die Klamotten in der Maschine im Keller waschen und anschließend auf den Balkon zum

Trocknen hängen. Guter Plan, dachte er im Flur und ließ vor Schreck das Geschirrtuch fallen.

Es hatte geklingelt.

Kramer bewegte sich nicht von der Stelle.

Es klingelte wieder.

Er hätte gern gewusst, wie spät es war. Er kam nicht vom Fleck. In der Stille rechnete er mit keinem weiteren Klingeln.

Es klingelte ein drittes Mal.

War klar, wer unten stand. Kramer nahm den Hörer. »Geh weg, es ist mitten in der Nacht.«

»Georg Kramer?«

»Du weißt doch, wie ich heiß. Lass mich in Ruhe. Hast du nicht kapiert, was Britta und ich dir gesagt haben? Hau ab.«

»Ich hab mit dir was zu besprechen, Georg Kramer.«

»Leo …«

»Ich bin nicht Leo, mein Name ist Sandro Zille. Eigentlich Fels.«

»Kenn ich nicht, gut Nacht.«

»Wir müssen reden.«

»Mit Fremden red ich höchstens in der Kneipe, sicher nicht nachts an einer Türsprechanlage.«

»Es ist wichtig.«

»Mir egal.«

»Es geht um unsere Mutter.«

10

Das Gesicht war durch den Türspion schlecht zu erkennen. Eine Frau mit lockigen grauen Haaren, blassblauen Augen, faltigen Wangen.

Ein Schwarzweißfoto, Knick in der Mitte.

»Und was beweist das?«, fragte Kramer.

»Das ist sie«, sagte Zille.

»Wieso soll ich das glauben?«

»Wieso nicht?«

»Wie ist dein Name noch mal?«

»Sandro.«

»Und weiter?«

»Zille.«

»Ich kenn dich nicht, geh weg.«

»Ich war im Blauen Eck, als du auch da warst, wir haben uns ein paarmal gesehen.«

»Kann mich nicht erinnern.«

»Du stehst am Stehtisch und schaust Fußball ohne Ton, ich sitz vorm Fenster und les Zeitung.«

Kramer hatte das Bild vor Augen; er war viel zu verwirrt, um seinem Vorstellungsvermögen zu trauen. Mühsam rekapitulierte er die Worte, die er gerade gehört hatte; da stimmte was nicht. »Wenn du in der Kneipe warst, wieso hast du mich nicht angesprochen?«

»War mir nicht sicher, ob ich's wollte.«

»Was denn wollen?«

»Können wir drin weiterquatschen?«

»Zeig mal dein Gesicht.« (Beim Klingeln an der Wohnungstür hatte Zille nur das Foto hochgehalten.)

Kramer glaubte, das Gesicht wiederzuerkennen. Was hieß das schon, nach allem, was dieser Tag ihm innerlich schon abverlangt hatte? Konnte sein, er hatte den Mann im Lokal nebenbei registriert; konnte auch nicht sein. Und die Bemerkung mit der Mutter? *Unserer Mutter?* Er war drei Jahre alt gewesen, als sie seinen Vater sitzengelassen hatte; danach hatte er nie wieder ein Foto von ihr gesehen, geschweige denn sie persönlich. Sie war weg und blieb's, und sein Vater schien damit zurechtzukommen. Jedenfalls redete er selten von ihr; sie waren nicht verheiratet gewesen, angeblich, weil sie bürgerliche Fesseln verachtete. Schwanger war sie trotzdem geworden …

Über ihn, dachte er verstört, schwappte den ganzen Tag eine Flut aus schattenhaften Bildern und raunenden Stimmen, in denen er unterging, wieder auftauchte und immer tiefer zu versinken schien. Und jetzt – wie lange hatte er nicht mehr an sie gedacht? Zehn Jahre? Länger? – konfrontierte ihn ein fremder, Zeug aus dem Hut zaubernder Kerl auch noch mit der Erinnerung an seine Mutter und zeigte ihm ein Foto von ihr.

Alte Frau mit grauen Haaren. Ein Allerweltsgesicht, wie hunderte auf den Zeitungsseiten mit den Todesnachrichten. Was bezweckte der Fremde mit seinem nächtlichen Auftritt? Wieso hatte er ihn überhaupt ins Haus gelassen, fragte sich Kramer. Hatte er nicht genug eigene Knoten zu lösen? Brauchte er zusätzlich eine Stimme aus der Gruft? Fehlte nur noch, dass jemand auftauchte, der ihn an seinen Vater erinnerte (er ruhe sanft auf dem Nordfriedhof).

»Dein Vater war Egon Kramer«, sagte die Stimme vor der Tür. »Er ist verunglückt, und du hast das Geschäft übernommen. Klingelt's?«

Schlagartig Stille in Georg Kramer.

Kein Getöse, kein Karussell, keine einzige Fratze.

Absolut lautloses pechschwarzes Schwarz.

Ihm kam es vor, als würde er verschlungen werden, vollständig, von den nackten Füßen über seinen nur von einer Unterhose bedeckten nackten Körper bis in den hintersten Winkel seines Gehirns, sodass ihm nichts mehr zu denken blieb, nur maßlose Versteinerung. Ich bin nicht mehr, brachte er noch zustande zu denken, mich gibt's nicht mehr …

»Ich geh unter«, sagte seine Stimme zur Tür, »existieren ist vorbei …« Im Taumel schlug er mit der Stirn gegen das kleine runde Sichtfenster; seine Knie gaben nach; er sackte zu Boden, streckte die Hand nach der Klinke aus und verfehlte sie. Mit einem dumpfen Geräusch landete Kramer auf dem Parkett, die Beine ineinander verschlungen, die Hände zu Fäusten geballt. Er spürte wenig; ein Pochen zwischen den Schläfen und in den Knien, sonst nichts; seine Augen waren geschlossen, sein Atem ging stoßweise, aber gleichmäßig, besänftigend.

»Georg!« Jemand hämmerte gegen die Tür. »Was ist los mit dir? Sag was! Mach auf, Mann!«

Beides erschien ihm unmöglich: etwas zu sagen, etwas zu tun; liegenbleiben war alles, was er sich wünschte, endlich schlafen, endlich nicht mehr da sein.

»Sprich mit mir.« Wieder das Hämmern mit der flachen Hand, eindeutig. Kramer hörte hin. »Ist dir schlecht? Soll ich einen Arzt rufen? Hallo!«

Ja … Seit er in die neue Wohnung gezogen war, hatte Kramer sich vorgenommen, einen Rundum-Check machen zu lassen; vor allem mal die Leber durchleuchten, die Nieren, die Lungen … Der Rest war zu verbeult und nicht mehr zu retten.

Bei diesem Gedanken richtete er sich ein wenig auf; er hob den Kopf, spürte das Pochen jetzt stärker, nahm seine Lage wahr und begann, wie schon einmal, unkontrolliert zu kichern. Gleichzeitig rollte sein Körper auf den Rücken, eine Bewegung, die er nicht geplant hatte und heiter geschehen ließ.

Zur Ruhe gekommen, streckte er die Beine und den rechten Arm aus, der linke stieß gegen die Wand neben der Wohnungstür; nach einigen Sekunden klopfte er mit der Faust an die Unterseite der Tür.

Nach einem Moment der Stille hörte er die Stimme wieder, gedämpft, irgendwie freundlicher als vorher. »Geht's wieder? Liegst du am Boden? Versuch, hochzukommen und den Schlüssel zu drehen. Komm schon, Georg.«

Wahrscheinlich, überlegte Kramer, ohne sich zu rühren, kannte der Mann seinen Namen aus der Kneipe. Britta redete ihre Stammgäste ständig mit dem Vornamen an. Den Namen des Besuchers hatte er schon wieder vergessen, sowohl den Vor- als auch den Nachnamen.

»Was ist jetzt? Mach auf, ich muss aufs Klo.«

Die Situation fing an, Kramer zu überfordern. Gegen seine Absicht (wirklich?) hatte er wieder getrunken, weniger als gestern (wirklich?), aber er hatte etwas gegessen (eine fade Pizza!) und einen Spaziergang unternommen, Bewegung gehabt – er könnte frischer beieinander sein. Allerdings: Wie spät war es? Weit nach Mitternacht, schätzte er. Und vor der Tür ein Fremder, der absurde Dinge behauptete. Stimmte nicht! Der Mann wusste den Vornamen seines Vaters und dass er bei einem Unfall ums Leben gekommen war. Woher? Seine Mutter …

Unsere Mutter …

Woher sonst? Seine Mutter …

Schwerfällig stemmte Kramer einen Arm auf den Boden, schnaufte tief ein und aus und wuchtete sich in die Höhe. Sofort musste er sich an der Wand abstützen. Ihm war wieder schummrig. Da stand er, schief, mit ausgestrecktem Arm, die Hand an die Wand gepresst, halbnackt.

Wenn er die Tür öffnete – einem Fremden mitten in der Nacht – stünde er in Unterhosen vor ihm. Gemeinsame Mutter hin oder her … Der Mann, realisierte Kramer plötzlich, wäre dann sein Halbbruder.

Er hatte einen Bruder.

Er hatte keinen Bruder.

»Ich muss mir erst was anziehen«, sagte er zur Tür.

»Ich muss dringend schiffen, mach auf, Mann.«

Kramer fingerte nach dem im Schloss steckenden Schlüssel. Er wollte nicht aufsperren. Er wollte seine Ruhe. Er wollte diesen Tag endlich hinter sich haben. Er wollte keinen aus dem Hut gezauberten Bruder; er hatte keine Angehörigen mehr, basta. Das war ein komplett verworrener Alptraum. Gleich vorbei. In dem Moment, da er die Tür öffnete, hätte der Spuk ein Ende, und er würde aufwachen und die Sonne ihn blenden, denn es musste inzwischen mindestens Mittag sein.

»Wie siehst du denn aus?«, sagte der Mann mit der weißen Baseball-Cap. »Deine Knie bluten. Wo ist der Lokus?«

Kramer wies in die Richtung.

11

»Schlägerei gehabt?« Wie selbstverständlich stellte sein Besucher sich neben ihn, Hände in den Gesäßtaschen, nach Seife riechend, Alkohol ausdünstend.

Während der andere im Bad war, hatte Kramer eine Cordhose angezogen und ein grünes T-Shirt übergestreift, frisch aus der Wäsche; an seine aufgeschrammten Knie hatte er nicht mehr gedacht. Dann war er zur offenen Balkontür gegangen; er hatte keine Ahnung, was er sonst hätte tun sollen. In seiner Wohnung hielt sich ein komplett fremder Mann auf (dass er ihn flüchtig im Lokal gesehen haben sollte – geschenkt), ein Unbekannter mitten in der Nacht, der noch dazu Ungeheuerliches behauptete. Ein ausgemergelter Typ mit Augenringen bis zu den Knien, frech und aufdringlich, drang in seine Wohnung ein, weil er pinkeln musste! Und er, Kramer, hinderte ihn nicht daran. Was mochte ihn veranlasst haben, die Tür aufzusperren, fragte er sich ununterbrochen. Sein Schwächeanfall? Die Angst, zusammenzuklappen und selbstständig keinen Notarzt mehr verständigen zu können?

Wieso war er überhaupt umgefallen?

Und jetzt? Stand der Eindringling neben ihm, sich lässig in den Hüften wiegend, und vermittelte den Eindruck, als hätte Kramer ihn willkommen geheißen.

Der Mann war fast einen Kopf kleiner als er und vermutlich jünger (schwer zu sagen bei dem Aussehen, der Konstitution, definitiv kein Kandidat für ein Umzugsunternehmen ...). Bei aller dargestellten Coolness, fand Kramer, sah der Mann lächerlich aus mit dem Käppi, dem garantiert sauteuren Sakko, den braunen, modischen Halbschuhen. Sah aus wie einer, den sie für einen im Milieu spielenden Film ausstaffiert hatten; einer, der durchs Bild stolziert und unverständliche Sätze nuschelt.

»Du bist total neben der Rolle«, sagte Zille.

Kramer hatte kein Wort verstanden.

»Hast du deine Beine verarztet, die Knie?«

Kramer begriff nicht, wovon der Mann redete.

»Bist du auf Droge?«

Kramer blickte in den Innenhof wie in einen dunklen Schacht. Je länger er hinsah, desto drängender verspürte er das Bedürfnis, auf den Balkon zu treten und sich über die Brüstung zu beugen – und noch etwas anderes, das er nicht benennen konnte oder wollte.

Hatte der Mann neben ihm etwas gesagt?

»Du siehst nicht gut aus, mein Freund.«

Ein Schmerz flammte durch sein Bein. Mit der nackten großen Zehe war Kramer gegen die Parkettleiste unterhalb der Tür gestoßen; offensichtlich hatte er einen Schritt gemacht und es nicht bemerkt. Er kniff die Augen zusammen, biss sich auf die Unterlippe, gab einen unterdrückten Laut von sich.

»Wieso machst du so was?«

»Was?«

»Du musst das Bein schon heben, wenn du nach draußen willst.«

»Wer sagt, dass ich … Ich will nirgends … Was erzählst du für Zeug, wieso … Ich geh nicht raus …«

»Wovon redest du, Georg Kramer?«

Die Erwähnung seines Namens ließ Kramer das grässliche Ziehen augenblicklich vergessen. »Wer bist du?«, fragte er. »Wie heißt du noch mal?«

»Sandro Zille, nein, Fels.«

»Was?«

»Hast du den Mädchennamen unserer Mutter vergessen?«

»Wieso vergessen, ich hab ... Woher kennst du sie, ich meine, wo warst du die ganzen Jahre ... Ich kenn dich nicht.«

»Ich kenn dich auch nicht. Ich bin gekommen, um dir zu sagen, dass unsere Mutter gestorben ist, und sie wollte ...« Fels nahm die Hände aus den Hosentaschen, warf einen Blick auf Kramer, fasste ihn am Oberarm. Kramer verkrampfte sich. »Bleib mal locker, Mensch. Komm, ich führ dich rüber, du musst dich hinsetzen, sonst klappst du gleich noch mal zusammen.«

Vor der Couch drehte Fels ihn um hundertachtzig Grad, drückte ihm die Hand auf die Schulter. Verunsichert, mit starrem Blick sank Kramer auf das grüne Lederpolster; er stützte sich mit den Händen ab, drückte die Arme durch.

»Lehn dich an, entspann dich. Soll ich dir ein Glas Wasser holen? Oder lieber ein Bier?«

Kramer kippte nach hinten, die Hände auf den Oberschenkeln. »Du kommst einfach hier rein ... Ich hab dich noch nie gesehen, du lügst ... Wer ist das auf dem Foto, das du mir gezeigt hast?«

»Du redest noch wirrer als unsere Mutter in ihren letzten Tagen. Ich hol dir was zu trinken.«

»Bleib da«, schrie Kramer.

Seine laute Stimme entfachte einen Hustenanfall, der seinen Körper durchschüttelte. Anschließend keuchte er ein paarmal mit offenem Mund, zupfte hektisch am T-Shirt. Dem Gast schenkte er nicht die geringste Aufmerksamkeit – als habe er ihn vollständig vergessen.

Nachdem Kramer sich beruhigt hatte, streckte er die Beine, legte die Hände in den Nacken und schloss die Augen.

Eine Zeitlang ertrug Fels die Reglosigkeit.

»Hallo?«

»Hallo«, flüsterte Kramer.

»Wir müssen reden«, sagte Sandro Fels. »Ich hab nicht ewig Zeit.«

»Ich schon.«

»Schau mich an, Kramer.«

Kramer öffnete die Augen, hob den Kopf. »Ich weiß nicht, was du willst. Geh weg, ich … Du bist hier falsch.« Wie zu Beginn von Fels' Besuch (oder Zilles?) zeigte Kramer zum Flur. »Da ist die Tür. Wenn du noch mal pinkeln musst, tu dir keinen Zwang an … Mach die Tür leise zu, die Nachbarn schlafen schon.«

Zu Kramers Überraschung lächelte sein Besucher ihn an und ließ sich neben ihm auf die Couch fallen, er lehnte sich zurück, sah ihn lange wortlos an. »Du bist ein erstaunlicher Mann«, sagte er. »Mutig auch. Hat dir das schon mal jemand gesagt?«

»Ich bin müd und betrunken, so wie du.«

»Ich bin nicht müde.«

»Was willst du?«

»Dir meine Geschichte erzählen, im Auftrag unserer Mutter.«

Mit einem Ruck setzte Kramer sich auf. »Hör auf, immer *unsere Mutter* zu sagen.« Er sah seinen Nebenmann nicht an. »Brauchst du Geld? Willst du mich anpumpen wie dieser Leo von gegenüber? Dem hab ich keinen Cent gegeben und … Und was geht dich das an, ich war … Das Leben, das ich führ, lass ich mir von niemandem wieder wegnehmen. Von dir …« Mit mürrischer Miene warf er einen schnellen Blick auf Fels und wandte sich wieder dem Zimmer zu (matt beleuchtet von der Schreibtischlampe, deren Schein sich im Fenster spiegelte).

»Ich mag dir nicht zuhören … Was ist hier los? Was ist passiert?«

»Das frag ich dich«, sagte Fels. »Deine Klamotten sind voller Blut, du solltest sie vielleicht mal einweichen.«

»Was soll ich?«

»Du hast eine schwere Nacht hinter dir.«

»Was weißt du denn?«

»Du bist völlig fertig, in deiner Badewanne liegen Sachen, die die Polizei besser nicht zu Gesicht kriegen sollte.«

»Was für Polizei?«

»Die örtliche, mein Herr.«

»Die Polizei … Ich hab nichts getan.«

»Dann ist ja gut.«

»Ja«, schrie Kramer und sprang auf. Er hatschte zur Balkontür. Patschen nackter Füße auf Parkett. Kurz vor der Tür hielt er wie festgedübelt inne, beugte sich eigenartig nach vorn, zog die linke Schulter hoch und ließ den rechten Arm baumeln.

Fasziniert sah Fels zu. Dann erhob er sich geräuschlos, beugte leicht den Oberkörper, steckte die eine Hand in die Gesäßtasche und stemmte die andere in die Hüfte; er hatte herausgefunden, dass sich in dieser Haltung die Schmerzen hinter dem Brustbein ein wenig bannen ließen.

Als Kramer sich wieder umdrehte, flackerte sein rechtes Lid, für eine Weile unaufhörlich. »Die Sachen haben nichts zu bedeuten, im Bad … Bin hingefallen, in der Nacht … Wo, weiß ich nicht, auf dem Heimweg in der … Viel zu viel getrunken wieder, wegen … wegen dem Kerl, dem Schnorrer …«

»Leo von gegenüber.«

»Woher kennst du den?«

»Aus dem Blauen Eck.«

Kramer schüttelte den Kopf, sah zu Boden und hörte nicht auf, den Kopf zu schütteln.

»Lass das, Mensch.«

Gebeugt, den Oberkörper schief, die Hände an den hängenden Armen vor dem Bauch gefaltet, schüttelte Kramer weiter den Kopf. Fels ging zu ihm, packte ihn an der Schulter.

»Hör sofort auf!«

Kramers Kopf ruckte in die Höhe, die Augen angefüllt mit Tränen, sie kullerten ihm nicht über die Wangen, sondern wässerten bloß seine Pupillen.

Fels kramte nach Worten. Der Mann, die Situation, die Dinge, die passiert waren und weiter passierten, überforderten ihn. Die Regelung der Angelegenheit hatte er sich anders vorgestellt. Nun hing er fest in einer Stadt, die ihn allein aus den Erzählungen seines Vaters anwiderte, in einer Wohnung, in der sein angeblicher Halbbruder wie ein Schlappschwanz vor sich hin heulte und offenbar jeden Bezug zur Realität verloren hatte. Anders, dachte er, war Kramers Verhalten angesichts der blutverschmierten Klamotten in der Badewanne nicht zu erklären.

Oder?

»Oder?«, sagte Fels laut.

Kramer zuckte zusammen, sein Körper schlotterte.

»Was hast du genommen, außer Alkohol?«

»Nix …« Hinter dem wässrigen Schleier erschien Kramer der Besucher bedrohlich. In seinem Kopf ein Tohuwabohu aus ineinandergestöpselten Gedanken, die keinen Sinn ergaben, und verwaschenen Bildern, von denen er einige heute schon einmal gesehen hatte: nachmittags auf der Couch, mit ähnlich teerigem Hintergrund. Es wollte einfach kein Licht in seine Erinnerung fallen.

Kramer spürte eckigen Widerstand, knochig, dachte er sofort.

Fels hatte die Arme um den Mann, den er Halbbruder nannte, geschlungen, die Wange an dessen rauem Hals. Eine ungelenke Geste, einem ihm abseitig anmutenden Zwang entsprungen, absolut untypisch für ihn. Meist mochte er den Geruch der Leute nicht, oder er fühlte sich eingeengt und auf unaussprechliche Art benutzt. Nähe ertrug er allenfalls im Beruf. Er streichelte die Mädchen (Frauen Ü18), nahm die eine oder andere in den Arm, teilte kurzfristig das Bett mit einer, ließ sich befingern und presste sich an fremde Haut. Das funktionierte. Er ertrug das Ritual und den Geruch. Hin und wieder sehnte er sich sogar nach einer halben Stunde nackter Nähe; konnte schön sein und entspannend.

Bei gegebenem Anlass, wenn sein Vater den Arm um ihn legte, leistete er keinen erkennbaren Widerstand. Andere Geschichte bei seiner Mutter. Zu ihr – sollte ihn jemand danach fragen – hielt er Abstand seit dem Kappen der Nabelschnur. Je älter er geworden war, desto weniger hatte er kapiert, wieso sie ihn auf die Welt gebracht hatte …

»Du setzt dich jetzt mal wieder hin«, sagte er, »und konzentrierst dich auf mich.« Er schob Kramer von sich weg, betrachtete die traurige Gestalt mit den verheulten Augen und dem schepsen Gestell, dem blassgrünen Shirt und der ausgebeulten Hose. Dann bemerkte er die ungeschnittenen Fußnägel.

»Auf dich passt echt niemand auf.« Fels nahm Kramer am Handgelenk und führte ihn zum zweiten Mal zur Couch.

»Platz nehmen, still sein, aufhören zu heulen, zuhören. Wird das klappen?«

Wie ferngelenkt sackte Kramer aufs Polster, einige Sekunden aufrecht, dann, wie vorher, kippte sein Oberkörper nach hinten, Hände auf den Oberschenkeln.

»Schau mich an, wenn ich mit dir rede.«

Nach einigem Blinzeln wunderte Kramer sich, dass der andere plötzlich vor ihm saß, auf dem dreiräderigen Schreibtischstuhl. Er sah ihn an und erkannte ihn wieder.

»Sandro, richtig?«

»Richtig.«

»Sandro Zille.«

»Eigentlich Fels, wie unsere Mutter.«

»Ach ja?«

»Unerträgliche Person, wenn du mich fragst … Egal, wir sind ihre Söhne, das ist ein Fakt.«

»Wieso …« Kramer versuchte, sich aufzurichten; seine Schulter machte nicht mit.

»Wieso wir uns nicht kennen, obwohl wir Geschwister sind?«, fragte Fels. »Kann ich dir verraten: Weil wir Bastarde waren, von Geburt an, alter Mann.«

12

»Deine Mutter hat dich sitzenlassen, deinen Vater, uns alle. So war die. War mir klar, seit ich kapiert hab, dass es nur um sie geht. Wie alt warst du, als sie hier weg ist? Lass gut sein. Ich war fünf, als wir nach Cloppenburg sind. Eine Ahnung, wo das ist? Oben im Norden, von euch aus gesehen, von Berlin aus westlich. Da sind wir hin. Weil? Sie das entschieden hatte.

Ich war fünf, kriegte trotzdem schon eine Menge mit, hatte Freunde auf dem Kiez. Bleibtreustraße. Mal da gewesen? *Treues Seelchen* ist der Schuppen meines Vaters. Tanzcafé mit Nischen für Vertraulichkeiten. Verstehst du? Wie gesagt, ich war ein Kind, hab erst gedacht, die Alten tanzen da bloß und hören merkwürdige Musik. Bis ich geschnallt hab, hoppla, die sind viel öfter in den Nischen als auf der Tanzfläche, und so richtig alt sind sie auch nicht. Hahaha.

Hab mir eingebildet, die lieben mich, diese Menschen, verstehst du? Dass die mir was geben. Hab's nicht kapiert, erst viel später, eigentlich erst letzten Winter.

Das sind die Dinge, die dich prägen, und du läufst trotzdem rum wie einer, der nicht weiß, was abgeht. Die Menschen damals, die Freunde meines Vaters, seine Mitarbeiter, die Gäste, die zu ihm kamen, die haben den Jungen in den kurzen Hosen und mit der Feder am Hut gesehen und ihn akzeptiert, wie er war, und ihm so was wie Freundschaft angeboten. Verstehst du …«

»Darf ich dich was fragen?«

»Frag.«

»Du hast einen Hut getragen, mit einer Feder dran?«

»Grüner Hut mit Fasanenfeder. Hat mir mein Vater zum vierten Geburtstag geschenkt. Und zum fünften einen neuen, weil: Mein Schädel ist wahrscheinlich größer geworden, hahaha. Die Feder ist dieselbe geblieben. Den Fasan hat mein Vater selbst geschossen, glaub ich. Der Punkt ist: Irgendwann hab ich aufgehört, den Leuten zu trauen, auch den Freunden meines Vaters. Dachte dauernd, die hecken was aus. Wie meine Mutter. Die hat ständig was ausgeheckt und alle damit vor den Kopf gestoßen. Hast du doch selbst erlebt.

Cloppenburg.

Wie kommt jemand auf so eine Stadt? Erst – pass auf, was ich sage – haut sie bei Nacht und Nebel ab, war doch Nacht und Nebel, oder täusch ich mich, nein, haut aus deiner Stadt ab. Hat sie getan, kannst du nicht leugnen. Das hat sie nämlich zugegeben, und nicht erst, als sie wusste, dass der Sensenmann durchs Fenster winkt. Ohne Vorwarnung auf und davon. Hör zu, und ich sag die Wahrheit, keine Silbe erlogen, ja?

War schon in Cloppenburg, in der Euterstraße oder wie die heißt, wo sie uns einquartiert hatte, da kommt sie eines Abends in mein Zimmer, ich war ungefähr sieben, und sagt, sie muss was gestehen. Sie setzt sich aufs Bett, druckst rum und meint dann, sie habe schon einmal einen Mann verlassen, sei ein paar Jahre her, aber sie denke noch oft an ihn. Und so weiter. Hab mich gefragt, wieso sie mir das erzählt. Sie hat meinen Vater sitzenlassen, was interessiert mich irgendein anderer Kerl?

Sie kann nicht eingesperrt sein, hat sie gesagt, und die Bleibtreustraße wär wie ein Gefängnis für sie gewesen, die Welt meines Vaters habe sie bedrückt und bedroht.

Bedrückt und bedroht. Hab ich mir gemerkt, die Ausdrücke. Was sollte das bedeuten? Wer sollte sie bedroht haben?

Mein Vater, ihr Mann? Die Kunden? Und was hat sie bedrückt? Antwort!

Schweigen. Hab sie gefragt, und sie: Das sei einfach nicht ihr Leben gewesen. Da fragst du dich doch: Wo findet das Leben dieser Frau denn statt? Hier bei dir war's nicht, denn sie musste raus hier. Berlin war's auch nicht, denn sie musste auch dort raus. Aber wohin? Cloppenburg?

Weißt du, wieso sie unbedingt in diese Stadt wollt? Kann ich dir verraten: wegen eines Jobs in einem Altenheim. Da fällt dir nichts mehr ein. Da bist du sprachlos. Dafür gibt's keine Worte, für einen solchen Aberwitz.«

»Darf ich dich was fragen?«

»Frag.«

»Sie hat dir erzählt, dass sie meinen Vater verlassen hat, aber nicht, dass sie mich auch verlassen hat?«

»Exakt, mein Freund. Von dir war keine Rede. Wie alt warst du? Auch fünf?«

Kramer zeigte die Zahl mit den Fingern.

»Drei! Respekt. Da fällt mir ein, an dem Abend damals hat sie noch was erzählt, nämlich, dass sie nicht verheiratet war mit dem anderen Mann. Mit meinem Vater aber schon, Mann! Sie hat ihn geheiratet, weil: Baby an Bord. Und er hat ja gesagt, Hans Zille.

Obwohl, jetzt pass auf: Mein Vater war erst dreiundzwanzig, stell dir vor. Viel zu jung zum Heiraten, und sie? Irgendwas Mitte dreißig. Sie schleppt also den jungen Mann zum Traualtar, sie geben sich das Jawort, bis dass der Tod sie scheidet, danach wird gefeiert, schätz ich mal. Ich war nicht dabei, höchstens indirekt, und alles sieht so aus, als würd hier eine Zukunft beginnen. Denkste. Meiner Meinung nach plante sie schon zu dem Zeitpunkt ihren Abflug. Frage: Warum die Heirat? Wozu der Aufwand? Was sollte die Show?

Hab meinen Vater nie danach gefragt. Hätt ich mal tun sollen. Könnt ich immer noch tun. Vermutlich bringt's nichts, weil er keiner ist, der sich lang mit der Vergangenheit abgibt. Dinge passieren, Dinge verändern sich, neue Dinge werden wichtig. So betreibt er seine Geschäfte, so hat er's bis ins hohe Alter geschafft, führt seinen Laden immer noch selber. Ja, hat mir angeboten, groß einzusteigen, nach all den Jahren, die ich für ihn an der Front bin, aber: Schau mich an. Seh ich aus wie ein Geschäftsführer?

Ich seh aus wie der Fußabstreifer eines Geschäftsführers.

Lass mir trotzdem nichts gefallen, bin nicht so windig, wie ich auf den ersten Blick wirken mag. Kannst du unsere Mutter fragen.

Kannst du nicht mehr, weil sie tot ist.

Sie hätte ein Lied davon singen können, wie oft sie aus der Schule angerufen wurde, weil ich mich danebenbenommen hab. Angeblich. Hab mich gewehrt, sonst nichts. Verstehst du? Bevor mir jemand Angst einjagen will, jag ich ihm welche ein, und zwar grundsätzlich. Der hält sich künftig von mir fern, versprochen. Sie wollten, dass ich erstarr vor ihnen, und dann hab ich sie erstarren lassen. Wagten nicht mehr, sich zu rühren, wenn ich in die Nähe kam. Nur so geht's. Und wenn ich was gebraucht hab, hab ich's mir genommen. Zu essen, zu trinken, zum Spielen, was so anfällt.

Schau mich nicht so erschrocken an. Wie bist du durchs Leben gekommen? Durch Ducken? Sicher nicht. Du musstest auch ein Geschäft führen, wie mein Vater, nachdem deiner verunglückt war. Woher ich das weiß? Meine Mutter hat mal deinem Vater einen Brief geschrieben, aus Cloppenburg, keine Ahnung, weshalb. Schlechtes Gewissen? Unwahrscheinlich. Sie hat geschrieben, aber er hat nicht geantwortet. Er nicht, sondern du.

Weißt du noch? Du hast geschrieben, dein Vater sei vor

einem Monat gestorben, nach einem Arbeitsunfall, sei bei einem Umzug eine Treppe runtergestürzt und dann im Koma gelegen. Tut mir leid. Den Brief hat sie mir gezeigt, hundert Jahre später, und das war der Anlass, mit der Wahrheit rauszurücken. Dass sie noch einen Sohn hat, einen älteren, von einem Mann, mit dem sie nie verheiratet war. Die ganze Chose.

Darauf kommen wir noch.«

»Darf ich dich was fragen?«

»Frag.«

»Hast du nie mit ihr über ihr früheres Leben gesprochen, über ihre Träume und solche Sachen?«

»No, Sir. Wann denn? Hab die Schule erledigt, sie hat sich um die Alten gekümmert. Jeden Tag zehn bis zwölf Stunden hat sie in dem Stift verbracht. Erklär mir mal, was so faszinierend an so einem Heim sein soll, dass du lieber dort bist als zu Hause bei deinem Sohn? Versteh mich nicht falsch: Ich kam bestens zurecht, hatte immer genug zu essen, machte meine Hausaufgaben, kein Problem. Das Problem meiner Mutter war: Je besser und öfter ich für mich selber sorgte, desto weniger brauchte ich sie. Ab ungefähr neun führte ich mein eigenes Leben, erst in der Grundschule, dann auf der Realschule. Jeder dort hatte was zu bieten für mich, wie gesagt, Essen und Trinken, mal ein Paar Fußballschuhe, die mir gut passten, mal ein Fahrrad, das ich mir auslieh, mal ein Edelstahlmesser, das mir gute Dienste beim Kampf gegen widerborstige Nachbarskinder leistete. Wo ich auftauchte, war mein Revier. So entsteht Respekt. Schade, dass mir der grüne Hut mit der Fasanenfeder nicht mehr gepasst hat, ich hätt ihn gern als Talisman bei mir gehabt. Aber ich hab ihn aufbewahrt, in einer Schublade in meinem Zimmer.

Nein, mein Freund, wir haben nicht über ihr Leben gesprochen, meine Mutter und ich. Nicht in meiner Jugend, nicht später. Sie schuftete sich den Buckel krumm, ich lernte den aufrechten Gang unter Leuten, die dich deckeln wollen. Darf man sich nicht bieten lassen.

Übrigens hab ich die Mittlere Reife geschafft, der Notendurchschnitt spielte keine Rolle, ich war durch, nur das zählte. Und nicht, dass du denkst, ich wär auf der Verliererstraße gelandet: Ausbildung zum – Achtung – Zahntechniker. Ist das ein Grinsen in deinem Gesicht? Kannst du dir sparen. Ordentlich Berufsschule absolviert, in Zahnklinik gearbeitet, echt was gelernt. Da war ein Typ in der zehnten Klasse, der hatte mich drauf gebracht, und weil ich nicht wusste, was ich machen sollt, dachte ich, wieso nicht?

Zahntechniker! Würd ich dir meine Hauer zeigen, würdst du einen Schock kriegen. Alles kaputt im Maul. Geständnis: Hab nie in einer Klinik oder einem Labor gearbeitet. Kaum war ich mit der Ausbildung fertig, fiel in Berlin die Mauer. Was hätt ich tun sollen? Hab meine Sachen gepackt und bin in den Zug gestiegen. Bei Nacht und Nebel. Liegt in der Familie. Mutter heulte. Keine Ahnung, worüber. Danach haben wir uns nur noch einmal gesehen, zwangsweise. Tauchte unangemeldet in Berlin auf.

Haben Kaffee mit ihr getrunken, mein Vater und ich, Plausch gehalten. Sie war alt geworden, ging gebeugt, die Alten hatten sie ausgelaugt, schätz ich. Das war zwei oder drei Jahre, nachdem ich aus Cloppenburg weggegangen war. Zwischendurch hatte sie ein paarmal angerufen. Ging nie dran, meine Leute sagten ihr, ich wär nicht zu sprechen, hätt zu tun, wär unterwegs. Alles in Ordnung, sie bräuchte sich nicht zu sorgen, der Junge macht Karriere. Hahaha.«

»Darf ich dich was fragen?«

»Frag.«

»Bist du verheiratet? Hast du Kinder?«

»Nein. Du?«

»Nein.«

»Ich hol mir ein Bier, bring dir eins mit. Bleib einfach sitzen, ruh dich aus, denk nicht zu viel nach, das bringt nichts, die alten Zeiten sind vorbei.«

Fels hatte keinen Durst, kein Bedürfnis nach Bier. Er brauchte Bewegung, um vielleicht den Druck in der Brust zu mildern, und ein paar Schluck Wasser gegen das Brennen im Magen. Sein Bemühen, aufrecht und unauffällig zu gehen, scheiterte in der Tür zum Flur. Im Spiegel des Badezimmers glotzte ihn eine erbärmliche Kreatur an.

13

»Musstest du dich übergeben?«, fragte Kramer, als Fels zurückkam und in der Tür stehenblieb.

»War bloß Husten, hört sich übel an, weiß ich.« Er warf einen Blick zum Bauernschrank. »Das ist ein unfassbar hässliches Möbelstück.«

»Es ist antik.«

»Glückwunsch.« Fels ging zum Drehstuhl vor der Couch, stützte die Arme auf die Lehne. »War eine richtig würzige Zeit«, begann er. »Die Jahre nach der Wende ein göttlicher Segen für meinen Vater. Sein neuer Laden boomte, kann ich dir sagen. Keusche Göttin, falls dich der Name des Etablissements interessiert. Ich werd ihn dir zeigen, du wirst dich wohlfühlen, eine Oase mitten in der hektischen Stadt, Lietzenburger Straße, nicht weit vom Ku'Damm. Da musst du hin. Das klären wir noch. Jedenfalls hab ich mich ...« Er stockte, schlug mit der rechten Hand auf die Stuhllehne. »Ich hab vergessen, dir ein Bier mitzubringen. Soll ich's holen?«

Kopfschütteln auf der Couch.

»Wie du willst. Dann später, zum Frühstück, hahaha. Was ich dir sagen will: Hab mich straight nach oben gearbeitet, vom Soldaten, der die Drecksarbeit macht, zum Kommandanten, der die Drecksarbeit machen lässt. Dauerte keine fünf Jahre. Lebenslustige Zeit, wenn ich es mir genau überleg. Verstehst du? Wir haben gelebt, alle im Kosmos meines Vaters, jeder Tag eine Herausforderung, die man freiwillig angenommen und der man sich gestellt hat. Viel zu tun, ein Rad muss ins andere greifen, sonst fliegst du aus dem System. Die Konkurrenz pennt nicht. Wann hätt ich Zeit haben sollen, meine Mutter anzurufen und zu fragen, wie's ihr geht? Wie geht's denn immer so, Mutter? Kriegen die Alten noch Luft, wäschst du sie auch gut, was macht die Liebe? Hahaha.«

Fels ließ sich auf den Stuhl fallen, schwenkte den Sitz von rechts nach links und zurück, streckte den Rücken, stoppte die Bewegung. »Die Liebe, mein Freund. Wen liebst du? Wen liebt man? Ich seh, du lebst allein, keine Frauensachen im Bad. Single.

Einige Zeit, nicht weitersagen, hab ich mich mit Männern rumgetrieben, durfte mein Vater natürlich nicht wissen. Der Mann war nicht prüde, er macht Geschäfte mit allen möglichen sexuellen Vorlieben seiner Kunden, aber der eigene Sohn? Besser nicht. Zum Geburtstag bekam ich jedes Jahr eine Frau geschenkt, für die Nacht, fürs ganze Wochenende. Er hat sich nicht lumpen lassen. Hab mir Mühe gegeben. Weißt du, was?

Ich ertrag so Nähe nicht. Dass da eine oder einer an mir klebt. Mag ich nicht. Krieg ich keine Luft, muss ich sofort raus und weit weg. Das kannst du natürlich niemandem vermitteln, schon gar nicht im Nachtgeschäft, ich bitte dich.

Eigentlich war's mit den Jungs am einfachsten, sie wollten Sex und tschüssi. Gab auch andere. Klammeraffen. Einmal musste ich Gewalt anwenden, war unvermeidlich, wollt nicht loslassen, der Kerl. Musste deutlich werden. Hat mich angezeigt, der Hund. Achtzehn Monate wegen schwerer Körperverletzung. Zum Glück war der Typ vollgekokst, ich angetrunken, die Sache lief aus dem Ruder, erklärte mein Anwalt, ich hätt mich gewehrt, weiter nichts, der andere schlug zurück. Blöderweise hatten mich zwei Typen beobachtet, wie ich in den Laden rein bin, und die haben ausgesagt, ich hätt mit Absicht zugetreten. Hab ich auch. Wen geht das was an? Unser Anwalt musste sich ordentlich reinhängen. Wie gesagt, achtzehn Monate, vorbestraft.

Saudumme Sache, auch für meinen Vater, der stellt nie vorbestrafte Leute ein, Grundprinzip. Sein eigener Sohn hat's durchbrochen. Danach hab ich mich zurückgehalten, auch im Betrieb. Klar, Hans wollte wissen, was ich in dem Schwulenladen verloren hatte, ich hab gesagt, der Typ hätt mich mehrfach auf der Straße angemacht. Im Prozess hatte das arme Opfer behauptet, wir hätten eine Beziehung gehabt und ich hätt ihm Versprechungen gemacht, so Zeug. Lächerlich. Gut, nachdem die eineinhalb Jahre rum waren, hab ich zwei absolut zuverlässige Soldaten zu ihm geschickt, Auftrag: Harte Zärtlichkeit. Hat er verstanden. Angeblich wohnt er inzwischen in Rostock.

Du siehst: Viel los im Leben deines Halbbruders.

Darauf muss ich jetzt kommen, auf die Familiensache. Eines Tages ruft mich eine Mitarbeiterin aus der Keuschen Göttin an und meint, meine Mutter hätt sich gemeldet, ich soll dringend zurückrufen, in irgendeinem Krankenhaus. Kein Bock. In der Zwischenzeit hatte mein Vater von dem Anruf erfahren, bittet mich, der Sache nachzugehen, also ruf ich an.

Ärztin am Telefon. Frau Fels sei vor zwei Tagen ins Hospiz gebracht worden. Und?, frag ich. Sie sagt, meine Mutter weine den ganzen Tag und verlange nach ihrem Sohn.

Hahaha.«

»Hast du zugehört?

Verlangt nach ihrem Sohn, die Mutter. Einzahl. Nicht nach der Mehrzahl. Wir sind zwei, oder nicht? Gut, das wusste ich zu dem Zeitpunkt noch nicht. Mein Vater macht mich wahnsinnig, redet auf mich ein, bis ich mich ins Auto setz und wohin fahr? Nach Cloppenburg. Wie bekloppt muss man sein?

Als ich ins Zimmer komm, erkennt sie mich erst mal nicht. Erst nach fünf Minuten dämmert ihr, wer der Mann auf dem Stuhl ist. Ihr Herz ist am Ende, heißt's, sie habe Depressionen gehabt, jahrelang, und Tabletten geschluckt. Woher hätt ich das wissen sollen? Die meiste Zeit am Tag sei sie verwirrt, sagt mir eine der Angestellten. Dann kann ich ja wieder gehen, sag ich, doch wie sich rausstellt: An dem Nachmittag hat die Frau Fels ihre hellen Momente. Einer davon: Sie zeigt mir den Brief, den du vor hundert Jahren an sie geschrieben hast. Tod deines Vaters und so weiter. Ich frag sie höflich, um wen es sich bei dem Absender handelt, sie sagt, um deinen Halbbruder.

Willst du was sagen? Lass gut sein. Mein Halbbruder. Und? Sie sagt, ich soll dich aufsuchen und um Verzeihung bitten. Wofür, frag ich, sie sagt: Für alles im Leben, was sie dir angetan hat. Ich versteh nur Bahnhof. Im Zimmer war eine Luft wie in der Sauna. Winter, schon klar, und es hat geschneit, gut, aber bei so einer Hitze schmilzt jedem der Verstand.

Kannst du mir folgen? Ich dachte, die Frau spricht im Fieber. Halbbruder! Wie alt bin ich? Fast zweiundfünfzig, und sie präsentiert mir auf ihren letzten Metern einen Angehörigen? Was soll das denn sein? Du spinnst, sag ich zu ihr, und sie?

Sie nimmt meine Hand, quetscht sie zusammen, unglaubliche Kraft auf einmal, und beschwört mich, ihr zu verzeihen. Hör zu: Sie habe es nicht übers Herz gebracht, die Wahrheit zu sagen, weder dir noch mir, sie habe geglaubt, es wär nicht wichtig. Jeder von uns hätte sein Leben, und wir wären glücklich, und die Vergangenheit sei vorüber.

Bist du glücklich? Oder ich? Und was ist mit der Vergangenheit?

Stell dir das vor: Ich sitz an ihrem Bett, sie knetet meine Hand und ringt dermaßen nach Luft, dass ich denk, gleich erstickt sie und der Spuk ist vorbei. War er aber nicht.

Zehn Minuten hat keiner von uns ein Wort gesagt. Sie hat gekeucht, ich auch. Mir war speiübel. Irgendwas war, dass ich dageblieben bin. Kannst du das verstehen? Hätt aufstehen und rausgehen und zurückfahren können. Hab ich nicht getan. Bin hocken geblieben. Sie heulte, die Tränen rannen ihr übers Gesicht und versickerten, ich schwör's dir, die kamen unten am Kinn nicht an, die waren vorher weg, eingetrocknet oder so. Erfüll mir meinen letzten Wunsch, sagt sie, und noch mal: Ich soll ihr verzeihen. Und zu dir fahren, damit du ihr auch verzeihen kannst.

Den Brief hab ich jetzt vergessen mitzubringen, du kriegst ihn noch, hab ihn in der Reisetasche. Außerdem …

Daraus bin ich nicht schlau geworden … Sie habe Schuld auf sich geladen, sagt sie noch, und ich: Klar, du hast die Väter deiner Söhne sitzenlassen und den einen Sohn auch. Ja, sagt sie, ja, ja, aber als Kind habe sie Schuld auf sich geladen, weil sie ihren Vater in den Tod getrieben hat. Da denk ich, sie hat nur noch Matsch in der Birne, jetzt wird's komplett spooky. Doch sie: Wir waren schwimmen, ich war ein Kind, zwölf Jahre alt, im See bei Feldafing, und ich …

Sie wollte, wenn ich das richtig verstanden hab, ihrem Vater beweisen, wie gut sie schwimmen kann, und ist immer weiter raus und er hinter ihr her. Dann hat ihn die Kraft verlassen und er ging unter, kam nicht mehr hoch, war weg. Jemand hat dann die Rettung verständigt, die Polizei, den Notarzt. Drei Tage später wurde die Leiche geborgen. Sie hat gesagt, sie wollte ein Wettrennen mit ihm machen.

Natürlich gab niemand dem Mädchen die Schuld. Zu mir hat sie gesagt, sie hätt ihren Vater in den Tod getrieben, und die Schuld sei sie nie losgeworden. Kann das stimmen? Hast du eine Schuld, die du nie losgeworden bist? Ich nicht. Kann mich nicht erinnern.

Was soll ich sagen: Hier bin ich. Einen Tag nachdem ich bei ihr war, ist sie gestorben. Zweiundzwanzigster Dezember. Ich war schon wieder in Berlin. Mein Vater und ich sind noch mal hingefahren und haben alles organisiert. Hübsches Grab. Auf der Beerdigung waren genau vierzehn Leute, fünf Schwestern aus dem Altenheim, wo Inge Fels ihr halbes Leben verbracht hat. Alte waren keine da. Schätze, die meiden Friedhöfe aus gutem Grund. Dazu ein paar Nachbarinnen und noch eine Handvoll neugierige Cloppenburger. Der Pfarrer hat's kurz gemacht, anschließend Umtrunk im Gelben Adler. Mein Vater hat bezahlt.«

»Darf ich dich was fragen?«

»Frag.«

»Wieso hast du mich nicht informiert? Ich hätte zur Beerdigung kommen können.«

»Ehrliche Antwort? Hab nicht dran gedacht. Offensichtlich mein Vater auch nicht. Haben's vergessen. Du kannst mal hinfahren und das Grab besuchen. Bei der zuständigen Gärtnerei haben wir einen Dauerauftrag bestellt, sie kümmern sich um die Bepflanzung und das ganze Gedöns.

Bin jetzt seit elf Tagen hier in der Stadt. Renn dir hinterher, sitz in deiner Kneipe, weiß nicht, was ich tun soll. Frag mich, wieso ich hier bin und mir eingeredet hab, ich muss das tun, was Mutter mir angeschafft hat. Spielt keine Rolle mehr, bin zu tief drin. Und: Du hast Probleme, mein Freund. Aber die lösen wir heut Nacht nicht mehr. Jetzt hauen wir uns hin, und du verdaust den Irrsinn, so, wie ich ihn erst mal verdauen musste, und morgen überlegen wir, wie's weitergehen soll.«

Die Stille dauerte an.

Unter schwerem Keuchen beugte Kramer sich nach vorn, die Schulter schief wie der Kopf. »Darf ich dich was fragen?«

»Frag.«

»Was ist gestern Nacht passiert?«

»Sag du's mir.«

»Ich hab … Am Abend haben wir gestritten, nein … Er war dann weg und ich bin geblieben … Leo … Auf dem Heimweg war er wieder da, ich hab ihn … Hast du was gesehen? Bist du da gewesen …«

»Verwirr mich nicht, komm zur Sache, Brotherr Georg.«

»Ich glaub, ich hab den Leo erstochen, so …« Mit schwankendem Oberkörper hob Kramer den Arm.

»Hast du nicht.«

»Nein?«

»War die Polizei da?«

»Nein.«

»Dann hast du niemanden erstochen.«

»Und wenn doch?«

»Dann stimmt mit eurer Polizei hinten und vorne was nicht.«

»Meinst du?«

14

Um halb sechs Uhr morgens schreckte Kramer aus einem chaotischen Traum hoch. Da waren Leute, die um ihn herumstanden, ihn bedrängten, auch Leo, der ihm eine Frage stellte, auf die er keine Antwort wusste. Jetzt, halb im Wachzustand, glaubte Kramer, sich zu erinnern, dass er die Antwort sehr wohl gewusst hatte, sie Leo aber nicht geben wollte. Sie lautete: Du bist ein Verlierer, egal, wie viel Geld du von mir kriegen würdest. Fünfzigtausend hatte Leo von ihm verlangt – genau wie in der Wirklichkeit. Du Verlierer, dachte Kramer wieder …

Nein, das stimmte alles nicht. Im Traum hatte er Leo nicht im Lokal gesehen, umringt von anderen, ihm fremden Gästen. Sie waren allein, er und Leo, auf einer Brücke, und Leo hatte gefragt, wo das Geld blieb, das Kramer ihm versprochen habe …

Du Verlierer!, hatte er ausgerufen, hau ab, lass mich in Frieden …

Nein.

Zerpflügt von Müdigkeit schob Kramer die Bettdecke von sich weg, drehte sich zur Seite und wäre beinah über die Bettkante gerutscht. Mit patschenden Füßen, in Unterhose und grünem Shirt (knitterig wie sein Gesicht) schlurfte er durch den Flur, einen Arm ausgestreckt, zur Sicherheit glitt seine Hand an der Wand entlang.

Wie immer war die Tür des sogenannten Gästezimmers geschlossen; dahinter stapelten sich unausgepackte Kartons mit Kleidungsstücken, Bürounterlagen, Büchern, CDs und Krimskrams aus einem anderen Leben, drei Korbstühle, ein

Sonnenschirm für die Terrasse des alten Hauses in Milbertshofen und die beiden düsteren Landschaftsgemälde, die sein Vater bei einer Räumungsaktion geschenkt bekommen hatte und die angeblich Zehntausende wert waren. Georg (Anfang zwanzig) war dabei gewesen, ein beschwerlicher, von ständigen Ermahnungen und Belehrungen begleiteter Auftrag, ausgerechnet am Samstag und Sonntag, für Georg wieder ein Wochenende ohne eine freie Minute. Alles Gelump, dachte er oft. Wieso er die deprimierenden Bilder – das eine mit riesigen Pferden vor finsterer Berglandschaft, das andere ein See im Nebel hinter schwarzem Schilf – mit umgezogen hatte, blieb ihm ein Rätsel; an einem Verkauf hatte er nicht das geringste Interesse, und die Schinken aufhängen? Ein Alptraum.

»Wach auf, schnell.« Er musste husten, die Wörter hatten seine Stimme wachgerüttelt. »Sandro, bitte, ich muss dir was sagen.«

Ohne Decke lag Sandro Fels auf der Ledercouch, die Beine angewinkelt, zur Lehne gedreht, das Baseball-Cap unverändert auf dem Kopf.

Wieder einmal musste Kramer an das vollgestellte dritte Zimmer denken; dort hätte sein Halbbruder, den er über Nacht bekommen hatte, in einem angenehmen Bett schlafen können, Fenster zwar zur Straße, aber immerhin schallisoliert.

Nicht zum ersten Mal kam ihm die Vorstellung eines Gästezimmers abseitig vor. Welche Gäste?, fragte er sich. Freunde hatte er keine, allenfalls gute Bekannte; von denen würde kein Einziger jemals bei ihm nächtigen, sie hatten ihr eigenes Zuhause; von auswärts kannte er erst recht niemanden.

Es wäre ein zweckloser und beschämender Raum, verzweifelt sauber gehalten, mit stets frisch bezogenem Bett und geputztem Fenster, welches Tag für Tag sein Alleinsein spiegeln würde, plus die unvermeidliche Frage, ob es wirklich so weit hätte kommen müssen.

»Was ist schon wieder?« Fels hatte sich herumgedreht und sah zu Kramer auf. »War grad in einem netten Traum, ausnahmsweise.«

»Ich hab Leo erstochen.«

15

Breit, übergewichtig (nach BMI-Maßstäben), Bauch überm Unterleib, die linke Schulter nach oben gezogen, die Füße nach außen gestellt stand Kramer reglos da. Die gedunsenen, steingrauen Wangen unrasiert (die Farbe glich der im Gesicht seines Halbbruders), die Haare (dunkelblond, kein sichtbares Silber) klebrig, zerzaust.

Nachdem er sich aufgesetzt hatte, stemmte Fels die Hände in die Hüften; ein Rasseln entwich seinem halb geöffneten Mund, seine Stirn übersät von Schweißperlen. Eingängig betrachtete er den Mann in der Unterhose (er selbst hatte die Jeans nicht ausgezogen) – nicht, weil ihn ein Detail verblüfft oder irritiert hätte; er schindete Zeit zum Luftholen in seinem von Qualen überfüllten Körper.

»Setz dich«, sagte Fels schließlich.

Verwirrt warf Kramer einen Blick zum Stuhl, auf dem Fels in der Nacht gesessen und den er zurück an den Schreibtisch geschoben hatte.

»Neben mich, Mensch!«

Ungelenk, verunsichert – wie so oft, seit der Rothaarige in der Wohnung aufgetaucht und unverblümt Platz genommen hatte – vollzog Kramer eine Drehung und setzte sich nah an die Seitenlehne, rieb sein Knie am kühlen Leder.

Fels wandte sich ihm zu, sah ihm streng in die Augen. »Wir müssen Regeln aufstellen … Nichts sagen …« (Kramer hatte die Lippen bewegt, vielleicht zitterten sie auch nur). »Im Moment ist es besser, niemand weiß, wer ich bin, und ich bin schon gar nicht dein Halbbruder. Wieso? Weil: Das bringt die Leute auf falsche Gedanken, und falsche Gedanken sind das Letzte, was wir gebrauchen können. Verstehst du? Du gehst heut in die Kneipe, du musst dahin gehen, die Lage sondieren, hören, was geredet wird. Du hast einen Kerl erstochen? Ist da jemand, der das behauptet? Musst du rausfinden. Und wenn jemand dich beschuldigt, was sagst du dann? Nicht nachdenken. Du sagst: Was für ein Scheiß, ich hab diesen Mann nicht mehr gesehen, nachdem die Bedienung ihn rausgeschmissen hat. War doch so? Weiß ich doch, war doch da …«

»Du warst da?«

»Unterbrich mich nicht. Klar war ich da, ich wollt mit dir reden und hab's sein lassen, hab ich dir heut Nacht alles erklärt. Der Kerl war draußen, du hast noch Bier und Schnaps getrunken und bist dann nach Hause. Korrekt? Natürlich. Du hast niemanden gesehen und schon gar nicht jemanden erstochen. Besitzt du ein Messer? Ich mein nicht ein Küchenmesser …«

»Leo hat … Ich weiß jetzt wieder … Der war da …«

»Du weißt gar nichts. Niemand war da.«

»Doch, Sandro, er war da …«

»Wer?«

»Leo. Leo.«

»Wo war er?«

»Da … Da bei der Brücke.«

»Das hast du geträumt.«

»Nein, nein …«

»Du warst komplett hinüber, nicht mal mit einem Schwert hättst du jemanden erstochen …«

»Mit einem Schwert kann man niemanden erstechen …«

»Du warst am Ende, mein Freund. Das Bier und der Schnaps liefen dir schon zu den Ohren raus …«

»Ja …«

»Irgendwann warst du zu Hause, und alles war gut.«

»Ich bin hingefallen, auf der Straße …«

»Deswegen die blutigen Klamotten in deiner Badewanne.«

Vor Schreck stieß Kramer einen Schrei aus (Fels duckte sich grinsend). Er streckte den Kopf vor, klopfte mit der rechten Hand behutsam auf seine Knie. Getrocknetes Blut, aufgeschabte, rissige Haut.

»Passiert im Rausch«, sagte Fels.

»Ich bin nicht gestürzt«, hauchte Kramer vor sich hin.

»Bist du. Beweis …« Er zeigte auf die verletzten Knie.

»Das ist unmöglich. Und … Und …« Kramer versuchte den Kopf zu drehen und schüttelte ihn stattdessen. »Auf der Jacke und der Hose ist viel mehr Blut, viel zu viel, das kommt nicht von den Knien … Ich hab Angst, Sandro, in mir ist alles wie ausgelöscht … Aber ich weiß, ich weiß, dass ich's getan hab, aber … aber …«

»Aber?«

»Dann wär die Polizei längst hier gewesen. Meinst du nicht?«

»Darüber haben wir schon gesprochen. Und deswegen musst du in die Kneipe, um Klarheit zu gewinnen. Du musst raus aus diesem Strudel, der dich kirre macht. Versuch, nicht wieder sechs oder sieben Biere zu trinken, und keinen Schnaps, und hör genau zu, was die Leute erzählen. Das wird dir helfen, hinterher wirst du dich wie erlöst fühlen, ich versprech's dir.«

Schweigend strich Kramer mit den Fingerkuppen beider Hände über seine nackten Oberschenkel, zu den Knien und zurück, vier Mal. Dann verzierte ein unerwartetes Lächeln seinen erstarrten Mund. »Du hast Brotherr Georg zu mir gesagt?«, fragte er und schaffte es, Fels anzusehen. »Wieso bin ich ein Brotherr?«

Was in den folgenden Sekunden passierte, löste eine solche Erschütterung in Georg Kramer aus, dass er deren wahre Bedeutung erst sieben Minuten später begriff.

Den Arm schon angewinkelt, rutschte Fels näher an Kramer heran und legte die Hand auf dessen abgewandte Schulter; er drückte Georg, wie bei der nächtlichen, überraschenden Umarmung, nicht an sich, machte nur den Arm schwer und korrigierte so ein wenig den Buckel. »Als ich klein war, weißt du, hab ich nichts als Comics gelesen, du wahrscheinlich auch. Und da waren diese rothaarigen Typen, Gangster mit riesigen Schnurrbärten, die um sich schossen und Angst und Schrecken verbreiteten. Und die hießen? Whisky-Brothers. Woher hätt ich mit sieben Englisch können sollen? Also stand da für mich Whisky-Brot-Herrs. Verstehst du? Vier Brot-Herrs zogen durch die Lande und machten die Städte unsicher. Weiß nicht mehr genau. So in etwa. Hab die Geschichten danach nie mehr gelesen. Und heut Nacht musste ich wieder an die Figuren denken, wegen dir, wegen Georg, meinem Brot-Herr, von dem ich bis zum letzten Winter nicht gewusst hab, dass er existiert. Wer weiß, womöglich waren die vier Pistoleros gar keine richtigen Brüder, sondern bloß Halbbrüder. Hahaha.«

Bei Kramer führten die Berührung an der Schulter und die Geschichte aus der Kindheit zu einer Art seelischer Versteinerung, verbunden mit einer ihn erschütternden Erkenntnis: So einen Moment hatte er in einundsechzig Jahren noch nie erlebt. Es war, als hätten die sagenhaft sanfte Geste und die grundehrliche Erzählung ihm ein für alle Mal vor Augen geführt, welch klägliche, unansehnliche und missgebildete Statue aus ihm geworden war oder zu der er sich zeitlebens hatte machen lassen. Jegliches Bedürfnis, das er geäußert, jede Gefühlsregung, die er einmal zugelassen hatte, waren ihm als Zeichen von Dummheit und Schwäche ausgelegt worden.

So verbot er sich allmählich, bedürftig zu erscheinen, zu lachen und zu weinen sowieso, und funktionierte bloß noch und stellte jemanden dar. Jemanden!, dachte er in diesem Augenblick frühmorgens: einen Jemand, der wer anderes war, doch keineswegs er.

Er doch nicht, dachte Kramer und sagte – und nach jedem Wort stockte ihm der Atem: »Ich will dein Brot-Herr sein, wenn du meiner bleibst.«

Kurzes Tätscheln am Oberarm, dann nahm Fels den Arm runter. »Verkorkst bist du ja gar nicht«, sagte er. »Mach dich locker, dich erwarten schwierige Aufgaben.«

16

Welche Aufgaben sein Halbbruder – das Wort zu denken, fiel ihm schwer – genau gemeint hatte, war Kramer auch nach ihrem letzten Gespräch nicht klar. Er solle Sandros Namen nicht erwähnen, nicht einmal seine Person, solle so tun, als wäre Sandro ihm bisher nicht weiter aufgefallen. Das glaubt mir niemand, hatte er zu Sandro gesagt, und der: Denk nicht weiter drüber nach, es wird dich eh niemand fragen; er solle nur von sich aus nicht auf ihn zu sprechen kommen.

Nachdenken, dachte Kramer auf der Koptenstraße, war seine Hauptbeschäftigung geworden, seit er …

Seit er womöglich die Tat begangen hatte.

Er drehte sich im Kreis, schon wieder. Sandro hatte ihn beschworen, damit aufzuhören; mit seinen Selbstbezichtigungen würde er sich noch in Teufels Küche bringen. Den Ausdruck hatte er lange nicht mehr gehört, er hatte schmunzeln müssen, was Sandro wütend machte. Ihm, Georg, sei der Ernst der Lage nicht bewusst.

Schon wieder ein Widerspruch: Wenn er *nichts* getan hatte, wie ernst sollte die Lage dann sein? Welche Lage? Und wenn er *nichts* getan hatte, weshalb sollte er sich unauffällig verhalten?

Er hatte Sandro gefragt, was er mit seinen Beschwörungen eigentlich bezwecke, und Sandro: Tu, was ich sag, trink dein Bier, schau deinen Fußball, mach, was du immer machst; wenn jemand dich nach deinem Nachbarn fragt, sagst du, du würdst dich schon die ganze Zeit wundern, wo er bleibt, die Nervensäge Leo. Ob er, Georg, das endlich kapiert habe?

Ja und nein, hatte er geantwortet, eingedenk der schmutzigen Kleidungsstücke im Bad. Du bist gestürzt, schon vergessen?, hatte Sandro zum wiederholten Mal erwidert. Dann hatte er seinen Abschied angekündigt; er müsse dringend eine Runde pennen, seine Lebensgeschichte auszubreiten, habe ihn ziemlich erledigt, fügte er grinsend hinzu.

Manchmal, dachte Kramer, zeigte dieser Mann ein kindlich anmutendes Lächeln, das zu diesem knochigen Gesicht nicht zu passen schien; es verschwand auch gleich wieder, als hätten die Lippen sich vertan.

Er sei in einem Motel in der Nähe untergebracht, hatte Sandro an der Tür erklärt, er habe ein paar Dinge zu erledigen und würde sich spätestens morgen wieder melden. Welche Dinge, wollte Georg wissen. Sein Vater habe Bekannte in der Stadt, die solle er von ihm grüßen, nichts Weltbewegendes.

Keine Umarmung. Ein Händedruck. Kein Lächeln mehr. Sandro nahm die Treppe anstelle des Aufzugs.

Und da stand er dann, Kramer, eine Hand an der Klinke, die andere an den Türrahmen gestützt, krumm und blinzelnd, stand und horchte den Schritten nach, hinunter ins Erdgeschoss, bis durch die geöffnete Haustür einige Sekunden Verkehrsrauschen hereinschwappte. Dann wieder Stille.

Jedenfalls nahm Kramer nur Stille wahr und nicht die Stimmen und Motorengeräusche, die gedämpft ins Treppenhaus drangen.

Eingeschweißt in die Abwesenheit seines neu in sein solitäres Leben getretenen Halbbruders bewegte Kramer nicht einen Finger. Fassungslos starrte er die Treppe an (als hätten die Stufen Sandros Schritte verschluckt). Zwanghaft horchte er auf eine Stimme, das Klirren eines Schlüssels (als hätte er Sandro den Zweitschlüssel geliehen). Als hätte die Nacht ihn nach der welterschütternden Begegnung in eine Witzfigur verwandelt, die allen Ernstes glaubte, ihr Leben wäre mit einer neuen, besseren Wirklichkeit gesegnet.

So verharrte Kramer minutenlang an der Tür, gedemütigt von seinem Verhalten.

»Was ist mit dir los?«, fragte Britta, die Bedienung.

Offensichtlich hatte er den Kopf gesenkt und die Arme fallen lassen.

»Schläfst du im Stehen? Georg?«

Er hob den Kopf.

»Welchem Geist bist du denn begegnet?«

Er fand ihre Stimme zu laut, zu nah. »Niemandem«, sagte er und war sich nicht sicher, ob er die Worte tatsächlich ausgesprochen hatte.

»Geht's dir nicht gut, Georg?«

»Doch.«

»Sieht nicht so aus.«

»Doch.«

»Interessiert dich das Turnier nicht mehr?«

Im ersten Moment wusste er nicht, was sie meinte.

»Doch.« Demonstrativ blickte er zum tonlosen Fernseher an der Wand.

»Vielleicht solltest du dich ausnahmsweise nach draußen setzen, bisschen Luft schnappen, ist ein sonniger Tag.«

»Sonnig«, wiederholte er.

»Du machst mir Sorgen, Georg.«

»Nicht nötig.«

»Möchtest du ein Sandwich? Ein Paar Wiener mit Kartoffelsalat?«

»Nein, danke.«

Sie sah ihn an – zu nah, zu eindringlich, ihm war unwohl – und ging nicht von ihm weg. Nach einem weiteren kritischen Blick, der ungeniert von seinem Kopf bis zu seinen Beinen wanderte – er hatte nichts an, was sie nicht schon kannte –, ließ sie von ihm ab. »Ich bring dir ein Glas Wasser, das trinkst du auf ex, du bist ganz rot im Gesicht.«

Den Weg von seiner Wohnung zum Blauen Eck musste er wie unter Trance zurückgelegt haben. Verbissen versuchte er, sich die einzelnen Abschnitte vorzustellen, die er schon hunderte Male durchquert hatte: der Weg entlang der Friedhofsmauer, davor die Brücke über die Bahngleise …

Dort, fiel ihm ein, war er stehengeblieben, an der Einfahrt zum Steinmetz. Warum dort? Von der Stelle aus hatte man einen guten Blick den Hang hinunter zu den Schienen; Sträucher, Unkraut, ungemähtes Gras, die niedrige Leitplanke – zum Schutz wovor? Was hatte er erwartet zu sehen? Nichts Auffälliges. Aber … Aber …

Nein, das war nicht der Ort gewesen, an dem Leo auf ihn gewartet hatte. Oder? Das hatte er doch alles schon durchgekaut. Seine Erinnerung spielte ihm einen Streich. Zügig hatte er seinen Weg fortgesetzt, über die Kreuzung, vorbei an dem Restaurant an der Ecke, der Bierkneipe im selben Block, weiter und weiter, unter dem Gerüst einer Baustelle hindurch, und schließlich beim Optiker links ab.

Wie immer.

Jetzt geisterten wieder Sandros Worte durch seinen Kopf; er möge sich zurückhalten, *unauffällig* bleiben. Ich bin unauffällig, mein Freund, nie etwas anderes gewesen; unauffällig wie ein verschattetes Gemälde in einer finsteren Abstellkammer.

Zum letzten Mal, dachte Kramer: Hätte er einen Mord begangen, säße er längst nicht weit von hier in der JVA Stadelheim. So einfach war die Lage. Ende der Ballade.

»Hast du Leo noch mal gesehen?« Die Bedienung stellte ein Halbliterglas mit Leitungswasser neben sein Bier.

Er schüttelte den Kopf.

»Trink das Wasser.«

Er nahm einen Schluck.

»Weiter.«

Lustlos leerte er das Glas, Britta nahm es ihm aus der Hand. »Gestern war seine Frau hier, hat ihn gesucht. Ihr seid doch Nachbarn, und du hast ihn nicht gesehen?«

»Nein.«

»Die Frau hat nicht viel geredet, mein Eindruck ist, Leo ist irgendwie verschwunden.«

Kramer ruckte mit der Schulter, griff nach seinem Bier und stieß einen Seufzer aus, offenbar eine ungewohnte Regung.

»Was quält dich?«, fragte Britta. »Du kannst doch mit mir reden.«

»Mich quält nichts.«

»Du sollst nicht lügen, steht in der Bibel.«

Kramer trank einen Schluck; zu kalt, fand er.

»Wo warst du gestern, Georg?«

»Zu Hause.«

»Hast deinen Rausch vom Vortag ausgeschlafen.«

Er nickte.

»Schon eigenartig«, sagte sie. »Leo war auch nicht da, nur seine Frau, wie gesagt, auf Stippvisite.«

»Die ist wahrscheinlich nur hysterisch.« Britta drehte sich um. Auch Kramer sah zum Tresen, wo Olaf, vor sich ein Kreuzworträtselheft, mit dem Bleistift wedelte. »Sie braucht Aufmerksamkeit, und wenn sie die von Leo nicht bekommt, macht sie einen Wirbel.«

»Und wenn Leo wirklich was zugestoßen ist?« Britta sah wieder Kramer an.

»Ich bezahl dann mal.«

»Du willst schon gehen, nach nur einem Bier?«

»Draußen ist Sommer«, vermeldete Olaf und fing an, Wörter auszuradieren.

»Stimmt so.« Kramer trieb ein Gedanke ins Freie, unausgegoren, doch drängend und jeden Widerstand brechend. Er musste unbedingt los und nochmals mit ihm reden, fordernder als bisher, unnachgiebig und nicht gewillt, weitere Widersprüche zuzulassen. Alles musste auf den Tisch, ganz gleich wie bedeutend oder abseitig; als Bruder, auch als Halbbruder hatte er ein Recht auf jeden Fitzel Wahrheit.

»Ich kann Ihnen nicht weiterhelfen«, sagte die Frau (weiße Bluse, Krawatte in Ultramarin) an der Rezeption des Motel Bee. »Ein Gast mit dem Namen, den Sie mir genannt haben, wohnt nicht bei uns.«

»Kein Zille, kein Fels?«

»Es tut mir leid. Aber wir haben fünf Niederlassungen in der Stadt, unter anderem am Haupt- und Ostbahnhof, ebenso in der Innenstadt, vielleicht haben Sie eine falsche Adresse bekommen.«

Falsche Adresse, hahaha.

Auf dem asphaltierten Platz vor den beiden Restaurants (indisch, italienisch) schaute Kramer an dem gegenüberliegenden, dreizehnstöckigen Hotel mit den weißen Verstrebungen und den schmalen Fenstern hinauf. Die Sonne brannte auf ihn herunter. Schweiß lief ihm übers Gesicht und in die Augen, und er wusste Bescheid: Da war sie wieder, die kindische Witzfigur, in die Luft gemeißelt, zur allgemeinen Erquickung.

17

Den Rest des Mittwochs verbrachte Kramer teils im Badezimmer, kniend, schrubbend, teils am Schreibtisch, ruckelnd auf dem dreirädrigen Stuhl, lesend, verstört. Die Strickjacke, die Hose, das T-Shirt, die Sandalen (von oben und unten mit heißem Wasser abgeduscht) ließ er nach einer Behandlung mit Kernseife in einer frischen Lauge aus Spülmittel und Zitronensaft liegen – ob der Saft irgendeine Wirkung entfalten würde, wusste er nicht; die gelbe, bauchige Plastikflasche hatte er in der Küche stehen sehen (er gab gern einen Schuss in seinen Earl Grey) und fand, es wäre einen Versuch wert.

Mit triefenden Händen kniete er vor der Wanne; er betrachtete die vollgesogenen Kleidungsstücke, die eigenwillig glänzenden Schuhe unter der Wasseroberfläche; von seinen Knien breitete sich ein grimmiges Ziehen bis in den Bauch aus. Ihm wurde bewusst, dass er den ganzen Tag noch nichts gegessen und wieder Bier auf nüchternen Magen getrunken hatte; das ärgerte ihn. Hunger verspürte er nicht, ein wenig Durst, wegen der Hitze und der Anstrengung beim Reinigen der Klamotten.

Zwischendurch vergaß er seine Knie. Im glibberigen Wasser – er konnte nicht aufhören hinzusehen –, direkt vor seinen Augen, keine zwanzig Zentimeter entfernt, lagen die Puzzleteile seiner zersplitterten Erinnerung. Beschwor er sie nur lange genug mit Blicken – eine Stunde oder mehr, ohne Nachlassen der Intensität –, würde das Bild, das ihm so verzweifelt fehlte, an die Oberfläche steigen und ihn von aller Qual erlösen.

Nonsens, dachte er dann: Das Bild wäre doch keine Erlösung, sondern im Gegenteil der Beweis seiner Schuld und Verdammnis.

Was sonst? Durfte er diesem Halbbruder-Gespenst etwa glauben, dass er, Georg, niemanden verletzt, auf niemanden eingestochen, niemanden getötet hätte? Wieso behauptete der Mann solche Sachen? Wieso …

Zille. Fels. Keine Person dieses Namens im Motel Bee …

Bitte, wenigstens diese Art der Fixierung musste er endlich loswerden. Der Mann, den er in seine Wohnung gelassen und der ihm sein sogenanntes Leben vor die Füße geworfen hatte, war nicht wirklich; er war da, ja, aber …

Das Ziehen in den Beinen scheuchte ihn aus der Wirrnis im Kopf. Natürlich war der Mann real gewesen, seine Geschichte klang überzeugend. Und doch hatte er gelogen, was seine Unterkunft betraf. Unverständlich: Wieso den Namen eines Hotels verschweigen und gleichzeitig existenzielle Neuigkeiten verkünden?

Und – Kramer starrte immer noch ins Wasser, Arme auf dem Wannenrand, Hände abgeknickt – Sandro Zille oder Fels hatte ihm keine Telefonnummer hinterlassen. Das fiel ihm erst jetzt auf. Nicht von einem Festnetz, nicht von einem Handy. Er hatte Sandro aber auch nicht danach gefragt. Was hatte das zu bedeuten? Die Nummer seines eigenen Handys hatte er ebenfalls nicht weitergegeben, hatte einfach nicht dran gedacht. Aber Sandro?

Grinsend schüttelte er den Kopf. Lauter Ungereimtheiten, dachte er, vor seinen Augen und hinter seinen Augen, er war umzingelt davon. Unkontrollierte Laute ausstoßend stemmte Kramer sich in die Höhe, warf einen ängstlichen Blick auf seine Knie, wunderte sich, dass sie nicht bluteten. Beim Blick in den Spiegel entwischte ihm schon wieder ein Grinsen.

Sein Gesicht sah aus wie verrutscht; sein Oberkörper noch schiefer als sonst, kam es ihm vor. Beim Knurren seines Magens fuhr er zusammen und blickte erschrocken über die Schulter: kein Mensch, kein Hund.

Im Wohnzimmer schlüpfte er in die Cordhose, die er auch draußen angehabt hatte (wie das grüne Shirt, das er beim Wäschemachen nicht ausgezogen hatte), und schlurfte barfuß in die Küche. Er nahm ein Glas aus dem Wandschrank, füllte Leitungswasser hinein, trank in einem Zug aus.

Keine Handynummer, keine nützliche Adresse; sein Halbbruder spielte mit ihm, und er kam nicht dahinter, zu welchem Zweck. Unabhängig davon hatte Kramer sich eine Menge von Sandros nächtlicher Legende eingeprägt. Zum Beispiel die Sache mit dem Brief, den er an seine Mutter geschrieben haben sollte, nachdem sie – Jahre des totalen Schweigens später – überraschend ein Lebenszeichen von sich gegeben hatte. An den Brief hatte Kramer nie mehr gedacht (und wenn, dann wusste er es heute nicht mehr); angeblich hatte Sandro ihn im Hotel (in welchem?) versehentlich vergessen.

Fast vierzig Jahre, schätzte Kramer, waren vergangen; die Wahrscheinlichkeit, dass er damals eine Kopie angefertigt hatte, ging gegen null.

Nicht unter null, wie er nach erstaunlich kurzer Suche feststellte. Im vergilbten Ordner »Privat« (unterste Schublade rechts, wo zudem Kindheitsfotos in Plastikhüllen verblichen) überblätterte und überflog er graustichige Briefe seines Vaters an eine Frau (offensichtlich eine kaum je erblühte Affäre), Dankesschreiben von Kunden, die versprachen, Umzüge Kramer weiterzuempfehlen; das Wutgekritzel von Kunden, die versprachen, Umzüge Kramer niemals weiterzuempfehlen; Mitteilungen vom Finanzamt, Kündigungsschreiben von Sekretärinnen; Urlaubskarten von Mitarbeitern; ausgeschnittene Artikel aus der Lokalpresse über das *erfolgreiche Familienunternehmen Kramer …*

Dies und Ähnliches – und am Ende zwei gelocht eingeheftete, zerknitterte, mit schwarzen Schlieren verschmierte Blätter, offensichtlich mittels Kohlepapier erstellte Kopien.

Eine vage Ahnung hatte ihn veranlasst, an den Schreibtisch zu gehen, eine Weile stumm und stumpfsinnig dazusitzen und die für sein tägliches Leben weitgehend nutzlos gewordenen Dinge zu betrachten (die Lampe, den karierten Schreibblock samt blauem Kugelschreiber, den Zinnbehälter mit weiteren Stiften und einem Lineal, das Opernglas für Anfälle von Nachbarschaftsobservierungen, den kunstledernen Taschenkalender, das Festnetztelefon, den klobigen, rundum zerkratzten Laptop, die Unterlage aus grünem Filz, den Brieföffner mit der verchromten Edelstahlklinge und dem Holzgriff, der aussah wie neu).

Jeden Tag sah er diese Gegenstände und beachtete sie nicht weiter, war froh, dass sie ihn nicht beim Zeitunglesen behinderten, zur einzigen Zeit, die er an diesem aus seinem früheren Leben stammenden Tisch verbrachte; auch dieses Möbel hatte er – wie den verdammten Bauernschrank – beinah zwanghaft mit in die neue Wohnung geschafft.

Wie aus Spielerei hatte er zuerst die oberste Schublade am linken Sockel aufgezogen, dann die nächste, die dritte, dann dieselbe Prozedur auf der anderen Seite. Reichlich überrascht von seiner Entschlossenheit, hatte er den Ordner unter den gesammelten Fotos hervorgezogen und mit beiden Händen auf der Eichenholzplatte platziert. Er zögerte, bevor er die zwei Seiten herausnahm; als er es getan hatte, legte er zuerst den Ordner in die Schublade zurück (auf die Hüllen mit den Fotos) und schob anschließend die Blätter an den Rand des Tisches.

Krampfhaft blinzelnd schaute er zum Innenhof, aus dem Kinderstimmen heraufschallten. Ohne konkrete Sätze zu verstehen, hörte er hingebungsvoll zu.

18

»Liebe Mutter, Dein Brief ist unter der allgemeinen Post gelandet, wegen der Umstände und weil unsere Sekretärin mit dem Absender nichts anfangen konnte. Wir hatten auch andere Probleme. Vor vier Wochen ist mein Vater gestorben, jetzt bin ich allein fürs Geschäft verantwortlich. Du erinnerst Dich wahrscheinlich, Anfang der fünfziger Jahre hatte Vater ein Umzugsunternehmen gegründet. Egal. Jedenfalls lebt er nicht mehr, er verunglückte im Treppenhaus eines fünfstöckigen Gebäudes, er hat das Gleichgewicht verloren und ist über das Geländer in die Tiefe gestürzt. Ich konnte ihn nicht festhalten, obwohl ich es versucht habe. Drei Tage lag er im Koma, dann hörte sein Herz auf zu schlagen.

Falls Dich das interessiert. Deinen Brief, den mir unsere Sekretärin vor ein paar Tagen gegeben hat, nachdem sie endlich wieder Zeit und Kraft hatte, die Bürogeschäfte weiterzuführen, habe ich heute Morgen gelesen. Ich habe nicht verstanden, warum Du ihn geschrieben hast.

Ja, Du schreibst, eine Bekannte hätte dir erzählt, in ihrem Mehrfamilienhaus sei eine Familie aus München eingezogen, den Umzug hätte ein bekanntes Unternehmen Kramer organisieren sollen, es sei aber ausgebucht gewesen. Anscheinend wusste Deine Bekannte, dass Du mal mit einem Mann namens Kramer liiert warst, der diesen Beruf ausübte. Also hast Du ausnahmsweise an uns gedacht und beschlossen, einen Brief zu schreiben. Ich hoffe, ich habe das richtig verstanden, weil ich keine Zeit hatte, den Brief ein zweites Mal zu lesen.

Du fragst, wie es mir und meinem Vater ergehe. Was soll

ich antworten? Mein Vater ist von seinen Schmerzen erlöst, und ich führe nun notgedrungen seinen Betrieb weiter. Ich könnte es auch sein lassen und den Laden verkaufen und mit dem Gewinn in der Welt herumreisen, was ich sehr gern tun würde. Denn ich bin in meinem bisherigen Leben über diese Stadt nur hinausgekommen, wenn wir einen Auftrag außerhalb, vielleicht sogar in einem anderen Bundesland hatten. Mein Vater ließ mir keine Chance, und Du?

Du warst weg. Wenn es Dich also beruhigt: Uns geht es gut. Und Dir, so scheint es, geht es auch gut, Du arbeitest in einem Altenheim und tust Gutes. Alles ist gut, wo man hinschaut.

Ob Du verheiratet bist oder noch ein Kind hast, weiß ich nicht, davon steht nichts im Brief. Was mich betrifft, so hatte ich noch keine Zeit, eine Frau richtig kennenzulernen. Wenn wir am Wochenende keinen Auftrag haben, fahre ich zum Ostbahnhof in die Friedenstraße, da sind die Prostituierten relativ preiswert, sie sind nett und quatschen nicht zu viel. Ich bin da gern. Bist Du zufrieden? Übrigens ist Vater auch ab und zu dort hingegangen, er dachte, ich wüsste es nicht. Einmal waren wir sogar bei derselben Frau, nicht zur selben Zeit, Gott behüte, ungefähr in einem Abstand von zwanzig Minuten, ich habe ihn nämlich noch in sein Auto steigen sehen. Ist das nicht lustig?

Ende der Ballade. Ich werde unsere Sekretärin bitten, eine Briefmarke auf den Brief zu kleben und ihn in die Post zu geben. Cloppenburg. Ich hätte Vater fragen sollen, wo das liegt. Zu spät. Manches ist plötzlich zu spät, habe ich Recht?

Freundliche Grüße, Georg.«

Plötzlich fiel ihm etwas ein: Den mit der Schreibmaschine geschriebenen Brief hatte er seinerzeit mitsamt dem Kohlepapier und der Kopie aus der Walze gerissen, zusammengepresst und zwischen den Händen zerknüllt. Doch aus einem ihm heute unverständlichen Grund hatte er die Seiten wieder glattgestrichen und das Original in ein Kuvert gesteckt. Wieso?, fragte er sich, was hatte er seiner Mutter damit beweisen wollen?

Während er dem übermütigen Schreien der Kinder unten im Hof zuhörte, überlegte er eine Weile und kam zu dem Schluss, dass er ihr nicht das Geringste hatte beweisen wollen.

Sich selbst aber schon.

Sich selbst und niemandem sonst.

Dass eine Botschaft aus uralter Zeit ihn derart heiter stimmen würde, hätte er nicht erwartet.

Er lehnte sich zurück und legte die Beine auf den Tisch, chefmäßig, wie früher, als die Leute nichts von ihm wussten, außer, dass er das Sagen hatte.

Übrigens, dachte er launig, die Hände im Nacken verschränkt, könnte er die treue Schreibmaschine mal wieder aus der Abstellkammer holen und ein wenig darauf herumtippen, vielleicht einen Brief schreiben, an seinen neuen Halbbruder …

19

Er blieb sitzen; eine Stunde, zwei Stunden. Er zählte nicht mit, nahm die Beine runter, legte sie wieder auf das filzige Rechteck (die Schreibmaschine hatte seinerzeit darauf gestanden), verschränkte die Arme, sah zu, wie sich im Hof die Schatten türmten.

Später saß er nach vorn gebeugt, Ellbogen auf den Tisch gestützt, und erwartete die übliche Dunkelheit.

Irgendwann trank er in der Küche einen halben Liter Leitungswasser und aß zwei Scheiben Brot mit Butter, belegt mit jeweils zwei Scheiben Scheiblettenkäse. Er hatte noch Hunger, aber keine Lust mehr zu essen. Beim Zähneputzen vermied er den Blick in die Badewanne mit den aufgeweichten Kleidungsstücken und den Sandalen. Er drehte den Hahn so weit wie möglich auf und ließ das Wasser laufen, bis er überzeugt war, es würde nicht mehr kälter werden. Das Kinn auf die Brust gedrückt, hielt er still, während der Strahl auf seinen Nacken prasselte und ihm unaussprechliche Linderung verschaffte.

Denn die Schmerzen im rechten Arm waren zurückgekehrt, vorhin, als er eine beinah übermütige Vorstellung an seinem Schreibtisch gegeben hatte, für die Monster der Vergangenheit, die Killerkommandos seiner Kindheit.

An der Stelle, wo der Unterarm gebrochen und angeblich vollständig verheilt war (Hausarzt Dr. Navros), spielten die Nerven seit Jahrzehnten Rätselraten mit ihm (und den anfangs konsultierten Navros-Nachfolgern). Da ist nichts, hieß es, da kann nichts wehtun, das ist alles Einbildung. Als könnte ein Mensch sich seine Nerven einbilden!

Er leide unter einem regionalen Schmerzsyndrom (oder dergleichen – das Bulletin eines Doktor X hatte er schon an der Praxistür vergessen gehabt). Dies sei auch der Grund für seine Überempfindlichkeit bei bestimmten Berührungen (oder dergleichen). Absolut zu verhindern gelte eine Art posttraumatische Störung. Der Begriff hatte sich ihm eingeprägt. Weil: Einer wie er war definitiv gestört, musste es sein nach allem, was geschehen war oder besser: nicht geschehen war.

Oft hatte er sich mit dem Gedanken getröstet, es wären Phantomschmerzen. Schließlich empfand er sich fast seit der Geburt als ein Phantom, für Außenstehende zwar als Mensch, Mann, Mitbürger, Unternehmer erkennbar, in den eigenen vier Wänden jedoch eher unsichtbar. Im Spiegel – das war ihm wenige Tage nach seinem achtzehnten Geburtstag niederschmetternd bewusst geworden – sah er nichts als eine wandweiße, unwirkliche Erscheinung, die den Namen eines anderen trug und in dessen Schatten hauste, zumindest die folgenden sechs Jahre lang.

Manche Menschen versetzten zwei Ibu 600 in einen seligen Schlummer, ihm bescherten die Pillen meist glorreiche Ausflüge in eine erstaunlich unbeschwerte Vergangenheit.

Wie jetzt im Bett, in das Kramer wie ein nasser Sack geplumpst war; das lange Sitzen, die Hitze, das Lesen des elenden Briefes, das Rekapitulieren eines halben Lebens hatten ihn ausgelaugt und, wenn er ehrlich war, zermürbt und enttäuscht.

Unvorstellbar, dachte er keuchend, bevor die Bilder seines achtzehnten Geburtstags sich über ihn hermachten: Die Begegnung mit einem Mann namens Sandro, der mit einiger Wahrscheinlichkeit sein Halbbruder war, hatte bei ihm nicht den kleinsten Umschwung bewirkt. Kein schwindelerregendes Staunen, kein übersprudelndes Nachbohren oder

Wissenwollen, keine brodelnde Sprachlosigkeit, kein inneres Gehüpfe. Nichts als kindisches Verhalten war die Folge gewesen, hilfloses Zappeln in einem Netz aus Selbstgesprächen und lächerlichen Aktionen – wie dem Nachspionieren im Hotel und blöder: dem Rauskramen des Briefes eines bemitleidenswerten Schreibers.

Wie alt war er damals gewesen? Dreiundzwanzig, vierundzwanzig? (Die von den Pillen gemalten Bilder nahmen Konturen an.) Auf jeden Fall fünf oder sechs Jahre nach jenem Geburtstag, an dem eine Unvorsichtigkeit ihn zum Gespött seines Chefs und dessen Mitarbeitern gemacht hatte.

In Wahrheit war weiter nichts vorgefallen, außer dass er beim Springen von der Laderampe des vollgeladenen Transporters das eine Bein verdrehte und mit dem Arm unglücklich auf dem Asphalt aufschlug. Sofort ins Krankenhaus zum Röntgen, klare Sache: Bruch der Speiche, dumm gelaufen. An diesem Tag wurde er achtzehn. Feiern fiel aus, weil … Wenigstens, sagte sein Vater zu ihm – er lag noch, gelähmt vor Schmerz, auf dem Boden vor dem Haus, die Sirene des Krankenwagens in Hörweite –, hätten sie den gesamten Krempel bereits eingeladen, sodass Georg nur beim Ausräumen fehle, was ärgerlich genug sei. Etwa mit diesen Worten, im dazugehörigen Tonfall. Die zwei Angestellten (mehr Mitarbeiter mit festem Lohn und Krankenversicherung warf, laut Egon Kramer, das Geschäft nicht ab) verkniffen sich ein Grinsen angesichts der Dusseligkeit des Chefsohnes.

Den einen hatte er später entlassen (beweisbarer Grund: offener Bierkonsum in der Mittagspause), den anderen behielt er (Gründe: Zuverlässigkeit, überzeugende Aussage gegenüber der Polizei nach dem Unglück des Chefs). Sogar der Name fiel ihm in dieser Nacht wundersam ein: Herbert Korff. Der gute Herbert, murmelte Kramer. Viele Jahre bildeten Herbert, die wechselnden freien Mitarbeiter und er,

Georg, ein ausgezeichnetes, viel gebuchtes Team, die Konkurrenz war übersichtlich und das Internet gerade erst erfunden …

Die Schmerzen waren noch da, auch in der Schulter und am Rücken, aber sie quälten ihn nicht länger. Er akzeptierte sie als treue Mitbewohner seines maroden Gestells, so kam er am besten mit ihnen zurecht (phasenweise auch ohne 600er); sie schützten ihn vor übertriebenem Gehabe. Ruhige Tage, süffige Nächte, lautete seine Devise, für sich sein und niemandes Nähe strapazieren.

Hatte Sandro – schoss ihm durch den Kopf – nicht etwas ganz Ähnliches erzählt: Abscheu vor Leuten, die ihm zu nahe kamen? Abstand sogar von Frauen? Bei ihm, Sandro, auch von Männern, falls Kramer das nicht falsch verstanden hatte. Distanz aus purer Notwehr. Die eigene Haut von einer fremden fernhalten. Ähnelten sie einander nicht sogar in der Beschaffenheit ihrer Haut: kalksteinfarben, rissig, zerkratzt und schrundig, allergisch gegen jede Art menschlicher Berührung?

War's nicht so?, fragte Kramer die Finsternis (er hatte das Rollo am gekippten Fenster heruntergelassen, das grelle Licht tagsüber erschien ihm jeden Abend wie ein verlogenes Versprechen). Wir sind Brüder, sagte er, und du weißt nichts von mir und ich nichts von dir.

»Kannst du nicht mal in vollständigen Sätzen reden?«, fragte Britta. »Das macht mich echt wuschig, wenn du mit einem Satz anfängst und mit einem völlig anderen weitermachst. Was ist los mit dir? Schlecht geträumt?«

Was er geträumt hatte, wusste er nicht mehr. Die Szenen seines Unfalls als Jugendlicher waren die halbe Nacht in ihm herumgegeistert. Kein Traum, beinharte Realität. Viel geschlafen hatte er nicht, glaubte er. Trotzdem war er kurz nach sieben aus dem Bett, hatte Kaffee gekocht und sich mit der Tasse auf den Balkon gesetzt. Manchmal ließ sich eine Amsel auf der Rückenlehne des Korbstuhls nieder und pfiff ein Lied, das ihn sowohl nervte (Lautstärke) wie faszinierte (Melodie). Er hatte den heißen Kaffee in kleinen Schlucken geschlürft und bruchstückhaft an seinen neuen Verwandten gedacht.

Außerdem war er mehr denn je überzeugt, seinen Nachbarn Leo nicht umgebracht zu haben.

Die Gewissheit hatte ihn gepackt und nicht mehr losgelassen, als er die durchnässten Klamotten aus der Wanne nahm, sie auswrang, auf den Balkon trug und an den Wäscheständer klemmte. Von Blut keine Spur. Die Sandalen stellte er ebenfalls ins Freie, in die Wärme. Danach seifte er sich vom Kopf bis zu den Zehen ein und duschte mit eiskaltem Wasser – erfrischt von der Überzeugung, ein neuer, aufregender Abschnitt seines Lebens habe soeben begonnen. Vorsatz: unter allen Umständen weniger saufen.

»Schmeckt dir das Bier schon wieder nicht?«

Schon wieder, wiederholte er in Gedanken; schon wieder stand die Bedienung in Atemnähe bei ihm, das mochte er nicht; sie zu belehren, kam nicht in Frage.

»Warum schon wieder?«, fragte Kramer.

»Gestern hast du dein Bier nicht zu Ende getrunken. Wo musstest du so dringend hin?«

»An die Luft.«

»Verstehe. Weißt du, was ich heut getan hab, Georg?«

»Nein, Britta.«

»Ich hab bei den Ahorns angerufen, im Laden.«

Er hatte noch keine Minute an seinem Tisch gestanden, da brachte Britta ihm das erste Bier und fragte ihn erneut nach Leo aus. Ob er etwas von ihm gehört habe, ob er mal gegenüber im Geschäft gewesen sei … Er hatte ihr alles Mögliche erzählt; von einem unbekannten Besucher im Treppenhaus, der sich nach Leo erkundigt hätte (das Fabulieren stimulierte ihn eigenartig); von Leuten, die an der Paketstation durchs Fenster gelinst und sich komisch benommen hätten; von einer Polizeistreife, die in langsamem Tempo mehrmals durch die Koptenstraße gefahren sei, wie auf der Suche nach jemandem.

Die Worte purzelten nur so aus ihm heraus, laut Britta in etwas unzusammenhängender Weise … Er hörte sich reden und empfand dabei Befreiung – als hätte ein allzu langes Schweigen ihn geknechtet.

»Hast du gehört?«, sagte Britta (ihr Mund noch näher an seiner Wange). »Ich wollt hören, ob's Neuigkeiten gibt.«

Kramer wollte es auch wissen.

»Willst du mich nicht fragen, was ich erfahren hab?«

»Doch.«

»Was ist los mit dir? Entweder du redest wirr oder du bringst keinen vernünftigen Ton raus. Ich sage dir, was ich weiß: Nichts. Viola Ahorn meinte, ihr Mann sei nicht da, und mehr könne sie mir nicht berichten. Hab mich bedankt, und das war's. Kannst du das glauben? Ihr Mann ist verschwunden, und es juckt sie nicht im Geringsten.«

Kopfschüttelnd sah sie sich im Lokal um; keine Gäste außer Kramer. Zwei Uhr nachmittags, draußen sechsundzwanzig Grad, drinnen mindestens dreißig.

»Irgendein Kommentar?«, fragte Britta.

»Ich hab nichts damit zu tun.«

»Womit?«

»Mit dem, was Leo treibt.«

»Aus dir werde ich nicht schlau.«

Er lächelte.

»Was gibt's zu grinsen?«, fragte sie.

Er ließ die Tischkante los und hob die Hände. »Ich bin unschuldig.«

Britta sah ihn an – bohrender, zweifelnder Blick. »Bist du sicher?«

20

Am darauffolgenden Tag, Freitag, belagerte dieser Detektiv mit dem unglaubhaften Namen seinen Tisch, quetschte ihn aus, brachte ihn in Bedrängnis, zwang ihn zu kruden Antworten. In seinem Mund stolperten die Sätze übereinander; der Kerl hörte nicht auf, ihm trotzdem zuzuhören.

In seinem Blickfeld saß Sandro, am Fenstertisch; er stierte in die Zeitung und verfolgte das statische Geschehen haargenau, das entging Kramer nicht. Der angebliche Süden ließ nicht locker, befand sich offenkundig auf einer Mission, engagiert von Viola Ahorn, behauptete er, wollte rausfinden, was mit Leo passiert war. Und Kramer, eindeutiger Unterton des Schnüfflers, müsste mehr wissen, als er zugab.

Er wusste aber nichts.

Und: Er hatte Leo nicht erstochen, das stand fest, andernfalls würde Herr Süden nicht seine Zeit stehlen. Dann hätte man den Erstochenen längst gefunden, und er, Kramer, säße hundertprozentig in einem abgedunkelten Vernehmungsraum (er hatte keine Ahnung, wie solche Räume aussahen). Begründung: Vermutlich sei er der Letzte gewesen, der Leo Ahorn lebend gesehen hatte. Wieso eigentlich? Reine Unterstellung.

»Nein«, sagte er dem Detektiv ins Gesicht, »ich bin Leo auf dem Heimweg nicht mehr begegnet.« Dann erzählte er ihm etwas von einem Fußballspieler aus Bielefeld, der in der gambischen Nationalmannschaft spielte. War, fand Kramer, eine absolut wissenswerte Information, auch für einen Detektiv. Dieser verfiel am Ende des Abends auf eine abseitige Idee: Er wollte ihn, Kramer, nach Hause begleiten.

Keine Chance zu entwischen. Britta mischte sich ein und meinte, der Detektiv solle aufpassen, dass Kramer nicht auch noch verlustig gehe.

Dank eines soliden, sedierenden Rausches ertrug Kramer das Nachtschattengewächs hinter und neben sich. Sie tauschten ein paar Sätze, dann, an der Friedhofsmauer, die Verabschiedung; Kramer spürte die Blicke des neugierigen Mannes im Rücken. Klar war, Süden würde wieder auf der Matte stehen und sein Alleinsein korrumpieren, falls Leo nicht endlich hinterm Gebüsch hervorkam.

Nachdem er den Schlüssel einigermaßen umständlich ins Schloss gepfriemelt hatte und die Haustür hinter ihm zugefallen war, stützte Kramer sich erschöpft an der Wand neben den Briefkästen ab. Seiner hing am Rand der Reihe, ein Werbeprospekt ragte heraus. Den kleinen, unhandlichen Schlüssel zwischen Daumen und Zeigefinger, näherte er seine Hand dem Blechkasten; der Schlüsselbund klatschte klirrend auf den Marmorboden. Damit war zu rechnen gewesen, dachte er und bückte sich schwankend. Als er sich aufrichtete, taumelte er und musste sich erneut an der Wand abstützen.

Den Prospekt – vom Supermarkt-Lieferdienst im selben Haus, was für eine verschwendete Aktion! – warf er in den extra für solche Post bereitgestellten Abfalleimer; aus dem Briefkasten fischte er einen zusammengefalteten Zettel, unliniert, mit schwarzer Schrift bekritzelt.

Das Licht im Treppenhaus ging aus (auch damit war zu rechnen gewesen); er torkelte zum Lift, fuhr nach oben, verriegelte die Wohnungstür hinter sich, ließ den Schlüssel im Schloss stecken und ging ins Wohnzimmer.

Um ein Haar wäre der Stuhl mit den Rollen unter seinem Hintern weggerutscht. Er knipste die Lampe an.

Das Licht blendete ihn. Unnötigerweise strich er den Zettel auf der Filzunterlage glatt. Er las: »Hier meine Handynummer … Meld mich, Sandro«.

Wie immer hatte Kramer sein Handy auf dem Schränkchen im Flur (drei Regale für Schuhe) liegen lassen. Er ging mit dem Zettel hin und tippte die Nummer.

»Hier Sandro, sprich zu mir.«

Kramer sprach nicht.

21

Sonntag, und Sandro hatte Viola Ahorn dazu gebracht, mit ihm an den Starnberger See zu fahren. Gegen zehn Uhr vormittags hatte er sie angerufen (Nummerntausch am Tresen in der Kneipe gegenüber der Baustelle) und Zeug erzählt. Das Quatschen lenkte ihn von allem Möglichen ab, besonders von der Erinnerung ans Grauen der Nacht, in der er keine zwei Stunden geschlafen und sich ansonsten hauptsächlich übergeben und halb kaputt gehustet hatte.

In seiner Not – unfassbar für ihn – hatte er sogar seinen Vater angerufen. Allerdings tat er so, als wolle er sich lediglich nach den Geschäften erkundigen, immerhin war er seit fast zwei Wochen *not in town*. Für Hans Zille lief »alles in geschmeidigen Bahnen«. Wie es ihm, Sandro, in der Provinz ergehe, fragte er, und ob die kleine Stadt im Süden ihm nicht längst brutalst auf den Magen schlage.

(Vor Jahrzehnten hatte Hans Zille einige Anstrengungen unternommen, in München zweitberuflich Fuß zu fassen; anfangs vertraute er seinem damaligen Partner, investierte in dessen Club, wurde erst Teilhaber, dann Geschäftsführer, und drei Monate später nahm die Bullerei den Laden auseinander. Verdacht: Drogenhandel, Menschenhandel, hahaha. Keine Beweise, keine Anklage, aber: Geschäft ruiniert, Geld versenkt. Währenddessen stampfte sein Kompagnon zwei Straßen weiter eine edle Bar aus dem Boden – von Zille abgezweigte Tausender gehörten zum Startkapital; der Kompagnon stolzierte als Platzhirsch durchs Bahnhofsviertel und bewirtete ein paar beste Freunde von der Polizei. Zille, dem Berliner Preußen, sollte eine Lektion erteilt werden, und er hatte sie, wenn auch zu spät, kapiert und seine Lehren daraus gezogen. Eines Tages, dachte er, würde der Kosmos ihm zublinzeln und ihm die Chance zur Revanche bieten.)

Davon erzählte Sandro seiner potenziellen zukünftigen Mitarbeiterin am Sonntagmorgen keine Silbe. Er benutzte das Wort Landpartie und brachte seine verstorbene Mutter ins Spiel (»Sie schwärmte für einen bestimmten Ort am See.« Keine Lüge!). Jedoch – die Anmerkung erschien ihm unvermeidlich –, falls Viola wegen ihres Mannes, der auf falsche Ideen kommen könnte, Bedenken habe, würde er ihr Nein natürlich akzeptieren. Na ja, meinte sie daraufhin, das würde er bestimmt, wenn er denn da wäre. Ob sie noch immer nichts von ihm gehört habe, fragte Sandro, und Viola: Kein Sterbenswörtchen.

Kurz davor, das Palaver wegen eines Magenkrampfes vorzeitig abzubrechen, hörte er noch eine Weile mit aufeinandergebissenen Zähnen zu (Leos Name klang in seinen Ohren zunehmend wie ein Fluch). Dann brach sie mitten im Satz ab und: »Ein wenig Abwechslung kann nicht schaden bei dieser verdammten Warterei.«

Sie hatte vor dem Haus im Zweierweg auf ihn gewartet. Auf der Fahrt durch die Stadt überhäufte sie ihn mit sich wiederholenden Komplimenten für seinen »superschnittigen Schlitten«. Als sie die Autobahn erreichten, kam sie zur Ruhe und verschonte ihn einige Kilometer mit Text.

Nicht, dass er bereute, sie gefragt zu haben; nicht, dass sie ihm weniger gefiel als bei ihrer ersten Begegnung; nicht, dass er lieber allein gewesen wäre. Ihn marterten die Eingeweide, und eine abstruse, dämliche Vision suchte ihn seit der vergangenen Nacht heim, angesichts des blutverschmierten Waschbeckens und des durchgeschwitzten Bettzeugs: Dass diese luftlose, stickige Stadt zu einem Sarg für ihn werden könnte.

Dass alles, was er noch tun würde und bereits getan hatte, an Lächerlichkeit nicht mehr zu überbieten wäre. Und dass er dem einzigen Menschen, dem er bedingungslos vertraute und den er – angenehm für ihn, es derart simpel auszudrücken – in sein Herz geschlossen hatte, keinen Gefallen erwiesen, sondern sich als kompletter Idiot präsentiert hätte, der sich in Dinge einmischte, die ihn nichts angingen.

Dinge seines Vaters und viel schlimmer: Dinge seiner Mutter.

Einen Halbbruder aufzusuchen und ihm ein fremdes Leben vor die Füße zu werfen? Wer machte so was, wenn nicht ein abgeschmierter, von seinem eigenen Körper verstoßener Volltrottel? Wen interessierte dieser abgehalfterte Möbelschieber außer einer umnachteten Frau, die den Sinn des Lebens in einem Altersheim gesucht hatte? Und er? Hockte an ihrem Sterbebett und gab ein Versprechen ab.

Und wie sollte sein Vater von dem profitieren, was er – angeblich in seinem Sinn und Auftrag – erledigt hatte? Wie denn, sechshundert Kilometer entfernt? Für nichts hatte er den weiten Weg zurückgelegt, für eine Frau ohne Liebe (Inge Fels, feige Ehefrau und verlogene Mutter), einen Mann ohne Erwartungen (Georg Kramer, krumm geschufteter Unternehmer und Zwangseremit), einen Mann ohne Bedeutung (Roger Braun, hinterhältiger Geschäftspartner und mutmaßlicher Menschenhändler).

Deswegen überhäufte er die Frau in der hübschen Seidenbluse und der weißen Jeans, die neben ihm im Coupé saß und ihm verunsichert Blicke zuwarf, mit Schweigen – scheinbar abwesend und unaufmerksam. Von dem Moment an, als sie eingestiegen war und er ihr einen reduzierten Kuss auf die Wange gedrückt hatte, fragte er sich, ob der Kosmos – Vater Zille schwor auf überirdische Zeichen – Viola Ahorn zu seiner Erlöserin bestimmt hatte; nicht vom Tod, das war Quatsch; vielleicht von der Sinnlosigkeit, von der selbstverschuldeten Erniedrigung. Wieso auch nicht, fragte er stumm den Himmel, den Kopf zwei Sekunden im Nacken. Ausgerechnet die Frau eines Mannes, der nicht mehr lebte. Was abgesehen von ihm und dem Mörder niemand wusste.

»Bist du mir böse?«

»Im Gegenteil«, sagte Sandro.

»Was meinst du damit?«

Er gab ihr ein Lächeln und jagte den Wagen über den Zubringer nach Starnberg und weiter am Seeufer entlang, wo Stoßstange an Stoßstange Fahrzeuge parkten. Fußgänger in Badehosen, Kinder mit Schwimmflügeln, Schlauchboote schleppende Eltern überquerten die Straße vom Parkplatz zu den Liegewiesen. Gewusel, wohin man schaute.

22

Viola lehnte sich aus dem Fenster, im Gesicht den lauen Fahrtwind, in dem ihre Gedanken an die leere, modrige Wohnung zerstoben, an das Unheil, das die schweren, unverrückbaren Möbelstücke zu verbergen schienen, an ihren Mann, der lautlos fortgegangen war und sie wie einen unnützen Mantel zurückgelassen hatte. Doch nun, an diesem nach Wasser und Erde und Blumen duftenden Flecken Erde wollte sie die Welt, in der sie seit einer Woche hauste, hinter sich lassen und nur den Augenblick genießen, das unverhoffte Geschenk, das ihr dieser unnahbare, undurchschaubare, körperlich schwer angegriffene Mann bereitete. Auf unbegreifliche Weise flößte er ihr Zuversicht und Vertrauen ein.

»Was machst du?«, rief er. »Lass das bloß sein.«

»Entschuldigung … Entschuldigung.« In Windeseile hatte sie die Arme um ihn geschlungen, während er Ausschau nach einem Parkplatz in der Wiese gehalten hatte. Das Bedürfnis war rasend schnell über sie gekommen; sie hatte sofort gewusst, dass es falsch war, aber es war ihr egal.

Im schwarzen SUV, der neben ihnen stand, bellte ein Boxerhund; die Scheiben waren beschlagen vom wütenden Atem des Tieres. Auf der Grünfläche zur Straße hin reihte sich ein Auto ans andere; überall lagen Leute auf Decken und Matten, spielten Karten, tranken Bier, fläzten sich unter der sengenden Sonne ins Gras.

»Hier war ich noch nie«, sagte Viola.

»Lass uns kurz zum Wasser gehen.«

Weder Sandro noch sie hatten Badesachen mitgenommen

(er hatte kein Wort von Baden gesagt, nur: »Landpartie«). Sie trippelte schwitzend hinter ihm her, vorbei an gelangweilt glotzenden Menschen. Sie kam sich unbeholfen vor, fast genierte sie sich ein wenig und fragte sich, wofür. Auf dem Areal sonnten sich viele Frauen ohne Bikini, scherten sich keinen Deut um die Blicke der Männer; sie dagegen trug sogar eine Bluse und darunter einen BH.

Trotzdem fühlte sie sich unwohl und fehl am Platz. Instinktiv blieb sie stehen und erwiderte einige der Blicke. Nicht nur Männer, auch Frauen und Kinder musterten sie, eindeutig sie und weniger den Mann mit den handgenähten Schuhen (falls sie sich nicht verschaut hatte) und der weißen Baseball-Cap.

Als sie sich stehend umsah – gewöhnliche Ausflügler, die auf vertraute Weise den Sonntag an einem See verbrachten –, kam ihr eine schlimme Vermutung in den Sinn: Nicht die unbeschwert Badenden lösten bei ihr Unbehagen aus (wieso auch, es waren Fremde), sie selbst war es, die sich für ihr schäbiges Dasein verurteilte. Sie allein trug die Verantwortung für ihr offenherziges Auftreten, die ungeknöpfte, bloß am Bauch zusammengebundene Bluse, ihren stolzierenden Gang, die an ihrer Schulter schwingende Umhängetasche, die sie wie ein kostbares Accessoire mit sich herumschleppte. Das alles, während ihr Mann womöglich einem Verbrechen zum Opfer gefallen war und sie sich ums Verrecken weigerte, Anteil an seinem Schicksal zu nehmen.

Und die Leute sahen ihr das an. Da stand sie wie extra hingestellt, Schaustück eines Kerls, der eine scheißteure Karre fuhr (metallic-silbergrau, Schiebedach) und vorneweg gockelte und mit dem ausgestreckten Arm über den See wies – wahrscheinlich zu einem Haus am Ostufer, das er gerade für x Millionen renovieren ließ.

So eine Frau will ich nicht sein, dachte sie.

»Wo bleibst du?«, rief er. »Ich will dir was zeigen.«

Angekleidet wie niemand um sie herum, bahnte Viola Ahorn sich den Weg zwischen den ausgebreiteten Handtüchern und Bastmatten und den dicht an dicht liegenden Badegästen bis zum steinigen Ufer. Im Wasser kreischende Kinder zwischen stoisch schwimmenden Erwachsenen; in der Mitte des Sees glitten Segelboote gemächlich dahin; gegenüber, vier Kilometer entfernt, schimmerten weiße Gebäude durch sattgrüne Bäume und Sträucher.

Wortlos legte Sandro den Arm um sie, mit dem anderen deutete er weiter auf etwas im See. »Da irgendwo ist er ertrunken, denk ich«, sagte er. Nach einer Pause fuhr er fort: »Hat meine Mutter mir erzählt, wer weiß, ob's stimmt.«

»Wer ist ertrunken, Sandro?« Das Aussprechen des Namens wie auch die lässige, fordernde Berührung lösten plötzlich ein unerwartetes Wohlbefinden in ihr aus (vermutlich auch die friedvolle Atmosphäre, das harmonisch anmutende Treiben, das funkelnde Wasser), vermittelten ihr eine Ruhe, die sie bis eben nicht für möglich gehalten hätte. Sachte lehnte sie sich an ihn.

»Mein Großvater …« Er fixierte eine Stelle auf dem See; eine Jolle mit einem strahlend weißen Segel kreuzte sein Blickfeld; er nahm den Arm runter. »Meine Mutter hat ihn ermordet. Kein Grund zu erschrecken. Sie war ein Kind, sie wollt ausprobieren, ob ihr Held sie rettet.«

»Welcher Held?« Als wäre die Stelle markiert, starrte sie aufs Wasser.

»Ihr Vater. Hat er nicht getan. Seine Prinzessin hat ihn in den Tod gescheucht.«

»Doch nicht mit Absicht.«

»Weiß man's?«

Sein Schweigen zu stören, traute sie sich nicht. Gemeinsam – der Druck seines Arms fester an ihrer Hüfte – versperrten sie rennenden Kindern den Weg; sie ernteten strenge Blicke, sogen den leichten, nach Sonnencremes und fernen Grillschwaden riechenden Wind tief in die Nase.

Eine Ewigkeit, dachte Viola Ahorn, war sie nicht mehr sonntags an einem See gewesen oder irgendwo zum bloßen Lungern und Lufttanken.

Sandro fragte sich, was er von dieser »Landpartie« erwartet hatte. Ihm dämmerte, dass er auch ohne die Frau die Stadt verlassen hätte, um ausgerechnet an einem Sonntag einer Erinnerung nachzuhängen, die nichts mit ihm zu tun hatte; dass seine Mutter ihren Vater früher überhaupt jemals erwähnt hatte, bezweifelte er; erst auf dem Sterbebett war sie gesprächig geworden und hatte ihm alle möglichen Namen und Ereignisse aufgetischt. Wer wusste schon, was davon stimmte oder einer sich auflösenden Fantasie entsprang?

Angeblich hatten seine Großeltern eine stadtbekannte Schneiderei betrieben, Schneiderei Fels in der … Die Straße fiel ihm nicht mehr ein. Gustav war sein Name! Er staunte, was sich in seinem Gedächtnis alles angesammelt hatte. Gustav … Und Curt. Wer war Curt? Könnte sein, der Zwillingsbruder von Gustav … Herzogstraße! Dort befand sich nach den Worten seiner Mutter die weltberühmte Schneiderei …

Übermütig küsste er Viola auf die Wange und unterdrückte einen aufquellenden Hustenanfall.

»Ist alles in Ordnung, Sandro?«

Mehr als ein Nicken schaffte er nicht.

»Sollen wir gehen?«

Er nickte wieder, bewegte sich aber nicht.

»Komm«, sagte sie. »Wir holen uns am Kiosk was zu trinken.« Auf der anderen Straßenseite bot eine schattige, mit bunten Papiergirlanden geschmückte Holzhütte den Ausflüglern Getränke, Eis und Sandwiches.

Mit einer eckigen, abweisenden Bewegung wandte Sandro sich um und stapfte in seinen Lederschuhen über den Kies. Viola Ahorn kam mühsam hinter ihm her. Ständig versperrten ihr Leute den Weg, Kinder ließen sie nicht durch, forderten Wegezoll von ihr, und sie musste ihnen erklären, dass sie kein Geld bei sich habe (was nicht stimmte).

An der Straße wartete er nicht auf sie. Ohne auf die in südlicher Richtung sich im Schneckentempo bewegende Blechinvasion zu achten, trottete Fels mit erhobenem Arm auf den Kiosk zu; vier Männer standen vor ihm an. Als er drankam, war Viola bei ihm und nahm ihm die Plastikflasche Wasser ab, die er für sie gekauft hatte.

Er trank hastig aus seiner eigenen und musste husten und ausspucken. Er verschwand hinter der Bude (winkte ab, als Viola ihm folgen wollte). Er lehnte sich an die Holzwand und presste die Fäuste auf die Brust. Was für ein krampfhafter, nutzloser Ausflug, dachte er und würgte und nahm einen Schluck aus der Flasche; die Kälte triezte hämisch seinen Magen.

Alles vergeblich, dachte er, alles wegen seiner aus allen Fugen geratenen Körperfunktionen … Aber die Frau … Die Frau wäre ein Gewinn für die Keusche Göttin … Wenigstens *ein* guter Gedanke.

»Soll ich was zu essen kaufen? Du gefällst mir gar nicht.«

»Lass gut sein«, sagte er. »Danke, dass du mitgekommen bist, jetzt muss ich zurück. Ich würd dir gern einen Vorschlag machen, du hast allerdings nicht viel Zeit, darüber nachzudenken.«

»Aha. Worum geht's?«

»Erzähl ich dir im Auto.«
»Hat das was mit Leo zu tun?«
»Den brauchen wir dazu nicht, den am allerwenigsten.«

23

Der gelbe Kasten mit dem eingespannten weißen Blatt machte sich gut im Halbdunkel, ziemlich exakt in der Mitte des Schreibtischs. Im Zimmer auf und ab gehend (gedimmtes Licht von der Stehlampe neben der grünen Couch), behielt Kramer die alte, bestens erhaltene Schreibmaschine im Blick und bereitete in Gedanken das erste Wort vor. Wie es lautete, wusste er längst; er fand nur die Ruhe noch nicht. Das Problem: Je länger er durchs Wohnzimmer tigerte (etwa seit drei Stunden), desto flatteriger war ihm zumute.

Als überwältigten ihn im letzten Moment gravierende Zweifel an seinem Vorhaben. Als hätte er allen Grund, die Sache noch einmal gründlich zu überdenken. Als brächte seine Entscheidung niemandem einen Gewinn, schon gar nicht ihm selbst.

Als würde er dadurch seiner Feigheit entbunden und nicht vielmehr tiefer und noch tiefer in sie verstrickt und seine Schuld größer als vorher werden.

Darüber, dachte er und machte an der Couch kehrt, sollte er sich den Kopf zerbrechen. Was bedeutete ein derart zeitversetztes Geständnis? Wem nützte es? Welches Licht warf es auf die Person des Sünders? Hundertprozentig kein gutes. Ein lausiger Lügner brach unter Gewissensnöten zusammen (Schlagzeile in den Köpfen der Leute); einer, der schon immer unaufrichtig und verschlagen wirkte, zeigte endlich sein wahres Gesicht. Und so fort.

Sonntagnacht gegen zweiundzwanzig Uhr. Georg Kramer hatte den ganzen Tag über die Wohnung nicht verlassen. Um fünf Uhr dreiundvierzig war er aufgewacht und hatte auf die Uhr gesehen; sein Entschluss stand fest, diesen Tag nicht ohne Bekenntnis verstreichen zu lassen.

Das Bekenntnis zu einer Wahrheit, die nur er kannte.

In den Stunden danach hatte er die nötigen Vorbereitungen getroffen; er hatte geduscht, saubere Unterwäsche angezogen, ein sauberes Hemd (weiß, frisch aus der Reinigung), saubere Socken (kürzlich fünf Paar zum Sonderpreis im Kaufhaus erworben), braune Cordhose (erst drei oder vier Mal getragen, seine Auswahl an Hosen war übersichtlich).

In der Abstellkammer (im Bauplan: Gästezimmer) schichtete er Kisten um, kramte den Kasten mit der Schreibmaschine aus dem hintersten Eck, sortierte die vollgepackten Kartons neu, platzierte die Maschine auf dem Schreibtisch (auf der Filzunterlage), pustete über die Tasten und die Walze und sah Staub im Sonnenlicht tanzen.

In der mittleren Schublade im linken Sockel fand er einen kleinen Stapel weißer, unlinierter Blätter. Er spannte zwei Blätter ein (das untere, um die Walze zu schonen, Methode seines Vaters). Er setzte sich hin und streckte beide Zeigefinger aus. Anders als im Zweifingersystem hatte er mit dem Ding nie gearbeitet.

Mindestens eine Stunde rührte er sich nicht vom Fleck. Knetete die Finger, roch am schwarzen Farbband, rekapitulierte seine morgendliche Umtriebigkeit, seine Entscheidungsfindung, den schlagartig eingesetzten Umschwung in seinem Leben, wie ein Gewitter aus heiterem Himmel.

Draußen brannte die Sonne und entfachte trügerische Schatten. Er hockte im Zimmer, hörte aus der Ferne die Kirchenglocken schlagen und streute innerlich Asche auf sein Haupt.

War das nötig, überlegte er. Wanzte er sich jetzt an Gott heran, von dem ihn spätestens seit seinem zwanzigsten Geburtstag Lichtjahre trennten? Wollte er tatsächlich seine bitter errungene Freiheit aufs Spiel setzen? In seinem zweiundsechzigsten Lebensjahr? Nun, da niemand ihn je wieder mit Vorschriften schikanieren, ihm seine Wochenenden ruinieren und seine Zeit stehlen, seine Gesundheit ausbeuten und sich einen Dreck um seine Knochen scheren würde?

An diesem Punkt in seinen Reflexionen war er vom Schreibtisch aufgesprungen und hatte seinen Rundgang begonnen, bei offener Balkontür, in der klebrigen Luft, im Bewusstsein, dass etwas mit ihm fundamental nicht stimmte.

Doch er kam zu keinem Ergebnis.

Immer wieder steuerte er den Tisch an und betrachtete die eingespannten weißen Blätter (das zweite war fast nicht zu erkennen), einmal von der unbedingten Notwendigkeit seiner geplanten Niederschrift überzeugt, beim nächsten Mal vollständig verunsichert, beim dritten Mal erfüllt von Widerwillen und Selbsthass.

Stundenlang zwang er sich, keinen Alkohol anzurühren, am späteren Abend überwand er seinen Widerstand und holte eine Flasche Bier aus dem Kühlschrank. Er stellte sie neben die Maschine, setzte sich hin, trank einen Schluck, streckte wieder beide Zeigefinger und sagte: »Meine Mutter war ehrlich, also will ich's auch sein.« Ohne die Lampe anzuknipsen, tippte er ein G. Die metallische Type verhakte sich und steckte fest.

Jemand klingelte an der Tür.

Stille.

Ein zweites Klingeln. Kramer betrachtete die ineinander verhakten Drucktypen.

Jemand klopfte an die Tür.

Missmutig stand er auf und schlurfte in Socken übers Parkett. An der Tür blickte er durch den Spion, nichts weiter, zwanzig, dreißig Sekunden lang; stand da und erwog ein paar Dinge, verwarf sie und begann von vorn. Dann öffnete er die Tür.

Die Umarmung ging von Sandro Fels aus. Kramer roch Schweiß und Bier und ein Parfüm, kein Rasierwasser. Wie immer trug sein Gast die weiße Kappe und sah dürrer und gebrechlicher aus als bei seinem ersten Besuch.

»Was machst du?«, fragte Fels.

»Und du?«

»Hab die Frau deines Nachbarn besucht.«

»Welcher Nachbar?«

»Leo, der Nervenzersäger.«

»Ist er wieder da?«

»Nein.«

»Woher kennst du seine Frau?«

»Hab sie auf der Straße getroffen und angesprochen.«

»Woher wusstest du, dass es Leos Frau war?«

»Hab sie zusammen in der Kneipe gesehen.«

»Im Blauen Eck?«

»Wo sonst?«

»Wann?«

»Was machst du?«, fragte Fels ein zweites Mal.

Als gäbe es keine andere Möglichkeit, griff Kramer nach dem Handgelenk seines Halbbruders und führte ihn ins Wohnzimmer.

»Sparst du Strom?«, fragte Fels.

Sie standen vor dem Schreibtisch, und Kramer ließ die Hand nicht los.

24

»So eine Maschine besitzt mein Vater auch noch.«

»Du«, sagte Kramer und verstummte. Er begann zu frieren; seine schiefe Schulter zuckte, sein Körper bebte von einer Erschütterung, die auf den Mann neben ihm überging und einen Hustenanfall verursachte. Sandro hielt sich den Arm vor Mund und Nase, die andere Hand weiter in der Umklammerung.

»Du …«, begann Kramer erneut; er schüttelte Sandros Handgelenk und zog an dessen Arm – was immer er damit erreichen wollte.

»Du … bist mein Brot-Herr, Sandro Fels, im Himmel und auf Erden … Stimmt's? Ja, stimmt.«

Fels räusperte sich, hatte Mühe, sich zu artikulieren; in ihm herrschte auch ohne Mitwirkung seines Halbbruders schon genügend Chaos. »Was willst du, was soll das mit der Schreibmaschine? Ich hab keine Zeit mehr, ich bin hier, weil ich dir sagen wollt, dass ich abreise, diese Stadt bringt mich um. Was willst du von mir? Ich hab dir alles gesagt.«

»Ich dir aber nicht.« Kramer wandte ihm das Gesicht zu.

In den blaugrauen Augen seines Gegenübers erkannte Sandro etwas, das er nie wieder hatte sehen wollen: das gotterbärmliche Flehen seiner Mutter.

»Sandro …« Kramer packte auch die andere Hand seines Halbbruders. »Ich hab jemanden umgebracht … Ich bin ein Mörder … Ich bin schuld …«

»Hör auf.« Fels machte sich los, streifte Kramers nasse Finger ab. »Du hast nichts getan …«

Kramer schien ihn nicht zu hören; starrer Blick aus unwirklich geweiteten Augen. »Ich hab meinen Vater umgebracht. Er ist nicht gestürzt, ich hab ihn geschubst, er fiel fünf Stockwerke in die Tiefe. Vor der Polizei hat unser Mitarbeiter Korff kein Wort gesagt, obwohl er in der Nähe war und vielleicht gesehen hat, dass mein Vater nicht gestolpert ist … Der gute Herbert hat ausgesagt, es sei ein tragischer Unfall gewesen. Kein Unfall, Sandro, ein Mord … Und aus lauter Verlegenheit, stell dir vor, hat uns die Familie, für die wir den Umzug besorgt haben, zwei Bilder geschenkt, fürchterliche Gemälde, die man nicht anschauen kann …

Ich konnte einfach nicht mehr damals, hab nicht mehr können, war schon fast aus Stein und nicht mehr Fleisch und Blut, ich hab mich gewehrt und wurde zum Mörder …«

Niemand, der mitgezählt hätte, aber es mussten fünfzehn Minuten vergangen sein, vielleicht zwanzig, in denen keiner der beiden Männer ein Wort sprach. Sie standen nur da, berührten einander nicht, außer mit Blicken; der Eine sah zum Anderen, Größeren hinauf, und ihre Körper wurden vollkommen still.

Dann sagte Sandro Fels: »Du bist kein Mörder. Du wolltest deine Existenz retten. Verstehst du? Du wolltest du selber sein und nicht länger der Schatten von wem anderen. Du wolltest ein wirklicher Mensch sein, und das bist du geworden. Schluss damit, lass gut sein.«

Kramer blickte über die Schulter seines Halbbruders durchs Zimmer. »Wie gut, dass du gekommen bist. Wie gut, dass ich dich doch noch kennengelernt habe. Mit dir hat für mich ein neues Leben begonnen.«

Wenn du wüsstest, mein Freund, dachte Fels. Wenn du wüsstest …

VIERTER TEIL

Meine wahre oder zumindest unwiderlegbare Geschichte

1

Das absolute Gegenteil des von ihm angestrebten genügsamen Lebens war ihm widerfahren, und er wusste, dass ihm – gelänge ihm kein Durchbruch zur einzig gültigen Wahrheit – nie wieder ein tänzelnder Tag beschert sein würde. Deshalb taumelte er durch seine Wohnung, angetrieben von dem an Besessenheit grenzenden Willen, endlich Licht ins Dunkel zu bringen (und vielleicht die Dinge halbwegs zu begreifen, mit denen Sandro ihn überfallen hatte).

Keine Lampe, keine Funzel – abgesehen von der milchigen Innenhofbeleuchtung, deren Schein kaum bis in den dritten Stock zur offenen Balkontür und den Fenstern reichte.

Aus der mit der verhängnisvollen Nacht vergleichbaren Finsternis (Kramers Hoffnung) würden sich die Konturen der Ereignisse schälen, vor allem die der beteiligten Personen und Dinge.

Er und der Andere.

Er und Leo.

Er und das Messer.

Er und die Sekunden der Tat.

Er und der Mord. Denn …

Leo war getötet worden. Das stand hundertprozentig fest …

Britta hatte die Nachricht auf seinem altmodischen Anrufbeantworter hinterlassen (den hatte er mit umgezogen, wie den klobigen Schrank und die verfluchten Landschaftsbilder). *Britta hier, Leo ist tot, kein natürlicher Tod, hat die Kommissarin gesagt. Ich dachte, du solltest das wissen, wieso warst du heut nicht da? Melde dich.*

Was mischte sich die Bedienung in seinen Tagesablauf ein? Wann er sich wo aufhielt, ging niemanden etwas an, Britta schon gar nicht. Er bestimmte selbst über seine Zeit, niemand sonst.

Lüge.

Seit neun Tagen – für einige Sekunden hatte er seinen manischen Rundgang unterbrochen und nachgezählt – wachten fremde Augen über jede seiner Aktionen, jeden seiner Fluchtversuche. Für nichts anderes hielt er sein Gerenne, ob in der Wohnung oder auf der Straße: Nichts als der beschämende Versuch, seiner Strafe zu entgehen, indem er sich in kindische Beteuerungen hineinsteigerte und Gedächtnisverlust simulierte.

Alle wussten Bescheid: Britta im Blauen Eck, Heiner mit der Baskenmütze, der Oberlehrer Olaf, sogar Rachid, der algerische Zahntechniker, und Stavros, der griechische Koch, der sich nie blicken ließ und wenn, dann ohne ein Wort zu sprechen. Sie beobachteten ihn heimlich und hatten ihn längst durchschaut, genau wie Sandro, sein Halbbruder, der nur so tat, als ob er ihn trösten wollte, und ihm einredete, er, Georg, sei die Unschuld in Person. Und die Polizei? Ließ ihn schmoren, geduldig in der Überzeugung, seine jämmerlich zur Schau gestellte Ahnungslosigkeit würde keinen Tag länger Bestand haben.

Und genauso war es.

In spätestens zwölf Stunden würde er im Kommissariat (die Adresse hatte er auf einen Zettel gekritzelt) die Hand heben und erklären: Ja, ich bin der Täter, Sie haben den Richtigen erwischt.

Das klang armselig, dachte er und beschleunigte seine Schritte, wie um sich anzufeuern. Ja, ja, sagte er vor sich hin, diese Aussage entspricht der Lächerlichkeit meiner Person voll und ganz, weiter so! Und er hastete ins Wohnzimmer, von einer Wand zur anderen, vom Schreibtisch (die Maschine mit den eingespannten weißen Blättern unberührt) zum Schrank; von der Tür zurück zur grünen Couch und wieder hinaus in den Flur, ins Schlafzimmer (muffliger Geruch) und in die Küche und retour, mit in die Luft hämmernden Fäusten, krummem Buckel und flackerndem Lid, ein Brummen ausstoßend, das er nicht wahrnahm.

In dieser Nacht ging Georg Kramer vollständig in seiner Schuld auf. Als er im Stockdunklen über die Sandalen stolperte, die er nach dem Trocknen in den Flur gestellt hatte, verlor er die Balance und schlug mit der Stirn gegen den Türrahmen zum Schlafzimmer.

Benommen setzte er sich auf die Bettkante; er tastete nach Blut und roch an seiner Hand. Das Pochen im Kopf, so schien ihm, beruhigte eigenartigerweise seinen Herzschlag; der gleichmäßige Rhythmus löste einen Zustand ungeahnter Zufriedenheit in ihm aus. Er hatte den gestrigen Tag zu einem angemessenen Ende geführt und den neuen (wie spät mochte es sein?) mit Schwung begonnen, wenn nicht gar mit Überschwang.

Praktisch nackt (er trug nur eine Unterhose) verharrte er eine Weile – das Innehalten fiel ihm plötzlich sagenhaft leicht –, bevor er nach hinten kippte, die Beine anzog und auf dem Bett wieder ausstreckte. Innerhalb einer Minute sank er in Schlaf. Ihm träumte, sein Halbbruder Sandro zielte mit einer Pistole auf sein Herz und drückte ab; die Kugel durchbohrte ihn, ohne dass er starb; daraufhin brach Sandro in Tränen aus und flehte auf Knien um Verzeihung; Georg kniete sich vor ihn, und sie umarmten einander.

Beim Aufwachen hatte Kramer die Arme um seinen Brustkorb geschlungen, im Mund einen metallischen Geschmack.

2

»Blut, wieso Blut«, sagte Kramer zu Oberkommissarin Nasri. »Ich bin doch … Ich hab kein Blut …«

»Sehen Sie hin«, sagte Hauptkommissarin Odoki.

Den Ablauf hatte er sich komplett anders vorgestellt. Sein Benehmen auch, die Begegnung mit der Polizei (Frauen, Männer, keine Ahnung, wer ihn erwartete), das gesamte Geschehen, nachdem er jede Frage nach bestem Wissen und Gewissen beantwortet haben würde. Das hatte er sich vorgenommen, entschlossen, sich nicht aus der Fassung bringen zu lassen. In klaren, einfachen Sätzen wollte er seine Situation schildern und am Ende für sein tagelanges Zögern um Nachsicht bitten. Auch das sollte zum Konzept seiner Aufrichtigkeit gehören: das Eingeständnis seiner Feigheit.

Darüber hatte er am Küchentisch (Tasse Kaffee, Brotschnitte mit Butter und Scheiblettenkäse) am längsten gegrübelt, zwei Stunden mindestens. War es notwendig oder klug, sich zusätzlich zu geißeln, seine eindeutige Aussage zum Geschehen in eine Selbstbeschmutzung münden zu lassen? Allein die Tatsache, dass er erst aufgrund einer Aufforderung durch die Polizei seiner Pflicht nachkam und sich stellte, bewies sein Unvermögen, sein schäbiges Schweigen. Wozu noch weiter ausholen? Und auf mitleidiges Verständnis dürfte er sowieso nicht hoffen. Er hatte gemordet und sich versteckt und die Ehefrau des Opfers in grausamer Ungewissheit gelassen.

Einer wie er, dachte er, als er pünktlich die Wohnung verlassen und sich auf den Weg zur U-Bahn gemacht hatte, würde nach diesem Tag der nette Killer von nebenan sein.

Einer, dem man eine solche Bösartigkeit nie zugetraut hätte. Abschaum. Bittere Enttäuschung für alle, die ihn kannten.

Auch für seinen Bruder.

Das war ihm klar.

Sandro würde ihn für seinen Schritt verachten; er hatte ihm eingebläut, die Klappe zu halten und sich nicht in etwas hineinzusteigern, über das er nicht nur die Kontrolle, sondern sein bisheriges Leben verlieren würde, für alle Zukunft.

Recht hatte er. Aber er, Georg, ebenfalls. Den Zustand der scheinbaren Ungewissheit, den er inzwischen fast zelebrierte, sowie er morgens die Augen aufschlug, ertrug er keinen Tag länger. Ja, es stimmte, er hatte keine handfesten Beweise. Und ja, in seiner Erinnerung klafften auch weiterhin gewaltige Lücken. Und ja, ein Mord war ihm hundertprozentig zuzutrauen. Und nein: Was er gestehen wollte, wäre nicht gelogen. Jedes Wort entspräche seiner Überzeugung, in jener Nacht auf dem Nachhauseweg seinem Widersacher Leo Ahorn begegnet zu sein und ihn mit dessen eigenem Messer im Streit niedergestochen und sich nicht um den Verletzten oder Toten gekümmert zu haben.

Und mehr war nicht zu sagen.

»Und mehr ist nicht«, sagte Kramer.

»Sie haben gerade ein Geständnis abgelegt.« Fariza Nasri schob den Laptop an den Rand des Tisches und setzte sich auf den zweiten Stuhl. Die dunkelhäutige Kommissarin stellte sich Kramer gegenüber, wortlos, auf seinen Anblick konzentriert.

»Das hab ich.«

»Sie haben zugestochen.«

»Ja.«

»Wo genau?«

Kramer kratzte sich an der Wange. Das war vielleicht ein

Witz gewesen: Kurz vor der U-Bahn-Station Westendstraße, wo er aussteigen musste, hatte er sich an eine Zwischenwand gelehnt und gedankenverloren ins Gesicht gefasst und war zusammengezuckt. Vor lauter Eifer (Konkretisierung seiner bevorstehenden Aussagen, endgültige Überwindung seines inneren Schweinehundes) hatte er glatt vergessen, sich zu rasieren. Silbrige, zwei Tage alte Stoppeln wucherten in seinem Gesicht; eine einzige Peinlichkeit. Dabei hatte er extra für seinen Dezernatsauftritt ein frisches weißes Unterhemd angezogen (kein T-Shirt), darüber ein senffarbenes, gebügeltes Hemd; braune Cordhose; ausnahmsweise Socken (grau) in den Sandalen. Die Strickjacke hatte er auf dem Weg zum Kommissariat in der Hand gehalten und sie erst vor dem Gebäude in der Hansastraße angezogen, den siebenundzwanzig Grad Außentemperatur zum Trotz; er brauchte die Jacke als Hüterin seines Wohlbefindens, und er schwitzte in ihr nicht mehr als ohne sie.

»Irgendwo bei der Brücke«, sagte er.

Odoki beobachtete das Schaben seiner Fingernägel; er bemerkte es und hörte damit auf. Er nahm sich vor, seine Aufmerksamkeit der Frau zu widmen, die mit ihm redete.

»Bei der Brücke«, wiederholte Nasri. »Hat dort Leo Ahorn auf Sie gewartet.«

»Wahrscheinlich.«

»Er hat Sie angesprochen.«

»Ja.«

»Was sagte er?«

»Pumpte mich um Geld an.« Wieder hob er die Hand zur Wange und ließ sie wie ertappt sinken.

»Wie haben Sie reagiert?«

»Ich hab zu ihm gesagt, er soll mich in Ruhe lassen.«

»Und dann?«

»Dann hat er mich angegriffen.«

»Wie?«

»Mit dem Messer.« Es fiel ihm schwer, den starren Blick der schwarzen Frau zu ignorieren.

»Wo kam das Messer her?«, fragte Nasri.

»Aus seiner Tasche, schätz ich. Er wollte mich erstechen.«

»Hat er das gesagt?«

»Hat er nicht. Er ist auf mich losgegangen, ich hab ihm das Messer entrissen und zugestochen.«

»Wohin haben Sie gestochen?«

»In ihn rein.«

»An welcher Stelle seines Körpers?«

»Irgendwo in der Brust, nein …« Er warf einen Blick zum Laptop, auf dem ein Mann, der er sein sollte, auf dem Bürgersteig kniete. »Nein …« Er sah die Frau ihm gegenüber an. »Ich hab ihn in den Hals gestochen.«

3

Es war, als habe er ein Flutlicht in sich angeschaltet.

Da war er, genau vor ihm: ovales Gesicht, hohe Stirn, müde Augen. Das war er: Leo, orangefarbene Windjacke mit Kapuze, Baumwollhemd (grau), schwarze Hose, keine Socken in den Sneakers. Leo, so sah er immer aus, und er laberte. Dann fuchtelte er mit dem Messer; grober Fehler. Kramer schaute genau hin. Der andere hätte zugestochen, der hätte nicht gezögert, so besoffen und wütend, wie der war, der hätte ihn gnadenlos abgemurkst. Also musste er, Georg, schneller sein, und das war er auch.

Blut spritzt, Leo will was sagen, nicht zu verstehen; er glotzt ihn an, die Augen ploppen ihm fast aus dem Schädel; nicht meine Schuld, sagt sich Kramer und macht einen Schritt zurück, damit er nicht noch mehr Blut abkriegt. Leo taumelt, deutlich zu erkennen. Kramer steht da und tut nichts. Leo stößt mit den Beinen gegen die niedrige Leitplanke, die dort sinnlos angebracht ist; stolpert, hebt das eine Bein, sein Oberkörper kippt zum Abhang hin.

Kramer sieht jede Einzelheit: Die Schuhe rutschen dem Kerl von den nackten Füßen, er plumpst in die Sträucher und kugelt runter, die Sneakers bleiben vor der Leitplanke liegen. Aus der Dunkelheit dringt ein Knistern und Rascheln. Dann nichts mehr. Ringsum Stille. Kein Auto fährt, kein Zug. Leo ist verschwunden. Kramer hält die Hände hoch: Von Blut ist nichts zu sehen. Was soll er noch hier, denkt er im Rausch. Dann fällt ihm was ein: Wo ist das Messer? Es gehört ihm nicht, Leo wird es mitgenommen haben, alles in Ordnung.

Im Zimmer mit den Kommissarinnen fällt ihm ein, dass er noch ein paar Schritte Richtung Abhang gemacht und sich neben die Schuhe gestellt hat: nichts zu sehen, kein Leo. Worauf hätte er noch warten sollen?

»Auf was hätte ich warten sollen?«, fragte er die Frau in der blauen Bluse, die ihn genauso unnachgiebig ansah wie die andere.

»Sie haben Ihren Freund dort liegen lassen«, sagte Nasri.

»Er war weg, und ich war müd.«

»Was haben Sie dann gemacht?«

»Ging nach Hause und bin …« Blick zum Laptop und wieder weg. »Bin das wirklich ich?«

»Das sind Sie, Herr Kramer«, sagte Odoki.

»Dann bin ich wirklich hingefallen … Wie ich befürchtet habe, wie mein … wie in meiner Erinnerung … Gestürzt auf offener Straße … Musste mich am nächsten Morgen erst langsam entsinnen, schwierig …«

»Konzentrieren Sie sich«, sagte Nasri.

»Die Tatwaffe hatten Sie nicht mehr bei sich?«, fragte Odoki.

»Das Messer? Kein Messer, aber …« Die Frau hatte recht, er musste sich konzentrieren und zu den einfachen Sätzen zurückfinden, zu seiner Überzeugung und Bestimmung. »Aber ich hab zugestochen und ihn umgebracht. Ich war's, und ich gestehe und leugne nichts mehr.«

»Warum jetzt, Herr Kramer?«

»Was meinen Sie damit, Frau …«

»Odoki.«

»Okay, O … Frau Odoki. Was meinen Sie mit jetzt?«

»Mit Ihrem Geständnis haben Sie sich mehr als eine Woche Zeit gelassen, Sie hätten auch noch länger schweigen können.«

»Das wollt ich nicht mehr, das konnt ich nicht mehr,

heut hab ich mir vorgenommen, Ihnen die Wahrheit zu sagen.«

»Woher kommt die Beule an Ihrer Stirn?«

»Beule? Was für … Ich weiß nicht, Frau …«

»Nasri.«

»Frau Nasri, ich hab doch keine Beule … Doch! Hab mich gestoßen, an der Tür, im Dunkeln, jetzt weiß ich's wieder. Ja, bin gestolpert und gegen den Türrahmen geknallt, das war übel. So war's, ich lüge nicht. Hab nicht aufgepasst …«

»Waren Sie allein in der Nacht?«, fragte Nasri.

Kramer zog die Schulter hoch, umfasste mit der rechten Hand sein linkes Handgelenk und drückte zu; das half, bildete er sich ein, gegen die Schmerzen, die plötzlich seinen Rücken kreuzten. »Nur Leo und ich. Wieso?«

»Sie haben die Leiche nicht berührt?«

»Bin weggegangen, schnell bin ich weg. Glaub ich. Ja, schnell. Ich war sehr betrunken.«

»Die Leiche von Leo Ahorn wurde in einem Auto in einem anderen Stadtteil gefunden«, sagte Jennifer Odoki, unzufrieden über den Verlauf der Befragung. »Herr Kramer, ich muss Sie darüber belehren, dass Sie von nun an nicht mehr als Zeuge, sondern als Tatverdächtiger vernommen werden. Sie haben das Recht, die Aussage zu verweigern, einen Anwalt zu informieren und Beweiserhebungen zu beantragen, Sie haben …«

Kramer ruckte auf dem Stuhl hin und her und zuckte mit der Schulter. »Ich will die Aussage nicht verweigern«, sagte er laut. »Deswegen bin ich doch da, um auszusagen, um zu sagen, was passiert ist. Ich hab Leo umgebracht. Ende der Ballade.«

»Ende der Ballade?« Nasri sah ihre Kollegin an, nicht minder mürrisch über die abrupte Wendung. Im Moment fehlten ihnen jegliche Sachbeweise zur Untermauerung des löchrigen Geständnisses.

»Ich akzeptiere alles, was mit mir geschieht«, sagte Kramer.

Ein Schweigen folgte.

Nasri stand auf. »Wir lassen Sie kurz allein. Möchten Sie etwas zu trinken oder eine Kleinigkeit zu essen?«

»Das würd ich bekommen?«

»Möchten Sie etwas?«

»Jetzt nicht.«

Keine Minute später standen die Kommissarinnen im Büro ihrer Chefin und erstatteten Bericht. Der Miniventilator auf dem Tisch steuerte ein dezentes Sirren bei.

Für Anja Sandkorn bedeuteten die Informationen einen ersten Schritt zu einer aktiven Öffentlichkeitsarbeit. »Wir vermelden« – sie lüftete den Kragen ihrer Bluse – »das Geständnis eines Tatverdächtigen, die weiteren Hintergründe teilen wir in zwei oder drei Tagen mit. Wo ist euer Problem?«

»Keine Tatwaffe«, sagte Odoki. »Keine konkreten Spuren, die das Geständnis bestätigen könnten. Die Leiche lag eine Woche in einem Kofferraum. Kramer behauptet, er hat keine Ahnung, wie sie da hinkam.«

»Ist hier im Raum jemand, der ihm glaubt?«

»Ich.« Nasri lief der Schweiß in den Nacken, sie hatte Hunger und Durst und miese Stimmung im Bauch. »Die einzige Aussage des Mannes, die mit unseren bisherigen Erkenntnissen übereinstimmt, ist, dass das Opfer durch einen Stich in den Hals starb, wenn auch nicht direkt, sondern mittelbar. Alles andere ist vages Gefasel. Der Mann wird sein Geständnis widerrufen, da bin ich sicher.«

»Und wieso redet er dann?«, fragte Sandkorn.

»Das wissen wir nicht.«

Nach einem dreifachen Schweigen stand die Kriminaloberrätin auf, ging zum offenen Fenster und gab verdrießliche Laute von sich. »Dann verschieben wir die Bekanntgabe um einen Tag, warten ab, wie der Mann sich nach einer Nacht in Untersuchungshaft verhält. Besitzt er ein Auto?«

»Nein«, sagte Odoki.

»Er hat also einen Komplizen.«

»Das streitet er ab.«

»Das ist klar. Was guckst du so angewidert, Fariza?«

»Wenn der Zuhälter Braun von der Festnahme erfährt, schaltet er sofort die Presse ein und bläst seine Unschuld in die Welt. Das passt mir nicht. Er ist ein PIUS-Zeuge, und wir finden einfach nicht raus, welcher Zusammenhang zwischen ihm und der Botschaft mit der Leiche besteht. Dieser Georg Kramer ist ein armer Kerl, der zwischen Mühlsteine geraten ist.«

»Welche Mühlsteine?«, fragte Odoki.

»Das weiß ich nicht. Den treiben innere Dämonen, das ist offensichtlich; kann sein, er hat ein schlechtes Gewissen, weil er Leo Ahorn hingehalten und ihm falsche Versprechungen gemacht hat; kann sein, er hat ihn wirklich erstochen, aber garantiert nicht mit Absicht, und die Leiche hat er beweisbar nicht weggeschafft.«

»Nach den Aufnahmen der Ü-Kamera«, sagte Odoki, »ist Kramer in der Nacht nach Hause gegangen, er war allein. Jemand anderes war am Tatort und hat gehandelt.«

»Mit all den Ungereimtheiten können wir schlecht an die Öffentlichkeit gehen, Chefin.«

»Jemand …« Anja Sandkorn schlurfte zurück zum Schreibtisch, blieb stehen, nestelte an ihrer Brille. »Auf einen einfachen Nenner gebracht: Jemand hat diesem Kramer einen Gefallen erwiesen, indem er die Leiche verräumt und Spuren beseitigt hat. Wer sollte das sein? Jemand aus dem Lokal? Ein Familienmitglied?«

»Wir haben die Familie noch nicht gecheckt«, sagte Odoki. »In der Wohnung lebt er allein.«

»Behauptet er.« Sandkorn ließ sich auf ihren Stuhl fallen, stützte die Hände auf die Lehnen und fixierte den Ventilator; das dauerte. Nasri und Odoki kannten die Verhaltensmuster ihrer Chefin, auch ihre oft eigenwilligen oder sturen Entscheidungen, ihre vordergründig ausweichend wirkende Reaktion auf dringliche Fragen. Mit dem Vorschlag, den sie ihnen diesmal präsentierte, hätten sie unter keinen Umständen gerechnet.

»Er hat kein Auto, sagt ihr«, begann sie und sah beide abwechselnd an, genoss deren krampfhaftes Bemühen um neutrales Schauen. »Dennis soll an ihm kleben bleiben, unterstützt von einer Kollegin und einem Kollegen in einem Fahrzeug, für die Nachtwache vor dem Haus oder der Kneipe. Ihr nehmt Kramers Personalien auf, begleitet ihn zum Erkennungsdienst, schickt seine Daten durchs INPOL-System, durchforstet seine Familiengeschichte. Telekommunikationsüberwachung wird angeordnet. Wir lassen ihn gehen, vierundzwanzig Stunden, möglicherweise sechsunddreißig. Beobachten, wie er sich verhält. In der Zwischenzeit zementiert ihr das Geständnis oder ...«

Nasri erholte sich am schnellsten. »Oder, Chefin?«

»Oder wir gehen Hand in Hand in eine lausige Zukunft.«

»Wie meinst du das?« Auch Odoki hatte die Sprache wiedergefunden.

»Solltet ihr nicht längst weiterarbeiten?«

Als die Kommissarinnen in den Vernehmungsraum 214 zurückkamen, legte Kramer augenblicklich die Hände über Kreuz auf den Tisch – wie einer, der erwartete, gefesselt zu werden.

4

Das Ausmaß an Verständnislosigkeit überforderte Georg Kramer vollends. In dem Raum mit dem gelblichen Licht, den schwarzen Punkten an der Wand und den beiden Kameras in den Ecken hatte er erst einmal kein Wort mehr herausgebracht, bevor eine derartig bleierne Schwere ihn niederdrückte, dass er unfähig war, sich zu erheben.

So sehr er sich bemühte, er kam nicht hoch vom Stuhl; das Gewicht seines Körpers schien sich verfünffacht zu haben. Er bemerkte, wie plump und schepp er dahockte, wie seine Arme herabhingen (sein Rücken ein monströser Buckel) und seine Finger beinah den Boden berührten. Mit unnatürlich schräg gehaltenem Kopf blinzelte er zu den beiden Frauen hinauf, die mit ernster Miene vor ihm standen und ihm diese ungeheuerliche Nachricht mitgeteilt hatten.

Er sei vorübergehend entlassen und dürfe nach Hause gehen.

Wieso, wollte er fragen – das Wort schaffte es nicht bis zu seiner Zunge. In seinem Mund Trockenheit und Dürre; er hörte sich schmatzen, dann röcheln und gequälte Laute ausstoßen, als bekäme er keine Luft, als habe jemand seinen Rachen mit Schmirgelpapier ausgelegt. Solche Bilder huschten durch seinen Kopf und jagten ihm einen namenlosen Schrecken ein, während er weiter die Frauen anstarrte, im Magen eine sich ballende Übelkeit.

Später bestätigte Nasri den Eindruck ihrer Kollegin, der Tatverdächtige habe plötzlich einen solch desolaten Eindruck vermittelt, dass sie kurz davor gewesen sei, den Notarzt zu rufen. Doch so weit war es nicht gekommen.

Allmählich hatte Kramer seine Situation begriffen; die Sätze der Kommissarin brachten ihn auf einen Gedanken, der ihn aufrüttelte.

Wenn die Polizei sagte, er sei frei, war er dann nicht wahrhaftig und absolut frei? Hätte er ab sofort nicht die Berechtigung, sein Leben, für das er sich vor mehr als einem Jahr mit Haut und Haar entschieden hatte, weiterzuführen, ohne jedes Schuldgedöns?

Nein?

Doch, sagte er sich und hob die Schultern. In seinem Blick meinten die Kommissarinnen hinterher ein erlösendes Strahlen erkannt zu haben, einen Ausdruck echter Zuversicht.

Und Kramer hätte ihnen beigepflichtet, zumindest bis zum Verlassen des Gebäudes und noch auf dem Weg zur U-Bahn, wohin er beinah schlenderte (diese Gehweise überforderte eindeutig seine Beine, ihnen war seit jeher Zielstrebigkeit implantiert).

Beim Warten auf dem Bahnsteig zehrte Kramer von der genüsslichen Vorstellung eines Spaziergangs durchs Viertel. Er würde den Fußballplatz gegenüber dem Altenheim umrunden, Kindern beim Kicken zusehen und sie lautlos anfeuern, einen Abstecher zum Freizeitpark an der Weißenseestraße unternehmen und dort unauffällig in der Nähe migrantischer Familien verweilen, die auf den Wiesen picknickten.

Er würde sich Zeit lassen, denn sie gehörte ihm, die Zeit, er durfte aus freien Stücken über sie verfügen.

So gestimmt stieg er in die U-Bahn. Neben der Tür lehnte

er sich an eine Zwischenwand, Hände in den Hosentaschen, bereit zum Glück.

Ein Blick in das im Tunnel krass spiegelnde Fenster genügte: Da stand kein Glücksmensch. Da lugte ein unrasierter, schwitzender, vom Alter verbogener Mann in einer ausgeleierten Strickjacke in einen lichtlosen Schacht, dazu verurteilt, lebenslänglich derselbe zu bleiben; ein tumber Klotz, der befolgte, was man ihm anschaffte; hörte er einen Moment auf zu gehorchen, verwandelte er sich in einen Mörder.

Genau das war er.

Er hatte einmal gemordet und ein zweites Mal. Wer einmal mordet, dachte er bei seinem Anblick im rasenden Glas, begeht wieder ein Verbrechen – ein Naturgesetz, dem niemand entkam.

Als das Licht der nächsten Haltestelle sein Spiegelbild tilgte, zeigte er immer noch mit dem Finger hin, im Gesicht eine Grimasse bodenloser Verachtung.

Aus Versehen rempelte er einen dünnen Mann mit Nickelbrille an, der dicht hinter ihm stand; er beachtete ihn nicht weiter. Kramer wollte nur noch raus aus der Röhre und mit der Rolltreppe auf den Bahnhofsvorplatz, ein wenig das schwindende Licht genießen, die unbescholtene Menschheit ertragen und dann zurück in den Bau, dessen Wände und Schlösser er aus eigener Tasche bezahlt hatte, weil …

Ein Lachen brach aus ihm heraus und schüttelte seinen schweren Körper. Er stand auf der Treppe, nah beim Taxistand. Die Leute sahen zu ihm her, auch der Mann, den Kramer angerempelt hatte (genannt »der Hungerhaken mit der Nickelbrille« – Sandkorn, dessen Chefin, wohlmeinend).

Das krachende Lachen ging in einen Schluckauf über und dieser in ein Keuchen, während Kramer über die Stufen zur Straße stolperte.

Weil er so inniglich an einen Austausch seiner Eigenschaften geglaubt hatte, an die Verwandlung von Wasser in Wein, an Jesus, den Erlöser, in Gestalt eines ehemaligen Möbelschleppers und Vatermörders ...

Ob die Kommissarinnen ihn foppen wollten, fragte er sich plötzlich. Das waren keine Anfängerinnen, sie hatten Erfahrung mit solchen wie ihm, sie wiegten ihn in Sicherheit, stellten ihm simple Fragen, machten ihm weis, sie hätten sich geirrt, sein Geständnis sei nicht glaubhaft. Und wie glaubhaft es war, dachte er und sah sich um.

Getümmel ohne Ende. Leute mit Koffern, die in die Halle strömten, andere kamen heraus, stellten ihre Taschen ab und tippten auf ihren Handys. Bahnpolizisten in schwarzen Uniformen; Männer in zerlumpten Klamotten; tätowierte Frauen mit Piercings an Armen und Beinen; Gruppen von Ausländern, deren Sprachfetzen Kramer keinem Land zuordnen konnte. Niemand, der ihn im Visier zu haben schien.

Blitzschnell wandte er sich noch einmal um: Niemand, der eine verdächtige Bewegung machte, sich wegdrehte oder den Kopf senkte. Aber sie mussten ihn durchschaut haben. Sie waren Profis, sie hatten ihn einbestellt und keine zwei Stunden später wieder laufen lassen. Erschien ihm verdächtig.

Zum dritten Mal hob er ruckartig den Kopf und hielt Ausschau. Dasselbe Durcheinander wie vorher, niemand, der abseits stand und fehl am Platz wirkte. Er wurde nicht verfolgt. Zumindest noch nicht. Vielleicht warteten sie schon in seinem Viertel auf ihn. Wo sollte er sonst hin? Seine Zielorte waren die Wohnung in der Koptenstraße und das Lokal in der Falknerstraße. Über einen größeren Radius verfügte er nicht.

Wenn sie ihm auflauerten und jeden seiner Schritte überwachten, würde er seine Wege nicht ändern. Entweder sie glaubten ihm irgendwann oder sie waren doch keine Meister ihres Fachs; hatten sich verrannt und mussten bei der Suche nach Leos Mörder von vorn beginnen.

Er beschloss, am Hauptbahnhof nicht in die U-Bahn umzusteigen, sondern den Weg zu Fuß zurückzulegen, entlang der Sonnenstraße zur Isar und den Berg hinauf zum Ostfriedhof. Gehen machte ihm Freude, besonders, wenn er nüchtern war.

Seinem Verfolger wäre die U-Bahn bedeutend angenehmer gewesen. Zum einen vermied Hauptkommissar Dennis Kalk weite Fußwege wann immer möglich, zum anderen lag seine letzte Beschattung drei Jahre zurück, damals geschützt in wechselnden Fahrzeugen, was ihm nicht weniger das Gefühl gab, jeden Moment enttarnt zu werden. Als gewöhnlicher Fußgänger einer Person unauffällig zu folgen, stresste ihn ungleich stärker. Er hielt an die hundert Meter Abstand, zwischendurch weniger – mit der Folge, dass er an einer roten Ampel in einen Ladeneingang huschen musste, weil der Mann sich gelangweilt oder wachsam ruckartig umdrehte. Zum Glück wurde Kalks Reaktion von den aufgepumpten Körpern zweier bodybuilderartigen Gestalten abgeschirmt.

Nachdem er sich sicher war, der Verdächtige würde sein Zuhause anvisieren, instruierte er die Kollegin und den Kollegen, die im Auto (roter Golf, Baujahr: letztes Jahrhundert) in unmittelbarer Nähe von Kramers Wohnung ausharrten.

Auf der Isarbrücke – an der Westspitze die übliche Menschentraube vor dem Vierundzwanzig-Stunden-Kiosk – brachte die Glut der Abendsonne Kramer dazu, die Strickjacke doch noch auszuziehen; den Berg hinauf trug er sie über der Schulter, abwechselnd rechts und links.

Er ging vornübergebeugt, schwerfällig, schnaufend und ohne sich noch einmal umzusehen. Getrieben von einer Mischung aus Wut und Ekel scheuchte er mit unkontrollierten Handbewegungen imaginäre, störende Wesen vor sich her; sie zu beschreiben, wäre ihm nicht gelungen, in seiner Vorstellung ähnelten sie den Kommissarinnen, die ihn verhört hatten, Britta, der Bedienung, Leos Witwe Viola und seinem Halbbruder Sandro.

Ihn, überlegte Kramer und fuchtelte mit den Armen (auf dem Bürgersteig strampelnde Radfahrer wichen ihm in letzter Sekunde aus und fluchten), musste er dringend kontaktieren. Auch wenn Sandro ihn beschworen hatte, über die unheilvolle Nacht kein Wort zu verlieren, würde er ihm seinen Besuch im Kommissariat in allen Einzelheiten schildern. Sandro musste kapieren, dass er, Georg, seine eigenen Entscheidungen traf, auch auf die Gefahr hin, sich vor der Polizei zu blamieren.

Hatte Sandro ihn nicht gefragt, ob er nach Berlin mitkäme, in die Welt seines Vaters? *Das* war ein alberner Vorschlag, zu erklären nur mit vollständiger Ahnungslosigkeit. Niemals würde er seine Stadt verlassen, niemals noch einmal umziehen, noch einmal sich einbilden, sein Leben wäre keine Abstellkammer.

Er hatte die Steinmauer unterhalb des Kroneparks erreicht und taumelte; er tastete nach den Steinen, lehnte sich mit der schiefen Schulter dagegen, begann zu schluchzen.

Ein vierjähriger Junge mit einem gelben Helm bremste sein Fahrrad ab, stellte einen Fuß auf den Boden, umklammerte die Lenkstange und zog die Stirn in Falten. »Bist du hingefallen?«, fragte er. »Hast du dir wehgetan?«

Kramer schniefte, wischte sich mit dem Handrücken über die Nase und schämte sich dafür.

»Ich bin auch manchmal traurig«, sagte der Junge.

Kramer versuchte, aufrecht zu stehen. In seinem rechten Unterarm flossen Nägel durch die Adern.

Aus der Entfernung beobachtete Kommissar Kalk die Szene.

Der Junge trat in die Pedale und radelte weiter den Nockherberg hinauf. Kramer schmiegte sich an die Mauer, mit seiner Strickjacke als Unterlage für den Kopf – reglos, bis auf das gelegentliche Zucken der Schultern, in Schatten gehüllt.

5

Keine einzige Frage, die sein Vater ihm stellte, hatte Sandro Fels aufrichtig beantwortet. Ihm war jedes Wort zu viel, von seinem Vater wie von ihm selbst. Zuhören und sprechen strengte ihn gleichermaßen an; nach jedem Satz schnappte er gequält nach Luft, und nach einer Minute Zuhören musste er das Handy auf dem Tisch ablegen und sich die Ohren zuhalten, weil er fürchtete, ihm platze gleich der Kopf.

Die Tage nach seinem Besuch bei Georg hatte er wie in einem schallisolierten Tunnel verbracht. Es gelang ihm nicht, die Wohnung am Elisabethplatz zu verlassen; ein winziges Geräusch im Treppenhaus, eine gedämpfte Stimme, und er nahm die Hand von der Klinke und kehrte ins Schlafzimmer zurück, das zum ruhigen Hinterhof ging. Er legte sich angezogen und in Schuhen aufs Bett, die Augen geschlossen, die Hände auf den Bauch gepresst.

Je stiller es war, als desto erträglicher empfand er seine Anwesenheit in der fremden, fast leeren Wohnung, in der fremden, abstoßenden Stadt. Wenn nichts passierte, niemand etwas von ihm verlangte und das Geplapper in seinem Kopf abebbte, muckten auch, so schien ihm, seine Schmerzen weniger auf. Dann gelangen ihm leichte, gleichmäßig fließende Atemzüge, seine Gedanken erfüllten ihn mit einem grotesken Willen zur Vergebung.

Darüber konnte er nicht einmal lachen (unter anderen Umständen hätte er sich deswegen ausgeschüttet vor Lachen und sein Spiegelbild gefragt, ob es in seiner Abwesenheit heimlich zu den katholischen Windelträgern übergelaufen sei, wie seine Mutter auf den letzten Metern). Kein Spott kräuselte sich auf seinen Lippen, kein Widerspruch regte sich in ihm – alles still und wutlos.

Das Bett war breit und weich, ein dezenter Geruch entströmte den Kissen, den er wieder und wieder einsog, als würde dadurch ein besserer, heilsamer Atem durch seine verseuchten Lungen strömen. Stunde um Stunde lag er so da, halb schlafend, halb wach, umnebelt von Träumen aus glasklarer Realität. Personen, deren Gesichter er wiedererkannte, ohne ihre Namen zu wissen, übergaben ihm auf weißen Zetteln die Adressen von Ärzten, Koryphäen auf dem Gebiet der Gastroskopie und Laparoskopie (Begriffe, die er nie zuvor gehört hatte, deren Sinn ihm jedoch sofort einleuchtete); Frauen (fast alle trugen blaue Kleider und waren weder jung noch alt) fragten ihn, warum er keine Kinder habe, und er erwiderte, das wisse er nicht.

Ich weiß nicht, hörte er sich sagen, warum ich mein Leben lang allein geblieben bin.

Du kannst dein Leben ändern, hörte er sich sagen, mit einem Mann, mit einer Frau, wie du es möchtest.

Ich möchte nicht, hörte er sich sagen.

Aber – er lag auf dem Rücken, die Arme parallel zum Körper, von der Außenwelt vorübergehend verschont – das stimmte nicht. Wieso sollte er nicht noch einmal mit etwas beginnen, das ihm bisher nutzlos oder blöde erschienen war? Wieso nicht einen Versuch starten? Wieso kampflos kapitulieren?

Gekämpft, das musste er zugeben, hatte er in vielen Bereichen, von Jugend an und später erst recht, in den erbitterten Fehden seines Vaters um Anerkennung und geschäftliche Vorherrschaft. Kämpfe mit dem Verstand, und, falls nötig, mit Fäusten und Gerätschaften. Verletzte, hin und wieder ein Toter – so bedauerlich wie unvermeidlich. Er, Sandro, hatte sich als lernfähiger, zäher Soldat erwiesen, er wurde gefürchtet und respektiert als Kommandant, bis zum heutigen Tag; sein Name eisern gekoppelt an den seines Vaters, auch für die Zukunft.

Das war die eine Seite des Kampfes; die andere betraf ihn persönlich, seinen grenzwertigen Zustand, seinen grotesk heruntergewirtschafteten Körper. Er war ein Wrack und würde es bleiben, das hatte er mit sich vereinbart und war damit im Reinen.

Hahaha.

Geht's dir besser, fragte sein Vater, und er: Viel besser. – Hast du die Dinge erledigt, die du dir vorgenommen hast? – Alles ging glatt. – Was ist dein Halbbruder für ein Mensch? – Er ist vor allem älter, er ist in Rente und führt ein entspanntes Leben. – Wie hat er reagiert? – Souverän. – Er war nicht vor den Kopf gestoßen? – Anfangs, ja, aber dann hat er sich nicht gewundert, er hat nicht vergessen, wie seine Mutter sich ihm und seinem Vater gegenüber verhalten hat. – Lebt der Vater noch? – Er ist gestorben. – Das tut mir leid. – Hatte Krebs. – Nimmst du noch ein paar Tage Urlaub im Süden? – Wär möglich. – Hier läuft weiter alles rund, also kein Stress, Sandro. – No. – Hast du das Arschloch getroffen? – Yes. – Habt ihr über alte Zeiten geredet? – Hab Grüße ausgerichtet, fertig. – War er überrascht? – Ein wenig, hat sich nach dir erkundigt, ich hab ihm nichts Spezielles erzählt. – Hat er dir einen Tipp wegen einer Unterkunft gegeben? – Nein, ich wohn in einem Motel Bee. – Immer noch derselbe Idiot, der nur um sich selbst kreist. – So ist er immer gewesen, deinen Erzählungen nach. – Vergiss ihn wieder. – Hab ich schon. – Geht's dir wirklich gut, du klingst ziemlich erledigt, ist was passiert? – No, ich meld mich wieder. – Wie gesagt, sorg dich um nichts, wir kommen klar hier oben.

Nicht, dass er einen konkreten Plan gehabt hätte. Auf der Fahrt nach München hatte Fels diverse Ideen gewälzt, von denen die eine oder andere, je nach Lage vor Ort, umzusetzen gewesen wäre. Die Dinge hatten sich auf andere Weise gefügt, auf die erdenklich beste, wie er fand. Damit war sein selbstgestellter Auftrag erledigt.

(Natürlich – er lag auf dem Bett und hörte seine Gedanken steppen – war es angesichts der Ereignisse, die dann folgten, ein cleverer Schachzug von ihm gewesen, das Angebot des Barbesitzers anzunehmen. Der Freund des Arschlochs hatte ihm vorgeschlagen, seine Tage in der Stadt in der leerstehenden Wohnung am Elisabethplatz zu verbringen, diese habe seiner vor drei Jahren tödlich verunglückten Frau gehört, er lasse öfter Gäste darin übernachten; er selbst sei immer noch unfähig, auch nur eine Nacht dort zu bleiben. Wer würde, dachte Fels munter, bei so viel Freundschaft ringsum ausgerechnet ihn hinter der abscheulichen, ehrabschneidenden, ungeheuerlichen Tat vermuten?)

Was, wenn er allen Unkenrufen zum Trotz noch einmal mit dem Leben davonkäme? Geld, dachte er, war in ausreichender Menge vorhanden, legal und weniger legal, und mindestens ein Chefarzt Stammkunde in der Keuschen Göttin. Was, wenn es einen Menschen gäbe, dem er sich anvertrauen könnte, anders als seinem Vater, inniger, von so was wie der Seele her? Was, wenn das möglich wäre? Was, wenn …

Dieser Einfall kam ihm unangemessen und kindisch vor …

Für Kinder war er eindeutig zu alt. Trotzdem bereitete ihm die Vorstellung einige Minuten lang Freude. Er hatte keine Ahnung, was in ihm vorging und woher dieser Übermut rührte, mit dem er sich die Zeit vertrieb und der ihn veranlasste, ein Selbstgespräch nach dem anderen zu führen. Es war, als hörte er sich reden, mit klarer, ungebrochener Stimme; als ersehnte er nichts so sehr, als dass die Stimme niemals aufhörte, ihn zu meinen.

»Ich muss dir was gestehen«, sagte Viola Ahorn. »Ich führ oft Selbstgespräche, zu Hause, wenn niemand da ist, ich quatsch dann drauflos und merk nicht mal, dass ich laut rede. O Gott. Und jetzt? Sitz ich mit dir in einer Hotelbar, obwohl ich grad erst vom Tod meines Mannes erfahren hab. Schämen Sie sich nicht, Frau Ahorn? Ist doch alles ein Megawitz. Hast du gehört? Ich sag Sie zu mir. Ich bin nicht betrunken, das ist erst mein zweites Glas Weißwein, du bist mein Zeuge.«

»Das bin ich.«

Sandro hatte sie angerufen und auf dem Parkplatz eines Bestattungsunternehmens erwischt. Er fragte sie, ob er kurz mit ihr sprechen könne, sie schlug vor, sich gegen Abend in der Lobby des Hotels zu treffen, wo sie dank ihrer Freundin eine weitere Nacht bleiben durfte.

»Was mach ich hier?«, fragte sie ihn schon zum zweiten Mal. »Ich lauf weg, wie du siehst, ich drück mich vor der Verantwortung. Aber ich kann nicht … Ich kann ums Verrecken nicht in die Wohnung zurück, da riecht's nach Tod, da ist alles tot und gestorben, ich will da nicht mehr hin, Sandro, ich erstick sonst.« Ihr panischer Blick traf den des Barkeepers, der sie offensichtlich beobachtete – wie gestern.

Sie hatte denselben Stehtisch gewählt, nah bei der Tür zur Lobby. Statt einer Prostituierten saßen heute zwei ältere Paare an der Theke – eines aus Dänemark, das andere aus Australien –, vertieft in ein munteres Gespräch auf Englisch, vor sich bunte Getränke. Viola Ahorn saß mit dem Rücken zu ihren Stimmen, denen sie lieber zugehört hätte als ihrer eigenen.

»Erzähl mir«, sagte sie. »Warum wolltest du mich noch

mal treffen? Damit hab ich nicht gerechnet, ich dachte, nach unserem Ausflug aufs Land hast du mich abgeschrieben. Und das wär auch richtig so gewesen.«

6

Beim Betreten der Lobby hätte Fels beinah einen Rückzieher gemacht. Sein Entschluss, die Stadt spätestens morgen früh zu verlassen, war unumstößlich, sein Wunsch, der höchst motivierbaren Mittvierzigerin ein neues, lukratives Betätigungsfeld anzubieten, ungebrochen. Doch als er sie am Rand der Lobby in einem der Ledersessel sitzen sah, die Arme vor dem schwarzen Kleid verschränkt, die Augen dunkel überschminkt, Wangen und Lippen blass, der Blick abweisend und müde, schoss ihm unwillkürlich die Frage durch den Kopf, ob es einen Sinn ergab, Energie für die Zukunftsgestaltung einer fremden Frau zu verschwenden, wenn gleichzeitig seine eigene im Morast zu versinken drohte.

Womöglich war sein Hirn von den Schmerzpillen vernebelt, die er sich in den vergangenen Tagen wieder verstärkt eingeworfen hatte. Überhaupt lief er bei genauer Betrachtung seit Wochen neben der Spur; seit dem Tag, an dem seine Mutter ihn angerufen und an ihr Sterbebett beordert hatte; seit dem Moment (aus welch dämlichem Grund eigentlich?), als er ihr das Versprechen gab, diesen Halbbruder aufzusuchen und ihm Hallo vom Tod zu sagen; seit er das und alles andere erledigt hatte; seit er sich die Pistole an den Kopf gehalten und nicht abgedrückt hatte; seit die Ahnung ihn nicht mehr verließ, sein Leben könnte ein einziger bescheuerter Irrtum gewesen sein.

Und jetzt wollte er sich eine verstörte Frau ans Bein binden, deren verschwundener Mann tot in einem Kofferraum gefunden worden war und die nicht die geringste Idee hatte, wie er dort gelandet sein könnte?

»Hahaha«, sagte er, und jemand fragte: »Worüber lachst du denn?«

Sie hatte ihn dastehen sehen, die Hotelgäste hatten ihre Koffer um ihn herumbugsiert; er hatte sich nicht von der Stelle bewegt, die weiße Kappe in die Stirn gezogen, die Hände in die Hüften gestemmt.

Was hätte er antworten sollen? Mechanisch war er ihr in die Bar gefolgt, seine Überlegungen verflüchtigten sich einfach (wie das Zerren in der Brust nach einer vollen Ibu-Dröhnung).

»Ich will«, sagte er, »dass du mit nach Berlin kommst; wir stellen dir eine Wohnung, du kriegst coole Klamotten und Schmuck, wenn du magst. Du fängst noch mal von vorn an.«

»Wer ist ›wir‹?«

»Mein Vater und ich.«

»Und was muss ich dafür tun?«

»Du gibst Menschen das Gefühl, begehrt und einzigartig zu sein.«

»Mit Menschen meinst du Männer.«

»Auch Frauen.«

»Ich bin keine Nutte, spinnst du? Ich hab dich durchschaut, schon bei unserem ersten Gespräch, deine Andeutungen waren eindeutig. Halt mich nicht für naiv.«

Er griff nach ihrer Hand; sie ließ es zu. »Du würdest nur das tun, was du freiwillig willst. Du wirst zu nichts gezwungen, das schwör ich dir. Du bist eine selbstbestimmte Frau, du hast dich nur untergeordnet, weil dein Mann es so wollte …«

»Nein«, rief sie.

Dänische und australische Blicke bohrten sich in ihren Rücken; Jeremy, der Barkeeper, fühlte sich bemüßigt, nach dem Rechten zu sehen, und kam an den Tisch. »Ist alles in

Ordnung?«, fragte er, an die gute Freundin seiner Kollegin Alice gerichtet.

»Ja, danke, Jeremy.«

»Möchten Sie noch ein Glas Riesling, Viola?«

»Später.«

Er musste sich überwinden, auf das fast leere zweite Glas zu reagieren. »Ein frisches Bier, der Herr?«

»Später«, sagte Fels.

»Wie Sie wünschen.« Nach einem besorgten Blick auf die Frau ging er zurück hinter die Theke und behielt noch eine Weile seine abschätzige Miene bei, gemünzt auf den Kerl mit der Baseball-Cap.

»Ich mag dich«, sagte Viola Ahorn. »Du lenkst mich ab. Bei dir vergess ich, was ich gesehen hab, und ich denk nicht dauernd an die leere Wohnung und mein leeres Leben. Ich hab doch den Leo suchen lassen, stell dir das vor, von einem Herrn Süden, Mister Saus. Ein Detektiv. Klar hat er Leo nicht gefunden, wie hätt das auch klappen sollen? Er lag ja versteckt in einem Kofferraum. Na ja … Ach ja … Und du willst mich engagieren, eine wie mich. Ich würd lachen, wenn ich die Kraft dazu hätt. Ich trink auf den Leo, zum Wohl.«

Sie hob ihr Glas, zögerte aber und sah Fels an. »Du hast mich auf der Straße angesprochen, einfach so, so einer bist du. Sprichst Frauen an und lädst sie ein, machst ihnen Komplimente, nimmst sie in deinem schicken Auto mit aufs Land. Ich weiß nichts von dir, außer, dass deine Mutter gestorben ist und du einen zwielichtigen Beruf ausübst. Was geht mich das an? Ich hab meinen Mann verloren, ich hab alles verloren und werd nie wieder was gewinnen. Zum Wohl noch mal.«

Das Glas war leer, als sie es abstellte. Da sie wusste, was sie erwartete, sah sie zum Tresen und schüttelte den Kopf, ehe Jeremy seinen unvermeidlichen Weg antrat.

Zwei Männer (Sweatshirt, dunkles Sakko, sockenlos in Lederschuhen) kamen herein, scannten die Frau in Schwarz am Stehtisch und den verhärmten Kerl bei ihr, setzten sich an die Bar und bestellten Pils.

»Du hast eine Beerdigung zu organisieren«, sagte Sandro. »Du hast keine Zeit, Pläne zu schmieden. Jetzt ist jetzt, aber was wird später sein? Du wirst das Geschäft deines Mannes nicht weiterführen …«

»Wer sagt das?«

»Du. Dein früheres Leben hat dich ausgelaugt und niedergedrückt, du willst kein Opfer mehr sein, du willst bestimmen, was mit dir passiert. Diese Stadt ist zu klein für dich, schon viel zu lange.«

»Und Berlin ist größer, ja?«

»Es geht nicht um Berlin, es geht um das Leben, das ich dir bieten kann.«

Sie neigte den Kopf näher zu ihm. »Noch mal«, flüsterte sie, »ich bin keine Nutte.«

»Nein. Du bist eine freie Frau, niemand hält dich auf. Ich zeig dir nur eine Richtung, und ich …«

Den Satz auszusprechen, widerstrebte ihm. Er spürte den Schweiß auf seiner Brust, seinem Rücken, den Ballon in seinem Bauch. Er bemerkte Violas ängstlichen, hilflosen Blick und griff wieder nach ihrer Hand, die unendlich kälter wirkte als seine. »Ich hätte dich gern in meiner Nähe«, sagte er. »Frag mich nicht, wieso, ich kann's dir nicht erklären, so wenig wie eine Menge anderes Zeug auch. Kommt mir vor, als wär egal, was ich mach, Hauptsache, ich mach's, verstehst du? Und ich sag dir, es ist besser, wenn wir beide aus der Stadt verschwinden, nichts wie weg und nie wiederkommen. Vertrau mir, Viola. Ich weiß mehr über dich, als du glaubst. Hat sich so ergeben, war nicht meine Schuld, nicht von Anfang an. Ich hab dich angelogen, ging nicht anders, oder doch? Weiß nicht. Hab dir erzählt, ich wär wegen meiner Mutter in der Stadt, das stimmt, aber nicht so, wie du denkst, weil ich dir was Falsches erzählt hab. Sie ist nicht hier gestorben, sondern in einer anderen Stadt, der Name ist unwichtig.«

Er hielt ihre Hand weiter fest; die Berührung ermutigte ihn auf eine Weise, die ihn einmal nicht verwirrte. Beim Sprechen fiel ihm das Atmen plötzlich leicht.

»Kurz vor ihrem Tod«, fuhr Fels fort, »hat meine Mutter mir mitgeteilt, ich hätt einen Halbbruder, hier in der Stadt. Ihren Mann hat sie sitzenlassen und den kleinen Sohn auch. So war die. Stell dir vor. Ging nach Berlin, heiratete meinen Vater und ließ den auch sitzen; mich nicht; mich nahm sie mit nach … in die Kleinstadt, wo sie in einem Altenheim gearbeitet hat. Das war ihre Bestimmung, alte Leute hätscheln. Kann man nichts machen, ihre Entscheidung. Nach dem Mauerfall bin ich weg, stieg ins Geschäft meines Vaters ein.

Du denkst, ich bin ein Zuhälter?

Darfst du ruhig denken. Bin ich aber nicht, bin Geschäftsmann, der mit Frauen arbeitet. Im letzten Winter ruft meine Mutter an – hatte fast vergessen, dass sie noch existiert – und meint, ich soll kommen, sie stirbt. Bin ich hin und komm mit einem Bruder wieder zurück.

Der wohnt in der Stadt hier. Glaubst du das? Und der wohnt nicht irgendwo, sondern bei dir gegenüber. Und du kennst ihn. Georg Kramer, Freund deines Mannes, Stammtischbruder im Blauen Eck. Klein ist die Welt. Entschuldige, dass ich dir das Märchen von der Beerdigung meiner Mutter am Ostfriedhof aufgetischt hab. Die Sache mit dem Bruder, von dem ich nichts wusste, hat mich ziemlich durcheinandergebracht. Georg. Dein Nachbar. Ich weiß, dass Leo und er an Leos letztem Abend wieder gestritten haben, wegen

Geld, du weißt Bescheid. Leos Visionen. Dinge passieren, du hast keinen Einfluss drauf.

Leo ist tot, das ist nicht zu ändern.

Die Stadt ist tot für dich, du musst hier weg, sonst stirbst du auch, und ich genauso. Verstehst du?«

»Wieso stirbst du?«

»Schicksal.«

»Sag mir die Wahrheit. Was ist in der Nacht mit Leo passiert? Hat Georg Kramer ihn umgebracht?«

»Nein.«

»Woher weißt du das? Warst du dabei, als Leo getötet wurde?«

»Nein.«

»Du lügst doch.«

In diesem Moment klingelte Sandros Handy. Er holte es aus der Innentasche seines Sakkos und sah aufs Display. »Ja?« Er hörte zu, dann steckte er das Handy wieder ein.

»Das war mein halber Bruder. Er sagt, ich soll sofort zu ihm kommen, er muss ein Geständnis ablegen. Wieder mal. Magst du mich begleiten?«

»Glaubst du, es geht um Leo?«

»Und wenn schon«, sagte Sandro Fels und winkte dem Schnauzer hinter der Bar.

7

Fast eine Stunde lang hatte Fariza Nasri mich ausgefragt und ich einige für sie (und noch mehr für mich) passende Antworten geschnitzt. Ich wollte nicht reden, wollte mit ihr die drei Flaschen Veltliner leeren, die ich mitgebracht hatte, und auf die Wendungen des Abends warten, ohne spezielle Hoffnungen und Absichten. Ihr Apartment (maximal, schätzte ich, vierzig Quadratmeter) im sechsten Stock der Betonpyramide bestand aus einem wandbreiten Einbauschrank, einem Doppelbett (hohe Matratze ohne Gestell), einer niedrigen Couch vor dem Fernseher, einem runden Tisch mit vier Stühlen im Durchgang zur Küchenzeile und einem Badezimmer mit Wanne, Toilette und Waschmaschine; Balkon (mit Betonbrüstung) nach Süden.

Wir saßen am Tisch, einander gegenüber, zwei Schälchen mit Erdnüssen und Salzbrezeln zwischen uns. Meine Antworten plätscherten so dahin und versickerten schließlich. Das folgende Schweigen dauerte bei weitem nicht lange genug.

»Weißt du, was du bist«, sagte Fariza Nasri.

Ich schwieg.

»Du bist kein Waldschrat, du bist ein Stadtschrat.«

Nach einem weiteren, ausgedehnten Schweigen sagte ich: »Damit kann ich leben.«

»Das musst du auch.«

Nach und nach fing sie an, vom aktuellen Fall zu erzählen, den Erkenntnissen, die sie und ihre Kolleginnen mittlerweile gewonnen hatten, und den verstörenden Fragen, die sich daraus ergaben. Ich öffnete die zweite Flasche.

Die Person, die sie als Hauptverdächtigen führten, hatte ihre Wohnung seit gestern, nachdem sie vom Hauptbahnhof zu Fuß nach Hause gegangen war, nicht mehr verlassen. (Den Abstecher zu seiner Stammkneipe, so berichtete Hauptkommissar Kalk, bereute der Mann offensichtlich wenige Meter vor dem Blauen Eck; er machte kehrt und beschleunigte seine Schritte.)

Mein verwirrter, sich in unzusammenhängende Aussagen flüchtender Sätzehäcksler Georg Kramer, einundsechzig, Rentner.

Mir war er von unserer ersten Begegnung an unaufrichtig und ein wenig durchtrieben erschienen. Was hinter seinem Verhalten steckte, hatte ich nicht ergründen können; ich hatte ihm auch nicht geglaubt, dass er Leo Ahorn in der Mordnacht nicht mehr begegnet war. Mir hatten jegliche Indizien, geschweige denn Beweise gefehlt; ich war im Kreis und gegen Wände gelaufen und hatte schließlich begreifen müssen, Leo war längst tot gewesen, als ich mit der Suche nach ihm begonnen hatte.

Neue Personen tauchten auf und bevölkerten meine Geschichte, die ich in jenem Sommer schrieb – aus Furcht, mir käme die Stadt sonst vollends abhanden, und mein Gewerk hätte mich im Lauf von Jahrzehnten verglast. Womöglich berührten mich die Dinge und Menschen nicht mehr, und ich reichte nicht länger an sie heran.

Das war der Grund, weshalb ich an einem Donnerstagabend im Juli Fariza Nasri im Fuchsbau aufsuchte; nicht nur ihretwegen, vor allem meinetwegen.

Ich blieb die ganze Nacht und bin …

Immer wieder kehrte ich in den vergangenen Monaten dorthin zurück. Auch heute bin ich dort. Jetzt.

Sie berichtete mir von den Recherchen ihrer Kollegin Odoki. Demnach hatte Georg Kramer einen Halbbruder, geboren in Berlin, neun Jahre jünger, Name: Sandro Fels, nach dem Mädchennamen der Mutter. Inge Fels: zuletzt wohnhaft in Cloppenburg, Niedersachsen, gestorben vor sechs Monaten im Alter von sechsundachtzig Jahren; Ex-Frau eines gewissen Hans Zille, früher Betreiber mehrerer Nachtclubs im Berliner Westen, heute Geschäftsführer eines sogenannten Tanz- und Amüsierbetriebs namens Keusche Göttin in der Litzenburger Straße. Bei der Geburt seines Sohnes Sandro war Zille dreiundzwanzig, Inge Fels, die Mutter, vierunddreißig. Nach Aussage Zilles sei die Ehe von Anfang an zum Scheitern verurteilt gewesen …

Ich hörte ihr zu.

Ich höre ihr zu.

Nie werde ich aufhören zuzuhören.

8

»Ich war viel zu jung«, erklärte der kahlgeschorene Geschäftsmann Zille mit den vermutlich chirurgisch gestrafften Gesichtszügen in einer Zoom-Konferenz gegenüber Nasri und Odoki. »Ich fing gerade erst an, mir meine Existenz aufzubauen, und Inge … Sie war für ein Leben wie meines einfach nicht geboren. Das hab ich verstanden, Sandro eher nicht, kann man ihm nicht verdenken.

Er war fünf, als Inge mit ihm die Stadt verlassen hat und in die Provinz gezogen ist. Ihre Entscheidung, die ich akzeptiert habe, aber der Junge wäre lieber hiergeblieben. Wir haben uns gut verstanden, meine Angestellten mochten ihn sehr, er war ja mehr in meinem Club als im Kindergarten. Hahaha.

Denken Sie bitte nichts Falsches, ich habe schon aufgepasst, dass er nichts zu kieken kriegt, was seine Kinderseele beschädigen könnte. Er war ebent irgendwie mein Sohn. Tja.

Und dann erfahre ich, dass Inge offenbar eine ähnliche Nummer schon einmal abgezogen hat. Ist schon bitter.«

»Was meinen Sie mit Nummer?«, fragte Odoki.

»Die Nummer mit dem Abhauen. Lässt ihren Mann sitzen und verschwindet, löst sich in Luft auf, lässt nie wieder was von sich hören. Wobei: Der Unterschied ist, soweit ich das verstanden habe, beim ersten Mal hat sie Mann *und* Sohn sitzenlassen, beim zweiten Mal nur den Mann, also mich. Und einmal, muss ich zugeben, tauchte sie doch noch in Berlin auf, hatte Sorge um ihren Jungen. Vergeblicher Versuch. Hätte ich ihr vorher sagen können.«

»Sandro wollte nicht zurück zu seiner Mutter.«

»Sind Sie wahnsinnig? Der wollte doch endlich da weg aus der Provinz und ein richtiges Leben führen, eines mit Verantwortung und Abwechslung. War nicht leicht für ihn zu Anfang, aber er hat die wichtigen Sachen schnell verstanden. Was genau ist noch mal Ihr Problem?«

»Sandro hält sich zurzeit hier in der Stadt auf«, sagte Nasri.

»Weiß ich doch, und weiter?«

»Ihr Sohn kennt einen Kollegen von Ihnen, Roger Braun.«

Auf dem gebräunten, entfalteten Gesicht des Fünfundsiebzigjährigen setzte eine gewisse außerchirurgische Starre ein. Zilles Augen verengten sich, die Kommissarinnen hörten das Trommeln von Fingern auf Holz, das schließlich abrupt endete.

Nasri und Odoki saßen nebeneinander und teilten ein Schweigen.

»Äh …« Zille benötigte Zeit, um aus seinem in einem halben Jahrhundert gesammelten Verhaltensarchiv die nützlichste Reaktion herauszukramen. »Das ist möglich, Frau Kommissarin.«

»Sie kennen den Mann auch«, sagte Odoki.

»Ich auch.«

»Wie gut, Herr Zille?«

»Nicht gut.«

»Nicht gut.«

»Nee, nicht besonders gut«, sagte Zille und kramte weiter.

Obwohl das Gespräch von einer externen Kamera mitgeschnitten wurde, machten sich die Kommissarinnen handschriftlich Notizen. Nasri blätterte. »Auf unsere erste Frage …« Nasri sah auf den Bildschirm, gestochen scharfe Schweißperlen auf der Stirn des Mannes. »Ob Sie uns sagen könnten, wo wir Ihren Sohn erreichen, antworteten Sie, er sei verreist …«

»Zu Ihnen, nach München, hab ich gesagt.«

»Das haben Sie. Aber Sie haben mit keinem Wort erwähnt, dass er einen Bekannten von Ihnen beiden aufsuchen wollte.«

»Äh …«

»Haben Sie nicht erwähnt.« Eine überflüssige Wiederholung von Hauptkommissarin Odoki, aus einer spontanen Laune heraus; grundsätzlich fand sie Zoom-Konferenzen anstrengend, unpersönlich, zeitraubend und für Ermittlungen oftmals unergiebig; heute aber nicht.

»Äh …«

»Was hat es mit diesem Mann auf sich, Herr Zille?«, fragte Nasri.

»In welcher Beziehung stehen Sie und Ihr Sohn zu Roger Braun, Herr Zille?«, fragte Odoki.

Er strich sich über den Schädel, ließ die Hand am Hinterkopf ruhen. »Erst mal: Wie kommen Sie auf den Namen?«

Sie hatten sich abgesprochen, nicht im Nebel zu stochern, vielmehr mit einer Art Halogenscheinwerfer in den Nebel ihrer Ermittlungen hineinzuleuchten, in der Hoffnung auf ein paar erkennbare Umrisse.

»Braun«, sagte Nasri, »ist in einen Mordfall verwickelt. Wann haben Sie zuletzt mit ihm gesprochen?«

»Mordfall? Will ich nichts mit zu tun haben. Und welche Rolle spielt mein Sohn dabei?«

»Wann haben Sie mit Braun gesprochen?«

»Jahre her«, sagte Zille. »Zwanzig ungefähr. Mit dem Mann habe ich nichts zu schaffen, und mein Sohn auch nicht.«

»Wann haben Sie mit Ihrem Sohn gesprochen?«

»Vor zwei Tagen, glaub ich, am Telefon. Er sagte, es ist alles in Ordnung, er würde bald wieder zurückkommen. Wieso reden Sie nicht mit ihm?«

»Wir erreichen ihn nicht. Wir haben eine Handynummer von ihm, aber er geht nicht dran. Wo wohnt er?«

»Weiß ich nicht.« Er nahm die Hand vom Kopf und starrte in die Kamera. Er schwitzte ordentlich, vielleicht wegen seines Übergewichts oder der Schwüle in dem Büro, wo er saß, oder wegen der Dinge, die in seinem Kopf aus dem Ruder liefen. Zu viel Schweigen ertrug er offenbar nicht. »Ich versteh nicht, was Sie von mir wollen.«

Allmählich breitete sich in Jennifer Odoki regelrecht Begeisterung für Zoom-Konferenzen aus. »Was wir wollen«, sagte sie, »das wissen Sie doch. Wir wollen das, was Leute wie wir immer von Ihnen wollen, die Wahrheit. Also fangen Sie an.«

»Ich weiß nichts.« Im selben Moment wusste Zille, dass diese Bemerkung ein Kübel Mist war, den er sich eigenhändig über den Kopf gekippt hatte. (Er war viel zu lange im Geschäft, hatte Razzien überstanden, schwachsinnige Vernehmungen und unangemeldete Bullenbesuche und mit seinem Anwalt nächtelang Paragrafen gewälzt und die richtigen Antworten einstudiert.)

»Herr Zille«, begann Odoki.

»Sagen Sie mir erst, ob mein Sohn in den Mordfall, den Sie bearbeiten, verwickelt ist.«

»Nein.«

»Nein, er ist's nicht, oder nein, Sie sagen's mir nicht?«

»Wir sagen's Ihnen nicht.«

»Wieso nicht?«

»Wo erreichen wir Ihren Sohn, Herr Zille?«

»Ich habe vergessen, in welchem Hotel er abgestiegen ist, das ist die Wahrheit.«

»Das ist nicht die Wahrheit«, sagte Nasri.

»Rufen Sie ihn an«, sagte Odoki.

»Bitte?«

»Vor Ihnen liegt Ihr Smartphone, oder nicht?«

»Ja.«

»Rufen Sie Sandro an und sagen ihm, dass wir mit ihm sprechen müssen.« Den Blick, den die Kommissarinnen sich zuwarfen, brauchten sie vor dem Mann nicht zu verbergen. Sie waren überzeugt, er hatte während des Gesprächs längst – lautlos mit geübten Fingern – eine Textnachricht an seinen Sohn geschickt; garantiert hatte Sandro sein Telefon danach sofort ausgeschaltet.

(Zoom-Befragungen ergaben doch keinen Sinn, dachte Odoki in alter Manier.)

»Ausgeschaltet, nicht mal die Mailbox.« Zille hielt sein Smartphone in die Höhe. »Tut mir leid.«

»Woher kennen Sie Roger Braun?«

Zille erinnerte sich an einen der hundert Ratschläge seines Anwalts: Einfache Fragen einfach beantworten. (Bei offiziellen Vernehmungen inklusive Beschuldigungen oder Unterstellungen Personalien bestätigen und dann die Klappe halten.)

»Er wollte mal ins Geschäft einsteigen, hier in Berlin, hat nicht geklappt. Später habe ich auch einen Versuch unternommen, bei Ihnen im Süden was aufzubauen, hat auch nicht geklappt, war zu erwarten gewesen. Hahaha.«

»Was ist daran komisch?«, fragte Nasri.

»Alles. Ich hatte mich an Braun gewandt, und er ließ mich auflaufen.«

»Was ist passiert?«

»Schnee aus dem letzten Jahrhundert, Frau Kommissarin. Haben Sie ihn verhaftet?«

»Was hat Ihnen Ihr Sohn von seinem Halbbruder erzählt, nachdem er bei ihm gewesen war?«

»Nichts weiter. Ist wohl ein netter Mann, hatte ein Umzugsunternehmen, die beiden haben sich gut unterhalten, soweit ich das verstanden habe.«

»Sonst keine Einzelheiten?«

»Nein.«

»Wundert Sie das nicht?«

»Was genau soll mich wundern?«

»Die Tatsache, wenn es denn eine ist, dass Ihr Sohn von seinem Halbbruder, den er gerade erst kennengelernt hat, nichts zu berichten hat. Das muss doch eine aufwühlende Begegnung gewesen sein.«

»Mein Sohn ist nicht so der aufgewühlte Typ.«

»Was ist er für ein Typ?«

»Kontrolliert, ernst, lässt seine Gefühle nicht raus, so einer ist er.«

»Ist er verheiratet?«

»Nein.«

»Versuchen Sie sich zu erinnern, was Ihr Sohn nach seinem Besuch bei Georg Kramer zu Ihnen gesagt hat. Das ist wichtig.«

»Wieso?« Zille dachte an seinen Anwalt und überlegte, ob die Zeit zum Klappehalten nahte.

»Was hat er gesagt?«

»Ein netter Kerl und fertig. Bis ebent wusste ich nicht mal seinen Namen. Krämer?«

»Kramer, Georg.«

»Ich fürchte«, begann Nasri, »Sie werden innerhalb der nächsten Stunde Besuch von unseren Kollegen bekommen ...«

»Äh ...«

»Lassen Sie mich ausreden. Die Kollegen werden bei Ihnen bleiben und aufpassen, dass Sie keine unnötigen Telefonate führen oder versuchen, die Stadt zu verlassen ...«

»Äh ...«

»Für uns gelten Sie ab sofort als PIUS-Zeuge, das sind Personen im Umfeld einer Mordsache, Sie müssen sich zu unserer Verfügung halten, in Ihrem Fall deshalb, weil meine Kollegin und ich Ihren Aussagen nicht trauen. Sie verheimlichen uns wesentliche Punkte, was die Verbindung zu Ihrem Sohn und Ihrem alten Bekannten Roger Braun betrifft. Vielleicht sollten Sie einen Rechtsbeistand hinzuziehen. Da wir davon ausgehen, dass Sie unsere Befragung mit dem Handy aufgenommen haben« – ich hasse Zoom-Gespräche, dachte Odoki – »können Sie ihn oder sie auf den neuesten Stand bringen. Im Moment wird Ihnen weiter nichts vorgeworfen, Sie sind für uns als Zeuge von allergrößter Bedeutung, haben Sie verstanden?«

»Ich lass doch nicht freiwillig Bullen ins Haus, ist das die Bayerische Methode?«

»Werden Sie nicht unverschämt«, sagte Odoki.

»Keine Bullen ohne richterliche Anordnung in meinem Geschäft.« Zille stand auf (maisgelbes Hemd auf Haut geklebt) und beugte sich über den Laptop. »Und ich werde meinem Sohn eine Nachricht schicken …«

»Noch eine?«, fragte Odoki.

»Und ich werde ihm raten, unverzüglich nach Berlin zurückzukehren, bevor Sie mit Ihrer Bayerischen Methode einen Unschuldigen einsperren. Guten Tag.«

9

In welches Schlamassel sein Sohn womöglich geraten war, mochte Zille nicht zu Ende überlegen. In den vergangenen Monaten hatte Sandro ein unberechenbares, aggressives Wesen offenbart, wie er es von ihm nicht kannte. Zimperlich war sein Sohn nie gewesen, wenn es darauf ankam, klare Kante zu zeigen und Probleme zu beseitigen, aber er hielt immer (fast immer) die Grenzen ein, die Voraussetzung für erfolgreiches, legales Geschäftsgebaren waren.

In jüngster Zeit – im Grunde seit einem Jahr – neigte Sandro zu Wutausbrüchen bei unbedeutenden Anlässen; er schnauzte die Frauen an und verkroch sich oft tagelang in seiner Wohnung, ging nicht ans Telefon, trank zu viel und verlor sichtbar an Gewicht. Zille hielt ein Magengeschwür für nicht ausgeschlossen; seine Bitte, einen Arzt zu konsultieren, schmetterte Sandro mit unflätigen Bemerkungen ab.

Und dann der Anruf seiner Mutter, sein spontaner Aufbruch, der sogar Zille verblüfft hatte, und sieben Monate später seine noch viel überraschendere Reise nach München; offensichtlich hatte er darüber lange nachgedacht, ohne ein Wort zu verlieren (die Reise noch dazu in dem alten Audi Coupé, Zilles Zweitwagen, den Sandro nie vorher benutzt hatte).

Etwas trieb Sandro um, etwas, das er in sich bunkerte und unter keinen Umständen preisgeben wollte, etwas Dunkles, Bedrohliches. Etwas auf Leben und Tod, dachte Zille und tippte erneut die Nummer ins Smartphone, wieder eine tote Leitung; Sandro musste die Chipkarte entfernt haben; dabei hatte er ihm lediglich geschrieben, er solle sein Handy ausschalten – Polizeiprobleme …

Ein einziges Mal – fiel ihm plötzlich ein – hatte er seinen Sohn weinen sehen, auf der Rückfahrt von Cloppenburg nach Berlin (im nach wie vor eins a parierenden Audi), nach der Beerdigung von Inge Fels. Auf dem Beifahrersitz hatte Sandro den Kopf zum Fenster gedreht, die Hand im Gesicht, ein paarmal schniefend; später keine Silbe, kein Kommentar zur ärmlichen Zeremonie.

Als Zille sein Büro verließ, sorgte er sich um Sandro wie um ein verschollenes Kind.

10

Wir schliefen zusammen, Fariza und ich, und dann schliefen wir bloß. In der Zwischenzeit nahmen die Vernehmungen des Nachtclubbesitzers Roger Braun und seines Personals an Schärfe zu. Dennis Kalk und ein Kollegenteam observierten weiter Kramers Wohnung in der Koptenstraße. Die vorerst auf vierundzwanzig Stunden festgelegte Telekommunikationsüberwachung zeigte eindeutige Verbindungen: Kramer hatte Sandro Fels angerufen und dieser seinen Vater; das erste Gespräch dauerte eine halbe Minute, das zweite vierzehn Minuten. Spätnachts gab Braun in Anwesenheit seines Rechtsanwalts zu, Sandro Fels in der Wohnung eines Freundes untergebracht zu haben. Auf die Frage, wieso er das getan habe, da doch bekannt sei, dass Sandros Vater und er, Braun, keine Freundschaft pflegten, reagierte der Clubbetreiber mit heftigem Widerspruch; man kenne sich lange und respektiere sich, ungeachtet einiger Missverständnisse in der Vergangenheit (Rhabarberrhabarber).

Bei der Durchsuchung der Wohnung am Elisabethplatz, die der Geschäftsführer des Black Jasmin, Fabian Selch, für seine inzwischen verstorbene Ehefrau gekauft hatte, fanden die Kriminalbeamten keine persönlichen Gegenstände mehr von Sandro Fels; allem Anschein nach war er überraschend ausgezogen und hatte weder Selch noch Braun darüber informiert.

Wo er sich in der Zwischenzeit aufhielt, stand bald darauf fest.

Fariza Nasri und ich erschufen eine Nähe, die wir mit niemandem teilten. Manchmal, wenn ich sie losließ, um Luft zu holen, vermisste ich sie schon. Ich schwelgte in Gegenwart. Die Zeit war eine schwarze Amsel, die ans Fenster klopfte, pfeifend wieder verschwand und zurückkehrte, und ich hörte ihr zu.

Ich sprach Farizas Namen aus, so oft ich konnte. Und da war sie und blieb und spendete Trost meinem streunenden Herzen. Ich hatte mein ewiges Suchen so über.

In einer dieser Nächte – Donnerstag auf Freitag der letzten Juliwoche – erreichten die Ermittler im Fall des ermordeten Leo Ahorn ihr Ziel.

Aber sie kamen zu spät.

11

Mit dieser Zeugin hatte er im Leben nicht gerechnet.

»Hab einen Gast mitgebracht«, sagte Sandro Fels an der Tür.

»Wieso denn?«, fragte Georg Kramer.

»Guten Abend«, sagte Viola Ahorn.

Was blieb ihm übrig, als die beiden hereinzubitten. Kramer hatte seinen Halbbruder angerufen, um die Sache ein für alle Mal zu Ende zu bringen, und nun tauchte ausgerechnet die einzige Nachbarin bei ihm auf, die er unter keinen Umständen jemals wiedersehen wollte (an einen Ort wie den Gerichtssaal verschwendete er keinen Gedanken; in seinem Kopf war kein Platz für mehr als Selbstbetrug und Euphorie).

Die Polizei hatte ihn laufenlassen. Ihm war klar, wieso: Sie wollten, dass er sich selbst richtete. Trotz ihrer Überzeugung, niemand außer ihm könne Leo Ahorn nachts hinterhältig erstochen und seinen Leichnam schäbig zurückgelassen haben, hatten sie nicht genügend Beweise gegen ihn in der Hand; also beschlossen sie, den letzten Schritt ihm zu überlassen.

Stunden vergingen. Wie so oft in jüngster Zeit, tigerte er in seiner Wohnung auf und ab, barfuß, in Hose und T-Shirt, und ruckte mit der Schulter wie einer, der lästige Leute anrempelte.

War der Lästige der Feigling in ihm? Nein, dachte er dann, feige war er nie gewesen, allenfalls in seiner Kindheit, aber die war gestrichen in seiner Erinnerung. Danach keine Feigheit mehr, hundertprozentig, tausendprozentig. Er hatte gehandelt und die Konsequenzen getragen, hatte nicht mit der Wimper gezuckt, als die Polizisten ihn nach der Sache mit seinem Vater verhörten. Keiner Frage war er damals ausgewichen und aufrecht (innerlich) aus dem Haus gegangen, auf den mit Fahrzeugen von Polizei und Sanitätern vollgeparkten Vorplatz, den Blick gesenkt, die Arme erschöpft herabhängend; ein Leidender, dessen Vater soeben schwer verunglückt war und, wie sich herausstellte, nicht mehr ins Leben zurückkehren sollte.

Nichts hatten sie ihm anhängen können. Ja, er hatte in der Nähe gestanden, aber wie nah, darauf hatte niemand geachtet; die Aussage des treuen Mitarbeiters Herbert ließ keinerlei Zweifel zu: Egon Kramer, fünfundfünfzig, ledig, alleinerziehender Vater, hatte aus Unachtsamkeit die Balance verloren und war in die Tiefe gestürzt. Ende der Ballade.

Kein Sterbenswort zu niemandem. Er musste sich wehren und hatte es getan. Damals wie heute. Die Polizei hätte ihn eingesperrt, damals wie heute, und kein Mensch sich für seine Not interessiert. Notwehr war ein hohles Wort.

Gehend (einen Tag lang, eine Nacht) war ihm alles klar geworden; wie nie zuvor erschienen ihm seine Entscheidungen und Handlungen logisch und angemessen, sein Leben und Schaffen harmonisch und selbstbestimmt, Vergangenheit und Gegenwart die gütige Quelle seiner Zukunft. Und er kein buckelnder Untertan mehr (nie mehr gewesen seit seinem vierundzwanzigsten Lebensjahr, dem Tag, an dem sein Vater im Krankenhaus die Geräte verstummen ließ, der Herrscher über Mensch und Möbel).

Nach einem Kreuzweg bitterster Schmach und glorioser Erlösung (erst der schweißtreibende Fußmarsch vom Hauptbahnhof entlang der von Menschen und Autos vollgestopften Sonnenstraße und den zermürbenden Nockherberg hinauf, dann weitere unzählige, auslaugende Kilometer von Wand zu Wand und Tür zu Tür) war in Georg Kramer ein aus fantastischem Trotz gezeugtes Unschuldslamm erwachsen. Und er umarmte und herzte es, nannte es Schorschi und tanzte mit ihm auf den Balkon hinaus, tätschelte seine verschrumpelte, abgeschmirgelte Haut und beschloss zu lachen. Und es klappte. Obwohl seine Erinnerung an sein letztes Lachen nicht heranreichte.

Beinah prustend, mit um den verbeulten Körper geschlungenen Armen, hüpfte er übers Eukalyptusparkett und hätte am liebsten nie mehr losgelassen. Aber: Er musste noch etwas erledigen, denn er hatte jetzt einen Bruder und dieser das Recht, an seiner Auferstehung Anteil zu nehmen.

12

»Setzt euch auf die Couch«, sagte Kramer. Sein von Schlaflosigkeit, Hunger und Durst entflammter Geist gewann über die unverschämte Anwesenheit der Frau die Oberhand. »Wollt ihr was trinken? Bier, Schnaps.«

»Stylisch, die Maschine«, sagte Sandro und setzte sich an den Schreibtisch, tippte einen Buchstaben, sah sich um.

In ihrem schwarzen Kleid stand Viola Ahorn stumm an der Wohnzimmertür, Kramer zwei Meter von ihr entfernt, die Hände in den Hosentaschen, sich in den Hüften wiegend.

»Ist dir«, fragte Kramer seinen Halbbruder, »nicht zu warm mit dem Käppi und dem Sakko?«

»No.« Fels tippte einen zweiten Buchstaben. Dann wandte er den Kopf, blickte in den Raum, zwischen den beiden Personen hindurch. »Her mit dem Geständnis. Wen hast du diesmal gekillt?«

Den Worten folgte eine höllische Stille.

Das unerwartete, einmalige Klatschen erschreckte sogar Sandro.

Viola Ahorn hatte einen Schrei ausgestoßen und Kramer eine gescheuert.

»Niemanden hab ich gekillt«, sagte Kramer mit überdrehter Stimme und rieb sich die Wange. »Ich hab deinen Mann nicht erstochen. Er wollte Geld von mir, jeden Tag hat er mich bequatscht. Ich hab ihn quatschen lassen. Quak-quak. Dein Mann hat das ganze Lokal terrorisiert, er kam rein und legte los, und niemand wollt's hören. War's nicht so? Er ist durchgedreht, das war nicht mehr zu ertragen.«

Ununterbrochen blinzelnd und mit zuckender, krummer Schulter begann Kramer einen erneuten Rundgang durchs Zimmer, die nackten Sohlen schmatzten auf dem Holzboden. Zwischendurch blieb er kurz stehen, strich sich noch einmal über die gerötete Wange und tänzelte eigenartig auf der Stelle, als wollte er gleich lossprinten.

»War nicht mehr auszuhalten, dein Mann. Was hast du mit ihm angestellt? Was war los in euerm Haushalt? Sein Laden ging den Bach runter, das weiß jeder im Viertel. Ich will meine Ruhe, ich lass mich nicht stören, ich will ein leichtes Leben und mich nicht mit Gewichten behängen lassen. Versteht ihr? Ich wollte, dass du das weißt, Sandro, das ist mein Vermächtnis an dich. Dein Halbbruder ist kein Mörder, nie einer gewesen …«

»Du redest wirres Zeug.« Sandro behielt die Frau im Blick, in der eine Veränderung vor sich ging, die ihm nicht behagte; er richtete sein Sakko, hielt die Hand an die Tasche.

»Ich red, wie ich will«, schrie Kramer. Wie zur Entschuldigung hob er die rechte Hand. »Eigentlich gut, dass du da bist, Viola, hab nicht mit dir gerechnet, hab vergessen, dass ihr euch kennt. Hör zu, Viola, Leo war mir im Weg, das mag ich nicht. Mein Weg ist …«

Er hackte mit dem ausgestreckten Arm in die Luft. »Da lang führt mein Weg, schnurstracks weiter, wer stört, muss weg. Vielleicht drück ich mich undeutlich aus, jedenfalls, und das, mein lieber Bruder … Ich gestehe, ich hab nicht gemordet. Leo ist verunglückt, wie mein Vater. Kennst du meine Lebensgeschichte, Viola? Dein Freund Sandro kennt sie inund auswendig, ich hab sie ihm erzählt, frei von der Leber weg. Unglücke passieren, das weißt du selber.

Leos Mutter ist verunglückt, auf der Straße überfahren, jede Hilfe kam zu spät. Wie bei meinem Vater; die Maschinen pumpten Sauerstoff und Medikamente in ihn rein, hat nichts genützt. Fünf Stockwerke im Sturzflug überlebt kein Mensch. Genauso wenig wie einen Messerstich in den Hals. Natürlich kenn ich keine Statistik. Kann sein, Leute haben mit so einem Loch in der Gurgel munter weiter ihre Geschäfte betrieben, Zeitschriften verkauft, Schreibwaren, Päckchen verteilt, wieso nicht?

Mein lieber Brot-Herr Sandro, wollen wir einen Schnaps trinken, aufs Leben und die schöne Zeit. Wollen wir?«

Kramer schaute reihum, auch zur grünen Couch, wo niemand saß, und zur Balkontür, durch die er kurz zuvor beschwingt getreten war, um sich bei der Nacht für seine Erleuchtung zu bedanken.

Plötzlich stand Viola nah vor ihm; er roch ihren weinseligen Atem und Parfümreste.

»Du hast Leo ermordet«, sagte sie. »Du bist ein Schwein. Ich bring dich in den Knast, da wirst du keine schöne Zeit haben, da wirst du verrotten und dir wünschen, du wärst nie auf die Welt gekommen. Du Dreckskerl, Georg Kramer.«

Sie spuckte ihm ins Gesicht und war schon fast an der Zimmertür, als Sandro sie einholte. Er packte sie an der Schulter, drehte sie herum, bedachte sie mit einem letzten leeren Blick und stach zu.

Sechs von vierzehn Zentimetern der Klinge (laut Gerichtsmedizinerin Kegel) steckten in Violas Körper, die Spitze in ihrem Herzen. Tatwaffe: der Brieföffner von Kramer senior, Edelstahlklinge, Holzgriff, fünfzig Gramm schwer.

Viola Ahorn verstarb noch in der Wohnung an der Koptenstraße.

Das Gespräch der beiden Männer nach der Attacke (zu dem Zeitpunkt atmete die Frau noch) hielt sich in Grenzen.

13

Woher die Pistole kam, die Sandro plötzlich in der Hand hielt, sollte Kramer den Kommissarinnen später beim besten Willen nicht sagen können. »Setz dich auf die Couch.« Fels zielte mit der SIG Sauer auf Kramer und dirigierte ihn durchs Zimmer. Kramer setzte sich mechanisch, heimlich dankbar, dass sein Halbbruder ihm den Blick auf die sterbende Frau versperrte; von dieser Frau, dachte er absurderweise, ging eine gespenstische Lautlosigkeit aus.

»Du musst nicht ins Gefängnis«, sagte Fels. »Bleib einfach hocken.«

»Willst du mich erschießen?« Kramers Stimme versickerte in seinem Hals.

»No.«

Kein Wort mehr. Nur das Klacken der Schreibmaschine. Sandro tippte mit einem Finger, drehte die Walze, die Metalltypen verhakten sich, er schob sie mit geschwärztem Zeigefinger zurück, tippte weiter Buchstabe um Buchstabe.

(Jahre her, da hatte er auf der alten Maschine seines Vaters, die in einem schweren grauen Kasten in der Ecke stand, aus Jux sinnlose Zeilen geschrieben und Gefallen daran gefunden. Es entwickelte sich fast zu einem Hobby. Jeden Abend, wenn nichts los war oder er sich freigenommen hatte, haute er mit zwei Fingern in die Tasten, notierte, was im Lauf des Tages vorgefallen war, egal, wie interessant oder albern, er hörte nicht eher auf, bis er die einzeilig eingestellte Seite vollständig gefüllt hatte. Dann las er den Text durch, korrigierte nichts, knüllte das Blatt zusammen und warf es in den

Papierkorb, den auch sein Vater bei seinen Büroarbeiten benutzte; das Ausleeren wurde eine Zeitlang Sandros Job.)

Er riss das Blatt aus der Walze, schob die Maschine zur Seite und beugte sich über den Text. Kramer sah ihm beim Lesen zu. Er wollte vorschlagen, den Notarzt zu verständigen. Er brachte kein Wort heraus.

Die Schreibtischlampe warf milchiges Licht auf den Kopf seines Halbbruders, die weiße Kappe leuchtete unwirklich hell. Noch lesend griff Fels nach einem herumliegenden Kugelschreiber und kritzelte etwas aufs Papier.

Wieder Stille – bis auf Stimmen aus weiter Ferne, die durch die offene Balkontür drangen.

Kramer sah zur Frau im schwarzen Kleid. Sie lag zur Seite gedreht im Halbdunkel, wie ein Haufen Schatten. Ein Knistern schreckte ihn auf. Sandro hatte das Stück Papier zusammengeknüllt und hielt es in der Faust.

Die beiden Männer sahen sich an. Dann grinste Sandro, legte das Knäuel auf die Tischplatte, faltete es auseinander und strich es glatt. Nach einem Moment hob er Schreibmaschine und Filzunterlage an und schob das Papier zur Hälfte darunter.

»Polizei«, sagte er zu seinem Halbbruder.

»Und dann?«

»Lass gut sein.«

»Was soll ich gut sein lassen?«

»Alles.«

Sie teilten brüderlich ein Schweigen.

»Viola hat schon recht«, sagte Kramer. »Ich hab Leo erstochen.«

»Das bildest du dir ein.« Fels zeigte ein Lächeln, das er seinen unbändigen Schmerzen abtrotzte.

14

In der Justizvollzugsanstalt Stadelheim wurde Sandro Fels sofort nach der Einlieferung auf die Krankenstation verlegt. Zu den Kommissarinnen im Büro von Kriminaloberrätin Sandkorn hatte sich gegen zwei Uhr morgens auch Oberstaatsanwalt Dr. Aberle gesellt. Er las das zerknitterte Blatt Papier mindestens vier Mal hintereinander.

Geständnis. Ich, Sandro Fels, genannt Zille, habe in der Nacht zum 19. Juli Leo Ahorn erstochen und das Messer anschließend in diesem Rinnsal, das ihr Isar nennt, verschwinden lassen. Leo hat mich angegriffen, keine Ahnung, wieso. Hab ihm das Messer aus der Hand gerissen und ... Der Depp ist selber schuld. Seine Leiche hab ich zuerst im Kofferraum meines Audi TT verstaut. Es wäre nett, ihr würdet den Wagen meinem Vater nach Berlin zurückbringen, er hat mit dem ganzen Schlamassel in eurer Stadt nichts zu tun. Ich hab ihm nichts erzählt. Aus alter Verbundenheit hab ich die Leiche dann im Mercedes des Herrn Braun abgelegt, um ihm größtmöglichen Ärger zu bereiten. Eine spontane Idee von mir, ein Witz unter Insidern. Mein armer Halbbruder ist unschuldig, lasst ihn also in Ruhe, klar? Diese Viola hab ich zufällig kennengelernt. In Georgs Wohnung ist sie ausgerastet und wollte ihn bei euch hinhängen und ins Gefängnis bringen. Das konnte ich nicht zulassen. In diesen Eheleuten steckt irgendwie der Teufel drin. Das war's. Schöne Grüße und servus, Sandro Fels.

Als würde eine Geheimschrift brauchbare Weisheiten offenbaren, begutachtete der Staatsanwalt eindringlich die Rückseite des Schreibens. »Wenigstens die Unterschrift scheint echt zu sein. Und Sie glauben das, was da steht? Der Mann hat zwei Morde begangen und legt auf einmal ein Geständnis ab? Witz unter Insidern? Was soll das?«

»Wir können nicht beweisen, dass Georg Kramer der Täter ist«, sagte Anja Sandkorn.

»Die Spurenlage im Todesfall Viola Ahorn ist eindeutig.« Nasri zeigte auf die Fotos aus der Wohnung, ausgebreitet auf dem Tisch. »Wir haben die Tatwaffe mit eindeutigen Fingerspuren und noch eine zusätzliche Waffe, eine P 211, die der Täter bei sich trug, aber offensichtlich nicht benutzt hat.«

»Die Vernehmung von Georg Kramer setzen wir in fünfzehn Minuten fort«, fügte Odoki hinzu.

»Was wird das bringen?«, fragte Aberle.

»Bisher sagt er, Sandro Fels, sein Halbbruder, habe ihn besucht …«

»Seit wann wissen wir von einem Halbbruder des Verdächtigen?« Der Staatsanwalt erwartete die Antwort von der Kommissariatsleiterin.

»Seit einer Stunde«, sagte sie.

»Großartig.«

Nasri ergriff das Wort: »Bei seiner Verhaftung ist Sandro Fels zusammengebrochen, totale Erschöpfung. Er hat Blut gespuckt, sein Zustand ist lausig, er schrie vor Schmerzen. Bis zum Morgen erwarten wir Ergebnisse aus dem Krankenhaus. Er hat Viola Ahorn mit einem Brieföffner erstochen. Motiv: Das, was er in seinem Geständnis schrieb. Wenn er die Ablage der Leiche im Auto eines ehemaligen, offenbar verhassten Freundes für einen Witz hält, wie witzig ist dann seine Begründung für die Tötung der Frau?

Fels behauptet, die Frau wollte Kramer bei der Polizei wegen Mordes an ihrem Mann anzeigen. Gleichzeitig schreibt Fels, *er* habe den Mann erstochen.

Aus welchem Grund Fels und die Frau überhaupt in Kramers Wohnung gekommen sind, wissen wir noch nicht. Kramer hat Fels angerufen, das steht fest, wenig später tauchten die beiden bei ihm auf. Viola Ahorn hielt sich in dem Hotel auf, in dem ihre beste Freundin arbeitet, die ihr erlaubt hat …«

»Ja, ja …« Gewohnheitsmäßig wollte der Staatsanwalt an seiner Krawatte zupfen, hatte aber in dieser Nacht vergessen, sie umzubinden; er zupfte am Hemd und schüttelte den Kopf. »Verzeihen Sie, wenn ich Sie unterbreche. Alles nachvollziehbar. Aber wann hat der Mann sein Geständnis getippt? Wann hatte er die Zeit dafür? Und wieso hat er es zerknüllt, so sieht's für mich aus, und danach wieder glattgestrichen? Das Papier lag unter Kramers Schreibmaschine, richtig?«

»Da haben wir es gefunden«, sagte Nasri. »Kramer hat uns darauf aufmerksam gemacht. Als wir in die Wohnung kamen, wurde Sandro Fels bereits von den Sanitätern versorgt, er war kaum ansprechbar.«

»Und was tat dieser Kramer die ganze Zeit?«

»Er saß auf der Couch, Hände im Schoß, apathisch, tat nichts.«

»Ich wiederhole mich: Wann hat der Mann sein Geständnis getippt?«

»Wir vermuten«, sagte Hauptkommissarin Odoki, »er hat es geschrieben, nachdem er die Frau erstochen hatte.«

»Das bedeutet, in Gegenwart von Kramer. Was sagt er dazu?«

»Wir haben ihn noch nicht danach gefragt.«

»Tun Sie's, Frau Kollegin, sofort, bitte.«

Zehn Minuten später kam Jennifer Odoki aus dem Vernehmungsraum zurück. »Er bestätigt unsere Vermutung. Fels tippte in seiner Gegenwart das Geständnis in die Maschine.«

»Die Maschine, die da zufällig herumstand.«

»Kramer sagt, er schreibt manchmal damit, das erinnert ihn an alte Zeiten.«

Sandkorns Telefon klingelte. Sie nahm ab, hörte zu und bedankte sich am Ende. »Sandro Fels. Magenkarzinom in weit fortgeschrittenem Stadium, Metastasen an umliegenden Organen. Ein Wunder, sagt der Arzt, dass der Mann sich noch auf den Beinen halten konnte. Sie schlagen eine Verlegung in eine Spezialklinik vor. Der Mann muss in den vergangenen Tagen und Wochen furchtbar gelitten haben. Was sollen wir tun?«

»Sie setzen die Vernehmung fort«, sagte der Staatsanwalt zu den Kommissarinnen. »Morgen früh stellen wir die Tat in der Wohnung nach. Frage: Wieso hat Kramer nicht eingegriffen, als sein Halbbruder die Frau attackierte und tödlich verletzte? Und wir brauchen eine Erklärung dafür, warum in der Todesnacht von … welcher Baum?«

»Ahorn«, sagte Nasri.

»Warum dieser Sandro Fels in der Nacht dem Opfer Ahorn begegnet ist, aber Kramer nach eigener Aussage nicht, obgleich der denselben Weg hatte? Die Abläufe sind mir nach wie vor schleierhaft. Das ist nicht gut, ich brauche Klarheit für meine Berichte. Guten Morgen, die Damen, wir sehen uns in wenigen Stunden.«

Anders als die drei Frauen im hell erleuchteten Büro empfand der Mann in Zimmer 214 nichts als absolute Dunkelheit um sich herum. Er fing an, sich daran zu gewöhnen.

Als Oberkommissarin Nasri ihm die Nachricht vom Tod seines Halbbruders überbrachte, kopierte Georg Kramer Sandros letztes, sphärisches Lächeln und weinte hemmungslos.

15

»Sie sind frei«, sagte Oberkommissarin Nasri zu Georg Kramer an der Tür zum Treppenhaus im Kommissariat 101.

»Ich bin frei?«

Nasri drückte auf den Knopf für die Sicherheitsverriegelung und stieß die Tür auf.

»Frei, obwohl ich nicht verhindert hab, dass Frau Ahorn ums Leben kommt?«

»Ihre Aussage, Sie wären vom Täter überrumpelt worden, ist nicht zu widerlegen. Sie hatten keine Chance einzugreifen. Ich will ehrlich sein: Meine Kollegin und ich haben Zweifel am Geständnis Ihres Halbbruders. Er hat zwar beide Taten auf sich genommen und ein Motiv genannt, aber Ihre Rolle, Herr Kramer, bei den tödlichen Vorgängen bleibt weiter rätselhaft. Angeblich hat Ihr Halbbruder Sie mit der Waffe bedroht, während er das Geständnis tippte. Möglich. Er zwang Sie, auf der Couch sitzen zu bleiben. Möglich. Oder alles war ganz anders.«

Sie sah ihn an. Seine verbogene Gestalt, das steingraue Gesicht mit dem einen flackernden Lid, die abgenutzte, hundertmal getragene Kleidung, sein wehrloses Gebaren – all das löste eine unangenehme Rührung in ihr aus.

»Trotzdem«, sagte sie ungeduldig, »fehlt dem Staatsanwalt die Handhabe für eine solide Anklage. Sie sind fein raus, das bedeutet, Sie sind frei und können Ihr Leben weiterführen. Ihre Wohnung ist nicht länger versiegelt und ein Tatort, Sie können wieder zurückkehren. Gehen Sie jetzt.«

»Ja«, sagte er und stieg die Treppe hinunter, die Hand um den Lauf geklammert.

Dienstag, zweiter August, neun Uhr fünfundvierzig, und die Sonne hatte immer noch nicht genug von der Stadt und ihren Schattenmachern.

Nach zwanzigminütiger U-Bahn-Fahrt glitt Kramer schwitzend auf der Rolltreppe nach oben, zog im Gehen die Strickjacke aus und eilte auf die Pension zu, in der er die vergangenen Nächte verbracht hatte. Er warf seinen Waschbeutel, zwei Handtücher (von zu Hause mitgebracht) und eine unbenutzte Unterhose in die Reisetasche (braunes, rissiges Leder) und bezahlte an der Rezeption die Rechnung. Das Thema Mord in der Koptenstraße kam nicht zur Sprache.

Das Blaue Eck lag nur eine Seitenstraße entfernt. Kramer stellte sich an den Stehtisch gegenüber der Wand mit dem Fernseher, zog vergilbte, klein gefaltete Blätter aus der Tasche, legte sie hin und seine Hand darauf. Britta brachte ihm ungefragt ein Bier. Er war der einzige Gast um diese frühe Stunde.

»Ich bin frei«, sagte er.

»Das freut mich sehr für dich.«

»Ab jetzt leb ich in einem Keller am Ende des Weltalls.«

»Trink einen Schluck und beruhige dich erst mal. Das waren harte Tage für dich.«

»Da leb ich jetzt«, wiederholte er und trank.

Britta fragte: »Was sind das für Zettel, die du da festhältst?«

Er schaute zur abgeschabten Hand, den schrundigen Fingern. »Das sind keine Zettel, das ist die Kopie von einem Brief, den ich irgendwann an meine Mutter geschrieben habe.«

»Was steht drin?«

»Dass ich sie nicht vermisse.« Er hatte vergessen, weshalb er den Brief in die Pension mitgenommen hatte.

16

»Wieso hat er das getan?«, fragte mich mein Nachbar, der seit einer Ewigkeit auf demselben Stockwerk wie ich wohnte und dem ich regelmäßig meine Sachen vorlas, die bisher nie fertig geworden waren. »Wieso hat Sandro die Schuld auf sich genommen?«

»Er wird seine Gründe gehabt haben.«

Er gab ein Brummen von sich, griff nach dem Whiskyglas auf dem Nachtkästchen, nahm einen Schluck und behielt das Glas in der Hand. Er saß kerzengerade im Bett, Kissen im Rücken, bekleidet mit einem schwarzen Frotteemantel.

»Du hast es geschrieben«, sagte er. »Du musst es wissen.«

»Aus Liebe«, sagte ich nach einem Schweigen, das er geduldig ertrug.

Er stierte in sein Glas, schien nachzudenken und es dann sein zu lassen. Stattdessen gönnte er sich noch einen Schluck und brummte eine Weile vor sich hin. »Wie so vieles, das wir tun«, murmelte er, »und verlieren, weil wir nicht behutsam genug waren.«

Ich schwieg, und er stimmte in mein Schweigen ein. Sogar den Vögeln im Park, kam es mir vor, stockte der Atem – als stünde eine Sonnenfinsternis bevor; kein Pieps wehte durchs gekippte Fenster herein.

»Deine Beschwörung« – seine Stimme wie aus einem dunklen Schacht – »all der Versehrten, die nicht fassen können, welche Faustschläge ihnen das Schicksal zumutet … All der Unbeholfenen und Strauchelnden … Deine Leute eben … Wolltest du den Tod trösten und ihm die Last erleichtern, indem du sie verewigst?«

»Den Tod«, erwiderte ich, »kann niemand trösten.«

»Nein«, gab er zu, »der wütet nach Gutdünken. Wie ewig wart ihr, Fariza und du?«

»Unsagbar ewig«, sagte ich, »taghell bei Nacht, besternt am Tag.«

»Sie nahm die Zeit weg, von euch beiden.«

»Ja«, sagte ich.

»Ja.«

»Ja. Sie nahm die Zeit weg von uns beiden. Und jetzt …«

»Jetzt?«

»Jetzt ist nur noch Zeit da. Wozu?«

»Damit du weitermachst, das weißt du doch.«

»Vielleicht.«

Er trank einen Schluck und dachte über etwas nach. Ich sah ihm zu und versuchte, an nichts zu denken. Wie armselig.

»Woran denkst du?«, fragte er.

Ich schwieg.

Er schaute mich an, das Glas in der unwesentlich zitternden Hand. Dann schüttelte er den Kopf und nahm einen weiteren Schluck. Leer, das Glas.

»Wenn wir unfähig wären zu lügen«, begann er und hob den Kopf. In seinen Augen rötliches Verglühen. »Stell dir vor, wenn wir das nicht könnten, fortwährend uns etwas einbilden und erschaffen … Wenn wir unfähig zu alldem wären … Wir würden nicht existieren, wir wären unsichtbar, von Anbeginn verschollen, hätten nie existiert … Dann wäre kein Glück für uns reserviert, kein Fünkchen. Und die Liebe, Süden, wäre nie in die Welt gelangt, hätten wir sie nicht mit aller Macht ersehnt und mit fantastischen Variationen ausgeschmückt. Wir sind Künstler, Süden, wir haben das Recht, da zu sein, und die Pflicht …«

Er stockte. Eine Minute verstrich. Er blickte zum Fenster,

an mir vorbei, zur Öffnung in die Stille. Ich rührte mich nicht. »Und die Pflicht, dem Glück zu huldigen.« Seine grauen, dürren Lippen formten ein vollendetes, altersloses Lächeln. »Weißt du, wie das geht?«

Ich schwieg.

»Alles ist vergebens, und man muss wenigstens den Mut haben, nicht mit Vorwänden zu kommen.« Ein grunzender Laut entfuhr seiner Kehle, was bedeutete, er bereitete sich auf seinen Nachmittagsschlaf vor.

Karl Tetino war vierundachtzig, ein ehemaliger Journalist, Redakteur einer auflagenstarken Tageszeitung, für die er zeitweise um die ganze Welt gereist war. Hin und wieder hatte er schmale Bücher mit Reportagen veröffentlicht, ebenso einen Band mit Erzählungen (*Auch für den Hund kommt der Tag*). Seine letzten Arbeitsjahre hatte er in der Hauptredaktion in der Stadt verbracht und Kommentare und Glossen zur aktuellen Ausgabe beigesteuert. Danach hatte er sich ins Privatleben zurückgezogen. Er ging selten aus, lud alle heiligen Zeiten eine Handvoll Freunde und ehemalige Kollegen zu einem häuslichen Umtrunk ein. Die meiste Zeit saß er lesend (Zeitungen, Romane, Sachbücher, Lexika), Whisky trinkend (Single Malt) im Bett, umsorgt von seiner vierten Ehefrau Elisa. (Als junger Mann hatte er seine Cousine geheiratet, dann deren Schwester und anschließend eine Kollegin aus den Niederlanden, bis er in einem Konzert Elisa kennenlernte, eine Geigerin.)

»Und nun?«, sagte er und rutschte tiefer. »Hast du deine Geschichte beendet? Oder gibt's noch ein Kapitel, das du mir vorenthalten hast? Einen finsteren Epilog.«

»Nein«, sagte ich.

»Was ich vergessen habe …« Er stemmte sich noch einmal in die Höhe (schwer, an Gewicht zu verlieren, wenn man sich hauptsächlich im Bett fläzt und dem Alkohol zuspricht). »Oder habe ich es überlesen? Nein, da stand nichts, ich bin sicher. Du hast es mir vorenthalten.«

»Was denn?«

»Wie hat Fariza Nasri ihr Leben verloren?«

»Sie wurde von einem Polizisten erschossen. Er wollte seinen Vater rächen, den sie in einem Anfall irrsinniger Wut erstochen hatte.«

»Womit erstochen?«

»Mit einem Obstmesser, es lag zufällig da.«

»Zufällig?«

»Zufällig.«

»Wie der Brieföffner im Fall Kramer.«

Ich schwieg.

»Wie lang ist deine Geschichte mit Nasri her?«, fragte Tetino.

»Etliche Jahre. Viele Jahre.«

»Aber du kannst sie nicht vergessen.«

»Selbstverständlich nicht.«

»Sie sind alle noch da. Und werden es immer sein. Nasri und die anderen aus deiner Welt. Du erweist ihnen die letzte Ehre.«

Ich schwieg.

»Und sie hat auch den Fall Ahorn geknackt, Fariza Nasri, freilich ohne ihn zu lösen, falls ich das richtig verstanden habe.«

Ich schwieg.

»Und was machst du als Nächstes, Süden?«

Ich ging durch die Stadt, ohne Ziel und Begleitung, Knecht meiner Schritte, auf vertrauten Wegen. Nebenher dachte ich an meinen Schulfreund Martin, mit dem ich die erste Zigarette geraucht hatte, eine Camel, wir beide dieselbe; gemeinsam hatten wir die erste Katerschmiede unseres Lebens besucht und hinterher angemessen dafür gebüßt. Es erschien mir seltsam, dass so viel Zeit vergangen sein sollte.

Aber ich ließ mich nicht beirren und landete geschmeidig im Biergarten am Viktualienmarkt. Ich stellte mich an eines der zu Stehtischen umfunktionierten Bierfässer, holte mir beim Ausschank ein Helles und zwei Stunden später das vierte. Ich stand einfach da unter der Kastanie und schaute den Menschen zu und ihrem Treiben, wie sie aßen und tranken und palaverten, Einheimische und Touristen unter schattigen Bäumen, fernab allen Elends.

Und als ich aufbrach (leidlich bebiert) und einen Blick zum Himmel warf (kein Mond weit und breit), ließ der Wind sich von den fleckigen, vom Sommer verachteten Blättern der Kastanie fallen, wischte meinen Atem vom Tisch und säuberte die runde Holzfläche für das verträumte junge Paar, das schon darauf wartete, meinen Platz einzunehmen.

»Alles ist vergebens, und man muss wenigstens den Mut haben, nicht mit Vorwänden zu kommen«: Zitat aus »Der Schacht« von Juan Carlos Onetti (Suhrkamp 2009, Übers.: Jürgen Dormagen).

»Auch für den Hund kommt der Tag«: Erzählung von Juan Carlos Onetti, veröffentlicht unter dem Titel »Für diese Nacht« (Suhrkamp 2009).